侯敏 著

中国现代文学思潮史论
(1917~1949)

Historical Theory of
Modern Chinese Literature Ideological Trend
(1917-1949)

社会科学文献出版社

前　言

　　回首历史，西方文学思潮已然走过了几个世纪的岁月，从 14~16 世纪文艺复兴时期的人文主义思潮，到 17~18 世纪的古典主义文学思潮，到 18 世纪中叶至 19 世纪初的浪漫主义文学思潮，到 19 世纪 30~60 年代的现实主义文学思潮，到 19 世纪 60 年代至世纪末的自然主义文学思潮，再到 20 世纪以来的现代主义和后现代主义文学思潮。西方文学思潮可谓历史悠久、文化底蕴深厚。在数百年的西方文学思潮发展史中，涌现出了但丁、薄伽丘、巴尔扎克、雨果、狄更斯、列夫·托尔斯泰、陀思妥耶夫斯基、契诃夫、果戈理、高尔基等数不胜数的伟大作家，可谓巨星满天。他们贡献了《神曲》《十日谈》《人间喜剧》《悲惨世界》《战争与和平》《罪与罚》等世界经典名作，这些作品流传于后世，为后人所瞻仰与膜拜。同时，在这数百年间发生的文艺复兴、启蒙主义等文学运动，以及随之而来的多次的文学论争，为西方文学与文化的发展明确了方向，为政治、经济等各领域的发展提供了思想指引。因此，西方文学思潮不仅脉络清晰、体系完备，而且与政治、经济等其他领域建立了密切的关联，在促进西方文明的发展方面起到了极大的助推作用。

　　此一时段的中国文学，正处于明清和民初时期。在这一时期，除了明代在以袁宏道为代表的公安派的倡导下，在反传统的基础上，兴起过"独抒性灵，不拘格套"的追求个性自由与解放的文学思潮以外，几乎未有大的文学思潮出现。到了清代，满族文化与汉族文化的博弈与调和，使建立之初的清王朝在一段时间内呈现出两种文化的张力结构，造成一定程度的文化紊乱局面。之后，满族文化与汉族文化基本上实现了有机的融合，但"古文经学"与"八股取士"的盛行，也使清代文坛拘囿于"古文"与"八股"的框架，失去了创作肌理的生动性与灵活性。加之，清王朝夜郎自大，与西方隔绝，闭关锁国，做着天朝上国的迷梦。晚清以降，西方列强用坚船利炮打开了清王朝的国门，中国被迫开启了近代化的曲折历程。晚清文人面对国破家亡的惨淡现实，争相奔走，寻绎拯救国家民族于倾颓之良策，历经了洋务运动、戊戌变法等变革失败之后，逐渐意识到，中华民族之不能振兴，乃缺乏现代之精神文明。于是，西方的文学与文化思潮成为近代文人的重要关注对象，并陆续将西方的文学思潮引入中国文坛。

梁启超在1902年发表《论小说与群治之关系》一文，率先提出"理想派小说"和"写实派小说"的称谓。[①] 这是在西方文学理论思潮影响下，最早区分浪漫主义与现实主义两种创作方法的言论。其后，王国维于1910年对浪漫主义和现实主义进行了本质性的区分："有造境，有写境，此理想与写实二派之所由分。"并对二者的关联性加以评判："然二者颇难分别。因为大诗人所造之境，必合乎自然，所写之境，亦必邻于理想故也。"[②] 与此同时，严复将英国生物学家赫胥黎的《天演论》译介到中国，"物竞天择、适者生存"的理念为近代和五四文人提供了明确的思想启发；梁启超、黄遵宪等人发动的文学界革命，在"开启民智"方面发挥了重要作用。这些都极大地促进了中国文学的变革，为五四时期文学的现代转型提供了丰富的思想与精神资源。

五四时期，力主文学现代转型的知识分子表现出较前人更为激进的姿态与立场。他们主张对传统文学进行猛烈批判，并在此基础

---

① 梁启超：《论小说与群治之关系》，《新小说》第1号，1902年。
② 王国维：《人间词话》，江苏文艺出版社，2007，第1页。

上以西方文学观念刷新"文以载道"的传统文学观念。在这一理念的导引下，现实主义、浪漫主义、古典主义、现代主义等西方文学思潮同时涌现于五四文坛，呈现出异彩纷呈而又非常驳杂的面向。在文学研究会、创造社、学衡派、象征诗派等五四文坛的重要派别中，都清晰可见西方文学思潮的影响痕迹。

可以说，这些西方文学资源给五四文坛注入了新的文学元素，在摆脱传统文学的禁锢与束缚方面起到了重要的作用，但同时也带来了一些接受层面的混乱，产生了一些负面影响。郑伯奇曾在《中国新文学大系·导言集》中指出："这短短十年中间，西欧两世纪所经过的文学上的种种动向，都在中国很匆促地而又很杂乱地出现过来。"[①] 以"十年"时间，接受"西欧两个世纪"的文学资源，确实非常仓促。而实际上，从宽泛意义上讲，五四"十年"接受西方文学的时限比"两个世纪"还要漫长。正是时间的短暂，造成了五四文坛在接受西方文学资源过程中的"消化不良"，甚至产生了错讹现象。比如将现实主义与自然主义混为一谈，将现代主义称为新浪漫主义等。另外，对西方文学资源偏重的同时，五四文坛对传统文学则给予了激烈的批判，这种批判，甚至将传统文学中的优秀遗产也否弃掉了。

可以说，五四新文学是整个中国文学发展历程中的一个具有划时代意义的标志性的转折点，这个"点"，不仅是新文学与传统旧文学深深的"断裂"之点，同时也是中外文学与文化的激烈"碰撞"之点。但因接受之仓促也产生了诸多问题，这些问题在五四之后现代文学的发展脉络中得到了有效解决，到新中国成立前，西方的文学思潮已经有机渗透到了中国本土文学的血脉之中。中国现代学界立足中国文学本体，在充分展现中国当时社会现实和人生现实的过程中，又特别注重中国传统文学和西方文学资源的融合，实现了中

---

① 郑伯奇：《中国新文学大系·小说三集影印本》，上海文艺出版社，1981，第2页。

西文学与文化的融合共生。

　　回首中国现代文学的发展历程，从五四时期对西方文学思潮的积极引入，到20世纪30年代左翼文学、京派文学、海派文学、中国现代诗派等对西方文学思潮的本土化移植，再到20世纪40年代后期海派、七月派、九叶诗派等对西方文学思潮的本土化的有机融合，中西文学思潮构建了一种水乳相融的密切关系。基于此，离开西方文学思潮来谈论现代文学思潮的发展过程是不全面的，是无法洞见现代文学的整体面貌的。所以，本书在梳理现代文学思潮的发展脉络之前，首先关注的就是相应西方文学思潮的发展流变过程，并对其中重要的作家作品、思潮特征等做出概要性的解读。其次，将西方文学思潮置于现代文学思潮的脉络谱系中，结合中国特有的历史与现实语境，立足中国本土文学，考察与探究西方文学思潮如何被中国学界接受，如何融入现代文学思潮的肌理之中。再次，从东西方不同的历史文化语境出发，比较东西方文学思潮的异同点，从而总结出中国现代文学思潮有别于西方文学思潮的独特性。

　　鉴于中西方文学思潮的亲疏关系，本书主要选取了现实主义、浪漫主义、古典主义、现代主义四大文学思潮，探究了西方的这些文学思潮传入中国后的生存状态，以及其在现代文学三十年发展中的本土化过程。全书共分为四编十三章，主要内容如下。

　　第一编为现实主义文学思潮（1917～1949）。该编从中国传统现实主义文学和西方现实主义文学思潮讲起，揭示了五四时期现实主义文学思潮与中国传统文学的疏离关系，以及向西方文学思潮倾斜的态势；接着对第一个十年现实主义文学思潮如何在借鉴西方文学资源的基础上，实现从萌生到勃兴的过程给予了较为详尽的审视。同时，对五四时期鲁迅在现实主义文学领域的贡献给予了关注，从理论建设和创作实践两个方面估衡了鲁迅做出的重要成就。第二个十年的现实主义文学思潮，因受到"五卅"惨案、"三一八"惨案、"四一二"反革命政变、国民党"民族主义文学"主张等一系列政治和文学事件的刺激，同时受到来自俄苏和日本的无产阶级文艺观念的影响，五四时期以"为人生""人的文学"为主导倾向的现实主义文学思潮发生了迭变，转向了更加强调政治革命性的观念向度。这一转向的最具有标志性的事件是"革命文学"论争。因此，该部分以"革命文学"论争的发生为探究重点，考察了这次论争与俄苏、日本无产阶级文艺观念的密切关联。同时，梳理了"唯物辩证法"和"社会主义现实主义"两种现实主义创作方法引入中国的具体过程，并揭示了潜隐于两种创作方法背后的政治革命和人道主义的思想内涵。另外，对第二个十年现实主义文学的创作潮给予了一定程度的观照。第三个十年的现实主义文学思潮，随着抗战的全面爆发又有了新的发展动向。一方面形成了以国统区为代表的批判现实主义的文学向度，主要是暴露和讽刺国民党"攘外必先安内"的不抵抗政策和残暴专制、贪污腐败等恶劣之风；另一方面解放区依凭苏联的社会主义现实主义理论，提出"文艺为工农兵服务"的创作宗旨，强调文艺应该为政治革命实践服务，从而把文艺引向了政治标准第一、艺术标准第二的发展路径。另外，胡风的重体验的现实主义理论，也是本部分着重要探讨的问题，尤其是其现实主义理论与解放区文学产生的矛盾与龃龉，是本部分关注的焦点。

第二编为浪漫主义文学思潮（1917～1949），该编指出楚辞、唐诗等中国古典文学不乏浪漫主义质素，但其往往在个人的抒情与吟咏中彰显出来，缺乏集体意识，也没有形成一种文学思潮。20世纪初中国文学中的浪漫主义思潮从萌生到勃兴，不是中国传统的浪漫主义的赓续，而是西方浪漫主义文学运动在中国迟到的回响。基于中西方浪漫主义的密切关联，该编首先对西方浪漫主义文学思潮的代表作家作品、思想艺术特征进行了整体审视。接着以现代文学三个十年为线索，梳理了浪漫主义在中国的演进历程。在第一个十年的浪漫主义文学思潮论述部分，重点论述了浪漫主义文学思潮从萌芽到勃兴的发展历程，并对五四时期浪漫主义文学的"两个潮头"——郭沫若与郁达夫的文学思想和创作实践问题加以考量。到了第二个十年，随着时代语境的变换，面对内有阶级矛盾、外有民族矛盾的严峻形势，郭沫若等创造社成员毅然宣布放弃"为艺术而艺术"的浪漫主义的追寻，转向"站在第四阶级说话"的现实主义创作。创造社的转向标志着浪漫主义在第二个十年的式微，尤其是苏联唯物辩证法创作方法得到提倡以后，浪漫主义被视为主观唯心论的产物而遭到否弃。尽管如此，以蒋光慈等为代表的"革命浪漫蒂克"创作的流行，以周作人、废名等为代表的京派文人的浪漫抒情，以艾芜等为代表的漂泊者的流浪之歌，还是在一定程度上丰富了浪漫主义的文学图景。至第三个十年，浪漫主义文学思潮依然在艰难中行进，虽然"社会主义现实主义"明确浪漫主义和现实主义可以融合共生，但浪漫主义基本上是作为革命现实主义的补充而存在。然而，虽然此时期浪漫主义文学创作不多，但浪漫主义精神在郭沫若的历史剧、孙犁的小说和后期海派的小说创作中弥漫开来，成为当时文坛的一道亮色。

第三编为古典主义文学思潮（1917~1949）。该编首先阐述了西方古典主义文学思潮的起源、代表作家作品、思想艺术特点等问题；其次对第一个十年中的古典主义文学流派——学衡派的崛起、理论主张、与新文学的论争和对话等问题给予了关注，同时，对新月诗派"理性节制情感"和"新诗格律化"等古典主义理论主张进行了解读；再次，对第二个十年京派理论家梁实秋的古典主义文学思想，以及京派文人具有古典主义气息的文学创作给予了阐释与说明。该编一方面注重考察中国现代文学中古典主义文学思潮的西方背景，另一方面也注重审视古典主义文学思潮中蕴含的中国传统文学资源。换言之，力求在古今中外的文学谱系中品评古典主义文学思潮在现代文坛的功过得失问题。

第四编为现代主义文学思潮（1917~1949）。该编选取了西方的象征主义、表现主义、存在主义、弗洛伊德主义、意识流等重要文学思潮，一方面阐述了这些文学思潮的本体特征，另一方面梳理了这些文学思潮在中国现代文学发展过程中的流变过程。该编试图勾勒西方现代主义文学思潮在中国本土化的行程轨迹，从而实现对西方现代主义文学思潮与中国现代文学思潮的整体审视。

总之，本书并不拘囿于对文学思潮史发展脉络的梳理与阐释，而是在阐述"史"的过程中蕴含着"论"的内容。克罗齐在《历史学的理论和实际》中指出："一切历史都是当代史。"[①] 正是基于这样的认识，本书在撰写的过程中，在遵循历史事实的同时，也试图站在今天的角度重新打量与审视历史。本书认为，中国现代文学思潮是在西方文学思潮的影响下发生的，但同时也不可能脱离中国本土文学语境照搬西方文学资源。因此，本书一方面以一定的篇幅梳理了西方文学思潮的发展理路；另一方面又立足于中国现代文学本体，注重在中西方文学思潮的互动与博弈中审视中国现代文学思潮的发展与演变历程。同时，本书认为，任何一种文学思潮的发展，都是某种思想或某些思想推动的结果。因此，本书在阐发文学运动、文学论争、文学创作的过程中，尤为注重对相关文学思想的考辨与挖掘。这是本书的特色，同时也是本书撰写的目的。

---

① 〔意〕克罗齐：《历史学的理论和实际》，傅任敏译，中国商务出版社，2017，第3页。

目 录

第一编　现实主义文学思潮（1917~1949）

第一章　第一个十年现实主义文学思潮（1917~1927） …………003
　第一节　作为背景的西方现实主义文学思潮 ………………003
　第二节　第一个十年现实主义文学思潮的萌生 ……………014
　第三节　第一个十年现实主义文学思潮的勃兴 ……………028
　第四节　鲁迅对五四现实主义文学的贡献 …………………042

第二章　第二个十年现实主义文学思潮（1928~1937.7） ………052
　第一节　第二个十年现实主义文学思潮转向的背景 ………052
　第二节　"革命文学"论争与文学观念的迭变 ………………060
　第三节　从"唯物辩证法"到"社会主义现实主义" …………074
　第四节　高涨的现实主义文学创作潮 ………………………088

第三章　第三个十年现实主义文学思潮（1937.7~1949） ………104
　第一节　讽刺、暴露文学的流布 ………………………………105
　第二节　《在延安文艺座谈会上的讲话》发表与现实主义
　　　　　文学的新变 ……………………………………………113
　第三节　关于胡风现实主义理论的论争 ……………………121
　第四节　第三个十年的现实主义文学创作潮 ………………132

第二编　浪漫主义文学思潮（1917~1949）

第四章　第一个十年浪漫主义文学思潮（1917~1927） ………… 147
　第一节　中国现代浪漫主义文学思潮的西方背景 ………… 148
　第二节　第一个十年浪漫主义文学思潮的萌芽与勃兴 ……… 163
　第三节　郭沫若与郁达夫：五四浪漫主义文学的两个"潮头"
　　　　　………………………………………………………… 171

第五章　第二个十年浪漫主义文学思潮（1928~1937.7） ……… 183
　第一节　被压抑与走向式微的浪漫主义 ………………………… 183
　第二节　"革命浪漫蒂克"创作模式的流行 …………………… 189
　第三节　京派文人的浪漫抒情 …………………………………… 198
　第四节　漂泊者的流浪之歌 ……………………………………… 206

第六章　第三个十年浪漫主义文学思潮（1937.7~1949） ……… 216
　第一节　浪漫主义思潮在20世纪40年代的艰难行进 ……… 217
　第二节　历史剧中的浪漫情怀 …………………………………… 223
　第三节　浪漫主义小说创作潮 …………………………………… 231

第三编　古典主义文学思潮（1917~1949）

第七章　第一个十年古典主义文学思潮（1917~1927） ………… 247
　第一节　作为话语资源的西方古典主义文学思潮 ……………… 248
　第二节　学衡派与古典主义文学思潮 …………………………… 256
　第三节　新月诗派与古典主义文学思潮 ………………………… 266

第八章　第二个十年古典主义文学思潮（1928~1937.7） ……… 273
　第一节　梁实秋与古典主义文学思潮 …………………………… 273
　第二节　京派文人与古典主义文学思潮 ………………………… 282

第四编　现代主义文学思潮（1917~1949）

第九章　西方象征主义与中国现代文学思潮（1917~1949） …… 293
　　第一节　西方象征主义概述 ………………………………… 294
　　第二节　象征主义在中国现代文学思潮中的文本呈现 ……… 301

第十章　西方表现主义与中国现代文学思潮（1917~1949） …… 309
　　第一节　西方表现主义概述 ………………………………… 309
　　第二节　表现主义对中国现代文学思潮的影响 …………… 314

第十一章　西方存在主义与中国现代文学思潮（1917~1949）
　　…………………………………………………………………… 323
　　第一节　西方存在主义概述 ………………………………… 323
　　第二节　存在主义对中国现代文学思潮的影响 …………… 329

第十二章　弗洛伊德主义与中国现代文学思潮（1917~1949）
　　…………………………………………………………………… 337
　　第一节　弗洛伊德主义概述 ………………………………… 337
　　第二节　弗洛伊德主义对中国现代文学思潮的影响 ……… 341

第十三章　西方意识流小说与中国现代文学思潮（1917~1949）
　　…………………………………………………………………… 350
　　第一节　西方意识流小说概述 ……………………………… 350
　　第二节　意识流小说对中国现代文学思潮的影响 ………… 355

主要参考文献目录 …………………………………………………… 364

后　记 ………………………………………………………………… 376

第一编
现实主义文学思潮（1917~1949）

第一章　第一个十年现实主义文学思潮（1917~1927）

始于1915年的新文化运动，促使文学界从破旧立新的角度与立场来观照文学的发展与变革问题，胡适、陈独秀、周作人等五四新文化运动的倡导者力图打破"文以载道"传统文学观念的桎梏与束缚，使文学开始发挥关注社会人生现实的功能，致力于人的个性自由与解放，并由此以群体之力助推了第一个十年的现实主义文学思潮的萌生与发展。五四新文化运动的先驱者们批判传统、放眼西方，不仅提出了"进化论""人的文学""平民文学"等一系列理论和思想层面的文学主张，而且引发了问题小说、白话新诗、西洋新剧、小品文等现实主义文学创作潮。正是这种理论、思想和创作上的全新变革，使文学与现实生活贴合得更加紧密，使文学最大限度地发挥了其关注社会现实和人生状况的重要功能。

第一节　作为背景的西方现实主义文学思潮

在中国传统文学中，现实主义文学有着一条重要而清晰的发展脉络，从先秦时期《诗经》《离骚》对现实主义文学传统的开启，到之后陆续出现的春秋战国时期的历史散文和诸子散文；从汉代的大赋、司马迁的《史记》，到唐代杜甫、白居易等关注民生现实的诗歌；从明代施耐庵的《水浒传》、罗贯中的《三国演义》，到清代曹雪芹的《红楼梦》、吴敬梓的《儒林外史》。这些著作，有的描摹日常生活，有的关注国家大事，有的关注民生疾苦，有的批判人性伪善，异彩纷呈，但无不着现实之色彩，且诸多作品体现出鲜明的批判现实的清醒态度，彰显出浓重的讽刺意味。

基于此，中国传统文学中的现实主义因素是异常鲜明的，而且在今天看来是取得了辉煌的成就的，但遗憾的是，或许是受到时代语境限制，中国传统现实主义并没有像西方那样形成一种真正意义上的创作潮流，没有提出具有建设性的现实主义文学发展理念，因此中国传统文学虽然让我们体味到鲜明的现实主义精神，却不能给我们提供一个完整而系统的现实主义文学谱系。或许也正是如此，传统的现实主义文学并没有得到当时时代的充分认可，甚至被视为不入流的"小道"文学样式，其现实主义精神被历史的大潮淹没，没有充分发挥出文学砥砺社会与人生的现实功能。时至新文化运动发起，新文化运动倡导者同样没有将这些蕴蓄现实主义精神的文学著作视为传统文学的"主体"加以对待，而是将其遮蔽在了传统文学的整体谱系中，这些著作虽然未受到严厉的批判，但也没有得到充分的重视。因此，虽然在五四时期，传统文学中的现实主义因子在当时的文坛有所承传，但基于当时普泛的"反传统"文化理念和学习西方的思想共识，却使中国古典文学中优秀的现实主义传统在新的文化语境中被冷落了。

正是由于五四时期现实主义文学思潮并不是源于中国传统文学，而是更多地体现出向西方文学倾斜的姿态，抑或说，五四时期的现实主义文学思潮实质上是以西方为背景，因此梳理与探究西方现实主义文学思潮的起源与流变、代表作家、文学特点等问题便显得特别重要。

一　起源与流变

西方现实主义文学思潮起源于19世纪30年代，其最重要的诱因是发生在西欧的一系列政治事件。1830年，法国爆发了著名的"七月革命"，推翻了代表封建专制王权的波旁王朝，建立了代表新兴资产阶级势力的"七月王朝"，自此，法国金融资产阶级取得了统治地位；1832年英国实行了议会改革，英国工业资产阶级首次进入议会，获得了国家的管理权力，这标志着英国资产阶级的统治地位得到了确立与巩固。在法、英两国的带动与引领下，西欧各国纷纷完成了从封建王权到新兴资产阶级政权的历时性过渡。这些特定的社会政治经济形势的演变，直接促成了文学自身的变革。新的时代迫切要求文学创作者以新的眼光和文学姿态来观照与打量现实，一方面他们要用客观真实的笔触来描摹封建势力的腐朽，揭示其走向灭亡的必然结果；另一方面，他们面对新出现的资产阶级也需要做出客观的评判，当他们以崭新的视角来看待资产阶级的内在本质时，发现资产阶级的体系与制度并没有比封建制度更为优越，人与人之间的关系更多地成为一种雇佣与被雇佣的关系，呈现为一种剥削与被剥削的状态，人与人之间的关系是一种利益化的关系，所谓的仁义、道德在经济利益面前变得一钱不值。在这种状态下，人的地位不仅没有提高，反而处于更加被压抑与被剥削的窘境当中。基于这样的社会现实，文学创作者们不再执着于浪漫主义的虚幻的幻想与陶醉，他们开始关注社会现实问题，开始批判在社会现实当中出现的丑恶行径，对道德层面的虚伪进行辛辣嘲讽，因此这一时期现实主义思潮在西欧国家弥漫开来，并形成了一种注重讽刺与批判的现实主义文学风格。

当然，现实主义文学思潮的出现也并不仅仅是西方国家政治经济形势完全能够主导的，还有赖于以往的文学观念的积淀。自文艺复兴以来，西方国家对中世纪宗教神学的批判，对个性自由与解放的倡导，就已经使文艺批判主义的思想深入人心，形成了文化底蕴深厚的人文精神层面的批判意识和批判传统。这种具有鲜明的批判意识的理念后来在18世纪法国启蒙主义的文艺运动中得到了进一步的传承，成为法国启蒙思想家批判社会现实的重要思想工具。从孟德斯鸠的《波斯人信札》到伏尔泰的《老实人》，从狄德罗的《修女》到卢梭的《新爱洛伊斯》，我们可以看出法国启蒙思想家对不合理社会现实的指责和控诉，从中能够体察到他们深刻的批判意识与批判思想。这种宝贵的批判现实的文艺理念与思想被出现于19世纪30年代的现实主义文学思潮捕捉、汲取，成为19世纪从事现实主义文学创作的作家们的重要的精神资源。

在政治经济形势和批判现实思想的引导之下，现实主义文学思潮成为19世纪30～60年代流行于西方的文学主潮，在客观真实地描写西方的现实生活方面产生了重要而广泛的影响，在社会现实批判和人性、道德批判方面发挥了重要的作用。直到后来自然主义兴起，现实主义才逐渐淡出人们的视野，但现实主义从未在文学的领域消失，因为如果文学不再关注现实，文学也就失去了其本质上的价值与意义。

二 代表作家作品

西方出现了多位具有现实主义文学理念的优秀作家，他们创作出了多部具有世界经典意义的文学作品，这些作家作品包括法国巴尔扎克的《高老头》《人间喜剧》，司汤达的《红与黑》；英国狄更斯的《双城记》；俄国果戈理的《钦差大臣》《死魂灵》，列夫·托尔斯泰的《战争与和平》《安娜·卡列尼娜》《复活》，陀思妥耶夫斯基的《被侮辱与被损害的人》《罪与罚》；美国马克·吐温的《竞选州长》；挪威易卜生的《玩偶之家》等，这些作品或是注重社会制度批判，或是注重人性审视，或是重在为沦落于社会底层的小人物鸣不平，总之，皆体现出一种批判的风格与色调，其中寄寓着作家清醒的现实主义态度和明确的改造社会、改良人生的美好愿景。在此,仅以巴尔扎克、列夫·托尔斯泰和陀思妥耶夫斯基为例加以阐述与说明。

(一)巴尔扎克(1799~1850)

巴尔扎克是风靡法国与世界的伟大的现实主义作家,其作品《人间喜剧》早已成为世界经典名著,在帮助世界读者了解法国19世纪的社会史和风俗史方面发挥了重要的功用。但是,我们在看到巴尔扎克卓越的文学成就的同时,却往往忽略了巴尔扎克何以会取得如此令世界瞩目的成就。

巴尔扎克1799年5月20日出生在法国中部图尔城的一个中产阶级家庭,其父母的愿望是巴尔扎克在大学毕业后能够从事法律方面的工作。因此1816年巴尔扎克曾进入法科学校学习,并且在其后的两年中,还在律师学校从事了法律方面的实习工作。但从法律学校毕业后,巴尔扎克却毅然决定违逆父母的意愿,从事文学创作工作,在他的执意坚持下,父母无奈答应给他两年时间作为试验期限。于是,巴尔扎克潜心开始创作人生中的第一部诗剧《克伦威尔》。1820年,他终于完成了《克伦威尔》的创作,但遗憾的是这部著作不仅没有得到当时文坛的认可,还招致了非议,比如法兰西学院的一位院士在看过剧本之后曾毫不客气地说:"这位作家随便干什么都行,就是不要从事文学工作。"但巴尔扎克并没有因此而丧失创作的信心,他为了实现成为作家的梦想,毅然顶住各种压力进行创作,并因此不断陷入生存危机,最多曾欠下6万多法郎的债务。但巴尔扎克没有向生活与命运屈服,克服了常人难以承受的压力,凭借自己的努力与勤奋,最终为当时法国的文坛所认可,并创作出《高老头》《人间喜剧》等一系列经典文学作品。

可以说,巴尔扎克成为世界级的文学巨匠,与其惊人的毅力和辛勤的劳作密切相关,他曾在写给韩斯卡夫人的书信中坦陈自己的工作经历:

从半夜到中午我工作,就是说要在椅子里坐上12个小时,全力以赴地书写、创作。然后,从中午到四点修改校样;五点半我才上床,半夜又起来工作。①

这样密集而又高强度的工作方式,是我们常人所无法忍受的。正是依凭这样的不懈努力与辛苦劳作,巴尔扎克才能向世界读者贡献出那么多优秀之作,但是也正因此,巴尔扎克透支了自己的身体。为了头脑的清醒,保持高效的工作效率,他长期饮用咖啡,加之经常性的熬夜,巴尔扎克身体状况每况愈下,在51岁时就离开了人世,世界人民失去了一位极其优秀的文学大师。

蓦然回首,今天距离巴尔扎克逝世已经近两个世纪,他的名字及其著作依然在世界读者之间广为流传,特别是他的《高老头》和《人间喜剧》,经过时间和岁月的淘洗之后,早已成为人们心目当中永恒的经典。

《高老头》是巴尔扎克发表于1835年的非常著名的作品,被视为《人间喜剧》这座艺术大厦的第一块基石。作品讲述的是青年拉斯蒂涅混迹于社会,经历了"人生三课"之后内心产生变化,由此进行新的人生选择的故事。第一课是逃犯伏脱冷的教导,即做人心一定要变黑,他对拉斯蒂涅说:"你知道巴黎的人怎么打天下的吗?不是靠天才的光芒,就是靠腐烂的本领。在这个人堆里,不像炮弹一般轰进去,就得像瘟疫一般钻进去。清白老实一无用处。……人生就是这么回事。跟厨房一样腥臭。要捞油水不能怕弄脏手,只消事后洗干净;今日所谓道德,不过是这一点。"② 第二课是鲍赛昂子爵夫人的教导,即做人应该极端利己,她说:"拉斯蒂涅先生,你得以牙还牙地去对付这个社会……你越没有心肝,就越高升得快。你毫不留情地打击人家,人家就怕你。只能把男男女女当作驿马,把

---

① 薛迪之主编《世界十大文豪》,三秦出版社,2000,第229页。
② 〔法〕巴尔扎克:《高老头》,傅雷译,人民文学出版社,1994,第107页。

他们骑得筋疲力尽,到了站上丢下来,这样你就能达到欲望的最高峰。"第三课是高老头之死。这让拉斯蒂涅切身感受到上流社会的冷酷无情。高老头孤寂地死在了伏盖公寓,两个女儿没有一个来看他,拉斯蒂涅由此看到了上流社会子女的冷酷、自私、忘恩负义。接受了"人生三课"的洗礼之后,拉斯蒂涅帮助埋葬了高老头,也埋葬了作为青年人的最后一滴眼泪,他变得不再像以往那样感情用事,他看透了当时社会的黑暗,面对当时光怪陆离而又充满无尽人性阴暗而又丑恶的巴黎,气概非凡地说了句:"现在咱们俩来拼一拼吧!"从此拉斯蒂涅游刃有余地混迹于巴黎上流社会,平步青云。

在《高老头》之后,巴尔扎克创作的《人间喜剧》依然延续了其批判社会和人性的基本主题,且较之前的创作视野更加宏阔,其笔触涉猎法国社会史、政治史、风俗史的方方面面。首先,《人间喜剧》以现实主义笔法生动再现了法国封建贵族的衰亡史。这方面的代表作品是《古物陈列室》。其次,巴尔扎克在《人间喜剧》中揭露了资产阶级的无耻和其罪恶的发家史。这方面的重要作品有《高利贷者》《纽沁根银行》等。再次,巴尔扎克还在《人间喜剧》中描述了在资本主义社会人与人之间的关系实质上是一种赤裸裸的金钱关系,这方面的重要作品有《夏倍上校》《欧也妮·葛朗台》《幻灭》等。从整个叙述谱系和脉络来看,《人间喜剧》是可以被视为一部百科全书式的著作,因为它涉猎19世纪前半叶法国社会的多个领域。巴尔扎克曾这样评述这部著作:

> 编制恶习和德行的清单,搜集情欲的主要事实,刻画性格,选择社会上的主要事件,结合相同的性格特征糅合成典型人物,这样我也许可以写出许多历史学家忘记了写的那部历史。[①]

[①] 〔法〕巴尔扎克:《〈人间喜剧〉前言》,王秋荣编《巴尔扎克论文学》,陈占元译,人民文学出版社,1986,第62页。

应该说，正是因为巴尔扎克深入人民生活内部，去搜寻那些人们司空见惯，却并不被人注意的历史与生活的细节，才酿就了优秀经典之作《人间喜剧》，同时巴尔扎克也因此成为一位享誉世界的伟大作家。

（二）列夫·托尔斯泰（1828~1910）

列夫·托尔斯泰是19世纪俄国最著名的批判现实主义作家，代表了19世纪俄国文学发展的顶峰，被列宁称为"俄国革命的镜子"。[①] 托尔斯泰出身于贵族家庭，其年轻时曾过着花天酒地、纸醉金迷的生活。但1854~1855年参加克里米亚战争的经历改变了其之前的生活习性。在这场战争中，托尔斯泰任炮兵连长，他看到了无数人的死亡，体悟到了战争的残酷，看到了人的命运无常，这些都为其提倡"博爱""勿以暴力抗恶""道德的自我完善"等思想奠定了基础。

托尔斯泰一生的大部分时间都在自己的庄园雅斯纳雅·波良纳中度过，晚年他摒弃了年轻时铺张浪费的生活习惯，转而主张过简朴的平民生活，并拿出自己的生活积蓄，救济俄国贫苦的农民，为农民建学校，晚年还要执意卖掉自己的庄园接济农民，但他深感自身和农民之间在精神上存在的距离和"沟壑"，这致使其极端失望与痛苦。托尔斯泰虔诚的宗教信仰，也导致其晚年思想的偏执，作为宗教信徒的托尔斯泰与妻子矛盾重重、纠纷不断，这导致82岁高龄的托尔斯泰离家出走，最终在途中患上肺炎，孤寂地逝世于阿斯塔波沃车站。

托尔斯泰一生创作了《复活》《战争与和平》等多部具有世界影响力的长篇巨作，这些作品体现出其鲜明的批判现实主义文学创作倾向，在此以托尔斯泰的《复活》为例对此加以说明。《复活》首次出版于1899年，其故事源于生活中真实的事件，讲述的是男主

[①] 〔俄〕弗拉基米尔·伊里奇·列宁：《列夫·托尔斯泰是俄国革命的镜子》，《列宁全集》（第17卷），人民出版社，1988，第181页。

人公贵族青年聂赫留朵夫引诱了姑妈家的一个女仆玛丝洛娃，导致其怀孕并被赶出了家门，走投无路之下，玛丝洛娃只能选择沦落风尘，成为一名妓女。后来被人诬陷，指控其谋财害命，被送上了法庭接受审判。巧合的是，聂赫留朵夫恰是这次审判的陪审员，他深感玛丝洛娃的悲剧命运皆因自己而发生，因此内心非常愧疚，良心受到谴责，于是决定为其辩护申冤，并请求与其结婚，来赎掉自身的罪过，在上诉失败后，聂赫留朵夫又陪同玛丝洛娃到西伯利亚流放。玛丝洛娃最终为聂赫留朵夫的悔过行为所感动，并重新爱上了他，但为了不影响他的声誉和地位，玛丝洛娃还是决定离开他，而与一位革命者结为了伉俪。从整部作品来看，这是一部典型的具有道德批判和社会批判性质的长篇小说。道德批判就体现在上文所讲述的主人公在道德层面出现错误，并为此而赎罪；社会批判则体现在作品用大量的篇幅揭露了法庭、监狱和政府机关的黑暗，官吏的昏庸残暴和法律的反动等。

（三）陀思妥耶夫斯基（1821~1881）

在19世纪俄国文学谱系中，陀思妥耶夫斯基往往和托尔斯泰并置。如果说，贵族托尔斯泰的文学指向往往目光向下，以博爱的人道主义精神给予底层民众救济与帮助，那么陀思妥耶夫斯基则是贫苦大众中的一员，他以平视的角度和切身的体验来为底层的小人物申冤鸣不平。但无论是托尔斯泰，还是陀思妥耶夫斯基，他们都是"人间的至爱者"，他们始终站在弱势群体的立场，为其争取自由与解放。同时二者都是宗教的信徒，致力于道德层面的审判、良心与灵魂层面的叩问，其最终旨归是由此实现民族国家的自我完善。

1821年陀思妥耶夫斯基出生于一个并不富裕的医生家庭。陀思妥耶夫斯基在九岁时癫痫病首次发作，自此间歇性发作的癫痫病伴随了他的一生，身体上的缺陷，导致其看待万事万物时异于常人，往往注重对人的内心世界的审视。此外，他的人生经历也极其坎坷。1837年，陀思妥耶夫斯基的母亲死于肺结核。1839年从事医生工作的父亲在莫斯科去世，死因不明。1849年4月23日，他因参与反对沙皇的革命活动被当局逮捕，11月16日，在即将被执行死刑之际，却意外改为流放到西伯利亚。自此，陀思妥耶夫斯基在西伯利亚服役了近10年，直到1858年升为少尉，他才有了自己的一些自由空间。但获得自由的陀思妥耶夫斯基并没有因此而得到人生的些许喘息。1864年妻子和兄长又相继离世，他不得不照顾兄长的家人，这使本不富裕的陀思妥耶夫斯基欠下了高额债务，不得不流浪到欧洲躲避债务。这些人生经历曾一度令其非常消沉与沮丧，加之癫痫病的频频发作，陀思妥耶夫斯基的思想发生了巨大的转变，他开始不断地反省自我、笃信宗教。1881年2月9日，准备写作《卡拉马佐夫兄弟》的陀思妥耶夫斯基，因要捡起掉落在桌子下面的笔，用力过猛，导致脑部血管崩裂而去世，享年59岁。

在陀思妥耶夫斯基的一生中，文学创作成为其表达自身思想的一种重要的方式，也成为其抵御生活中经济困境的一种有效工具与手段。陀思妥耶夫斯基能够走上文学创作之路与俄国作家涅克拉索夫是密切相关的。1840年，陀思妥耶夫斯基结识了涅克拉索夫，并在其鼓励下创作了处女作——书信体小说《穷人》，这部小说先是被连载于期刊《彼得堡文集》，一年后正式出版单行本。小说面世以后，受到了广泛好评，24岁的陀思妥耶夫斯基获得了俄国文坛广泛的赞誉。但后陀思妥耶夫斯基因与涅克拉索夫、别林斯基等人文学观念不同而关系破裂，加之后来的流放经历，陀思妥耶夫斯基很长一段时间处于搁笔的状态。1861年发表的第一部长篇小说《被侮辱与被损害的人》标志着陀思妥耶夫斯基从前期关注底层人民的精神疾苦，向后期在宗教与哲学层面进行探讨的一个重要转变。对宗教和哲学的探讨在其长篇代表作《罪与罚》中达到了一种高峰状态。《罪与罚》描写的是一位穷大学生拉斯柯尔尼科夫受到无政府主义思想的影响，杀害了吝啬的放高利贷的老太婆阿廖娜和她无辜的妹妹，之后主人公便陷入了无尽的良心谴责的过程中，后来在基督徒索尼娅姑娘的劝导下，最终投案自首，被流放到西伯利亚，获得了灵魂上的救赎的故事。作品一方面描绘了在当时黑暗的社会现实语境下底层人民艰难的生活现状，另一方面深入人的内心世界，揭示人的"灵魂的深"，使人在面对自身的心灵世界时，能够完成人的心灵和道德层面的自我救赎。因此，整部作品散发出的是社会现实批判和人性、道德批判的思想光芒。

二 文学思潮特点

西方现实主义文学思潮受到西方社会制度变革和政治经济形势等方面的重要影响，同时又吸收从文艺复兴到法国启蒙运动过程中个性自由和启蒙理性等文学观念，因此，19世纪西方现实主义文学思潮的特点非常鲜明，如对此加以归纳总结，大体可以从真实性、典型性和批判性等方面来加以把握。

（一）真实性

综览西方现实主义的文学作品，其指向性非常明显，即真实而客观地描写封建势力的必然衰亡史和新兴资产阶级的无耻的剥削史和发家史，这些在《高老头》《人间喜剧》等作品中有着清晰的体现。同时，作家们将文学的笔触深入底层民众的内部，以人道主义的博爱精神描绘出底层人民真实的生存状态，并将底层民众生存的艰难困苦和上流社会的奢靡浪费形成鲜明的对比，真实揭露权势阶级的丑恶嘴脸和残酷本质。这在《穷人》《被侮辱与被损害的人》等作品中清晰展现出来。

（二）典型性

恩格斯曾言，现实主义"除了细节的真实外，还要真实地再现典型环境中的典型性格"。[①] 典型环境、典型人物和典型性格的描绘与塑造，是现实主义文学创作是否成功的一个重要的评价标准。不

---

① 吕德申：《马克思主义文论选》，高等教育出版社，1992，第103页。

难发现，那些伟大的作家在创作文学作品的过程中都非常注重文学的典型性特征，并且塑造出了许多具有典型意义的人物形象，比如巴尔扎克作品中的吝啬成性的财主欧也妮·葛朗台，陀思妥耶夫斯基笔下的经受心灵折磨和道德审判的穷学生拉斯柯尔尼科夫，易卜生塑造的勇于突破旧家庭的束缚离家出走追求个性自由与解放的新女性娜拉等，这些人物不仅仅在当时成为经典形象，而且对后世的文学创作产生了广泛而深远的影响。

（三）批判性

批判性是19世纪西方现实主义文学思潮的具有代表性的特征之一。这种批判性一方面体现为对封建贵族、资本主义制度等剥削本质的揭露，从而揭示封建主义和资本主义的权贵者才是造成社会矛盾、阶级分化的始作俑者，是造成底层人民贫困的真正根源，从而批判与揭发当时社会权贵者和剥削者的罪恶行径；另一方面呈现为对人的道德和人性的批判，作品中的人物往往会因为某种欲望而犯下错误，于是就要遭受人性与道德层面的审判，最终在这种审判中获得灵魂的净化与升华，获得精神层面的救赎。这种批判的范围与视域较为广泛，其描写与塑造的对象，既可以是上流社会的贵族，也可以是沦落于社会底层的贫民。

第二节　第一个十年现实主义文学思潮的萌生

在20世纪初期，中国近代文坛上便已经出现了现实主义的某些迹象，这主要体现在梁启超、王国维等晚清学人的著述中。及至新文化运动前后，陈独秀、胡适、茅盾等新文化运动先驱者开始不断地注意到现实主义文学对于中国文学发展的重要性。但在20世纪初期的近二十年时间内，中国学界对现实主义文学还缺乏深入的认识与理解，基本上停留在西方现实主义文学的引入和概念的阐释层面，因此，我们把这一阶段的文学称为现实主义文学思潮的萌生期。

一 梁启超的"新民"说

1902年梁启超在《论小说与群治之关系》一文中，率先提出了"理想派小说"和"写实派小说"的称谓。① 这是在西方文学理论思潮影响下，最早区分浪漫主义与现实主义两种创作方法的言论。梁启超之所以会提出这样的区分标准，是因为他完全出于当时中国近代社会现实的考虑，在当时内忧外患的社会现实语境下，梁启超充分认识到了文学对于改造社会人生的重要价值与意义，但当时的文学主流体式是"八股文"，主要的文学观念是"文以载道"，文学既缺乏生动性与灵动性，也缺乏砥砺现实的可能性。于是，梁启超把视野聚焦于西方文学理念，并明确意识到"写实派小说"在改造中国社会方面的重要性。正是在西方文学理论的影响下，梁启超发动了"四界革命"。在其"四界革命"中最为人所称道的是"小说界革命"和"诗界革命"。

梁启超发动"小说界革命"的直接动因是为了启蒙民众，他在《新小说》创刊号发表的《论小说与群治之关系》一文中明确指出"欲新一国之民，不可不先新一国之小说"。那么，为什么梁启超会如此看重小说在"新民"方面的重要功用呢？因为在他看来，小说具有"熏、浸、刺、提"（即熏陶、渗透、刺激、升华）四种力，这四种力能够使民众的思想得以净化与升华，从而达到"新民"的重要目的。② 梁启超发动的"小说界革命"在晚清时期开启民智方面发挥了重要功用，明显提高了小说在晚清时期的重要地位，使小说从以往不入流的"小道"，一跃为文学的"正宗"，获得了文坛的高度重视。

梁启超发动"诗界革命"要早于"小说界革命"，梁启超在写于1899年的《夏威夷游记》中揭起"诗界革命"的大旗，号召改

---

① 梁启超：《论小说与群治之关系》，《新小说》第1号，1902年。
② 梁启超：《论小说与群治之关系》，《新小说》第1号，1902年。

良诗歌者要成为"诗界之哥伦布"。但需要强调的是，虽然是梁启超最早提出"诗界革命"这一概念，但最先提出改良诗歌要求的却是黄遵宪。黄遵宪于1868年创作的《杂感》一诗中，明确提出了"我手写我口，古岂能拘牵"的创作主张，[①] 力图打破传统文学观念的束缚，倡导一种从自我出发来关注现实人生的文学理念。另外，难能可贵的是，黄遵宪已经明确意识到了诗歌大众化的必要性，因此他主张诗歌的通俗化，注重诗歌语言的浅显易懂，并对民歌给予了特别的关注。梁启超接续了黄遵宪的诗歌改良之路，注意到了诗歌在民众思想改良方面的重要作用，但其又与黄遵宪有所不同，一方面在于梁启超充分注意到了西方精神思想的重要性，另一方面他比较看重传统文学的旧风格与形式在诗歌中的运用。梁启超在《饮冰室诗话》中明确表示："然革命者当革其精神，非革其形式。"并提出"以旧风格含新意境""熔铸新理想以入旧风格"的理论主张。而"新意境"在《夏威夷游记》中被表述为"欧洲之精神思想"。[②] 基于此，梁启超坚持将新意境、新语句、古人之风格作为诗界革命成功之作必备的三个要素。

可以说，梁启超提倡的"小说界革命"和"诗界革命"的最终鹄的是要改变民众的陈旧思想，使民众从传统文学观念的桎梏中解放出来，从而完成对社会与人生的真正变革。正是基于这样的理念，梁启超主张文学要反映现实生活，要用西方的精神思想更新传统的文学观念，从而传达出一种新的文学理念和时代精神。应该说，梁启超在中国文学从古典到现代的转型方面是做出了重要贡献的，但其缺陷在于从政治革命而非文学革新的角度来谈论文学，也就是说，梁启超更为强调的是如何以文学为工具达到"新民"的政治目的，而不是文学层面的深入变革问题。因此，无论是梁启超自身的创作，还是在其影响下出现的谴责小说等，皆

---

① 黄遵宪:《黄遵宪全集》（上），中华书局，2005，第75页。
② 梁启超:《夏威夷游记》,《梁启超全集》（第4卷），北京出版社，1999，第1219页。

体现出概念大于形象的问题，抑或说，政治内容很大程度上遮蔽了审美内容。

二 王国维的人生苦痛论

如果说梁启超在审视文学时更多注重的是其政治功能，那么王国维在看待文学时，则更为注重文学的审美特质。比如，在1910年，王国维就从审美的角度论述了浪漫主义和现实主义的本质性差异："有造境，有写境，此理想与写实二派之所由分。"但王国维同时又强调："然二者颇难分别。因为大诗人所造之境，必合乎自然，所写之境，亦必邻于理想故也。"[①] 也就是说，在王国维看来，现实主义和浪漫主义虽然有着明显的区别，但二者之间同时也是紧密关联、互相依存的，浪漫主义要合乎现实的"自然"之法度，而现实主义也需要适度的"理想"之升华。

依循着这样的文学理念，王国维又提出了"有我之境"和"无我之境"的概念区分。在王国维看来，"有我之境"的观物方式是"以我观物""于动之静时得之"，结果给人的美感是"宏壮"；"无我之境"的观物方式是"以物观物""于静中得之"，结果给人的美感是"优美"。[②]

王国维在提出"造境"与"写境"、"有我之境"与"无我之境"的过程中，特别注重情感在"境界"中的重要位置，并且明确提出情感也是一种境界，这就打破了在传统文学中单纯把景物描写作为境界的局限。在王国维看来，所谓"境界"实则是情与景的统一，并特别强调应该侧重于从作者感受、作品的表现方面来强调表达真感情、真景物。基于这样的理解，王国维从读者审美鉴赏的角度提出了"隔"与"不隔"的概念，认为"隔"是指那些感情虚浮、遣词造作，破坏作品意象真切性的文艺作品，"不隔"是指那些

[①] 王国维：《人间词话》，江苏文艺出版社，2007，第1页。
[②] 王国维：《人间词话》，香港商务印书馆，1961，第192页。

能给人以鲜明，生动真切之感的文艺作品。①

从王国维对境界的不同区分，到特别强调情感在境界中的重要地位来看，王国维实则是从自身的切身感受和生命体验出发，来观照其"境界"说的，抑或说，王国维的"境界"说是与其人生经历密切相关的。王国维4岁时母亲就已去世，自小又体弱多病，家庭贫困，后来，通过自身的不断努力，才成为清代最后一位皇帝溥仪的老师，然而1924年冯玉祥发动"北京政变"，将溥仪驱逐出紫禁城，王国维将此事视为一生中的奇耻大辱，这就为后来他的自沉埋下了伏笔。

1927年6月2日，王国维来到清华园，处理完公务后就坦然赴颐和园鱼藻轩自沉，结束了自己的生命。事后人们在其内衣口袋里发现了临终遗书，遗书中写道："五十之年，只欠一死。经此世变，义无再辱。"由此不难发现，王国维自沉的原因是和"北京政变"有着重要的关联性的。

当然，王国维的自沉除了外在的影响之外，与其自身的性情也有密切关系，王国维曾坦言："余之性质，欲为哲学家，则感情苦多而知力苦寡；欲为诗人，则又苦感情寡而理性多。"② 这样的性格矛盾毁灭了王国维，也成就了王国维。说成就了王国维，是由于其始终以丰沛的情感观察外在的现实生活和内在的生命形态，并在这种生命的体察中，提出了"境界"说，也形成了其著名的悲剧论。

因为王国维感受到人生的本质实则是无边的失望和痛苦，所以他与德国古典主义哲学家叔本华的悲观主义人生哲学达成了共鸣。叔本华认为，人终生都是痛苦的，其痛苦的根源是人总是会有欲望，因而人总是活在不能实现欲望的痛苦之中。那么如何解脱人生的痛苦呢？叔本华认为大抵有两个途径：一是佛教式的解脱——涅槃；

---

① 王国维：《人间词话》，香港商务印书馆，1961，第210~211页。
② 王国维：《静安文集续编·自序二》，《王观堂先生全集》（第5册），台北文华出版公司，1968，第1827~1828页。

一是通过文学艺术创作达到暂时之解脱。王国维充分汲取了叔本华的这种悲观主义哲学思想,并由此阐明了《红楼梦》的艺术价值,提出了不同于以往的"悲剧论"。在王国维看来,在西方的由极恶势力造成的英雄悲剧、命运无常所致的命运悲剧之外,实则还有另外一种悲剧,即由环境所致的普通人的悲剧,而《红楼梦》恰恰就是普通人的悲剧。王国维认为,《红楼梦》之所以是一部"绝大著作",是因为这部小说的根本精神就在于"以生活为炉,苦痛为炭,而铸其解脱之鼎"。[①] 所谓"解脱",指贾宝玉最后皈依佛门,最终走上了涅槃之路,这呼应了叔本华的解脱之道。

综观王国维的文学批评,实则皆是其人生苦痛论的外在投射。他始终从自身的生命视角来打量外在的社会现实和内心世界,当他感觉到外在现实对内心世界的强大压迫时,一方面回到文学文本自身,依循着康德的"纯粹之美学",倡导超功利文学观,提出"一切之美,皆形式之美也"[②]的文学主张;另一方面汲取叔本华悲观主义生命哲学的资源,希望借文学解脱人生之痛苦。站在今天的角度,王国维的这种以悲观的视角看待社会人生的理念是消极的,他忽视了对人的社会价值和生命意义的审视,但这种回到生命本身内视角的审视,也使王国维在看待生命主体时,提出了诸多具有洞见性的文学主张。

三 陈独秀的"三大主义"

陈独秀是中国学界最早向西方学习文艺思想的重要代表人物,并且将西方文艺思想的发展脉络与流程介绍到了中国。1915年,陈独秀在其创办的《青年杂志》上发表的《现代欧洲文艺史谭》一文

[①] 王国维:《红楼梦评论》,傅杰编校《王国维论学集》,中国社会科学出版社,1997,第357页。
[②] 王国维:《静安文集·古雅之在美学上之位置》,《王观堂先生全集》(第5册),台北文华出版公司,1968,第1832页。

中指出:"欧洲文艺思想之变迁,由古典主义一变为理想主义,再变为写实主义,再进而为自然主义。"①

在介绍西方的文艺思潮的演变之后,陈独秀明确表示,中国文坛当时的现状迫切需要的是写实主义文学,并在1917年2月发表的《文学革命论》一文中,鲜明地在中国文坛树起了写实主义的"大旗",提出了著名的"三大主义"文学观:

> 曰,推倒雕琢的阿谀的贵族文学,建设平易的抒情的国民文学;曰,推倒陈腐的铺张的古典文学,建设新鲜的立诚的写实文学;曰,推倒迂晦的艰涩的山林文学,建设明瞭的通俗的社会文学。②

需要强调的是,无论是陈独秀对西方文艺思想的引进,还是其自身文学观念的阐发,都体现出文学与政论相交融的特点,换言之,陈独秀总是将文学的破旧立新与西方的民主、科学的观念视为一种辩证的关系,正如他所言:"要拥护那德先生,便不得不反对孔教、礼法、贞节,旧伦理,旧政治;要拥护那赛先生,便不得不反对旧艺术,旧宗教;要拥护德先生又要拥护赛先生,便不得不反对国粹和旧文学。"③从这段表述中可以明确,陈独秀反对旧时代、旧文学的现实主义文学观的观点,实则寄寓着其试图将西方的"德先生"与"赛先生"引入中国,从而破除政治、伦理、文化等传统观念束缚的理想诉求。陈独秀之所以会产生这样的想法,是因为其切实认识到了民主与科学在改变时代与民众思想方面的重要性,他曾言:"国人而欲脱蒙昧时代,羞为浅化之民也,则急起直追,当以民主与

---

① 陈独秀:《现代欧洲文艺史谭》,《青年杂志》第1卷第3号,1915年11月。
② 陈独秀:《文学革命论》,《陈独秀文集》(第1卷),人民出版社,2013,第202~203页。
③ 陈独秀:《〈新青年〉罪案之答辩书》,《陈独秀文集》(第1卷),人民出版社,2013,第362页。

人权并重。"①

陈独秀文学与政论相融合的评论特点在五四运动之后的文学著述中也多有呈现，但作为早期共产党领导人的陈独秀，在五四运动之后，将更多的精力用于关注政治，对文学的关注不多，因此其文学成就主要停留在了五四时期。

四 胡适的进化文学观

承续陈独秀写实主义文学观念的是胡适。1918年胡适在《新青年》第4卷第6号上发表的《易卜生主义》一文中指出："易卜生的文学，易卜生的人生观，只是一个写实主义。"易卜生是19世纪挪威现实主义剧作家，他创作的社会悲剧《玩偶之家》曾在倡导个性解放与自由的五四文坛产生热烈反响，青年纷纷主张效仿娜拉摆脱封建旧观念而离家出走，去追求个人的恋爱与婚姻自由。胡适就是易卜生社会剧的追捧者，他不仅明确倡导中国需要易卜生的现实主义理论，而且还以易卜生的《玩偶之家》为蓝本，创作了社会问题剧《终身大事》。

需要强调的是，当五四新文化运动发起时，胡适并不在国内，而是尚在美国留学。虽然远在异地他乡，但胡适也从切身体验与时代变换的风潮中体味到了传统文学的诸多弊病。于是，他从新时代的角度出发倡导语言之变革，并提出了"八事"主张：

> 一曰，须言之有物；二曰，不摹仿古人；三曰，须讲求文法；四曰，不作无病之呻吟；五曰，务去滥调套语；六曰，不用典；七曰，不讲对仗；八曰，不避俗字俗语。②

---

① 陈独秀：《敬告青年》，《陈独秀文集》（第1卷），人民出版社，2013，第95页。
② 胡适：《文学改良刍议》，《新青年》第2卷第5号，1917年。

胡适的以上主张，目的极其明确，就是要向传统文学的重要语言载体文言文宣战，而其语言变革观念并非仅仅强调语言的变革问题，更深层次上强调的是对文学思想、文学体式、文学语言等方面的全新变革，即颠覆传统旧文学的整体构架，完成文学的现代转型与全面革新。因此，胡适不仅以新的文学观念、现代的文学语言创作出了《终身大事》这样的关注当时中国社会现实的问题剧，而且深入诗歌领域，提出"诗体解放说"，主张"作诗如作文"，[①] 提倡新诗应该打破传统格律诗的束缚，向自由诗体发展。与此同时，胡适身体力行，创作出了中国新文学第一部白话诗集《尝试集》。在今天看来，虽然诗集中的某些诗句过于浅白，难以让人产生审美方面的愉悦感受，但这些诗句在当时的五四文坛却是一种不可忽视的存在，因为它标示着有别于古典文学的新的文学样式的产生。

胡适无论是倡导语言变革，还是身体力行投入新文学创作的实践，其依凭的重要思想资源皆是赫胥黎的"进化论"，胡适曾明确指出："文学者随时代而变迁者也。一时代有一时代之文学。周秦有周秦之文学，汉魏有汉魏之文学，唐宋元明有唐宋元明之文学。……今日之中国，当造今日之文学。不必摹仿唐宋，亦不必摹仿周秦也。"[②] 正是在这种文学进化论思想的驱动下，五四新文化运动初期，胡适在反对传统旧文学、提倡新文学方面表现得非常积极。

但有些出乎意料的是，如此积极主张"破旧立新"的胡适，在1923年却创办了《国学季刊》，提出了"整理国故"的主张。以往在谈到胡适"整理国故"事件时，往往将其视为对旧文学的复归，实际上如果辩证地看问题，胡适"整理国故"实际上是为了在清理传统文学资源的基础上，更好地推进新文化的建设，抑或说，是胡适想依循杜威"大胆假设，小心求证"的实证主义方法和西方的学

---

① 胡适：《尝试集·自序》，欧阳哲生编《胡适文集》（第9卷），北京大学出版社，1998，第72页。
② 胡适：《文学改良刍议》，《新青年》第2卷第5号，1917年。

理观念，研究整理中国几千年历史与文学，从而实现其"研究问题、输入学理、整理国故、再造文明"的远大抱负。① 胡适后来转向学术研究，提倡"教育救国"理念，甚至最终投靠国民党，这或许都可以从胡适的人生抱负中找到答案。正如孙郁在比较鲁迅与胡适时所说的那样：

> 二人生活趣味殊为不同，精神之途各异，他们是峻急与平和的摩擦。是"左翼文化"斗士与"自由主义文人"主帅的对立；一个放浪于人间的底层，承受精神的炼狱之苦，一个在学术之途孜孜以求；在走向新生的路上，鲁迅欲借思想"立人"，胡适欲以学术"树人"，但二人对文化的态度却殊途同归：追求自由和精神的现代化。他们的一生深深地纠缠着中国现代文明的路向，直到今天依然影响着中国的读书人。②

应该说，胡适一生都致力于关注中国的社会现实问题，只是他不是以激进的革命的方式改变中国黑暗的社会现实，而是试图以温和的改良的方式实现中国社会现实的渐变，他的以学术"树人"的思想在当时布满战火硝烟的语境中是难以实现的，他依靠国民党试图实现中国"全盘西化"的想法在1949年后也化为泡影。然而今天，我们并不应该因其政治身份而忽视胡适的思想价值，也不应该因其理想未能实现而轻视其一生的艰难探索历程。而是应该回到历史的语境中，挖掘出胡适执着于自身的文学理念，试图为中国寻找出一条现实可行出路的思想价值。

五 茅盾的现实主义文学观

1920年，沈雁冰（茅盾）在《小说新潮栏宣言》一文中把西方

---

① 胡适：《新思潮的意义》，《新青年》第7卷第1号，1919年12月1日。
② 孙郁：《鲁迅与胡适·扉页》，现代出版社，2013。

的文学思潮与中国文坛的创作实际加以联系,指出"西洋的小说已经由浪漫主义进而为写实主义,表象主义,新浪漫主义,我国却还是停留在写实主义之前"①。在这段表述中,茅盾已经明确表达了自己的文学观念,即虽然西方的文学思潮已经发展到了新浪漫主义(即现代主义)阶段,但出于中国的社会现实考虑,中国文学仍处于向"写实主义"进阶的阶段。因此茅盾认为,写实主义才是中国当时文坛急需的。

为了巩固现实主义在五四文坛的重要地位,茅盾一方面反对并批判"文以载道"、游戏消遣等传统文学观念,另一方面尽可能地向西方俄国、法国等借鉴现实主义文学经验,来弥补中国新文学理论方面的不足。首先,茅盾将自己的视野投向了俄国现实主义文学领域,发现了俄国"为人生"文学传统的重要价值与意义。他曾言:"我也是和我这一代人同样地被五四运动所惊醒了的,我,恐怕也有不少的人象我这样,魏晋小品、齐梁词赋的梦游世界里伸出头来,睁圆了眼睛大吃一惊的,是读到了苦苦追求人生意义的俄罗斯古典文学。"②并进而指出:"俄人视文学又较他国人为重,他们以为文学这东西,不单怡情之品罢了,实在是民族的'秦镜',人生的'禹鼎';不但要表现人生,而且要有用于人生。"③那么,如何"表现人生"?如何"有用于人生"?按照茅盾的理解,即"平民的呼吁"和"人道主义的鼓吹"。④关于这两个方面,茅盾在其文学批评中,以托尔斯泰、陀思妥耶夫斯基、屠格涅夫等人为例,给予了充分的阐述与说明。

茅盾所言之"平民的呼吁"需要具备两个因素。一是作家要具有平民意识,即真正站在底层人民的立场来发言。茅盾以屠格涅夫、

---

① 沈雁冰(茅盾):《小说新潮栏宣言》,《小说月报》第 11 卷第 1 期,1920 年。
② 茅盾:《契诃夫的时代意义》,《茅盾全集》(第 33 卷),黄山书社,2014,第 802 页。
③ 茅盾:《俄国近代文学杂谭》,《茅盾全集》(第 32 卷),黄山书社,2014,第 146 页。
④ 茅盾:《俄国近代文学杂谭》,《茅盾全集》(第 32 卷),黄山书社,2014,第 146 页。

托尔斯泰和高尔基为例加以说明："屠尔格涅甫、托尔斯泰那样出身高贵的人，我们看了他们的著作，如同亲听污泥里人说的话一般。决不信是上流人代说的。其中高尔基是苦出身，所以他的话更悲愤慷慨。"① 言下之意，三位作家之所以没有上层人的口吻，是因为他们真正与民众打成一片，是具有平民意识的作家。尤其是高尔基，其来自底层人民，因此其言语也更为"悲愤慷慨"。二是作家要真实地再现底层人民的生活状态，尤其是要展现底层人民的"人性的永久的真实"，发掘出其灵魂深处的"人性之善"。茅盾认为，陀思妥耶夫斯基是这方面最具有代表性的作家。"陀氏所描写的那些'被侮辱与被损害者'虽过于堕落的生活，然而灵魂永不至于堕落。"② "他把那些'被践踏者与被损害者'的狰狞可畏的外皮剥去了，把他们的纯洁的灵魂摊布出来给智识阶级的人看，叫他们知道人性的永久真实即是善。……他把那些'被践踏者与被损害者'自身的纯洁的内心生活摊布出来指给他们看，叫他们知道人性的永久真实的伟大的力量。……他在俄国人湿漉漉的抹布生活里寻出俄国人，也许即是凡人类的伟大来，寻出那些在湿漉漉抹布生活中的人们的不绝的向上努力来，我们人类看了该怎样兴奋，而且怎样的感动呢！"③

然而，作家如何才能做到展现"平民的呼吁"？抑或说，作家为何心甘情愿为平民而呼吁？茅盾认为，在为平民呼吁的背后蕴含的是作家浓厚的人道主义情怀与思想。他曾指出，陀思妥耶夫斯基之所以会发现并描写底层人民的人性之善，是因为他对"被践踏者与被损害者"的博大深厚的人道主义的同情与爱。正是这种深厚的爱，才使陀思妥耶夫斯基对底层人民的关注是发自"同等地位的人对人的同情

---

① 茅盾：《俄国近代文学杂谭》，《茅盾全集》（第32卷），黄山书社，2014，第145页。
② 沈雁冰（茅盾）：《陀斯妥以夫斯基的思想》，《小说月报》第13卷第1号，1922年1月10日。
③ 沈雁冰（茅盾）：《陀斯妥以夫斯基带了些什么东西给俄国》，《时事新报·文学旬刊》第19号，1921年11月11日。

心，而不是那些自命为慈善家污蔑他人人格的怜悯"。① 与此同时，茅盾针对托尔斯泰的文学创作写道："托氏的文学，描写下等社会的生活，那么样的亲切活现，莫泊三有其细熨，而无其动人（humour）；然而托氏的写实文学中，常常有个中心的思想环绕，这便是人道主义——无抵抗主义。"② 也就是说，在茅盾看来，人道主义才是陀思妥耶夫斯基、托尔斯泰等俄国作家为平民呼吁和呐喊的真正内在驱动力。

以托尔斯泰、陀思妥耶夫斯基等为代表的俄国古典主义作家提倡的人道主义具有不同于日本人道主义的鲜明特质，即强调一种博爱思想和"利他主义"的奉献精神。茅盾在其文论中写道："托尔斯泰以为人类的幸福只有爱（love）和服务（serve）可以达到。他主张无抵抗，非战；就是因为他见得抵抗和战争不是达到幸福的方法，十二月党在俄京暗杀达官的时候，托尔斯泰两不袒，直说政府与党人争杀人，一样的罪恶。"③ 同时，茅盾又指出："托尔斯泰的生活，品性，文学作风，当然的与陀思妥以夫斯基的相差很远；但是有一点相同：这就是利他主义，就是想找出一条合着神的法律底人生的正路。"④ 正是基于此，托尔斯泰试图以无抵抗主义的非战策略来实现人与人之间的和谐与友爱，最终达到理想中的人类全体的"道德自我完善"；陀思妥耶夫斯基则渴望通过对底层民众内在灵魂的揭示和救赎来塑造人类终极意义上的至善至美的"绝对完全的人格"。⑤ 可以说，托尔斯泰和陀思妥耶夫斯基，尽管所采取

---

① 郎损（茅盾）：《陀斯妥以夫斯基在俄国文学史上的地位》，《小说月报》第13卷第1号，1922年1月10日。
② 沈雁冰（茅盾）：《文学上的古典主义、浪漫主义和写实主义》，《学生杂志》第7卷第9号，1920年9月5日。
③ 沈雁冰（茅盾）：《文学家的托尔斯泰》，《时事新报·学灯》，1919年12月8日。
④ 郎损（茅盾）：《陀斯妥以夫斯基在俄国文学史上的地位》，《小说月报》第13卷第1号，1922年1月10日。
⑤ 沈雁冰（茅盾）：《陀斯妥以夫斯基的思想》，《小说月报》第13卷第1号，1922年1月10日。

的拯救人类的方式不同，但其终极指向却是一致的，即通过人性的改善，达到人类永久之幸福与和谐。在这一点上，茅盾深受其影响，他曾言："我是倾向人生派的。我觉得文学作品除能给人欣赏而外，至少还须含有永存的人性，和对于理想世界的憧憬。"[①] 此语正道出了五四时期茅盾以"为人生"为旨归的现实主义文学观念的基本内涵。

茅盾除了向俄国汲取现实主义文学资源外，他还以法国的自然主义文学为参照，来强调现实主义文学应该以"真"为创作的基本目标。1922年，中国文坛掀起了一场关于"自然主义"的文学论争。针对这次论争，茅盾发表了自己的见解，他指出："我们都知道自然主义最大的目标是'真'。在他们看来，不真的就不会美，不算善。他们以为文学的作用，一方要表现全体人生的真的普遍性，一方也要表现各个人生的真的特殊性，他们以为宇宙间森罗万象都受一个原则支配。然而宇宙万物又没有二物绝对相同，世上没有绝对相同的两匹蝇，所以求严格的'真'，必须事事实地观察。"[②] 茅盾的这番言论，是针对当时文坛中那些主张宣传某种思想或者表达自身内心的感受而不顾及客观事实的现象而发的，从中我们能够体察到其注重与遵守文学真实性创作原则的严谨态度。

综上，从近代梁启超、王国维对现实主义概念的提出，到现代胡适、陈独秀、茅盾等人对现实主义命题的持续关注，近现代学界已经体察到现实主义文学对中国文坛的重要性。但彼时现实主义还没有引起学界的普遍共识，仍存在于个别作家或理论家的只言片语中。也就是说，在20世纪20年代初之前的那段时间，只能称为现实主义文学思潮的萌生时期。因为这一时段学术界对待现实主义还缺乏一种清醒的思潮观念，更多的是将现实主义作为一种新的创作方法和文艺表现的特征来加以理解和强调，既缺乏系统的理论支撑，

[①] 茅盾：《介绍外国文学作品的目的》，《时事新报·文学旬刊》第45期，1922年8月1日。
[②] 茅盾：《自然主义与中国现代小说》，《小说月报》第13卷第7号，1922年。

也缺乏文学创作的积淀。现实主义文学思潮的真正勃兴在20世纪20年代以后。

第三节　第一个十年现实主义文学思潮的勃兴

梁启超、王国维、胡适等人对"写实派""写实主义"等概念的关注与引入，为后来中国新文学理论建构和创作实践奠定了基础。在这些文学资源的影响下，五四文坛出现了周作人对"人的文学"和"平民文学"的理论倡导，成立了文学研究会、语丝社等主张现实主义的文学社团，引发了新文学阵营与传统文人的文学论争，形成了问题小说、人生派小说、乡土小说等创作热潮。这些文学现象的出现，充分说明现实主义已经形成了一股强大的文学潮流，将现实主义文学推向了勃兴。

一　周作人"人的文学"与"平民文学"的理论倡导

因"附逆"事件，周作人的文学贡献一度被学界遮蔽与忽略，但如果仅从文学的角度而言，周作人的充满苦味和涩味的小品文在中国现代文坛无疑占有一席之地。除了小品文以外，周作人的理论贡献同样不可忽视，尤其是他在五四时期提出的"人的文学"和"平民文学"理念，直接为五四文坛现实主义文学树立了一面理论旗帜，使现实主义文学有了具体的内容和理论纲领。因此，提到现实主义文学的勃兴，不能不先提到周作人的"人的文学"和"平民文学"的理论主张。

（一）"人的文学"

周作人在1918年底发表了《人的文学》这篇具有纲领性意义的文章，在文中第一次鲜明地提出了要以"人的文学"与"非人的文学"为区分新文学与旧文学的标准，并且明确表示，"非人的文学"皆是"妨碍人性的生长，破坏人类的和平的东西"，应给予坚决彻底的排斥;"人的文学"则与"非人的文学"明显不同,它以"人的道德为本",以"人道主义的思想"为指引,其目标在于助益人性的健全发展。[①]

需要强调的是,周作人上文所言的"以人为本"的人道主义思想,并非完全出于自身的创见,而是在借鉴域外文学和思想资源的基础上形成的思想观点。周作人的人道主义思想主要来源于日本的"白桦派"。白桦派是出现于日本近代时期的一个文学流派,代表作家有武者小路实笃、有岛武郎、志贺直哉等,因其创办《白桦》而得名,其文学特点是追求个性解放,提倡人道主义精神,强调个人的尊严和意志。

从周作人后来对人道主义的表述来看,他充分汲取了日本白桦派的理论观点,重点强调人道主义的个人化特征,强调个性解放,将人道主义视为一种"个人主义的人间本位主义",正如周作人所言:

> 我所说的人道主义,并非世间所谓"悲天悯人"或"博施济众"的慈善主义,乃是一种个人主义的人间本位主义,这理由是,第一,人在人类中,正如森林中的一株树木。森林盛了,各树也都茂盛。但要森林盛,却仍非靠各树各自茂盛不可。第二,个人爱人类,就只为人类中有了我,与我相关的缘故。墨子说兼爱的理由,因为"己亦在人中",便是最透彻的话。上文所谓利己而又利他,利他即是利己,正是这个意思。所以我说的人道主义,是从个人做我说的人道主义,是从个人做起。要讲人道,爱人类,便需先使自己有人的资格,占得人的位置。耶稣说,"爱邻如己"。如不先知自爱,怎能"如己"的爱别人呢?至于无我的爱,纯粹的利他,我以为是不可能

[①] 周作人:《人的文学》,《新青年》第5卷第6号,1918年。

的。人为了所爱的人,或所信的主义,能够有献身的行为。若是割肉饲鹰,投身给饿虎吃,那是超人间的道德,不是人所能为的了。①

周作人在此明确表达了自己对人道主义的理解与认识,即人道主义是首先要关注个人,只有个人获得了自由与解放,获得了做人的资格,才能去爱别人,给别人帮助。否则,自身还没有获得做人的权利,就去"割肉饲鹰,投身给饿虎吃"的做法并非真正的人道主义。

不难发现,周作人这里所强调的以个性解放为前提的人道主义思想,与19世纪欧洲以托尔斯泰、陀思妥耶夫斯基等为代表的资产阶级抽象人道主义思想表现出了明显的不同。欧洲的人道主义思想强调的是一种博爱思想和无条件的"利他主义"的奉献精神,而周作人则认为欧洲的这种人道主义思想在当时中国的社会语境下是无法实现的,因为人还没有获得作为人的权利。周作人的这种思想观念是得到五四新文化先驱者的广泛认同的,比如作为五四文坛重要代表人物的鲁迅就曾表达过同周作人观点相近的见解,鲁迅曾在《文化偏至论》一文中指出当时的中国要想摆脱黑暗现实的局面,必须走"掊物质而张灵明,任个人而排众数"之路。② 可以说,对个性自由与解放的追寻,是五四时期仁人志士的一种基本共识。这一点之所以成为共识,是因为他们认识到"文以载道"传统文学观念扼杀了个人的做人的权利,只有将个体从封建专制的牢笼中解救出来才是当务之急。而周作人提倡的"人的文学",正好迎合了当时的时代语境,反映民众的心声,因此在当时产生了重要的影响。但需要强调的是,周作人、鲁迅等人虽然强调五四时期的人道主义的个性化特征,但并不是说,他们不认同欧洲具有博爱主义的人道主义

---

① 周作人:《人的文学》,《新青年》第5卷第6号,1918年。
② 鲁迅:《文化偏至论》,《鲁迅全集》(第1卷),人民文学出版社,2005,第47页。

的思想,在他们的思想谱系中,只有实现个体的完全解放,才能达到全人类的解放,也就是说,在个性解放的理念中恰恰蕴含着其达成全民族、全人类解放的美好愿景。正是在这一点上,周作人、鲁迅等人提倡的人道主义思想与19世纪欧洲现实主义作家所提倡的人道主义思想暗合。

(二)"平民文学"

周作人在发表《人的文学》后,于1919年又发表了《平民文学》一文,在文中,周作人明确地将封建传统旧文学与新时代的"平民文学"相对立,在周作人看来,传统旧文学实际上是"贵族文学",其描写与表现对象是帝王将相、才子佳人,而"平民文学"则与传统文学明显不同,其写作特征是用通俗浅白的语言描写人民大众的现实生活状况,"记载世间普通男女的悲欢成败",从而揭示大多数普通民众的"真挚的思想与事实"。[①]

周作人倡导的"平民文学"实际上是其"人的文学"思想的具体化,体现出他热切关注普通民众现实生活状态的良苦用心,也彰显出其鲜明的人道主义思想。在这一点上,其文学理念非常符合19世纪欧洲现实主义作家对小人物予以关注的文学范型,同时也在很大程度上契合了五四时期打破传统文学创作范式的文学主潮,因此受到当时五四文人的高度重视与认可。

但需要强调的是,周作人所谓"平民",是区别于封建专制时代帝王将相、才子佳人的新时代的普通民众,这种"普通民众"的概念指涉非常宽泛,既包括底层民众,也包括小资产阶级知识分子等各个阶层,因此,这一概念和后来延安时期的"人民大众"概念表现出明显的不同。

应该说,周作人"人的文学""平民文学"所标示的人道主义文学思潮,在中国现实主义文学流变史上翻开了极其重要的一页。

[①] 周作人:《平民文学》,《每周评论》第5期,1919年。

在动摇几千年来传统思想根基方面也起到了巨大的作用。它使新文学的先驱者明确意识到文学不能再充当封建说教的工具,必须转向现实社会人生,转向写人,特别是普通的平凡人。[①] 在周作人的"人的文学""平民文学"思想提出后,五四文坛涌现出了提倡现实主义的文学社团、文学论争和文学作品,这标志着现实主义文学已经成为一种文学思潮,且不断发展壮大。

二 文学社团

在五四时期,具有明确现实主义倾向的文学社团是文学研究会与语丝社。

(一)文学研究会

文学研究会于1921年1月由周作人、郑振铎、沈雁冰、王统照、许地山等人成立于北京。他们将茅盾革新之后的《小说月报》作为文学会刊,并在刊物上发表宣言,明确表示"将文艺当作高兴时的游戏或失意时的消遣的时候,现在已经过去了。我们相信文学是一种工作,而且又是于人生很切要的一种工作"[②]。同时提出将"研究介绍世界文学,整理中国旧文学,创造新文学"作为文学研究会的最终宗旨。[③]

文学研究会在五四时期现实主义文学的传播方面发挥了重要功用。一方面文学研究会积极向文坛引入西方的新的文学思想和文学理论,为当时的文坛寻求理论层面的依托,为创作新文学作品寻绎可资借鉴的样本,并试图以此来批判封建传统文学的不合理性,为文学的新发展找寻出一条重要而明晰的出路;另一方面,在借鉴西方文学资源的基础上进行创作实践,他们以人生和社会问题为创作的出发点,特别注重对社会黑暗的揭示和对灰色人生的诅咒,试图

---

① 温儒敏:《新文学现实主义的流变》,北京大学出版社,2007,第14~15页。
② 《文学研究会宣言》,《小说月报》第12卷第1号,1921年。
③ 《文学研究会宣言》,《小说月报》第12卷第1号,1921年。

通过揭示这些问题,来探索出一条拯救社会的新的出路。因此,文学研究会是名副其实的"为人生而艺术"的一派,或说现实主义的一派。

(二) 语丝社

语丝社是继文学研究会后成立的又一个具有现实主义文学特质的文学社团。该社团1924年11月于北京成立,因创办《语丝》周刊而得名。语丝社是在鲁迅的支持下成立的,因此其成员大多是和鲁迅非常要好的人士,其中包括周作人、钱玄同、林语堂、孙伏园、刘半农等。语丝社并没有像文学研究会那样有明确的文学宣言,但是其成员多提倡自由主义之思想、独立批判之精神,且常发表揭露黑暗社会现实的针砭时弊的杂感类文章,因而获得了"语丝派"之称。另外,因他们非常注重以文章进行社会批评与文化批评,又不拘泥于文体的束缚,无意中形成了一种任意而谈的散文随笔文体,后来学界将这种文体定义为"语丝体"。

语丝社一直热切关注着当时的社会现实,在批判封建旧思想旧观念,反对封建军阀镇压北京女师大学潮,揭露"三一八"惨案的罪行等方面曾起过积极的作用。但后来该社团内部思想倾向存在较大差异,随着周作人、林语堂表示不再关注政治,转向"独抒性灵"的小品文的创作之后,语丝社实际上已经名存实亡了。1930年3月《语丝》正式停刊,该社停止了文学活动。

三 文学论争

为了巩固新文学的地位,维护现实主义的文学理念,鲁迅、茅盾等五四新文学先驱一方面展开了对鸳鸯蝴蝶派文学观念的批判,另一方面引发了同提倡浪漫主义文学的创造社之间的论争。

(一) 新文学阵营对鸳鸯蝴蝶派的批判

鸳鸯蝴蝶派萌生于1906年前后,其成员包括徐枕亚、吴双热、李定夷等。这些成员多来自苏州、扬州,其根据地设在上海,因此其小说创作多以这三大都市为背景。1912年，鸳鸯蝴蝶派产生了最具代表性的文学作品——徐枕亚的《玉梨魂》。除此之外，鸳鸯蝴蝶派具有影响性的作品还有吴双热的《孽冤镜》、李定夷的《陨玉怨》、李涵秋的《广陵潮》、孙玉声的《海上繁华梦》等。这些作品的文学特质在于：常把才子佳人的恋爱故事和市民生活作为书写对象，并注重文学的趣味性、娱乐性和消遣性。由于鸳鸯蝴蝶派作家创作的目的是获得经济利益，因此他们常常为了投合市民的趣味而创作，这导致他们的作品缺乏社会责任感。同时有些作家为了谋取利润，也使作品出现了粗制滥造的情形。

第一个提出"鸳鸯蝴蝶派"这一称谓的是周作人，他于1918年在北京大学的一次演讲中提出，取的是"卅六鸳鸯同命鸟，一双蝴蝶可怜虫"之意。[①] 周作人在此具有明显的讽刺之意，他以鸳鸯蝴蝶作比，嘲讽鸳鸯蝴蝶派只会创作一些倾诉相思之苦的爱情小说，而根本不关注现实的弊端。不仅周作人，沈雁冰、茅盾等人皆对鸳鸯蝴蝶派给予了批判。茅盾在《自然主义与中国现代小说》一文中指出，鸳鸯蝴蝶派"思想上的一个最大的错误就是游戏的消遣的金钱主义的文学观念"。[②] 鲁迅在其《关于〈小说世界〉》一文中认为，"鸳鸯蝴蝶派"借白话和通俗刊物流布，实际上不过是"旧文化小说"的"异样的挣扎"。[③]

以上的批判性的文字体现出来自新文学阵营的精英知识分子对鸳鸯蝴蝶派"游戏的消遣的金钱主义的文学观念"的否弃，也彰显出其对新的时代对文学社会价值重新定位的渴求。这对于文学的发展来说无疑具有重要的进步意义。但新文学阵营对文学休闲娱乐功能的忽视，导致其对鸳鸯蝴蝶派等通俗文学一概加以否定，这也反映出新文学发展过程中的先天不足和某些缺失。

---

① 周作人：《日本近三十年小说之发达》，《新青年》第5卷第1号，1918年。
② 茅盾：《自然主义与中国现代小说》，《小说月报》第13卷第7号，1922年。
③ 鲁迅：《关于〈小说世界〉》，《鲁迅全集》（第8卷），人民文学出版社，1981，第111页。

（二）文学研究会与创造社的论争

1922年夏季到1924年7月，文学研究会与创造社发生了一场文学论争。其论争的焦点是二者的文学观念：文学研究会提倡的是"为人生的艺术"，具有强烈的现实主义文学倾向，主张文学必须要和社会、时代的发展要求相契合，并如实地反映人生中出现的各种问题；而创造社深受唯美主义等西方文学思潮的影响，高举浪漫主义文学旗帜，主张回归创作者的内心世界，真实地、坦诚地吐露创作者自己的心声。与此同时，他们极力宣称："我们要追求文学的全，我们要追求文学的美！"[①]

文学研究会和创造社的这场论争实则是现实主义和浪漫主义文学观念之间的博弈，抑或说，是文学应该反映外在的社会现实，还是应该反映内在的心理现实之间的矛盾。其实，从今天的角度观之，这场论争是完全可以避免的。因为文学研究会和创造社都是反对旧文学的新文学社团，他们的文学主张都是五四时期精神的体现。同时，文学研究会在反映外在社会现实时，也非常注重对自身的内在心理的表达，换句话说，在书写外在社会现实时，所有的批判和赞赏无不承载着作家自身的内在思想。而创造社成员在真实表达自己内心世界丰富情感的同时，也明晰自身是社会中的一员，因此其作品也彰显对外在社会现实的热切关注，比如郁达夫的小说《沉沦》，在叙述完主人公的内心压抑与苦闷后，在主人公跳海自尽前，郁达夫这样写道："祖国呀祖国！我的死是你害我的！你快富起来！强起来罢！你还有许多儿女在那里受苦呢！"[②] 这段描写既真实地袒露了主人公自杀前的真实声音，同时也非常明确体现出了主人公（或说作者）对祖国社会现实的关注，表达出对祖国能够富强的殷切期盼。基于以上可以说，文学研究会和创造社的理念

[①] 成仿吾：《新文学之使命》，《成仿吾文集》，山东大学出版社，1985，第94页。

[②] 郁达夫：《沉沦》，载朱栋霖主编《中国现代文学作品选1917-2000》（第1卷），高等教育出版社，2002，第65页。

差异只在于二者关注现实的侧重点有所不同，实质上两个社团都是新文学建设过程中不可或缺的部分，都在不同程度地关注着当时的社会现实问题。

四 文学创作

五四时期，形成了一股强劲的现实主义文学创作潮流，而在这股创作潮流中最具有代表性的流派体现在小说创作领域，比如问题小说、人生派小说和乡土派小说等。

（一）问题小说

问题小说的创作宗旨是揭示当时社会和人的心理所存在的一系列的问题，从而找到解决问题的良方。其产生背景主要在于五四时期的较为宽松的社会环境使有识之士有了思想觉醒的可能性，从而发动了思想启蒙运动，造就了"思考的一代"；也在于五四时期的知识分子积极引入欧洲、俄国等表现社会人生的文学作品，并受到其影响，尤其是挪威作家易卜生的社会问题剧对中国文坛的影响极大。

在内部与外部条件的合力推动下，在问题小说创作方面，出现了多部具有代表性的文学作品，包括冰心的《两个家庭》《斯人独憔悴》《超人》、庐隐的《一封信》《灵魂可以卖么?》、叶圣陶的《这也是一个人》、王统照的《沉思》《微笑》、罗家伦的《是爱情还是苦痛》，等等。这些作品存在一些共同的特点：一是正视五四时期的社会现实问题，探求与揭示人生的价值与意义；二是具有较强的主观抒情性，从文本中能够体悟到作者鲜明的思想指向性和倾向性；三是作品蕴含丰富的哲理性，力求做到理论与哲理的交融。在此，我们以冰心为例加以说明。

冰心是问题小说创作者中最具代表性的作家。冰心出生于福建福州长乐横岭村。其父亲谢葆璋是海军官员，因此，冰心的童年几乎都是随父亲在海边度过。加之，冰心非常喜欢印度泰戈尔等人的诗歌。大海的广阔和泰戈尔的博爱思想深深地影响了冰心，促使她在面对社会上出现的任何问题时，都渴望用"爱的哲学"去化解。这在其发表的《超人》一文中鲜明地体现出来。

《超人》中的主人公何彬起初信奉尼采的"恶"的哲学，认为人与人之间的关系没有真情实感，只有冷漠和逢场作戏。他说："世界是虚空的，人生是无意识的。人和人，和宇宙，和万物的聚合，都不过如同演剧一般：上了台是父子母女，亲密的了不得；下了台，摘下假面具，便各自散了。哭一场也是这么一回事，笑一场也是这么一回事，与其互相牵连，不如互相遗弃；而且尼采说得好，爱和怜悯都是恶⋯⋯"[①] 后来，邻居的厨房的小伙计禄儿摔伤了脚，在深夜痛苦地呻吟，导致何彬不能安静地休息，于是，何彬出钱接济了禄儿，医好了他的脚。为了报答何彬，禄儿给何彬送去了"金黄的花儿"和一封信，信中写道：

> 我也不知道怎样报先生的恩德。我在先生门口看了几次，桌子上都没有摆着花儿，——这里有的是卖花的，不知道先生看见过没有？——这篮子里的花，我也不知道是什么名字，是我自己种的，倒是香得很，我最爱他。我想先生也必是爱他。我早就要送给先生了，但是总没有机会。昨天听见先生要走了，所以赶紧送来。
>
> 我想先生一定是不要的。然而我有一个母亲，她因为爱我的缘故，也很感激先生。先生有母亲么？她一定是爱先生的。这样我的母亲和先生的母亲是好朋友了。所以先生必要收母亲的朋友的儿子的东西。
>
> 禄儿叩上[②]

[①] 冰心：《超人》，载朱栋霖主编《中国现代文学作品选 1917-2000》（第 1 卷），高等教育出版社，2002，第 85 页。

[②] 冰心：《超人》，载朱栋霖主编《中国现代文学作品选 1917-2000》（第 1 卷），高等教育出版社，2002，第 87 页。

何彬阅罢来信，捧起禄儿送的花，再也无法控制自己的情感，呜呜咽咽地痛哭了起来。禄儿的满含温情的话语和善意的举动，让何彬想起了自己的母亲，想到了人间的友爱。他在给禄儿的回信中回应："小朋友呵！不错的，世界上的母亲和母亲都是好朋友，世界上的儿子与儿子也都是好朋友，都是互相牵连，不是互相遗弃的。"[1]

冰心的《超人》显然是要用"爱的哲学"来融化存留于人内心世界的冷漠情感和"荒凉"意识，从而达成人与人之间的和谐与友爱的关系，最终推动社会的深入变革与发展。这种博爱的人道主义思想在倡导自由与解放的五四时期无疑具有重要的价值与意义，但随着20世纪20年代"五卅惨案"和大革命失败的政治激变，"爱的哲学"在时代的迭变面前变得黯然失色。

（二）人生派小说

人生派小说是五四时期的另一个具有代表性的现实主义文学类型。最主要的创作特点在于：以现实主义的笔法，热切关注社会现实问题，关心民生疾苦。其书写范围和视野极其广阔，涵纳了对底层民众悲苦命运的关注，对知识分子灰色人生的书写等多个方面。代表作家包括叶圣陶、王统照、王任叔、徐玉诺等。

叶圣陶是人生派小说的最具代表性的作家之一，尤其是他的《潘先生在难中》，直接取材于当时的江浙军阀战争，真实地剖露了小资产阶级知识分子在面对军阀战争时的动摇、懦弱的真实生存状态。在这部作品中，作者没有直接去描写战争的场面，而是别出心裁地将战争作为背景，把潘先生这样懦弱的知识分子置于书写的中心，既侧面反映了军阀战争的残酷，也表达了对小市民知识分子灰色生活的讽刺。

叶圣陶除了关注军阀战争和小资产阶级知识分子的灰色生活，还触及乡村教育的破败和小学教员生活的穷酸窘迫（《饭》）、"教育

---

[1] 冰心：《超人》，载朱栋霖主编《中国现代文学作品选1917-2000》（第1卷），高等教育出版社，2002，第88页。

救国"理想在当时社会获得实现的艰难(《倪焕之》)等话题。叶圣陶的这些书写,虽然重心在于表现知识分子的灰色人生,但其创作时刻注重与当时社会时代背景相结合,因此,能够使读者充分体验到题材与创作视域的广阔。

王统照是人生派的另一位代表作家。王统照最初热衷于关注社会问题,是"问题小说"的代表作家,他创作的《沉思》《微笑》等短篇小说,是"问题小说"的重要代表作品。后来,王统照转向以自己的家乡山东乡村为背景,描绘农民的悲惨生活境况,1924年发表的短篇小说《生与死的一行列》是这方面最具代表性的作品。作品以贫民送葬的场景为描写对象,淋漓尽致地写出了彼时底层贫民如蝼蚁一样的生存状态:

> 五六个人扛了一具白木棺材,用打结的麻绳捆住,前面有几个如同棺里一样穷的贫民迤逦地走着。大家在沉默中,一步一步地,足印踏在雪后的灰泥大街上,还不如汽车轮子的斜纹印的深些,还不如载重马蹄踏得重些;更不如警察们的铁钉皮靴走在街上有些声响。这穷苦的生与死的一行列,在许多人看来,还不如人力车上妓女所带的花绫结更光耀些。自然,他们都是每天每夜罩在灰色的暗幕之下,即使死后仍然是用白的不光华的粗木匣子装起,或用粗绳打成的苇席。不但这样,他们的肚腹,只是用坚硬粗糙的食物渣滓磨成的;他们的皮肤,只是用冻僵的血与冷透的汗编成的!他们的思想呢,只有在黎明时望见苍白的朝光,到黄昏时穿过茫茫的烟网。他们在街上穿行着,自然也会有深深的感触,他们或以为是人类共有的命运?他们却没曾知道已被"命运"逐出宇宙之外了。[①]

---

① 王统照:《生与死的一行列》,《王统照精品选》,中国书籍出版社,2016,第241页。

王统照在写作了《生与死的一行列》以后，又创作了《沉船》《山雨》等一系列反映农村现实的小说。如果说，创作于五四时期的小说更多地聚焦于对底层贫苦民众的惨淡生活，那么20世纪30年代，王统照的现实主义小说则充满了革命的意味，写出了农民在面对破败现实时的反抗精神。比如1933年出版的长篇小说《山雨》，不仅以"山雨欲来风满楼"的诗句预示了革命风潮即将到来，而且以奚大有这一农民形象反映出农民在备受压迫过程中的最终觉醒。正如作者所言："《山雨》，意在写出北方农村崩溃的几种原因与现象，及农民的自觉。"①

除了叶圣陶、王统照的相关代表性作品，王任叔的《疲惫者》、徐玉诺的《一只破鞋》、孙俍工的《隔绝的世界》等小说，都是五四时期人生派具有现实主义倾向的文学作品。此不再赘述。

（三）乡土小说

乡土小说是继"问题小说"之后，于1923年出现在五四文坛的又一股现实主义小说热潮。在探讨这股乡土小说热潮之前，首先要明晰"乡土文学"这一概念。鲁迅在1935年首次对"乡土文学"给予了界定，他认为"凡在北京而忆述故乡的事情和书写自己的乡愁的，无论是用主观或是客观的方法，皆称为'乡土文学'"②。鲁迅对"乡土文学"的释义根源于五四文坛的创作情形。五四时期在《晨报副刊》和《京报副刊》上崭露头角的"乡土文学"作家，多是出身于中小城镇和乡村的被生活放逐到大都市的"流寓者"。他们面对着"灰暗肮脏的都市生活"，感到异常的失望与落寞，于是他们常常回忆故乡，并以求实的精神描写故乡的人与事。③ 在鲁迅看来，这些"流寓者"追忆乡土的文字就是"乡土文学"。

---

① 王统照：《山雨·跋》，载杨义《中国现代小说史（上）》，人民出版社，1998，第370页。
② 鲁迅：《〈中国新文学大系·小说二集〉导言》，《中国新文学大系·小说二集》，上海良友图书印刷公司，1935，第9页。
③ 温儒敏：《新文学现实主义的流变》，北京大学出版社，2007，第59页。

乡土小说派是在鲁迅的扶持与引领下形成的文学流派。代表作家包括王鲁彦、许钦文、蹇先艾、台静农、许杰、彭家煌等。这些作家都和鲁迅保持着密切的关系，而且大部分作家曾得到鲁迅的扶掖。因此，他们创作方面的一个极其重要的共性特征是模仿、借鉴鲁迅。他们亦如鲁迅一样，运用现实主义的创作方法，把农民和农村题材大量引入现代小说领域，在描摹农村混乱不堪的现实的同时，常常将笔触深入人们的精神深处，挖掘国民的精神"劣根性"。

在乡土小说作家的笔下，农村的生活现实得到了多个角度的展现。有的意在揭露军阀、兵痞的残暴，比如王鲁彦的《柚子》、台静农的《新坟》；有的描写底层民众艰难的生活、凄苦的命运，比如许钦文的《石宕》和《鼻涕阿二》；有的展现宗法制影响下的农村的陋习，比如举办冥婚（《菊英的出嫁》）、典妻（《赌徒吉顺》）、械斗（《惨雾》）、水葬（《水葬》）等。这些描写虽多是在回忆的基础上完成的，但乡土小说作家们如实地描写了农村的方方面面，极大地还原了当时农村现实的本来面貌。另外，尽管有些乡土小说家的文学笔法还略显生涩，但他们的创作却吸引了一大批文学新秀开始关注农村题材，关注农民的生活和精神状态，在一定程度上为后来文学大众化奠定了基础。

综上，问题小说、人生派小说和乡土小说在现实主义文学思潮勃兴的过程中是做出了重要的贡献的。但需要强调的是，除了小说领域，在诗歌、戏剧、散文等领域，也出现了一些具有现实主义倾向的文学作品。在诗歌领域，出现了蒋光慈的《新梦》《哀中国》等关注人民大众的无产阶级诗歌；在戏剧领域，则有胡适的《终身大事》、田汉的《获虎之夜》等关注社会问题的剧作；在散文领域，涌现出《新青年》"随感录"作家群、"语丝"派等文学新人针砭社会时弊的散文佳作。虽然这些领域的成就并不像小说领域的成就那样突出，但它们在助推第一个十年现实主义文学思潮发展方面的贡献却不容忽视。

第四节　鲁迅对五四现实主义文学的贡献

鲁迅在五四时期现实主义文学理论建设和创作实践方面，都做出了重要的贡献。在理论方面，他回顾传统、放眼西方，提出了诸多发人深省的具有建设性的理论主张；在创作方面，他以《呐喊》《彷徨》两部短篇小说集奠定了在五四文坛的显著位置，代表着五四时期现实主义文学创作的最高峰。鲁迅这些理论和创作实绩，不仅丰富了当时文坛对现实主义文学思潮的理解，而且还引领了"问题小说"和乡土派小说两股文学创作潮。因此，不了解鲁迅在五四时期的现实主义文学成就，就无法完整理解第一个十年的现实主义文学思潮。

一　鲁迅的现实主义理论建设

鲁迅是一个深受传统文学与文化熏陶的知识分子，同时又是一个异常清醒的现实主义者。他深谙旧文学的种种弊端，认为传统的"瞒与骗"的文学难以适应新的时代，因此迫切地寻找摆脱传统文学观念束缚的新途径，这在其理论建设中充分彰显出来。

首先，鲁迅将自己的视点转向了中国传统文学，以批判的姿态对传统文学给予了审视与批判。他指出："中国人向来因为不敢正视人生，只好瞒和骗，由此也生出瞒和骗的文艺来，由这文艺，更令中国人更深地陷入瞒和骗的大泽中，甚而至于已经自己不觉得。"[①]鲁迅对这种"瞒和骗"的文学深恶痛绝，因为它只能让底层的民众无期限地在封建专制政权的压制下过活，而不能从思想上促发他们觉醒，为自身挣得"人"的权利而抗争。基于此，鲁迅热切呼吁，作家们应该"取下假面，真诚地，深入地，大胆地看取人生并且写

[①] 鲁迅：《论睁了眼看》，《鲁迅全集》（第1卷），人民文学出版社，2005，第254~255页。

出他的血和肉来",中国文坛"应该有一片崭新的文场","应该有几个凶猛的闯将"。① 这寄寓着鲁迅试图以一种现实主义的精神来更新传统文学观念的强烈诉求。

鲁迅不仅在思想上倡导现实主义精神,而且还于1923~1924年编著了理论著作《中国小说史略》,较为系统地梳理历史脉络,挖掘封建主义病根,以资为新文学创作提供借鉴与参照。

鲁迅深入传统文学内部,从中国文学本体的角度出发,对传统文学的肌理给予详细的梳理与考察,并从中审视其局限与缺失,对中国新文学摆脱盲目追寻西方的激进姿态具有一定的抑制作用,同时也有助于新文学理论家与作家们能够在反思传统文学的过程中,注重对中国社会现实的深入关注与审视。尤其是鲁迅在当时发表的《论睁了眼看》《〈呐喊〉自序》等系列杂文,在批判传统、观照现实方面,发挥了重要功用。

其次,鲁迅积极向西方寻求现实主义理论资源。一方面,他致力于汲取俄国文学资源,陀思妥耶夫斯基、托尔斯泰、安特莱夫等人的有关现实主义的理论主张都曾出现在鲁迅的评论文字中,这在《〈穷人〉小引》等评论中得到清晰体现;另一方面,1924年,鲁迅译介了日本理论家厨川白村的《苦闷的象征》,并写作了《〈苦闷的象征〉引言》《〈出了象牙之塔〉后记》等文章加以评述。鲁迅对这些域外文学资源的吸收,极大地促进了他对现实主义理论的深入思考,并形成了其开放的现实主义的文学理念。

再次,鲁迅极力倡导一种极具包容性的开放的现实主义的文学理念与创作方法。一方面,鲁迅不仅注重对外在社会现实的批判,而且更为注重对人的内在心理现实的审视,试图揭示人的"灵魂的深"。在这一点上,鲁迅明显受到了陀思妥耶夫斯基的重要影响。同时,在审视人的内在灵魂时,鲁迅强调作家主观能动性的重要作

---

① 鲁迅:《论睁了眼看》,《鲁迅全集》(第1卷),人民文学出版社,2005,第255页。

用，即倡导一种重主观重体验的现实主义；另一方面，鲁迅认为，象征主义、浪漫主义等创作方法与现实主义并不冲突，而是可以相互融合、相得益彰。实际上，鲁迅不仅从理论上加以倡导，而且还从创作层面进行实践，比如小说《狂人日记》《药》《长明灯》等都是以现实主义创作方法为主，而又融合了多种文学创作方法的典范之作。也正是因此，茅盾才称鲁迅为"创造新形式的先锋"。①

二 鲁迅的现实主义文学创作

鲁迅是一个"强韧的生活者"，他不畏惧生活中的艰难与苦难，总是以韧性战斗精神抵御生活中的种种不幸；同时，鲁迅又是一个清醒的现实主义者，他所有的思想既源于现实又高于现实，因此他总是在思想的维度上比同时代人想得更深，看得更远。正如日本学者竹内好所言："他不是时代的先觉者，因为先觉者往往脱离时代而存在，而鲁迅却时时在时代的洪流中。——他不退让，也不追从。首先让自己和新时代对阵，以'挣扎'来涤荡自己，涤荡之后，再把自己从里边拉将出来。这种态度，给人留下一个强韧的生活者的印象。像鲁迅那样强韧的生活者，在日本恐怕是找不到的，而与俄国相近。把他推向激烈的战斗生活的，是他内心存在的本质的思想。"②

鲁迅这种清醒的现实主义精神，使其每时每刻都在审慎地、冷静地观察外在的社会现实和内在的精神世界，他从不盲从认可哪一种文学观念和文学主张。这往往会导致他总是和时代的文学主潮发生一段时间的错位。比如当五四新文学运动发起之时，之前一度想以文学救国的鲁迅却没有任何动静，而是在 S 会馆埋头抄起了古碑。

---

① 沈雁冰（茅盾）：《读〈呐喊〉》，《文学周报》第 97 期，1923 年 10 月。
② 〔日〕竹内好：《近代的超克》，孙歌编，李东木、赵京华、孙歌译，生活·读书·新知三联书店，2005，第 11 页。

直到后来钱玄同找到他,邀请他写文章声援五四新文学运动,鲁迅才勉强做起了"听将令"文学。后来,鲁迅在《〈呐喊〉自序》中曾谈起他为何没有从一开始就响应五四新文学运动的原因。鲁迅把中国比喻为一间没有窗户而又万难破毁的铁屋子,铁屋子里面的人们都在沉睡,如果就这样昏睡至死,他们并没有什么痛苦,但如果以文学的方式唤醒了几个人,又没有给予他们希望与出路,还不如让他们昏睡至死的好,因为这样他们不会感到痛苦。但钱玄同的话,让鲁迅感到了某些希望,于是决定借创作"呐喊"几声,来使那些奔驰的猛士不惮于前驱。[1]

鲁迅的表述,道出了之前未发表文章声援五四新文学运动的原因,同时也说明了后来开始文学创作的原委,字里行间,是鲁迅源于对当时中国社会现实的考量而做出的决定。另外需要强调的是,鲁迅虽然将自己创作的起因归结为"听将令"(即遵从钱玄同的嘱托),但或可说,以"文学救国"的信念,在鲁迅的思想深处早已有之,只是钱玄同的到来提供了一个重要的触媒与契机。这或许也可以解释,为什么《狂人日记》甫一发表就成为五四新文学的一座高峰,因为鲁迅对此早已酝酿已久。而后来接续发表在《呐喊》《彷徨》集中的小说,同样蕴含着鲁迅对当时社会外在现实和内在心理现实的极为深刻的思考,因此,《呐喊》《彷徨》无疑代表了五四时期现实主义文学的最高成就。

《呐喊》《彷徨》的成就大体可以从独特的题材、独特的视角、独特的典型、独特的创作方法四个方面加以理解。

(一)独特的题材

在中国传统文学中,小说书写的对象往往是帝王将相、才子佳人,而几乎不表现处于社会底层的农民和落魄知识分子。虽然《水浒传》等作品对农民有所涉猎,但这些作品中的农民并不能算是严

---

[1] 鲁迅:《〈呐喊〉自序》,《鲁迅全集》(第1卷),人民文学出版社,1981,第419页。

格意义上的底层农民；《儒林外史》等作品中有对知识分子的描写，但这些知识分子并不处于社会底层，作者意在讽刺，并不注重表现知识分子生活状态。因此，鲁迅对农民和知识分子题材的深入开掘在当时是具有特殊意义的。这种特殊意义就表现在：作者极为真实地展现了作为弱势群体的农民和知识分子的生活状态和精神状态。

（二）独特的视角

鲁迅的小说，一方面关注外在的社会现实，揭露现实的黑暗，批判封建专制制度的残暴与罪恶，直陈中国几千年的历史实际上是一部"吃人"的历史；另一方面审视人的内心精神世界，挖掘国民精神层面的劣根性，试图揭示人的"灵魂的深"。两个方面，鲁迅都给予了深入的关注与详尽的剖析，但他更为注重对后一个方面——人的精神层面的开掘。因为鲁迅自始至终抱着反思国民性和启蒙主义的目的进行创作，正如他在20世纪30年代回首自己的创作历程时所说：

> 说到"为什么"做小说罢，我仍抱着十多年前的"启蒙主义"，以为必须是"为人生"，而且要改良这人生。我深恶先前的称小说为"闲书"，而且将"为艺术的艺术"，看作不过是"消闲"的新式的别号。所以我的取材，多采自病态社会的不幸的人们中，意思是在揭出病苦，引起疗救的注意。①

审视人的精神痛苦，这一独特的视角，源于鲁迅对现实的深入观察和切身体验。尤其是发生在留学时期的"幻灯片事件"，令鲁迅深切意识到，中国民众不论体格如何的健壮，如果精神上是麻木的、不觉醒的，那么，国家与民族也根本不可能得以发展，底层民众也无法获得做人的真正权利。所以，鲁迅要以文学挖掘人的精神病根，从而引

---

① 鲁迅：《我怎么做起小说来》，《鲁迅全集》（第4卷），人民文学出版社，2005，第526页。

起国人"疗救的注意",最终为国家、民族的民主、富强积蓄有生力量。

(三) 独特的典型

鲁迅的小说主要致力于表现病态社会里人的精神痛苦。因此,鲁迅的笔下出现了许多病态的人物形象,而这些人物形象尤以农民和知识分子最为典型。

在农民形象方面,鲁迅塑造了闰土、祥林嫂、阿Q等一系列典型人物形象,比如《故乡》中的闰土,小时候是作品中"我"的玩伴,他机警而英勇,但当在外漂泊20余年的"我"再次回到故乡见到闰土时,那个机警而勇敢的闰土不见了,"我"见到了一个苍老而懦弱的闰土形象,尤其是他一鞠躬,给"我"叫了一声"老爷",更是叫出了闰土内心中的麻木与懦弱。《祝福》中的祥林嫂,以往我们更加关注她在封建父权、夫权、神权压迫下的悲惨命运,但祥林嫂的死和她自身也有直接关系,如果祥林嫂不是一个有神论者,不是害怕死后会被两个男人锯开,分为两半,她或许就不会死得那样快。换句话说,祥林嫂的死有封建势力的压迫,也有出于自身的恐惧。再比如《阿Q正传》中的阿Q,他有很多的性格缺陷,他自尊自大、自轻自贱、欺凌弱者、健忘、忌讳缺点。尽管阿Q有许多性格缺点,甚至是每次都是自己吃亏,但他有自己"转败为胜"的法宝,那就是"精神胜利法"。鲁迅说,这部小说"要画出这样沉默的国民的魂灵来","暴露国民的弱点"。[1] 鲁迅确实做到了,当法国作家罗曼·罗兰看到这部作品时,激动地流下了眼泪,他说,通过这部作品"看到了一个民族的良心"。[2]

在知识分子形象方面,鲁迅也塑造了许多具有精神痼疾的典型形象,大体可以把他们划分为五类。

第一类是封建权势者形象,包括鲁四老爷(《祝福》),赵太爷(《阿Q正传》)、丁举人(《孔乙己》)等。他们固守封建观念,

---

[1] 鲁迅:《伪自由书·再谈保留》,《鲁迅全集》(第5卷),人民文学出版社,2005,第154页。
[2] 许寿裳:《亡友鲁迅印象记》,《人世间》复刊第6期,1947年8月20日。

直接造成了底层人民的不幸。如果不是鲁四老爷嫌弃祥林嫂为不洁之人，把她赶出鲁家，祥林嫂就不会死；如果不是丁举人打折了孔乙己的腿，孔乙己也不会失去行动能力而面临死亡的威胁。

第二类是封建卫道士形象，包括《肥皂》中的四铭，《高老夫子》中的高老夫子，他们共同的性格特征是虚伪，表面上道貌岸然，内心却是男盗女娼。比如四铭本是一名教书育人的教员，但一次他到街上遇到两个小流氓看到一个女乞丐，两人在议论，如果这个乞丐能用肥皂咯吱咯吱地洗一洗，一定很好看，于是四铭就鬼使神差地到商店买了一块肥皂；《高老夫子》中的高老夫子，为了显示学问，给自己取名高尔础，但实际上他没有什么学识，为了到贤良女学校去看女学生，答应校方去讲授魏晋文学，但他丝毫不懂魏晋文学，在讲课过程中，因为心虚，似乎总是听到学生们的嘲笑声。鲁迅淋漓尽致地展现了这些伪道学家虚伪的真面目。

第三类是科举制度和封建等级观念培养出来的迂腐的知识分子。比如孔乙己就是受到科举制度毒害至深的人，他什么都不会做，迂腐到只会满口之乎者也。他好面子，是咸亨酒店唯一一个穿长衫而站着喝酒的人；他善良，他把自己的为数不多的茴香豆分给孩子们吃，热心地教孩子们识字。孔乙己生活很窘迫，为了生计，他只能偷盗，后来被丁举人打折了双腿，成为科举制度和封建权势者的牺牲品。

第四类是辛亥革命后陷入迷茫的一代知识分子，包括吕纬甫、魏连殳等，他们是因革命失败而走向消沉的一代知识分子。《在酒楼上》中的吕纬甫，先前是一个勇敢的革命者，但辛亥革命失败后，意志消沉，只是做些为小兄弟收骸骨、给顺姑送剪绒花的小事来打发自己的时光。《孤独者》中的魏连殳，先前也是一个革命者，革命失败后，为了生计不得不奉行他先前所反对的理念，在军阀杜师长的门下做了顾问。

第五类是五四新文化运动感召下的一批新青年，觉醒了却无路可走是其鲜明特征。最典型的人物是《伤逝》中的涓生与子君。他们是感应五四文化思潮而追求自由、独立的文学青年，渴望摆脱封建礼教的束缚，走出旧家庭，去追求婚姻的自由与解放。子君甚至决绝地喊出："我是我自己，他们谁也没有干涉我的权利。"① 于是子君与涓生不顾家庭的反对，在吉兆胡同租了一个房子，过起了两个人的生活。为了增加生活的情趣，子君还买了四只小油鸡和一条狗，名叫阿随。两人同居后，在子君看来，她做一个家庭主妇就行了，其他的可以交给涓生，但两个人在一起时间长了，涓生就对子君产生了厌倦之情，尤其是后来涓生又失掉了自己的工作，两个人的生计就出现了问题。没有了经济来源，两个人无法再生活下去，于是，两个人被迫吃掉了四只油鸡，赶走了阿随，子君也不得不回到旧家庭中，在父辈的冷眼中，凄凉地死去。鲁迅针对当时文坛现状写出《伤逝》这部小说，五四时期的一些文人深受挪威作家易卜生《玩偶之家》的影响，鼓吹青年们应该像娜拉那样，勇敢地走出旧家庭，去追寻个性的自由和解放。这种观点引起了鲁迅的反思，他不仅写作了小说《伤逝》，而且还写作了一篇杂文《娜拉走后怎样》，对其展开讨论。鲁迅在《娜拉走后怎样》一文中指出，易卜生只是提出了娜拉出走的问题，却并没有回答娜拉走后怎样的问题，在鲁迅看来，娜拉走后只有两条路：一条是堕落，另一条是回来。②为什么会这样，因为娜拉没有经济权，没有经济权一切附丽都终将逝去，包括生活，也包括爱情。《伤逝》中的子君和涓生便是如此，正因为他们没有经济权，所以子君只能又回到旧家庭中，这导致了她的死亡。因此，在鲁迅看来，不要急着让青年出走，而是要告诉他们出走的前提，即要有经济权。

鲁迅塑造这些农民与知识分子典型形象，目的是剖露其精神病根，从而使其觉醒。鲁迅在塑造这些具有精神痼疾的人物形象时，

---

① 鲁迅：《彷徨·伤逝》，《鲁迅全集》（第2卷），人民文学出版社，2005，第439页。
② 鲁迅：《坟·娜拉走后怎样》，《鲁迅全集》（第1卷），人民文学出版社，2005，第170页。

对这些人物一方面抱着批判的态度，另一方面也给予了其深深的人道主义同情。因为在鲁迅看来，造成这些人物悲惨命运的罪恶渊薮实际上是封建社会制度，所以他在作品中以血淋淋的事例揭示了封建社会制度吃人的本质。在鲁迅的首篇小说《狂人日记》中，他就指出中国四千年的历史，实际上是充满了血腥的人吃人的历史。接着在小说《孔乙己》中，鲁迅以一个屡试不第的穷书生孔乙己落寞地死去的故事，鞭挞了封建社会教育制度的罪恶。后来，鲁迅又在小说《故乡》《祝福》等作品中揭示出封建社会等级制度及夫权、父权、神权对淳朴善良农民的戕害，在小说《在酒楼上》《孤独者》《伤逝》等作品中揭示封建社会保守势力和家族制度对下层知识分子的压制。综观鲁迅作品中的人物，无论是狂人、孔乙己、闰土、祥林嫂，还是吕纬甫、魏连殳、涓生和子君，尽管他们身上有性格缺陷，但是他们的本性都是善良的，可他们却无辜地被封建制度残忍地戕害了。所以，鲁迅以沉痛的心情对封建社会吃人的罪行进行了血泪的控诉，并一针见血地指出："所谓中国的文明者，其实不过是安排给阔人享用的人肉的筵宴。所谓中国者，其实不过是安排这人肉的筵宴的厨房。"[1]

（四）独特的创作方法

鲁迅的创作始终立足于中国的社会现实，他始终以深沉的眼光凝视着中国社会的"常"与"变"。他真实地叙写着中国宗法式乡村农民麻木、愚昧的生存与精神状态，真实地揭露知识分子孤独、颓废的内心感受。可以说，鲁迅的作品散发出一种巨大的现实主义精神的感召力。与这种现实主义精神相得益彰的是主体意义上的现实主义方法。在《故乡》《祝福》《风波》等作品中，我们能够清晰感受到鲁迅现实主义创作方法的艺术魅力。但鲁迅并没有拘囿于现实主义这一种方法，而是把现实主义作为主体，旁涉了象征主

---

[1] 鲁迅：《灯下漫笔》，《鲁迅全集》（第1卷），人民文学出版社，2005，第228页。

义、意识流、弗洛伊德主义等多种创作方法，比如《狂人日记》就是现实主义、意识流和象征主义创作方法的结合体，《药》采用了现实主义和象征主义相融合的创作方法等。因此，鲁迅的创作方法在五四时期是独特的，其独特性就体现在多种创作方法的融合共生上。抑或说，他广泛借鉴了西方19世纪批判现实主义和20世纪初的现代主义等诸种创作方法，并将这些创作方法有机融合到了对中国社会现实的深刻观照之中。

综上，鲁迅在文学理论建设和创作实践两个方面丰富了第一个十年的现实主义文学思潮。鲁迅对传统文学观念的批判、对西方文学观念的引进、对国民性话题的关注等，对五四时期现实主义文学思潮的发展起到了极大的助推作用，做出了不可磨灭的贡献。

第二章　第二个十年现实主义文学思潮（1928~1937.7）

第二个十年的文学不再像五四时期那样具有较为宽松的社会语境和文化语境。在政治的迫压下，在内有阶级矛盾、外有民族矛盾的时代语境中，第二个十年的文学思潮充满了更多的政治的、阶级的内容。文学家们较为普遍地意识到，五四时期那种个性自由与解放的呐喊，已经无法适应新的时代发展之需求，当务之急是要倡导文学与政治革命相结合，结束个人主义空洞的叫喊，将个人投入政治革命的洪流当中。这种转变在"革命文学"论争、解散"左联"与"两个口号"的论争、"唯物辩证法"和"社会主义现实主义"创作方法的提倡、现实主义文学创作实践等一系列事件中鲜明地体现出来。

第一节　第二个十年现实主义文学思潮转向的背景

第二个十年现实主义文学思潮之所以转向，一方面是受到中国一系列政治事件和文学事件的刺激，另一方面则是受到来自苏联和日本的无产阶级文艺观念的影响。下面分述之。

一　政治事件的促发

20世纪20年代，随着"五卅"惨案、"三一八"惨案和"四一二"反革命政变的相继爆发,共产党和国民党之间的阶级矛盾日益激化,诸多知识分子和仁人志士付出了血的代价;1931年,东北沦陷,日军侵占东北,民族救亡成为时代的主题。面对国民党的白色恐怖和抗日救亡的迫切任务,文学界越来越意识到五四时期所倡导的个人主义思想和致力于揭示社会问题主张的空洞与无力,文坛开始转向提倡集体主义和阶级斗争,文学的政治性由此明显增强。

二 国民党倡导"民族主义文学"

1930年6月,朱应鹏、范争波、黄震遐等人出版《前锋周报》和《前锋月刊》,开展"民族主义文艺运动",提倡"民族主义文学"。"民族主义文学"的思想实质在于:"一是借'民族主义'的外衣宣扬封建意识,'民族主义'只是封建思想的载体;二是煽动褊狭的民族情绪,歌颂穷兵黩武精神;三是绞杀'多型的文艺意识',统一于国民党的'中心意识'。"[①] 其目的一方面是宣扬国民党的思想理念,控制人民的思想,从而达到愚民的目的;另一方面是围剿中国共产党领导下的左翼文学阵营,在舆论层面压制来自左翼文学的"声音"。

在倡导"民族主义文艺运动"期间,实际上,"民族主义文学"并没有对左翼文学产生遏制作用,这主要是因为"民族主义文学"的倡导者没有创作出令读者欣赏的作品,大部分都是艺术拙劣之作,其目的在于政治宣传。比如黄震遐的《陇海线上》和《黄人之血》基本上可以被称为政治上的宣传品,被鲁迅讥讽为"流尸文学"。[②] 加之"民族主义文学"所宣传的封建思想和当时的社会现实语境相脱节,不能适应时代的发展要求,因此"民族主义文学"没有得到人民大众的认可。

---

① 刘增杰、关爱和主编《中国近现代思潮史》(上卷),上海文艺出版社,2008,第480页。
② 鲁迅:《二心集·"民族主义文学"的任务和运命》,《鲁迅全集》(第4卷),人民文学出版社,2005,第323页。

"民族主义文学"的思想与创作方面的缺失，决定了它无法有效控制来自左翼文学的思想言论，其倡导者国民党只能借助严苛的政治压力和严密的书报检查制度控制左翼文学思想的传播。这反而更激发了左翼文学阵营创作的激情，他们运用各种隐晦的方式描写现实，以躲避国民党的检查制度。

三 苏联和日本无产阶级文艺观念的影响

第二个十年的现实主义文学思潮受到苏联无产阶级文化派、"拉普"派和日本无产阶级文艺观念的重要影响。为了更好地理解这种影响关系，在此对苏联和日本的无产阶级文艺观念进行简要论述。

(一) 无产阶级文化派的理论预设

无产阶级文化派（即"全俄无产阶级文化协会"，也称"无产阶级文化教育组织"）成立于俄国十月革命前夕，是一个非常广泛的群众化的文化组织，对苏俄文学及文化的发展曾产生广泛影响。无产阶级文化派代表人物包括亚·波格丹诺夫、瓦·普列特尼奥夫、帕·别萨利科、彼·列别杰夫·波梁斯基等，他们以《无产阶级文化》《汽笛》《未来》《熔炉》等期刊为阵地，发表了诸多文学和文化理论主张，由此我们能够清晰地把握其主要的理论预设。

第一，主张发挥无产阶级艺术的"组织机能"。这一理论主张主要来自无产阶级文化派的领导人波格丹诺夫。波格丹诺夫认为，人类的一切活动都是组织活动，世界上一切的过程都可以归结为组织过程；物质世界并不具有客观存在性，皆是社会当中集体经验的组织；全部的观念形态，诸如科学、文化、艺术等，都可以被视为"组织科学"的不同门类。文学创作也仅仅是创作者依据"社会组织的经验"，凭借"生动的形象"，按照一定的秩序组织起来的产物而已。基于此，波格丹诺夫认为，无产阶级艺术应该充分发挥其"组织机能"，无产阶级艺术家应该从本阶级的集体经验出发，去批判说明"旧艺术宝藏",并对艺术做出新的解释,由此才能真正揭示旧艺术"隐藏的集体基础及其组织意义",才能真正建构独属于无产阶级的艺术。①

第二,倡导无产阶级文化艺术的纯粹性。无产阶级文化派理论家认为,"建设无产阶级文化的任务只有靠无产阶级自己的力量,靠无产阶级出身的科学家、艺术家、工程师等等才能加以解决"②。正是在这一理念的引导下,他们对农民和广大小资产阶级知识分子采取了排斥态度。他们极力反对无产阶级的工人作家去描写农民,要求和农民坚决划清界限,因为他们不相信农民能给无产阶级文化建设带来有益的尝试。

第三,具有文化艺术的虚无主义倾向。无产阶级文化派将传统文化艺术,尤其是资本主义文化艺术视为批判和否弃的对象。其原因主要源于三个方面:一是无产阶级文化派将艺术创作视为用生动的形象去组织社会经验的手段,而每个阶级的社会经验是并不相同的,因此不同的阶级在文化艺术方面是不可能存在继承关系的;二是无产阶级文化派倡导其文化艺术的纯粹性,认为只有无产阶级才能创造和发展新的文化艺术,其他的文化只能阻碍新的文化艺术的发展,因此传统文化艺术几乎都成为他们排斥的对象;三是无产阶级文化派认识到其自身文化发展还很不充分,担心传统文化会同化、利用无产阶级文化。正如波格丹诺夫所言:"一个无产者总是不能把过去的文化当作遗产来利用,而这种文化却能利用他,把他当作达到自己目的活材料。"③ 因此,他认为"必须找到一个比过去的文化更高的观点",并且尽可能地把这种观点"发展到最大限度",只有这样才能不受过去文化的束缚,才能"把它当作一件建设新生活的

---

① 〔苏〕亚·波格丹诺夫:《无产阶级与艺术》,载白嗣宏《无产阶级文化派资料选编》,中国社会科学出版社,1983,第1页。
② 〔苏〕瓦·普列特尼奥夫:《在思想战线上》,《真理报》1922年9月27日。
③ 〔苏〕亚·波格丹诺夫:《宗教、艺术与马克思主义》,载白嗣宏《无产阶级文化派资料选编》,中国社会科学出版社,1983,第54页。

工具，一件反对产生这种文化的旧社会的武器"。①

第四，强调无产阶级艺术的集体主义观念。无产阶级文化派理论家波格丹诺夫指出，"无产阶级的灵魂，它的组成基础，是集体主义、联合、合作"，而农民和小有产者大部分倾向于个人主义和个人利益，知识分子则脱胎于资产阶级，并且为它服务过，同样主张个人主义，因此三者都成为其必然排斥的对象。但波格丹诺夫同时强调，倡导无产阶级集体主义特性，并不是要排斥英雄，而是"可以创造出一个英雄来"，但必须把他"当作集团的代表，当作是集团意志的表现，当作它的理想的宣传而已"。②质言之，英雄个性的突显，其目的仍是为"集团"而服务，实际上仍然没有脱离集体主义的观念。

以上所言无产阶级文化派的理论预设，在当时就引起了俄苏文坛诸多人的不满，无产阶级文化派被加上了独立主义、宗派主义、虚无主义、修正主义、马赫主义等诸多的罪名，俄苏官方也对其给予了严厉的批判，因此，虽然无产阶级文化派一直坚持到1932年才彻底解散，但从1920年开始实际上就已经偃旗息鼓。但不可忽视的是，虽然无产阶级文化派的生存时间并不算长，但它对俄苏文坛的辐射力却很大，曾一度左右俄苏文坛的创作方向。与此同时，无产阶级文化派对"以俄为师"的中国也产生了重要的影响，这种影响甚至比对俄苏文坛的影响还要强烈还要深远。

(二) 何谓"拉普"，"拉普"何为？

"拉普"是在无产阶级文化派受到苏俄官方批判走向式微以后而兴起的文学社团。它在1922年到1932年的十年时间里，曾一度左右俄苏文坛的创作倾向，与此同时，对中国左翼文艺理论的建构和

---

① 〔苏〕亚·波格丹诺夫：《宗教、艺术与马克思主义》，载白嗣宏《无产阶级文化派资料选编》，中国社会科学出版社，1983，第54页。
② 〔苏〕亚·波格丹诺夫：《无产阶级的艺术批评》，载白嗣宏《无产阶级文化派资料选编》，中国社会科学出版社，1983，第39~42页。

"左倾"倾向也曾产生重要影响。

"拉普"是"俄罗斯无产阶级作家联合会"的简称。"拉普"以1926年为界分为前后两个时期。前期"拉普"以1922年12月在莫斯科成立的无产阶级作家团体"十月"文学社[①]为中心,其文学活动主要围绕"十月"文学社的文学刊物《在岗位上》而展开,主要代表人物包括列列维奇、罗多夫、瓦尔金等。前期"拉普"成员大多与无产阶级文化派存在千丝万缕的联系,因此其理论主张与无产阶级文化派存在某些相似特征。

首先,前期"拉普"具有庸俗社会学观念。前期"拉普"强调文学必须为阶级和政治服务,认为在有阶级的社会里,文学就必然为"一定阶级的任务服务",[②] 文学就应该成为政治斗争过程中"强有力的武器"。为了使文学更好地发挥政治功用,"拉普"理论家甚至认为"凡愿意为革命服务的文学家们必须老老实实地接受政治常识的训练"。[③] 这样的主张,将文学的审美视域大面积压缩,使文学几乎成为政治和阶级的附属物,从而失去了自身的独特性。

其次,其具有历史虚无主义倾向。前期"拉普"虽然表示"并不拒绝遗产",但同时强调要在无产阶级文学和资产阶级的旧文学之间"划一条界线"[④],同时主张用新的内容"改造"旧的文学形式,从而建立属于无产阶级"自己的新艺术"。[⑤] 实则还是把不属于无产阶级文学范畴内的旧文学排斥在外,和无产阶级文化派一样具有历史虚无主义的倾向。

除此之外,其染有宗派主义的弊病。前期"拉普"排斥一切非

---

① 1923年以"十月"文学社为中心,成立了"莫斯科无产阶级作家协会",简称"莫普";1925年成立"全俄无产阶级作家协会",简称"瓦普",之后更名为"俄罗斯无产阶级作家联合会",即"拉普"。
② 〔俄〕罗多夫:《当前时刻与无产阶级文学的任务》,《在岗位上》第1期,1923年。
③ 〔俄〕瓦尔金:《政治常识与文学任务》,《在岗位上》第1号,1923年6月。
④ 〔俄〕C.列夫曼:《我们没有艺术方针》,《在岗位上》第1期,1923年。
⑤ 〔俄〕列列维奇:《我们拒绝遗产吗?》,《在岗位上》第2~3期,1923年。

无产阶级出身及与其存在意见分歧的作家。前期"拉普"排斥"同路人"作家，认为"同路人"作家都是极为不可靠的，他们只能作为革命的"辅助力量"被加以"利用"，"但同时还要经常揭露他们的小资产阶级面目"①。如果说"拉普"真正能够做到将"同路人"作家作为辅助力量来看待，或许就不会有后来的"关于俄共（布）的文艺政策问题"的争论。实际上，前期"拉普"一直将"同路人"作家视为敌对势力，他们认为蒲宁、阿赫玛托娃、扎米亚京等人的作品具有反革命性，是为反动的政治服务的，从无产阶级革命的观点来看是有罪的。② 即便是当时被俄苏官方认可的无产阶级革命作家高尔基，也因其非无产阶级的出身背景被视为"同路人"作家。

后期"拉普"的代表人物包括阿维尔巴赫、法捷耶夫、李别进斯基等。后期"拉普"一个非常明显的进步是他们不再排斥旧的文学遗产，主张向俄国古典主义和外国作家学习，但前期庸俗社会学和宗派主义的问题依然存在，甚至有不断深化之症候。首先体现在后期"拉普"依然延续了之前对"同路人"的批判态度，做出了没有所谓"同路人"，除了同盟者就是敌人的错误判断；其次，为了纯化无产阶级作家队伍，后期"拉普"提出"工人突击队员进入文学界""突击队员是文学运动的中心人物"等主张。这一主张确实壮大了无产阶级作家队伍，但因工人的文化水平普遍较为低下，所以出现了许多粗制滥造之作。

（三）日本无产阶级文艺观念

20世纪20年代中后期，日本学界发动了无产阶级文艺运动，并于1925年12月组成了第一个文艺团体——日本普罗列塔利亚文艺

---

① 〔俄〕列列维奇：《关于对资产阶级文学和对中间派的关系》，《在岗位上》第1期，1923年。
② 〔俄〕列列维奇：《关于对资产阶级文学和对中间派的关系》，《在岗位上》第1期，1923年；〔俄〕瓦尔金：《政治常识与文学任务》，《在岗位上》第1期，1923年6月；〔俄〕列列维奇：《非现代的"现代人"》，《布尔什维克》第5~6期，1924年。

联盟，1928年3月结成了全日本无产者艺术联盟（"纳普"），代表人物包括福本和夫、青野季吉、藏原惟人等。这场无产阶级运动在20世纪二三十年代的日本产生了广泛影响，并对二三十年代的中国文坛产生了辐射效应。

福本和夫所倡导的"福本主义"，是在反对以山川均为代表的忽视无产阶级政党领导权及先锋作用的基础上出现的，所以"福本主义"一直将无产阶级树立自我意识和阶级自觉意识作为首要目标。为了达到这一目标，福本和夫一方面强调无产阶级与资产阶级应该进行意识斗争，在福本和夫看来，无产阶级正是在与资产阶级顽强斗争的过程中，才有了阶级意识，进而形成了阶级。因此"无产阶级这个概念和无产阶级意识都是斗争过程的产物"。[①] 另一方面，福本和夫强调，为了意识斗争更好地展开与进行，必须要运用"分离结合"的组织理论。所谓"分离结合"组织理论，即是强调通过理论斗争，促使其无产阶级内部阵营分裂，使一切具有非马克思主义思想理论的政党组织从无产阶级内部分离出去，从而使具有相同思想理论的人真正结合起来，以达到纯化无产阶级队伍的目的。"福本主义"理论诞生于"日共"内部反对右倾机会主义的过程中，为了达到对对手的批判目的，其理论不免有激进化的倾向。日本学者山田清三就曾指出："福本主义只对纯粹的思想意识过分地加以强调，从而在阶级斗争中偏重于知识阶级而忽视了工人阶级的领导权，招致了脱离群众。'分离结合'的理论企图把各种群众组织机械地与政治斗争结合起来，最后把群众组织的分裂合理化。"[②] 尽管"福本主义"存在一定的弊端，但在日本当时思想激进的知识分子那里产生了较大反响，得到他们的认可。比如青野季吉就根据"福本主义"理论而写作了《自然生长与目的意识》等系列文章，他在《自然生长与目的意识》一文中指出，"必须批评、整理自然发生的混入无产

---

① 艾晓明：《中国左翼文学思潮探源》，北京大学出版社，2007，第75页。
② 艾晓明：《中国左翼文学思潮探源》，北京大学出版社，2007，第25页。

阶级文学中的各种思想体系",①从而达到纯化作家的无产阶级观念,巩固无产阶级政治意识,创造纯粹的无产阶级艺术的目的。

20世纪20年代末30年代初,在日本学界,对中国现实主义文学思潮影响较大的除了福本和夫,还有藏原惟人。藏原惟人最重要的贡献是提出了无产阶级现实主义的创作方法。在藏原惟人看来,作家必须是一个现实主义者,必须客观而真实地描写社会生活现实。与此同时,他指出,无产阶级的现实主义又和资产阶级、小资产阶级的现实主义存在根本区别,这种区别就体现在:作家必须具备无产阶级的观点和立场,这样才能用无产阶级的眼光来观察世界和描写世界。另外,藏原惟人还提出了"文艺和政治是由阶级斗争的实践所辩证统一了的,而文艺本身就是政治的一定形式"的理论主张。②这一主张将文艺拘囿于政治的框架内,影响了文艺自身的发展,对当时的日本和中国的文艺创作皆产生了负面影响。

在中国本土政治事件、"民族主义文学"得到提倡和日本、苏联无产阶级文艺观念等的影响下,中国现实主义文学思潮发生了转向,而这一转向的最具标志性的事件则是发生于1928年的"革命文学"论争。

第二节 "革命文学"论争与文学观念的迭变

"五卅"惨案前后,以蒋光慈为首的太阳社汲取了俄苏无产阶级文化与文学等理论资源,明确提出了"革命文学"的概念,对"革命文学"的内涵给予了阐述。以郭沫若为首的创造社成员纷纷表示转向,主张摒弃五四时期"为艺术而艺术"的浪漫主义文学创作理念,提倡"表同情于无产阶级的文学"。③鲁迅、瞿秋白、任国桢、

---

① 叶渭渠、唐月梅:《日本现代文学思潮史》,中国华侨出版公司,1991,第101页。
② 绮影(周扬):《自由人文学理论检讨》,《文学月报》合刊第1卷第5、6号,1932年。
③ 郭沫若:《革命与文学》,《创造月刊》第1卷第3期,1926年。

冯雪峰、冯乃超、李初梨等人对俄苏和日本无产阶级文艺理论资源进行了积极的译介与引进。这些事件共同促成了1928年"革命文学"论争的爆发,"革命文学"论争爆发标志着中国文坛创作观念从"文学革命"到"革命文学"的本质性迭变。本节主要从"革命文学"论争的缘起、"革命文学"论争的发生和关于"革命文学"论争的反思三方面展开论述。

一 "革命文学"论争的缘起

"革命文学"论争的直接导火索是后期创造社的发难,发难的原因,目前学界多归结为日本无产阶级文学运动和文学观念的影响。确实,这场论争与日本的文学资源密切关联,但如果忽视了俄苏无产阶级文学资源的深层影响,那么,对这场论争的理解一定是不全面的。实际上,这场论争一方面是受到了日本无产阶级文学的刺激,另一方面也与中国本土之前对俄苏无产阶级文化派、"拉普"派等无产阶级文艺观的译介与阐发有着重要关系。

中国学界涉猎"无产阶级文艺"相关内容是在20世纪20年代初,直接源头则是俄苏的劳动文化与艺术。1921年,幼雄在《新俄国的宣传绘画》一文中指出:"俄国新政府想创造劳动文化,建立劳动艺术。"① 从全篇行文来看,幼雄并没有对劳动文化、劳动艺术的概念做出阐释,他关注更多的是戏剧、音乐、绘画艺术及其宣传效果,但其所述的劳动艺术已经涉及无产阶级文艺的相关内容,因此这篇文章可以被视为"无产阶级文艺"这一概念的首次出现。② 同一年,胡愈之发表《劳动文化》一文,明确提出劳动文化实为俄国共产党革命过程中的"副产物",其原文为"Proletkult",即"无产阶级的文化"。同时指出,劳动文化和社会主义文化代表了社会主义

---

① 幼雄:《新俄国的宣传绘画》,《东方杂志》第3期,1921年。
② 程蕾:《"无产阶级文艺"概念在中国早期译介和接受(1920-1925年)》,《江汉论坛》2019年第6期。

发展的两个重要时期：劳动文化出现在社会主义战乱时期，社会主义文化出现在社会主义胜利时期。劳动文化的最终目的是形成社会主义文化。社会主义文化的表征是人类已经没有了剥削阶级的制度压迫，"个性"已经完全融入了"超人格"的"集团"之中，并形成了一个"超有机"的"组织"。不难发现，这里已经彰显出了无产阶级文化派的某些影响。① 之后，沈泽民在《新俄艺术的趋势》一文中谈到对无产阶级艺术的理解，在他看来，无产阶级艺术实际就是共产主义艺术。②

20世纪20年代初，中国学界在对无产阶级文化艺术给予关注并进行探讨的同时，对无产阶级文化派也给予了一定程度的介绍。这种介绍大多并不是他们的一家之言，而是通过译介的方式将无产阶级文化派的相关活动和理论主张引入中国。比如瞿秋白在译介的《校外教育及无产阶级文化运动》中，就对无产阶级文化派开展的无产阶级文化运动有所涉猎，文章指出，无产阶级文化运动应该"纯粹为劳工阶级的组织，完全在于自己事业上的自治"。进而对1918年召开的第一次全俄无产阶级文化教育组织会议的宣言给予了总结：无产阶级要以批评的态度看待与鉴赏以往的文化；无产阶级应以集体主义的精神"涵养自己的情感"，"改造自己以前的品性"；无产阶级要"利用革命社会主义的智慧"，将自身的能力和独立的精神发挥到"最高度"；要巩固无产阶级的基础，维护其组织独立，以使其尽快在物质和精神上征服资产阶级，从而"使未来的社会主义之社会，建设得更快"。③ 其后，瞿秋白译介的《共产主义与文化》也关涉无产阶级文化派如何对待旧文化和资产阶级文化的问题，文章认为，"无产阶级文化部，以创造无产阶级的新文化为职务"，就应该在"深心领受资产阶级的文化遗绩"的同时，着重以批评的态度对

---

① 化鲁（胡愈之）：《劳动文化》，《东方杂志》第9期，1921年。
② 沈泽民：《新俄艺术的趋势》，《小说月报》第8期，1922年。
③ 瞿秋白：《校外教育及无产阶级文化运动》，《改造》第1期，1921年。

待旧文化，其目的是借助"旧原理"来"创造新生命"。① 除了瞿秋白外，茅盾在译介的《俄国文学与革命》一文中对无产阶级文化派也有所提及，其在文中写道，新兴的无产阶级文化派的诗人，如基里洛夫、亚历山特罗夫斯基等，将来"在俄国的文学史上放怎样的异彩"，目前尚不可知。但文章的结尾指出，不论这些新诗人将来的成绩如何，他们的诗作已然反映了俄国"新时代"的某些消息。② 显然，文章的作者对这些新诗人的未来抱着肯定与乐观的态度。

当然，除了以译介的方式介绍无产阶级文化派以外，也有一些理论家从自身的视角出发来解读无产阶级文化派，这方面最具有代表性的是瞿秋白。瞿秋白在《赤俄新文艺时代的第一燕》中开宗明义地指出："真正的平民只是无产阶级，真正的文化只是无产阶级的文化。"接着就以菲独·嘉里宁为例，对无产阶级文化派的贡献给予了阐释与说明，指出菲独·嘉里宁生在现代斗争剧烈的时期，他"为新兴阶级的文化，为集体主义的新精神"而奋斗了一生，他创办的无产阶级文化协会（Пролемкулы）是"新兴阶级的精神和创造"，无产阶级文化协会"所研究实行的种种事业，诗文小说，集合的歌唱，演剧，音乐，图画，无一不以群众自动做原则，往往可以使演说者和听众，演剧家和观客混而为一，融洽无间"，起到了极大的教育民众的作用。基于此，瞿秋白不由得慨叹："可惜！菲独·嘉里宁已经于一九二〇年死了，然而他的理想总有一天可以完全实现。"③

从以上表述来看，20世纪20年代初，中国学界对无产阶级文化艺术还仅仅停留在概念的分辨和初步的理解层面，还缺乏对其深入的探究意识。实际上，到1928年"革命文学"论争发生前，中国学界对无产阶级文化派的认识一直是模糊的，对其进行的研究缺乏系统性和完整性，但不可忽视的是，中国学界除了介绍无产阶级文

---

① 瞿秋白：《共产主义与文化》，《改造》第7期，1921年。
② 茅盾：《俄国文学与革命》，《文学旬刊》第96期，1923年。
③ 瞿秋白：《赤俄新文艺时代的第一燕》，《小说月报》第6期，1924年。

派外，已经有意识地借助无产阶级文化派的理论来建构自身的无产阶级文艺理论。这主要体现在蒋光慈和茅盾的理论表述中。

蒋光慈在20世纪20年代初曾经留学苏联，那时的无产阶级文化派虽然已经遭受到了苏俄官方的批评，但在苏俄文坛的影响力依然存在。因此，蒋光慈于1924年发表的《无产阶级革命与文化》一文，有着鲜明的无产阶级文化派的影响痕迹。在文中，蒋光慈首先对无产阶级文化派的革命诗人基里洛夫和格拉昔莫夫的诗加以对比，认为基里洛夫的《我们》一诗强调的尽是对资产阶级文化艺术的破坏观念，这种文化艺术的破坏倾向实际上是一种"无理性的现象"，代表着无产阶级对待文化艺术的一种"反常的心态"；而格拉昔莫夫的诗《我们》不仅强调要领受一切旧文化，而且还表达了一种建设新文化的愿望与渴求，因此其诗代表了一种"伟大纯正的趋向"。基于此，蒋光慈写道："整理过去的文化，创造将来的文化，本是无产阶级革命对于人类的责任，这种责任也只有无产阶级能够负担。所以基里洛夫的宣言为格拉昔莫夫的宣言所战败了。"其次，蒋光慈指出，因为在社会中有阶级差别，文化便不免含有阶级性，而在阶级社会中统治阶级为了实现其统治之目的，往往会利用文化迷惑被统治阶级，因此，蒋光慈认为，"资产阶级制度下的文化非有害于无产阶级，即与无产阶级没有关系"，并进一步引申出"阶级不消灭，人类文化永无充分发展之可能"的理念。最后，蒋光慈强调，无产阶级文化的基础是现代的大工业，"伟大的机器"已然把无产阶级锻炼得异常坚固，因此在社会经济基础方面，无产阶级文化要比资产阶级文化水平高，范围也更加宽广。[1] 从以上表述来看，尽管蒋光慈的言论明显受到无产阶级文化派理论的影响，但也有自身的思考与拓进，这就为后来他进一步更为具体地阐释无产阶级艺术的内容与特质埋下了伏笔。蒋光慈在1926～1927年写作的《十月革命与俄罗斯

---

[1] 将侠生（蒋光慈）：《无产阶级革命与文化》，《新青年》第3期，1924年。

文学》一文中，不仅指出无产阶级艺术的内容是"劳动阶级的全生活"，而且还依据无产阶级文化派代表人物波格丹诺夫的理论对无产阶级诗人的特质进行了界定：无产阶级诗人自身就是革命的一分子，他们的命运与革命的命运紧密相连；他们是"集体主义的歌者"，在他们的作品中很少看见"个我"；他们是"地上的歌者"，始终注视着社会现实；他们是"城市的歌者"，在他们看来，只有集体劳动的工厂"才是创造新生活的根据地，才是一切希望的寄托"。[1] 字里行间，充满着无产阶级文化派的气息。

茅盾于1925年写作的《论无产阶级艺术》一文，从苏俄无产阶级艺术的发生讲起，之后对无产阶级艺术的范畴、内容与形式等做出了较为详尽的界定，在文中，作者着重强调，无产阶级应以集体主义精神为依托创造出一种适用于新生活的艺术，而不应像农民艺术那样宣传个人主义、家族主义等旧思想；对资产阶级艺术一再憎恨和破坏的艺术，不是无产阶级艺术，因为无产阶级艺术不仅仅强调破坏，更强调对新生活的建设；无产阶级艺术和社会主义艺术不可相提并论，因为社会主义文学的作者多由资产阶级文化所培养，他们宣传的是个人主义；[2] 无产阶级艺术的题材不应该仅限于劳动者的生活，而应该是一切的社会和自然现象；无产阶级艺术不应以刺激和煽动为其"全目的"，否则将使艺术丧失美感。[3] 虽然从上述茅盾的理解与认识中清晰可见无产阶级文化派理论观点的影响痕迹，这篇艺术论受到波格丹诺夫的影响也成为诸多学者公认的事实，但是这篇文论的意义与价值却不容忽视，因为它标志着中国学人对无产阶级文论建构的初步尝试。

中国无产阶级文论的建构除了与无产阶级文化派有密切关联外，

---

[1] 蒋光慈：《十月革命与俄罗斯文学》，《蒋光慈全集》（第6卷），合肥工业大学出版社，2017，第44~47页。
[2] 沈雁冰：《论无产阶级艺术（二）》，《文学周报》第173期，1925年。
[3] 沈雁冰：《论无产阶级艺术（三）》，《文学周报》第175期，1925年。

与"拉普"的理论也存在着千丝万缕的关系。在中国文坛,太阳社是最早接触"拉普"理论的文学团体。太阳社主将蒋光慈于1921~1924年在俄苏访学期间,正是前期"拉普"最为活跃的时期,从蒋光慈回国后发表的文章来看,他是深受其影响的。1924年,蒋光慈在《无产阶级革命与文化》一文中依循前期"拉普"的理念,强调无产阶级文化的发生是"必然的",资产阶级文化与无产阶级文化是没有任何关联的。[①] 1925年蒋光慈发表《现代中国社会与革命文学》一文,将叶绍钧、冰心等五四时期的一些作家归到"市侩派的小说家之代表"的行列,认为他们笔下的人物是市侩的,"他们所熟悉的也不过是市侩的生活",他们没有明确的"人生观",所以尽管他们或许也感觉到了社会的"不平等","但总看不到不平等之原因在哪里"。相反,创造社的郁达夫虽被视为"颓废派",但其《茑萝集》却让读者看到了"现代社会的实况"及社会中人们生活的痛苦,由此可以窥见"作者对于现社会制度之如何不满,对于金钱之如何诅咒",因此虽然郁达夫"没有指示人们求光明的道路",但已经触及了社会的根本问题——"经济制度"。创造社的另一位代表郭沫若,其《女神》鲜明地彰显出:"作者的人格是如何的雄浑!作者反抗的精神是如何的伟大!作者对于现社会的制度是如何的厌弃!作者对于人类的同情是如何的深厚!"基于此,蒋光慈总结道:

> 作者的眼光,作者的思想非一般市侩派所能比拟。他是一个社会主义者,所以他能将现社会的制度挖掘到深处;他是一个热烈求人类解放的诗人,所以他的歌声能引起了我们的共鸣。[②]

[①] 蒋侠生(蒋光慈):《无产阶级革命与文化》,《新青年》季刊第3期,1924年。
[②] 光赤(蒋光慈):《现代中国社会与革命文学》,《民国日报》副刊《觉悟》1925年1月1日。

1925年，五四新文学运动已经落潮，创造社正处于向无产阶级转换的途中，因此从俄苏归来的蒋光慈实际上是以无产阶级革命家的身份肯定了创造社的文学成就，以俄苏文坛对待"同路人"的评价方式否弃了叶绍钧、冰心等人的创作功绩。另外，郭沫若《女神》中那种毁灭一切、破坏一切，而后重建一切的"力的战斗精神"，确实与前期"拉普"派有某些相似性，或许也正是因此，蒋光慈将郭沫若定义为"社会主义者"。

其后，1927年蒋光慈于《十月革命与俄罗斯文学》一文中，对勃洛克、叶赛宁、爱伦堡等"革命的同伴者"的革命意识的稀薄与缺失给予揭示，将李别进斯基、别则缅斯基、吉洪诺夫视为俄国"十月的花""革命的忠实的儿子"，将别德内依视为"文学的天才"和革命"战士"，此皆可见"拉普"观念之影响。① 1928年在《关于革命文学》中，蒋光慈极力强调作家世界观和自身立场的重要性：

> 倘若这位作家是代表统治阶级的，那他的思想，他的情绪，以及他的行动，总都是反革命的，因之他所创造出来的作品也是如此。倘若这位作家是代表被压迫的、被剥削的群众的，那他的思想以及他的作品，将与前者适得其反，他将歌咏革命，因为革命能够创造出自由和幸福来。②

同时，蒋光慈对"旧式"作家和革命作家做了区分，认为"旧式"作家皆是"个人主义者"，而革命作家则是集体主义的代表，"无论个人或英雄，倘若他违背革命的倾向，反对集体的利益，那只是旧势力的遗物，而不能长此地维持其生命"。③ 这种界限分明的论

---

① 蒋光慈：《十月革命与俄罗斯文学》，《蒋光慈全集》（第6卷），合肥工业大学出版社，2017，第31、36~37、14~15页。
② 蒋光慈：《关于革命文学》，《太阳月刊》1928年2月1日。
③ 蒋光慈：《关于革命文学》，《太阳月刊》1928年2月1日。

断,可谓与"拉普"理论家对文学评判的决绝态度如出一辙。

蒋光慈的观点在与"拉普"有诸多近似性的同时,也彰显出某些差异性:蒋光慈追随"拉普"承认无产阶级文化,但同时也响应托洛茨基的号召,认为在无产阶级文化之后还会出现一个没有阶级性的"真正全人类的文化";反对无产阶级文化派诗人基里洛夫"破坏一切艺术"的文学观念,主张在整理过去文化的基础上,创造将来的文化;① 提出旧作家如果能够改正自己的错误观念是可以"加入革命文学的战线"的;② 同时,对"拉普"排斥的马雅可夫斯基,蒋光慈给予了很高的赞誉,给予了其"集合主义的超人""积极的唯物论者""革命的诗人"等称谓,并且认为马雅可夫斯基是十月革命后出现的诗人中"最伟大,最存收获,最有成就的一个"。③ 这些差异性体现出蒋光慈在引进"拉普"理论过程中的自身思辨能力,一定程度上抑制了"拉普"的那种片面化的文学理念,但从蒋光慈文章的叙述脉络而言,激进化的问题依然明显。这种激进化倾向不仅体现在蒋光慈的话语表述中,也存在于钱杏邨、洪灵菲的叙述脉络里。比如,钱杏邨就认为"普罗"文学最重要的功用是对社会现实产生影响,最迫切的任务是发挥其煽动作用。而洪灵菲则认为"所谓普罗列塔利亚文学,是指着将劳动阶级及广大的勤劳大众的心理意识,当作向着世界改造者,共产主义社会建设者的普罗列塔利亚的最终使命而组织了的文学而言"。④ 太阳社对待文学的这种"左"倾的观念与态度为后期创造社的激进化言论奠定了基调。

另外,发生于1924~1925年的俄苏文艺论战在"革命文学"论争爆发前也得到了中国学界的关注。俄苏文艺论战中主要有三个方

---

① 蒋侠生(蒋光慈):《无产阶级革命与文化》,《新青年》季刊第3期,1924年。
② 华希理(蒋光慈):《论新旧作家与革命文学——读了〈文学周报〉的〈欢迎太阳〉以后》,《太阳月刊》1928年4月1日。
③ 蒋光慈:《十月革命与俄罗斯文学》,《蒋光慈全集》(第6卷),合肥工业大学出版社,2017,第50~51页。
④ 柯文溥:《"拉普"思潮与太阳社》,《厦门大学学报》(哲学社会科学版)1987年第3期。

面的观点:"列夫派"反对写实,提倡发挥文艺的宣传功能;"岗位派"强调艺术的阶级属性,认为艺术是宣传阶级政策的工具;沃隆斯基则与前两派针锋相对,强调文艺的写实性,主张内容与形式的统一。1925年,鲁迅与任国桢合作翻译纂辑了《苏俄的文艺论战》一书,使中国学界较早地了解到了俄苏文坛各方的理论观点。同一时期,俄苏托洛茨基的"革命艺术"论、"同路人"理论等文艺理论主张也被鲁迅、蒋光慈等人介绍到了中国。

当然,"革命文学"论争的发生最直接的理论资源还是来自日本。李初梨、冯乃超等后期创造社成员留日的20世纪20年代中后期,恰是以福本和夫为代表的福本主义在日本文坛流行甚为广泛的时期。福本和夫和青野季吉的理论对后期创造社成员产生了重要影响。但通过福本主义的相关理论也不难发现,其强调的无产阶级纯化问题、"分离结合"的组织理论等,也有着俄苏无产阶级文化派的理论因子。事实上,日本的福本主义理论确实受到了俄苏无产阶级文艺理论观念的影响,因为当时的日本也和中国一样"以俄为师",接受共产国际的领导。因此,虽然中国后期创造社成员的无产阶级文学理论的直接源头是日本,但从根本上而言却是俄苏无产阶级文艺理论资源。

二 "革命文学"论争的发生

在日本和俄苏无产阶级文艺理论观念的引导下,李初梨、冯乃超等后期创造社成员对五四新文学进行了发难。他们认为,五四时期倡导的"为艺术而艺术"和"为人生而艺术"两种文学倾向"一个是观念论的幽灵,个人主义者的呓语;一个是小有产者意识的把戏,机会主义者的念佛",[1] 提倡从"文学革命"到"革命文学"的转变。[2] 与之相应,他们提出重新定义"文学"这一概念。李初梨指出,文学实际上是"生活意志的表现",它有其"阶级背景"和

---

[1] 李初梨:《怎样地建设革命文学》,《创造月刊》第2号,1928年。
[2] 成仿吾:《从文学革命到革命文学》,《创造月刊》第9号,1928年。

"组织机能",它可以成为一个阶级的武器。① 彭康则认为,文艺是思想和感情的"组织化",但这种组织化都受某个阶级意识形态的束缚与支配。② 由以上论述不难发现,李初梨、彭康等强调的文学的"组织机能"、集体化特征、武器论等观点和俄苏、日本的无产阶级文艺观如出一辙。

与此同时,后期创造社成员为了纯化无产阶级文学队伍,对鲁迅、叶圣陶、郁达夫、茅盾等五四新文学主将的文学创作提出了质疑。钱杏邨认为,鲁迅的小说"除去《狂人日记》表现了一点对于礼教的怀疑,除去《幸福的家庭》表现了一点青年的活性,除去《孤独者》《风波》表现了一点时间背景而外",其他大多数没有"现代的意味",因此,"他的大部分创作的时代是早已过去了"。③ 李初梨对鲁迅的阶级立场提出了质疑:"鲁迅究竟是第几阶级的人,他写的又是第几阶级的文学? 他所曾诚实地发表过的,又是第几阶级的人民痛苦? 我们的时代,又是第几阶级的时代?"④ 另外,冯乃超发表了《艺术与社会生活》一文,文中列举了叶圣陶、鲁迅、郁达夫、郭沫若、张资平五位作家,说他们"代表五种类的有教养的知识阶级人士"。在谈到鲁迅时,他说:"鲁迅这位老生——若许我用文学的表现——是常从幽暗的酒家的楼头,醉眼陶然地眺望窗外的人生。世人称许他的好处,只是圆熟的手法一点,然而,他不常追怀过去的昔日,追悼没落的封建情绪,结局他反映的只是社会变革期中的落伍者的悲哀,百无聊赖地跟他弟弟说几句人道主义的美丽的说话。隐遁主义! 好在他不效 L. Tolstoy 变作卑污的说教人。"⑤ 郭沫若更进一步,对鲁迅的身份进行了定位,称鲁迅为"封建余孽"

---

① 李初梨:《怎样地建设革命文学》,《创造月刊》第 2 号,1928 年。
② 彭康:《革命文艺与大众文艺》,《创造月刊》第 4 号,1928 年。
③ 钱杏邨:《死去了的阿 Q 时代》,《太阳月刊》3 月号,1928 年 3 月 1 日。
④ 李初梨:《怎样地建设革命文学》,《创造月刊》第 2 号,1928 年。
⑤ 冯乃超:《艺术与社会生活》,《文化批判》创刊号,1928 年 1 月 15 日。

"二重反革命分子""法西斯蒂"。① 后期创造社成员在向鲁迅宣战的同时,还指出叶圣陶是一个"最典型的厌世家",他的创作只是为了"涂抹灰色的'幻灭的悲哀'"。另外他们对郁达夫作品中的"愁苦与贫穷"的色调、对茅盾描写的小资产阶级知识分子幻灭与动摇的人生状态也极其不满。②

针对来自太阳社和后期创造社的质疑,鲁迅和茅盾等人做出了不同程度的回应。鲁迅指出,李初梨、冯乃超等人对中国社会当时的状况"未曾加以细密的分析",便仓促地机械采用"苏维埃政权之下才能运用的方法",③ 同时,鲁迅表示,他赞成"一切文艺是宣传"的说法,但反对"革命文学家"们提出的一切宣传都是文艺的主张,因为文艺有其自身的审美特性。④ 正是基于太阳社和后期创造社重视文艺的宣传功用,而忽视了文艺的审美特性,鲁迅才一针见血地指出,应着"革命文学"的呼声而起的许多论文,实际上是踏着"文学是宣传"的梯子而爬进"唯心的城堡"里去了。⑤ 茅盾则针对质疑写作了《从牯岭到东京》一文,他表示反对革命文学提倡的"标语口号文学",因为读者在阅读文学作品时,需要的并不仅仅是"革命情绪";同时,他认为,当时革命"新文艺"还没有广大的群众基础,因此当时的革命文艺"还不能全然抛开小资产阶级";另外,他指出,《幻灭》和《动摇》并没有掺杂其自身的思想,而完全是"客观的描写"。⑥ 除了鲁迅和茅盾以外,冰禅的理论思想也值得我们重视,他在《革命文学问题》一文中指出,革命文学只是全部文学的一个部分,因此不能以革命文学统摄文学的全部。基于

---

① 杜荃(郭沫若):《文艺战线上的封建余孽》,《创造月刊》第2卷第1期,1928年8月10日。
② 冯乃超:《艺术与社会生活》,《文化批判》创刊号,1928年1月15日。
③ 鲁迅:《上海文艺之一瞥》,《鲁迅全集》(第4卷),人民文学出版社,2005,第304页。
④ 鲁迅:《文艺与革命》,《鲁迅全集》(第4卷),人民文学出版社,2005,第84页。
⑤ 鲁迅:《〈壁下译丛〉小序》,《鲁迅全集》(第4卷),人民文学出版社,2005,第306~307页。
⑥ 茅盾:《从牯岭到东京》,《小说月报》第10期,1928年。

此，冰禅得出这样的结论："文艺是社会生活真切、深刻的表现，能如此的便是永远不朽的伟作。文艺的目的，并不在于教人'革命'，然而在一个不平黑暗的时代中，伟大的作品，也就无不有革命的精神了。"① 从鲁迅、茅盾、冰禅等人的表述来看，他们并不反对提倡革命文学，他们反对的是为了革命宣传而牺牲了文艺的真实性、审美性，为了宣扬阶级的"意欲"而忽略了文学与现实生活之间的密切关联。

三 关于"革命文学"论争的反思

在共产党的调停下，"革命文学"论争双方很快就握手言和了，并于1930年共同组建了"左联"。应该说，当年这场论争的发生有很多意气成分，尤其是后期创造社成员在没有掌握充分论据的情况下就匆忙批判了对方，而鲁迅、茅盾等人也缺乏丰富的理论储备，所以面对这种突如其来的责难也有些手足无措。因此，这场论争没有留下太多具有建设性的理论主张，但这场论争本身却意义非凡，它不仅引起了文坛对现实主义文学内涵的进一步思考，而且促进了很多人对马克思主义理论和无产阶级文学观念的深入领会与学习。

首先，从论争双方的观点可以看出，这次论争的核心是"组织生活"论和"反映生活"论之间的博弈。后期创造社主张主观对现实生活的强势介入，强调作家世界观和阶级立场的重要性；鲁迅、茅盾等人则遵循五四文学传统，强调文学应该客观真实地反映现实生活与人生问题。双方秉持的不同的文学观念是引发这场论争的直接原因，而这种文学观念的差异背后的实质是双方对现实主义文学概念和内涵的不同理解。

其次，论争双方理论资源不足，双方都需要为自身寻求马克思主义理论和无产阶级文学观念的给养。在这种情势下，双方译介了

---

① 冰禅:《革命文学问题——对于革命文学的一点商榷》,《北新》第12期,1928年。

大量马克思主义的论著，极大促进了马克思主义在中国文坛的传播。比如鲁迅，在论争的过程中就深感自身理论的不足，于是他翻译了日本学者片上伸的《现代新兴文学的诸问题》，藏原惟人、外村史郎辑译的《文艺政策》，苏联卢那察尔斯基的《艺术论》《文艺与批评》及普列汉诺夫的《艺术论》等马克思主义论著，从而对日本和苏联的文艺论战和马克思主义理论有了新的理解。他曾坦言："我有一件事要感谢创造社的，是他们'挤'我看了几种科学底文艺论，明白了先前的文学史家们说了一大堆，还是纠缠不清的疑问。"[①]

最后，"革命文学"论争也在一定程度上抑制了当时泛滥于文坛的"革命浪漫蒂克"的创作倾向，使当时学界认识到需要一种新的现实主义创作方法来迎合时代需求。

"革命浪漫蒂克"这一称谓是瞿秋白在为华汉《地泉》作序时所提出的，它主要涵盖两层意思。第一，作者对革命往往抱有不切实际的幻想和狂热追求，幻想革命一蹴而就，患有革命的"急性"病和"冒险症"。第二，作品在艺术上往往比较粗糙。作品主题概念化，结构公式化，人物形象往往成为"时代精神的号筒"，缺乏典型人物，作品几乎成为图解政治的符码，缺乏艺术审美特质。"革命浪漫蒂克"创作倾向一度在"革命文学"倡导初期流布文坛，很大程度上是"组织生活"论替代"反映生活"论，宣传功能替代审美功能的错误理论演绎出来的产物。

"革命浪漫蒂克"文学风潮中最能代表这种风尚的作品是"革命加恋爱"之类的小说，最典型的代表作家是蒋光慈，如他的《短裤党》《少年漂泊者》等小说，都是"革命加恋爱"小说的代表作品。另外，还有洪灵菲的《流亡》、叶圣陶的《倪焕之》等作品。这些作品或描写青年革命与恋爱的幻灭经历，或描写青年为了革命而放弃爱情，固化的结构模式，通常使人物成为服务革命与恋爱

[①] 鲁迅：《三闲集·序言》，《鲁迅全集》（第4卷），人民文学出版社，2005，第6页。

主题的附庸，缺乏生动性与灵动性。但需要指出的是，尽管这些作品存在着明显的不足，但它们真实地表现了大革命失败后小资产阶级知识青年从苦闷、彷徨、沉沦走向革命的艰苦探索过程，表现了他们在参加革命以后恋爱与革命的冲突，相比五四时期那些试图用"爱的哲学"来解决社会问题的作品而言，这是一个明显的进步。

第三节 从"唯物辩证法"到"社会主义现实主义"

唯物辩证法创作方法和社会主义现实主义创作方法起源于苏联，是出现于20世纪30年代苏联的两种极其重要的现实主义文学创作方法。随后被引入中国文坛，对中国革命现实主义文学创作产生过深远影响。实际上，"唯物辩证法"和"社会主义现实主义"并不仅仅是创作方法，它们还是一种文学理论和文学观念，背后蕴含着丰富的思想内涵。

一 唯物辩证法创作方法的引进与拓展

唯物辩证法创作方法是后期"拉普"提出的一种重要的文学创作方法。唯物辩证法创作方法（又译为"辩证唯物主义创作方法"）这一术语最早出现在1929年《在文学岗位上》编辑部发表的《为普列汉诺夫的正统而斗争》一文中。其内涵大体包括以下几个方面。

第一，强调创作过程中必须遵循唯物辩证法世界观的规约，将哲学上的世界观直接等同于创作上的方法论，认为创作方法就是"实践"意义上的世界观。这样就把无产阶级的世界观置于文学创作的首要位置，似乎只要掌握了无产阶级的世界观就获得了创作的法门，从而忽视了现实生活才是文学创作的源泉的基本原理。

第二，将浪漫主义视为资产阶级唯心主义的产物而将其抛弃。

在这方面最为典型的代表人物是法捷耶夫,他于1929年明确表示反对德国浪漫主义作家席勒,并鲜明地高扬起"打倒席勒"的旗帜。与之相应,"拉普"派还提出"撕下一切假面具"的主张,意在否定浪漫主义的虚伪,强调应发挥十九世纪文学中"清醒现实主义"的批判作用。而实际上,"拉普"派根本无法与19世纪批判现实主义作家相比拟,因为前者的"现实"源于作家的世界观,而后者的"现实"则植根于现实生活的"土壤"。

第三,主张无产阶级作家应该以唯物辩证法创作方法表现"活人"。"活人"论主张在进行人物塑造的过程中,要对人物进行深入细腻的心理分析,要充分注意到个人矛盾而又复杂的个性特征,从而把人物形象塑造为真正的"活人"。在"拉普"派看来,李别进斯基的中篇小说《英雄的诞生》可作为写"活人"的代表作。这部作品以布尔什维克肖罗霍夫和女主人公柳芭的爱情和日常生活为主要描写对象,重点刻画了主人公内心世界的矛盾和下意识的活动。由于这部作品更多涉猎主人公的个人日常生活而缺少对当时严酷的社会现实环境的关注与描写,读者感觉不到"英雄的诞生"的艰难性和严肃性。这一点在作品发表时就受到了一些学者的批评。应该说,"活人"论主张对人物进行心理分析,揭示人物性格的复杂性,对于先前无产阶级文化派提倡的"机器美学"是一种突破和进步,但其也有自身的局限性:一是把个人的心理活动和分析作为主要描写对象,忽略了对外在社会现实的描写,导致其"丧失了历史的真实性";[①] 二是"活人"论的根本用意在于依据唯物辩证法世界观去揭示人物的意识和下意识心理中的矛盾与斗争。这种强调"心理现实主义"创作方法的做法,使后期"拉普"派的创作陷入了唯心主义的"泥沼"而无法自拔。

唯物辩证法创作方法在苏联刚刚出现,就引起了中国学界的注

[①] 吴元迈:《"拉普"文艺思潮简论》,《文学评论》第1期,1983年。

意。它最初是伴随着太阳社介绍藏原惟人的"新写实主义"创作方法而被引进中国文坛的。唯物辩证法创作方法之所以在当时引起中国文坛的注意,一方面是因为"革命浪漫蒂克"创作倾向泛滥,引起了一些创作者和评论家的担忧与不满,唯物辩证法创作方法的引进可有效缓解当时文坛的尴尬局面;另一方面,太阳社和后期创造社成员在"革命文学"论争中,也需要文学创作方法作为支撑,以为其提倡的无产阶级革命文学张目。事实上,唯物辩证法创作方法在当时文坛确实让人感到新颖与独特,也确实适应了当时中国文坛的需求。1928年5月,冯雪峰在《革命与知识阶级》一文中写道:"'无产阶级文学之提倡'和'辩证法的唯物论之确立',于知识阶级自己的任务上,这是十分正当的,对于革命也是很迫切的。"[①] 这是从北京来到上海的追寻革命理想的青年冯雪峰,有感于当时的时代风潮而发出的由衷的感慨,也代表了当时有志于革命的青年的心声。

"左联"成立后,1931年11月"左联"执委会将唯物辩证法创作方法的创作理念写入了"中国无产阶级革命文学的新任务"的"决议"中:

> 作家必须从无产阶级的观点,从无产阶级的世界观,来观察,来描写。作家必须成为一个唯物的辩证法论者。中国无产阶级革命文学的作家,指导者即批评家,必须现在就开始这方面的艰苦勤劳的学习。必须研究马克思列宁主义,研究一切伟大的文学遗产,研究苏联及其他国家的无产阶级的文学作品及理论和批评。同时要和到现在为止的那些观念论,机械论,主观论,浪漫主义,粉饰主义,假的客观主义,标语口号主义的方法及文学批评斗争(特别要和观念论及浪漫主义斗争)。[②]

---

① 冯雪峰:《革命与知识阶级》,《冯雪峰论文集》(上),人民文学出版社,1981,第5页。
② 《中国无产阶级革命文学的新任务——一九三一年十一月左翼作家联盟执行委员会的决议》,《文学导报》第8期,1931年。

这份"决议"重在强调无产阶级世界观和反对浪漫主义创作方法的问题,这些皆是唯物辩证法创作方法中的题中应有之义。为了配合和有效阐释"左联"执委会的"决议",作为"决议"起草者的冯雪峰译介了"拉普"派代表法捷耶夫的文章《创作方法论》。这篇文章是法捷耶夫阐释唯物辩证法创作方法的重要代表作,文章从"问题的基础""艺术的本质""关于'直接的印象'""关于'剥去所有的假面'""用功的问题"五个方面阐述了其对文学艺术创作的理解。法捷耶夫重在强调,作家必须掌握"普罗利塔利亚的前卫的世界观",从"阶级"和"集团"而非"个人"的立场出发,从运动和发展中去揭示"事物的本质",去认识"客观的现实",因此决不能走粉饰现实的"浪漫主义的路",也不能走只是反映客观现实而不能"给出最清明的生活的各种光景"的"粗朴的写实主义的路"。[①] 要言之,即无产阶级革命作家须从自身的无产阶级世界观出发,按照阶级的"先进"世界观的图景去为大众设计一幅无产阶级美好世界的蓝图。法捷耶夫自认为掌握了无产阶级世界观就可以反映事物的本质,就可以认识客观的现实,殊不知其见解恰恰将文学创作引向了观念论和唯心主义的误区。这不仅在苏联产生了不良影响,也影响了中国左翼文学创作,最典型的例证是丁玲创作的中篇小说《水》。《水》被当时左翼学界视为唯物辩证法创作方法实践的成功与典范之作,曾因其"采用了重要的巨大的现实的题材""对于阶级的正确的坚定的理解""新的描写方法"而被视为左翼文坛"新的小说的诞生"的标志。[②] 从整部作品来看,作品以1931年中国十六省特大水灾为背景,描绘了农民在这场水灾中从觉悟到最终走向反抗官府强权的革命斗争精神。因作品致力于塑造农民群像,注重外在阶级斗争场面的描写,反倒忽视了具有个性特征的典型人物

---

① 〔苏〕法捷耶夫:《创作方法论》,何丹仁译,《北斗》第3期,1931年。
② 冯雪峰:《关于新的小说的诞生——评丁玲的〈水〉》,《冯雪峰论文集》(上),人民文学出版社,1981,第69页。

的塑造和人物的心理分析,造成了艺术性的"大面积流失",人物脸谱化、概念化的问题较为严重。

唯物辩证法创作方法存在缺陷与问题的同时,也有其积极的一面。它使作家意识到要想创作出优秀的作品,必须以马克思主义为指导,用辩证的思维去看待外在和内在的世界;使中国左翼作家成功摆脱了"革命浪漫蒂克"创作方法的束缚。与此同时,中国左翼理论家并没有完全落入"拉普"派的理论"窠臼",在引进唯物辩证法创作方法的同时,还有所改变和拓展,比如左翼作家重点展现了阶级斗争和人物群像,但对"拉普"派的"活人"论汲取不多,避免了脱离社会和时代语境的弊端。另外左翼理论家虽然也强调文学的阶级性和政治性,但同时也主张应该尊重艺术的特殊规律,不能"要求文学家无条件的把政治论文抄进文艺作品里去"。[①] 这就在一定程度上规避了文学的激进化。

1932年,苏联官方决定解散"拉普"派,其理由是"拉普"派存在宗派主义问题,不能适应社会主义建设的需要,因此需要建立新的文学团体替代"拉普"派。"拉普"派解散的消息很快传到了中国,左翼文坛开始对"拉普"派自身及其接受"拉普"派过程中出现的问题进行了反思。在这方面,最具有代表性的是周扬于1933年发表的《关于"社会主义的现实主义与革命的浪漫主义"——"唯物辩证法的创作方法"之否定》一文,文章对"拉普"派及其倡导的唯物辩证法创作方法给予了批判性的审视,代表了当时左翼文坛对待"拉普"派的基本态度。可以说,从学习"拉普"到批判"拉普",在这一过程中左翼文坛对马克思主义理论有了更为深入的认识,对左翼无产阶级革命文论建构也有积极的影响,但"拉普"的激进化倾向也对中国左翼文学产生了不良的影响,即使"拉普"派解散,这种影响依然没有结束。

---

① 易嘉(瞿秋白):《文艺的自由和文学家的不自由》,《现代》第1卷第6期,1932年10月。

二 苏联"社会主义现实主义"引入的两条路径

1932年,随着"拉普"派的解散,唯物辩证法创作方法也随之失去了在苏联文坛的立足之地,继之而起的是社会主义现实主义方法。1933年周扬在《关于"社会主义的现实主义与革命的浪漫主义"——"唯物辩证法的创作方法"之否定》一文中较为系统地介绍了社会主义现实主义创作方法,使中国学界对这种创作方法了有了较为具体的认识。然而,无论是在引进之初,还是后续发展过程中,中国学界对苏联"社会主义现实主义"的复杂性缺乏深入认识,在理解方面也始终存在分歧,并形成了两条不同的接受路径。

(一)谁是"社会主义现实主义"的创始者?

周扬在其首篇向中国学界介绍社会主义现实主义创作方法的《关于"社会主义的现实主义与革命的浪漫主义"——"唯物辩证法的创作方法"之否定》一文中,曾明确指出:高尔基是"社会主义的现实主义的创始者"。[1] 周扬对高尔基这样的身份界定,明显是受到了苏联官方文学的直接影响,而他的这一界定也明显脱胎于苏联官方对高尔基"社会主义现实主义奠基者"的身份指认。于是多年来,中国学界一直沿用了这一说法,认为高尔基就是社会主义现实主义创作方法的奠基者与创始者。而事实上,"社会主义现实主义"的创始者是斯大林。

据格隆斯基回忆,《关于改组文艺团体》的决议公布后,联共(布)中央政治局成立了一个由斯大林、卡冈诺维奇、波斯特舍夫、斯捷茨基和格隆斯基等五人组成的专门小组,"成立这个专门小组的目的是要研究拉普领导人在1932年4月底或5月初向中央递交的声明并就此作出必要的决定"。[2] 在专门小组开会前一天,斯大林打电话给格隆斯基,邀他去讨论关于"拉普"领导人递交的声明问题。

---

[1] 周扬:《周扬文集》(第1卷),人民文学出版社,1984,第111页。
[2] 倪蕊琴主编《论中苏文学发展进程》,华东师范大学出版社,1991,第343页。

据格隆斯基回忆，当他到斯大林那里时，看见斯大林正在看"拉普"领导人不同意中央决议的声明。斯大林问他对这些声明有什么看法，他回答说："拉普领导人反对中央关于改组文艺团体的决议，因此必须谴责并驳斥他们的横蛮要求。"斯大林对格隆斯基的观点表示赞同，但同时表露了自己的忧虑与担心："改组文艺团体的问题是中央决定的。""因此没有任何理由需要重新考虑。剩下没有解决的是创作问题，其中主要的是'拉普'的辩证唯物主义创作方法问题。'拉普'的人肯定要在明天的会上提出来，因此，我们必须在开会之前事先确定对这个问题的态度：是接受，或者相反，否定。对此您有什么建议？"格隆斯基表示坚决反对"拉普"的创作方法，认为这种方法将"马克思列宁主义哲学（辩证唯物主义）机械地搬到艺术领域"是错误的。格隆斯基认为，当时的苏联文学"作为批判现实主义的继续和进一步发展，是在完全不同的历史条件下——无产阶级社会主义运动阶段——形成的。这个文学并非从一般的民主主义立场，而是从工人阶级立场，从工人为夺取的政权、为无产阶级专权、为用社会主义改造社会的斗争的立场看待一切社会现象"。因此"无论按其社会理想或者审美理想来说都是一种新的文学"。于是，格隆斯基建议斯大林可以将苏联文学的创作方法重新定义为"无产阶级社会主义的现实主义，更好的说法是共产主义现实主义"。他指出这个定义的两点好处：第一，强调了苏联文学的无产阶级本质；第二，为文学指明整个运动和整个工人阶级斗争的目标——共产主义。斯大林接着对格隆斯基说明了自己的看法："您正确地指出了苏联文学的无产阶级本质。"斯大林说道："也正确地说出了我们整个斗争的目标。不过是否有必要在理应团结全体文艺工作者的艺术创作方法的定义中特意事先声明甚至强调苏联文学艺术的无产阶级性质？我看没有太大的必要。指出无产阶级的最终目标——共产主义，也是对的，不过我们暂时还没有把从社会主义向共产主义过渡问题作为一项实际任务。将来有朝一日这项任务也会毫无疑问地摆到它的面前，成为一项实际任务，不过这种情况不会很快出现。如果把共产主义作为一项实际任务，那您就有点儿超前了。您找到了解决这个问题的正确方法，不过表述得不够贴切。要是我们把苏联文学艺术的创作方法叫做社会主义现实主义，您觉得怎么样？"[1]

另外，斯大林又指出了"社会主义现实主义"这一定义的三点好处："第一，简洁（总共只有两个词）；第二，明眼；第三，指出了文学发展的继承性（产生于资产阶级——一般民主主义运动的批判现实主义文学在无产阶级社会主义运动阶级过渡、转化为社会主义现实主义文学）。"[2] 当时，格隆斯基没有坚持自己的看法，因为他认为斯大林的定义是恰当的。从这一事实看，"社会主义现实主义"这一定义的创始者不是格隆斯基，也不是高尔基，而是斯大林。

（二）高尔基与斯大林关于"社会主义现实主义"的矛盾与冲突

在"社会主义现实主义"这一概念被提出后，经过以斯大林为首的苏共党中央的严格的监督和紧锣密鼓的宣传，在1934年8月17日至9月1日莫斯科召开的第一次苏联作家代表大会上，社会主义现实主义创作方法终于得以落实与确立，并被写进了作家协会章程。《苏联作家协会章程》这样定义社会主义现实主义：

> 社会主义的现实主义，作为苏联文学与苏联文学批评的基本方法，要求艺术家从现实的革命发展中真实地、历史具体地去描写现实。同时艺术描写的真实性和历史具体性必须与用社会主义精神从思想上改造和教育劳动人民的任务结合起来。[3]

---

[1] 倪蕊琴主编《论中苏文学发展进程》，华东师范大学出版社，1991，第343~344页。
[2] 倪蕊琴主编《论中苏文学发展进程》，华东师范大学出版社，1991，第343~344页。
[3] 《苏联作家协会章程》，《苏联文学艺术问题》，人民文学出版社，1953，第13页。

有学者曾针对此指出，社会主义现实主义创作方法的"诞生过程和斯大林对'写真实'的理解，再清楚不过地揭示了这一方法所隐含的政治意图。它的内涵具有决定意义的修饰'现实主义'的'社会主义'，正是这个非文学的概念决定了它的性质。'艺术描写的真实性和历史具体性必须与用社会主义精神从思想上改造和教育劳动人民的任务结合起来'，是这一方法的关键；它所蕴含的指向和期待，也是与这一方法密切相关的理想化、典型化、乐观主义等处理方式最有力的依据"。[①] 的确，斯大林从提出这一创作方法开始，就一直在密切关注这一创作方法的宣传与落实情况，并且为此做足了文章。斯大林采取如此举措的政治目的昭然若揭。

当时斯大林并没有出席这次大会，而是由联共（布）中央委员会书记日丹诺夫代为发言。在会上，日丹诺夫对社会主义现实主义创作方法的政治倾向性给予了极大的肯定，他指出：

> 斯大林同志称我们作家是人类灵魂的工程师。这说明什么呢？这个称号赋予我们什么样的责任呢？
>
> 这说明，首先要了解生活，以便在艺术作品中能够把它真实地反映出来，这不是把它作为"客观现实"公式化地、僵死地和简单地反映出来，而是从现实的革命发展中反映现实。
>
> 同时，艺术描写的真实性和历史具体性，应当与用社会主义精神从思想上改造和教育劳动人民的任务结合起来。我们就把这种文学创作和文学批评的方法称作社会主义现实主义方法。
>
> 我们苏联文学不怕被指责有倾向性。是的，苏联文学是有倾向性的，因为在阶级斗争的时代，没有也不可能有那种没有

[①] 孟繁华：《社会主义现实主义的来源与在中国的接受》，《广播电视大学学报》（哲学社会科学版）1998年第4期。

阶级性、没有倾向性、不问政治的文学。(掌声)①

日丹诺夫给出的"社会主义现实主义"的定义，完全是对写入苏联作家协会章程的"社会主义现实主义"定义的重复，而这个具有高度意识形态化的定义恰恰是在斯大林的监督下完成的。

面对日丹诺夫的报告，作为这次会议主席的高尔基始终没有表示附和与赞同，相反他对"社会主义现实主义"给予了不同于斯大林、日丹诺夫的另一种理解：

> 社会主义现实主义肯定存在是行动，是创造，其目的是为了战胜自然，为了人的健康和长寿，为了人生在世的幸福，而不断发展人的最有价值的内在才能，并根据人的需要的不断增长，要把整个世界改造为联合成一家的人类美好的住所。②

通过高尔基的这段表述，可以发现高尔基所说的社会主义现实主义和斯大林、日丹诺夫所说的有很大区别，斯大林、日丹诺夫所说的社会主义现实主义要求"从现实的革命发展中反映现实"，要求其为政治革命服务，具有较强的政治倾向性。而高尔基并不排斥社会主义现实主义的政治倾向，但他更注重将其视为通过改造人的内在才能，从而战胜自然，最终使人类获得幸福和美好住所的重要手段。由此我们可以看到，高尔基所说的社会主义现实主义中除了政治革命因素以外，还蕴含着浓郁的人道主义思想。

然而，高尔基尽管竭力想保持文学的纯洁性，竭力想使文学

---

① 〔苏〕日丹诺夫：《联共（布）中央委员会书记日丹诺夫讲话》，《苏联作家第一次代表大会文献辑要》，刘逢祺译，首都师范大学出版社，2004，第2～3页。
② 〔苏〕高尔基：《关于苏联的文学报告》，《苏联作家第一次代表大会文献辑要》，刘逢祺译，首都师范大学出版社，2004，第18页。

摆脱政治革命的束缚，但是他的力量和斯大林相比是极为微弱的。这不仅体现在他先前所反对的绥拉菲莫维奇、潘菲洛夫等"拉普"领导人都被斯大林纳入了作家协会理事会上，而且体现在他之前所反对的文学粗制滥造的风气并没有得到遏制，而是继续盛行等方面。1935年2月19日，高尔基在致苏联作家协会领导人、作协理事会书记亚·谢·谢尔巴科夫的信中，对大会通过的《苏联作家协会章程》中"社会主义现实主义"的提法提出疑义。高尔基写道：

> 关于社会主义现实主义，过去和现在都写过不少东西，但是还没有一致的和明确的意见，这说明了这样一个可悲的事实：在作家代表大会上，批评没有显示自身的存在。
> ……我怀疑，在社会主义现实主义——作为一种方法——以完全必要的明确性显示自己之前，我们已经有权来谈论它的"胜利"，并且是"辉煌的胜利"。[1]

有学者认为，高尔基之所以写这封信，是"由于谢尔巴科夫是高尔基与斯大林之间相联系的中介人，所以高尔基的这封信可以说是间接地写给斯大林的——作家并没有向斯大林隐瞒自己对于'社会主义现实主义'的怀疑"。[2] 其实，高尔基在这封信中表现出的应该不仅仅是怀疑，还有一个清醒者的悲伤与无奈。但是高尔基还是为了维护文学的纯洁性而几度想去说服斯大林，结果导致他和斯大林的矛盾和冲突越来越激化，最终再也无法弥合。

（三）中国左翼文学接受"社会主义现实主义"的两条路径

1932年4月，苏联做出了解散"拉普"派的决定，"拉普"派

---

[1] 〔苏〕高尔基：《高尔基三十卷集》（第30卷），莫斯科国家文学出版社，1956，第381~383页。
[2] 汪介之：《伏尔加河的呻吟——高尔基的最后二十年》，译林出版社，2012，第365页。

所提倡的"唯物辩证法创作方法"也随之遭到苏联学界的批判。1932年底，中国左翼刊物《文学月报》和《文化月刊》对此做了相关介绍。11月3日，歌特（张闻天）的《文艺战线上的关门主义》一文在上海出版的中国共产党中央委员会机关报《斗争》上发表，文章对左翼文坛存在的"左"倾关门主义与庸俗社会学倾向进行了尖锐的批评，指出："革命的小资产阶级的文学家，不是我们的敌人，而是我们的同盟者。"对他们应该团结，不应该排斥打击。同时指出"文艺只是'煽动的工具'、'政治的留声机'的理论"是错误的，它使"文学的范围大大缩小了"，"束缚了文学家的'自由'"。① 随着党对左翼的批判，左翼对"自由人""第三种人"的打压与强势的劲头逐渐消弭，他们面对当时自由主义作家"将艺术堕落到一种政治的留声机，那是艺术的叛徒"，"没有高尚情思的文艺，根本伤于思想之虚伪的文艺"（胡秋原），"左翼文坛所做的只是煽动，只是革命的手段，只是革命的行动，所以就不是文学，既然没有所谓文艺和真理，也没有什么艺术的价值"（苏汶）等一系列的指责，仓促之间，无法找到解决的途径，陷入尴尬的境地。左翼迫切需要找到一种创作方法来填充自身的理论空白。正是在这样的情境下，苏联的社会主义现实主义创作方法进入了中国左翼学界的视野。

中国左翼学界在接受苏联社会主义现实主义创作方法的过程中，由于受到苏联官方宣传，以及当时中国政治革命形势的影响，一度认为高尔基是苏联官方社会主义现实主义的重要代表，甚至视其为社会主义现实主义的奠基者。与此同时，高尔基的政治革命性的一面被无限夸大，而无产阶级人道主义的一面被搁置与遮蔽，高尔基社会主义现实主义理论的独特性与丰富性被忽视。多少年来，中国学界一直没有厘清这一问题，因此常常将高尔基与苏联官方的社会

---

① 歌特：《文艺战线上的关门主义》，《斗争》第13期，1932年11月3日。

主义现实主义混为一谈。但是，如果细读中国左翼当时的理论文献就会发现，当时左翼在接受苏联社会主义现实主义时，接受的实则是两种不同的社会主义现实主义，因此形成了左翼内部两种不同的社会主义现实主义理论样态。一派以周扬、萧三等为代表，他们主要接受的是苏联官方的社会主义现实主义，强调文学的阶级性，具有较强的政治倾向性，他们将高尔基与苏联官方代表日丹诺夫、吉尔波丁同等看待，仅仅强调高尔基自身及其社会主义现实主义理论的政治革命性，从而造成了对高尔基的误解与褊狭理解；一派以胡风、茅盾等为代表，他们主要接受的是高尔基的社会主义现实主义，主张文学应该以"人"为描写中心，强调文学"为人生"的立场，他们在接受高尔基"社会主义现实主义"的过程中，不局限于高尔基政治革命性的一面，而是更加注重对其人学、人道主义思想的关注与阐释，从而对高尔基做出了较为正确的理解与评价。然而，当时的左翼文坛呈现的是"一边倒"的态势，因周扬的特殊地位，他们较胡风、茅盾等具有绝对的优势，因此苏联官方社会主义现实主义得以凸显，而高尔基的社会主义现实主义却遭受了压抑。

（四）关于"社会主义现实主义"的评价

中国文坛在引进社会主义现实主义创作方法之初，就受到了苏联官方的影响，特别强调文学的政治倾向性，主张文学只能描写光明面，不允许批判与揭露黑暗。因此，在很长一段时间，现实主义文学的批判功能是缺失的。但社会主义现实主义文学也给中国文坛带来了重要的积极影响。

首先，社会主义现实主义创作方法使广大文艺工作者受到了启发。他们认识到，文学创作应该从发展中、运动中、变革中去看待事物，去把握生活，从而去揭示人与事物的本质；应该注重作品的真实性；应该注重典型环境中典型性格的塑造等。这些创作理念和创作方法的提出，有效抑制了唯物辩证法创作方法用世界观代替方法论的弊端，使文学创作更加贴合现实，文学描写更为客观、真实。

其次，20世纪30年代，在社会主义现实主义创作方法的影响下，出现了继五四新文学之后的第二个创作丰收期。这一时期，五四时期第一代的如鲁迅、茅盾、叶圣陶等现实主义作家，仍继续沿着五四现实主义文学的理念与传统笔耕不辍、执着探索，创作出诸多现实主义文学作品。同时，又出现了一大批文学新秀，为现实主义文学创作注入了新鲜的"血液"。比如在小说方面，就出现了丁玲、柔石、巴金、张天翼、沙汀、艾芜、萧军、萧红等作家；在诗歌方面，出现了艾青、臧克家、蒲风、杨骚等作家；在戏剧方面，出现了曹禺、夏衍等剧作名家；在散文领域，则出现了瞿秋白、徐懋庸、唐弢、柯灵等具有"鲁迅风"的杂文作家。

驰骋于20世纪30年代文坛的这些现实主义作家，热切关注时代风云、社会现实和民生疾苦，或关注社会性质等宏大命题，或揭露权势阶级的罪恶，或描绘底层人民的生存困境，或展现女性的悲惨命运。作家将这些来源于现实的素材进行艺术加工，凝聚成了一个个栩栩如生的典型环境中的典型人物。比如《子夜》中的吴荪甫、赵伯韬、屠维岳，《骆驼祥子》中的祥子、虎妞，《雷雨》中的周朴园、繁漪，《原野》中的仇虎，《日出》中的陈白露、李石清，《北京人》中的曾文清、愫方，《死水微澜》中的蔡大嫂，《山峡中》的野猫子，《包氏父子》中的包国维等。这些典型人物不仅在当时产生了重要影响，今天依然备受读者关注。

综上，"唯物辩证法"和"社会主义现实主义"两种现实主义文学创作方法，虽然都不同程度地存在一些弊端，但在20世纪30年代现实主义文学思潮的发展方面却起到了极大的促进作用，不仅充实了现实主文学的理论内涵，同时也酿就了一股新的现实主义文学创作潮。另外，无论这两种创作方法是在苏联本土，还是在转移到中国文坛的过程中，都充满诸多的复杂性。我们不应该仅仅将其作为文学创作方法来看待，还应该充分注意到其背后所隐含的意识形态话语，注意到政治革命与人道主义思想的相互博弈过程。

第四节　高涨的现实主义文学创作潮

五四时期，"为艺术而艺术"与"为人生而艺术"两大口号把作家分成两个阵营，即"为艺术派"与"为人生派"，彼时形成了浪漫主义与现实主义文学双峰并峙的局面。但到了20世纪30年代，民族矛盾与阶级对立空前激化，社会急剧变动的现实促使诸多作家摒弃个人浪漫化、情绪化的创作方式，转而面对外在社会现实，"有所为"地进行创作。加之受到苏联"拉普"派和日本无产阶级文艺观念的影响，唯物辩证法创作方法和社会主义现实主义创作方法相继传入国内并被大力提倡。因此，现实主义文学创作逐渐成为20世纪30年代文学思潮的主流，迎来了五四之后现实主义文学创作的第二个丰收期。

这一时期，鲁迅、茅盾、王统照等五四时期就已成名的作家，创作出了许多现实主义文学的扛鼎之作，如鲁迅的《故事新编》、茅盾的《子夜》《农村三部曲》、王统照的《山雨》等。同时，巴金、张天翼、沙汀、艾芜、吴组缃、叶紫、萧红、师陀、萧乾等文坛新秀成为现实主义创作的主力军。他们进行多种多样的现实主义文学创作尝试，成果颇丰，比如巴金的《家》《爱情三部曲》、张天翼的《包氏父子》、沙汀的《法律外的航线》《代理县长》、艾芜的《南行记》、周文的《雪地》、吴组缃的《一千八百担》、叶紫的《丰收》、萧红《生死场》等，都是本时期的现实主义文学佳作。同样是朝现实主义发展，这些作品却各有特色：张天翼长于犀利明快的讽刺，吴组缃的小说则以细密凝练的叙事取胜，叶紫追求以黑白分明的白描达到逼真写实的效果，艾芜、萧红则发展出"一种充满明丽清新的浪漫主义色调与感情、主观抒情因素很强的小说"。① 这些青年作

---

① 钱理群、温儒敏、吴福辉：《中国现代文学三十年》（修订本），北京大学出版社，1998，第265页。

家在推进现实主义创作多层次、多样化、多风格的发展方面，无疑起到了重要作用。

可以说，20世纪30年代现实主义文学创作百花齐放，风格各异，激起了一股强烈的现实主义文学创作潮。这一时期的现实主义文学创作特征大致呈现出鲜明的政治倾向性、浓郁的大众化色调和典型的形象塑造三个方面的文学特质。

一 鲜明的政治倾向性

20世纪30年代是一段动荡不安的岁月，外有列强虎视眈眈，内有家贼卖国求荣，战火频仍，民不聊生，文学创作难以为继，甚至"已经安放不得一张平静的书桌了"。[①] 然而，尽管处境艰难，大部分作家却依旧坚持创作，针砭时弊，鼓励革命，成为"社会的良心"。不同于五四时期，作家们不再高扬"人的解放""民主科学"等旗帜，不再拘泥于书写个人情绪与日常琐事，而是把目光投向更广阔的社会，着眼于民族生存、阶级斗争等重大而具体的社会政治问题。同时，唯物辩证法创作方法的提倡促使作家重视对现实题材的开掘及对阶级问题的分析，随后引进的社会主义现实主义创作方法要求文艺工作者写出社会发展的历史规律、人物的阶级性、事件的政治性、革命的党派性，这些都极大地增强了文学与政治之间的相互介入和相互渗透，使文学创作彰显出鲜明的政治倾向性。而这种政治倾向性主要体现在反映阶级斗争主题、注重社会剖析、艺术性与倾向性相结合三个方面。

（一）反映阶级斗争主题

这一时期，现实主义文学创作的主题指向非常明确，即以反映阶级斗争为准则。之所以如此，一方面是源于当时国共之间阶级斗争的复杂形势，另一方面也是受到苏联唯物辩证法创作方法的影响。

---

① 蒋南翔:《告全国民众书》,《怒吼吧》第1期，1935年。

唯物辩证法创作方法鼓励作家写重大的历史事件，正面反映革命与反革命的殊死搏斗，这正好契合了中国当时的现实语境，所以反映阶级斗争主题的作品受到当时文坛的普遍重视。比如丁玲以十六省大水灾以及农民反抗斗争为题材创作的中篇小说《水》，就是典型的反映阶级斗争主题的代表作品。作品气势宏大，刻画了众多人物群像，揭露了地主阶级的丑恶嘴脸，歌颂了农民团结、朴实与勇敢的优秀品质。小说虽无中心情节与人物，结构也相对散漫，但由于阶级斗争主题符合当时的社会现实情境，作品本身符合唯物辩证法创作方法的准则，因此受到了当时文学界的极高赞誉，引起了始料未及的轰动效应。而反观此一时期林语堂等自由主义知识分子，其作品虽意蕴深远、幽默闲适，独抒性灵中不乏艺术美感，但因其不符合时代精神和现实需求，所以被学界批评为文人雅士案头的"清供"和书房中的"小摆设"。[①] 由此观之，这一时期的文坛更倾向于选择反映重大社会政治事件的题材，更注重反映阶级斗争主题，这不仅是唯物辩证法创作方法的要求，更是时代对文学做出的选择。

依循阶级斗争主题的准则和唯物辩证创作方法的理念，现实主义文学创作生动形象地描绘出了当时阶级斗争的现实图景，对我们今天了解当时的社会现实样态做出了重要贡献。但不能回避的一个问题是：现实主义作家对阶级斗争主题的青睐，在一定程度上也造成了一些文学创作主题先行的问题，比如有的作家并非没有生活和创作经验，但为了迎合政治斗争的需要，常常抛开生活和创作经验，直奔政治主题，虚构故事情节，甚至是歪曲人物。如吴组缃就曾批评茅盾的《春蚕》塑造的老通宝这一人物很不真实，有架空和无中生有之嫌，他说：

> 一般农民不会那样冒险，借债买叶，企图大捞一把，好似

---

① 鲁迅：《小品文的危机》，《鲁迅全集》（第4卷），人民文学出版社，2005，第191页。

投机商人干的那样。老通宝尤其不会如此。因为他只是受自发资本主义思想的引导，不可能有金融资本主义投机商人的思想……这种故事情节的发展与人物性格一定程度的游离，以及架空生活的不真实情况的出现，并不是作者毫无生活，而是作者从分析中国社会性质的概念出发，离开了人物的思想性格而先定下事件的发展，离开了生活真实来做文章。①

吴组缃正确指出了茅盾创作中架空生活、歪曲人物的问题，这样的问题不仅在茅盾的创作中体现出来，在丁玲等其他作家的作品中也有所体现。他们为了配合政治斗争，常常主题先行，典型人物缺乏主观能动性，成为概念化的人物，情节发展虽满足了作品政治与阶级主题的要求，却不符合生活逻辑，也没有内在推动力。

（二）注重社会剖析

唯物辩证法创作方法虽给中国文坛带来了一些负面影响，但其历史唯物主义中包含的关于阶级和阶级斗争理论在中国的广泛传播，使得许多作家明确了运用阶级视角观察社会生活、反映社会问题，揭示社会生活的真相与社会现象背后的政治经济动因。一时间，社会剖析范式受到作家们的推崇，他们不断在散文、小说、戏剧、诗歌等体裁上进行实践，创作了一批社会剖析类文学的力作。

社会剖析散文首推鲁迅后期的杂文。鲁迅认为，中国最缺少的是"社会批评"和"文明批评"，他笔耕不辍，致力于杂文创作，1930年到1937年，出版了《二心集》《南腔北调集》《伪自由书》等七本杂文集。这些杂文从"砭固弊"的立意出发，剖析社会现象，把批判的锋芒直指人的灵魂，力图挖掘旧社会的病根，揭露封建意识形态对人民群众的精神毒害。鲁迅的创作常常采用异端的姿态，

---

① 吴组缃：《谈〈春蚕〉》，《苑外集》，北京大学出版社，1988，第274~275页。

试图在敌人的"好世界上多留一些缺陷","放一点可恶的东西在眼前",[1] 因此他扮演"枭鸣"的角色,常常发出不平的否定的呼声,通过塑造否定性的类型形象体系,如叭儿狗(《论"费厄泼赖"应该缓行》)、蚊子(《夏三虫》)等形象,生动描画出了种种黑暗势力的丑恶嘴脸。鲁迅的杂文向旧社会、旧文明、旧意识发难,显示出他独肩黑暗闸门的担当意识、独到的社会剖析视角及可贵的批判精神。

除鲁迅外,瞿秋白、唐弢、徐懋庸等,也都写出不少致力于社会剖析的杂文。瞿秋白的杂文《民族的灵魂》《美国的真正悲剧》《流氓尼德》等,多用阶级分析观点抨击政敌,批判各种腐败的文艺现象,具有尖锐的政论色彩。唐弢的杂文侧重针砭时弊,简明而有文采,《谈礼教》《看到想到》《东南琐谈》等篇,揭露封建文化的陋习鄙俗,文风犀利,深中肯綮。徐懋庸与唐弢一样师承鲁迅,他的杂文针砭旧弊,文风质朴,鲁迅曾为其杂文集《打杂集》作序,称赞徐文"切帖,而且生动,泼剌,有益,而且也能移人情"[2]。

在社会剖析小说创作方面成就最高的是茅盾,其代表作有《子夜》《农村三部曲》等。《子夜》是茅盾"有所为"而发,除却为了回应自由主义文人对左翼文坛"左而不作"的非难[3],茅盾写作《子夜》另一重要目的是反映当时中国的现实处境,尤其是以上海为中心的政治、经济和社会问题。据作者回忆,《子夜》的时代背景是1930年春末夏初。彼时中国发生了几件大事。一是国民党内部争权夺势而引发了内战。"汪精卫、冯玉祥、阎锡山为一方,蒋介石为另一方,沿津浦铁路一带作战,其规模之大,战争的激烈,创造了国

---

[1] 鲁迅:《〈坟〉题记》,《鲁迅全集》(第1卷),人民文学出版社,2005,第3~4页。
[2] 鲁迅:《徐懋庸作〈打杂集〉序》,《鲁迅全集》(第6卷),人民文学出版社,2005,第301页。
[3] 茅盾:《再来补充几句》,载孙中田、查国华编《茅盾研究资料》(上),知识产权出版社,2010,第467~477页。

民党内战的记录。"在这场内战中，老百姓处于水深火热之中，工商业的发展受到阻碍。二是世界经济危机恐慌给中国民族工业带来沉重压力，"一些以外销为主要业务的轻工业受到严重打击，濒于破产"。三是"中国的民族资产阶级为了挽救自己，就加强了对工人的剥削。增加工作时间、减低工资，大批开除工人，成为普遍现象，这就引起了工人的猛烈反抗，罢工浪潮一时高涨"。四是"处于三座大山残酷压迫下的农民，在共产党领导下武装起义，势已燎原"。[1]通过对以上这些现实事件的反映与书写，《子夜》真实地记录了20世纪30年代买办资产阶级与民族资产阶级的生死搏斗、农村经济的破产与农民阶级的暴动、市民商业经济的衰败、民族意识的觉醒等一系列社会现实问题，对当时的社会现实生活进行了总体的、全貌式的再现，被誉为"中国现实社会的解剖图"[2]。

《子夜》对社会生活的再现并非摄像机式的简单"复原"，茅盾在"复原"的同时注重剖析社会现象背后的政治经济因素。例如，茅盾复现徐曼丽跳舞的弹子房、华丽热闹的餐室、五光十色的歌舞厅、坐满情侣的电影院等繁华的都市景观，不仅是出于写实的需要，更是为了揭露这样一个事实，即"上海是'发展'了，但发展的不是工业的生产的上海，而是百货商店的跳舞场电影院咖啡馆的娱乐的消费的上海"[3]。正是因为茅盾在《子夜》中揭示了都市经济生产缩小、消费膨胀等问题，《子夜》出版后曾被一些经济学家称作研究中国现代经济的主要参考书。

《子夜》出版后旋即发表的"农村三部曲"，不同于五四时期针砭旧弊的乡土小说及以废名之作为代表的田园小说，作品更注重反映世界经济危机与外国资本主义入侵下中国的农村破产和社会变动

---

[1] 茅盾:《再来补充几句》，载孙中田、查国华编《茅盾研究资料》（上），知识产权出版社，2010，第475~476页。
[2] 〔日〕尾坂德司:《日文版〈子夜〉译后记》，载李岫编《茅盾研究在国外》，湖南人民出版社，1984，第147页。
[3] 茅盾:《都市文学》，《申报月刊》第2卷第5期，1933年。

问题，因此也是社会剖析小说的力作。有学者曾评价茅盾的"农村三部曲""一是重视题材的社会性、主题的重大性，创作与历史尽量同步，反映时代全貌及其发展的史诗性，追求巨大的思想深度与广阔的历史内容；二是着重从经济生活的变动反映都市社会的演变，用阶级及阶级斗争的观念来观察、分析、表现处于复杂的社会关系中的人物典型，并且表现出鲜明的政治倾向性"。① 从今天的角度观之，这样的评论是客观公正、鞭辟入里的。

社会剖析剧主要以曹禺的《日出》为代表。曹禺创作《日出》的鹄的在于揭露"损不足以奉有余"的社会现实，揭露现代大都市中的贫富差距与阶级压迫。综观整部作品，《日出》以交际花陈白露为中心，通过其特殊身份，串联起中国城市各个阶级、阶层的人物，并把这些人物分成"人"与"鬼"两个阵营。"人"的阵营包括曾受五四新文化影响后来堕落成交际花的陈白露、一直向往光明的方达生、虽沦落风尘却有一颗金子般的心的妓女翠喜、落入黑社会之手不幸惨死的小东西等，这些人物都是受到权势阶级压迫的"不足者"；而"鬼"的阵营主要是压迫底层人民的"有余者"，如工于心计的银行家潘月亭、流氓打手黑三、时显"西崽"之相的洋奴张乔治、俗不可耐的富霜顾八奶奶、戏子胡四及恶霸金八等。曹禺通过这两个对立世界的划分，以及爱憎分明的褒贬态度，揭示了"损不足以奉有余"的残酷社会现实，以此警醒人们打破现代都市所奉行的不公平法则，拯救挣扎在死亡边缘的"不足者"。

实际上，曹禺并没有止步于对阶级压迫、贫富差距的揭露与思考。他还同时塑造了大丰银行襄理李石清这一人物形象，进一步洞察了都市文明对人性的腐蚀问题。通过作品我们了解到，李石清并不属于"人"或"鬼"任何一个阵营，而是居于两大阵营之间。作者形

---

① 钱理群、温儒敏、吴福辉：《中国现代文学三十年》（修订本），北京大学出版社，1998，第192页。

象地展示了李石清从"人"变成"鬼"的演变过程。在作者看来，不平等的黑暗社会现实与卑躬屈膝的生活方式是李石清变成"鬼"的催化剂。比如，李石清曾抱怨："你想，在银行当个小职员，一天累到死，月底领了薪水还是不够家用，也就够苦了。完了事还得陪着这些上司们玩，打牌，应酬。""我恨，我恨我自己为什么没有一个好父亲，生来就有钱，叫我少低头，少受气吗？我不比他们坏，这帮东西！你是知道的，并不比我好，没有脑筋，没有胆量，没有一点心肝。他们跟我不同的是他们生来就有钱，有地位，我生来没钱没地位就是了。我告诉你，这个社会没有公理、没有平等……只有大胆地破釜沉舟地跟他们拼，或许还有翻身的那一天！"[1] 为了翻身，李石清不择手段地进行反抗，"不惜把灵魂出卖给这个现代大都市的魔鬼，获得的不是人应该有的生命的魔力，而是它的异化物——狡黠、狠毒与卑琐"。[2] 他对上卑躬屈膝、极尽巴结之能事，对下炫耀自己高人一等的身份，性格扭曲，内心黑暗，奈何又较量不过强权势力，只能沦为牺牲品。李石清的反抗与祥子等人的反抗殊途同归，皆揭露了病态城市文明的腐朽与黑暗。

诗歌领域的社会剖析潮流主要以中国诗歌会为代表。中国诗歌会1932年9月成立于上海，是"左联"领导下的一个群众性诗歌群体。在诗歌内容方面，他们主张及时、迅速地反映时代重大事件，表现工农大众及其斗争，反映农村的苦难与农民的觉醒。如蒲风的代表作《茫茫夜》以母子对话的形式正面揭示了农村苦难的根源。杨骚的《乡曲》真切反映了20世纪30年代农村的破产与骚动，借以表达人民必然走向革命的意识形态命题。在艺术表现方面，他们主张直接描摹现实，如殷夫的《一九二九年五月一日》详尽地再现了1929年五一游行的全过程。与之相应，叙事

---

[1] 曹禺：《日出》，《曹禺选集》，人民文学出版社，2004，第276页。
[2] 钱理群、温儒敏、吴福辉：《中国现代文学三十年》（修订本），北京大学出版社，1998，第359页。

诗也得到了当时文坛的重视，田间的《中国农村的故事》、王亚平的《十二月的风》、穆木天的《守堤者》等都是优秀的叙事诗作品。这些叙事诗促发了诗歌由重"抒情"向"叙事"的转移，反映了诗歌领域在现实主义方向上的新探索，一定程度上扩大了新诗的表现领域。

总体而言，中国诗歌会诗人的创作常常结合时事，渲染革命情绪，表现昂扬乐观的革命激情，具有理想主义与英雄主义的色彩，其诗歌对民众发挥了直接的宣传与激励作用。如蒲风在《我迎着风狂和雨暴》中，抒发了对侵略者的仇恨以及对祖国的热爱，其中"战斗吧，祖国！战斗吧，为着祖国！不要怕别人的军舰握住咽喉／我们要鼓起气力把这些秽物逐出胸头！"一节，呼吁人民为民族解放而战，具有鲜明的现实指向性与战斗性。但中国诗歌会的创作也有明显的不足，比如有些篇什是宣传的急就章，重视诗歌社会功用，忽视诗歌本身的艺术规律，艺术上比较粗糙。

（三）艺术性与倾向性相结合

感应着时代的脉搏，20世纪30年代的文学创作常常体现出艺术性与倾向性紧密结合的特质，如茅盾、吴组缃、沙汀、艾芜等人的作品，其政治倾向性常常是通过形象化的人物、跌宕起伏的情节、惊心动魄的场面、精细入微的细节来表现的，因此既有政治层面的向度，又葆有浓郁的艺术气息。

以《子夜》为例，多年来，很多批评家都更为注重《子夜》在阶级分析和社会剖析等思想层面的价值，而实际上《子夜》艺术方面的成就也很突出。比如茅盾对不同类型人物的塑造，就非常难能可贵。在《子夜》中，茅盾塑造了形形色色的人物形象，其中有吴荪甫、朱吟秋、周仲伟等民族工业资本家，赵伯韬、尚仲礼等金融买办资本家，吴老太爷、冯云卿、曾沧海等封建地主，李玉亭、唐云山、范博文等资产阶级政客和知识分子，林佩瑶、林佩姗、四小姐惠芳、冯眉卿等不同类型的女性形象。这些人物形象因其丰富性和复杂性受到学界广泛争议。比如吴荪甫这一人物形象就极其复杂。文本中的吴荪甫,凭借着他游历欧美所获得的见识而渴望有所作为,他渴望有一天"高大的烟囱如林,在吐黑烟;轮船在乘风破浪,汽车在驰过田野",而这一切的主宰者就是他自己。吴荪甫不仅有远大的抱负,而且在下属和家人面前具有绝对的权威,在社会上也具有举足轻重的地位,在大多数人的眼中这是一个典型的有头脑、有魄力的"二十世纪的工业巨子"形象。然而,吴荪甫在坚强、果敢的外表下还具有软弱的一面,尤其在工人、农民的革命力量面前,他软弱的本质可谓暴露无遗。面对工人、农民对他汽车的包围,尽管包围他的人手无寸铁,甚至自己还坐在备有钢板和新式防弹玻璃,并有持枪的保镖护卫的汽车里,但他还是被吓得"卜卜地心跳"。除了软弱,吴荪甫还具有残酷、凶狠的本性,他为了获得更多的利润,不仅蚕食鲸吞、排挤同行,而且压榨和剥削工人,延长工时,降低工资,收买工贼,开除工人。甚至还与国民党反动军警勾结,共同镇压工人和农民的革命运动。因此,吴荪甫这一人物形象的特征是极为复杂和丰富的,展现了茅盾在人物塑造上的功力。另外,《子夜》所采取的蛛网式的密集结构,对人物内心世界的细腻描写等,都可见《子夜》的艺术魅力。①

再如吴组缃,吴组缃深受茅盾的影响,善于社会剖析,作品往往通过描写安徽农村生活的一角来折射社会现实、揭露社会本质。但鲜明的思想倾向性并未阻碍吴组缃的作品取得艺术上的成就,他善于从平实寻常的题材中凝练出富有情节性、戏剧性的故事,如《樊家铺》讲述了线子嫂为救下狱的丈夫,杀死了放高利贷母亲的故事,母女二人变态的伦理关系反映了安徽农村残酷的阶级压迫现实;同时,吴组缃还讲究人物个性化的描写,比如《菉竹山房》中的二姑姑虽然"苍白皱折的脸没多少表情。说话的语气,走路的步法,

---

① 侯敏:《不断论争中的〈子夜〉——兼及经典意义之再思考》,《郭沫若学刊》2021年第1期。

和她老人家的脸庞同一调子：阴暗，凄淡，迟钝"，[①] 但"窥房"的诡秘行为却透露出她心中仍藏有爱火与热望。这种充满个性化的描写使二姑姑的悲惨遭际跃然于纸上，读来意味深长，她让读者切实体会到，被礼教钳制的女性不再是承担"死者"功能的"空洞能指"，不再是指控父权制文化的"证物"，而是怀有爱火与热望的活生生的人。吴组缃描绘出了她们受到的压迫、侮辱与损害，同时洞悉了她们被压抑的情欲，其作品的真实性与高超艺术性非常珍贵。

除了茅盾、吴组缃外，还有诸多将艺术性与倾向性结合得很好的作家，如张天翼有着鲜明的讽刺艺术个性，沙汀善于刻画场景和渲染气氛，艾芜和萧红的小说充满着明丽清新的浪漫主义色调。这些作家虽是"有所为"而创作，但并没有把文艺缩小为"时政文艺""党派文艺"，而是依凭形象化的人物、情节、场面、细节等来表现某种思想倾向，并由此透露出鲜明的个性化的艺术风格。

二 浓郁的大众化色调

第二个十年的现实主义文学创作呈现出浓郁的大众化色调，乃是由于受到社会形势与文学自身发展规律的影响。20世纪30年代的中国充满内忧外患，民族矛盾、阶级矛盾不断激化。在这样的历史语境下，一切都是为了"革命"，文学也不例外。文学被认为是革命的有效武器与工具，有动员、宣传、组织人民群众的社会功用。然而当时的民众文化水平普遍低下，这要求文学必须通俗易懂，直白晓畅，于是文学大众化势在必行。

同时，在时代的询唤下，20世纪30年代文学创作的美学原则已然从五四时期的"人性论"转变为"阶级论"，文艺界不再把文学视作"人的文学"，普遍认为任何文学现象都有阶级性和时代性，文

[①] 吴组缃：《箓竹山房》，载钱谷融编《中国现当代文学作品选》（上卷一·小说），华东师范大学出版社，1999，第486页。

学的根本任务并非反对人的非人化,而是动员人民群众反抗豪绅地主、资产阶级、封建军阀、国民党顽固派,鼓舞人民群众参与抗日斗争。文艺界关注的重心也由创作主体移至接受主体,重视文学在读者中所起的作用,重视考察文学大众化是否引起了民众思想的变化。

为避免脱离群众、脱离现实,作家们的目光逐渐从城市知识分子移向广大的底层劳动人民。农村生活的童年经历以及农民众多的社会现实使作家们更加关注农民这一群体,创作了一批具有浓郁地方色彩的乡土小说。以萧红、萧军、端木蕻良等为代表的"东北作家群"自觉地把民俗描写与启蒙叙事、社会剖析和民间叙事相结合,善于描写东北的风俗民情,展现在日寇铁蹄下东北农民的悲惨境遇。"四川作家群"中的艾芜、沙汀、李劼人等人的小说表现出极为丰富的民俗学意蕴,如沙汀的《土饼》《兽道》《苦难》等作品以现实主义的笔触描摹川西北的世态人情,具有浓厚的地方色彩和民族风格。"江南作家群"中的巴人、张天翼、吴组缃等人则对江南农村发育完备的封建家庭制度予以了深刻的揭露与艺术化的再现,叶紫则真实地表现了洞庭湖畔农民的生活和斗争,揭露湖南农村残酷的阶级压迫。上述作家的创作,无疑为这一时期的现实主义文学增添了地方性、民族性的新质。

另外,"左联"从诞生之初就重视文学的大众化。1931年"左联"执委会在《中国无产阶级革命文学的新任务》的决议中,专门谈到了大众化的意义:"只有通过大众化的路线,即实现了运动与组织的大众化,作品,批评以及其他一切的大众化,才能完成我们当前的反帝反国民党的苏维埃革命的任务,才能创造出真正的中国无产阶级革命文学。"[①]"左联"作家们不仅在理论上有所建树,在实践上也有诸多尝试,如办墙报、出歌谣、搞读书识字运动等。其中,

---

① 冯雪峰、瞿秋白:《中国无产阶级革命文学的新任务》,《文学导报》第1卷第8期,1931年。

中国诗歌会的成绩最为突出。他们的创作践行着大众化的原则，即从大众出发，为大众着想，致力成为大众的代言人。他们写对侵略者的憎恶与对民族深沉的爱。他们控诉："哪里没有流血，哪里没有屠杀/哪里不是饿的饿，死的死，被扫射的在被扫射！"（《守堤者》）他们呼吁："我要汇合起亿万的铁手来呵/我们的铁手需要抗敌/我们的铁手需要战斗！"（《我迎着风狂和雨暴》）他们歌唱："漆黑的暗夜，和那暗夜中透露的曙光。"（《祖国，我要永远为你歌唱》）他们写底层劳动人民的苦难：田地破败而荒凉，是因为"租税的苛繁，使他们不敢望秋日的收成"（《农村的春天》）；民俗节日时街道不复往昔热闹繁华，是因为"不尽的税/不尽的捐""来了便宜的洋米/土米再也卖不起价钱"（《我们的堡》）；乞妇不敢开口乞讨，是因为"羞！羞！羞！/丑！丑！丑！/这滋味儿/还不如在家饿着好受"（《逃难》）。对于中国诗歌会而言，大众化就是通俗化，上述诗歌在内容上，无论是写景、记事或是抒情，一律直来直去，如实写来，使诗歌通俗易懂，一目了然。在修辞上，中国诗歌会的诗歌不同于新月派、早期象征派那般运用晦涩难懂的意象，而是只运用极其简单的比拟或象征，力求让大众毫不费力地领悟诗歌的内涵。但这样一来，诗歌的艺术水平便被迫降低。实际上，诗歌本讲究留白，要求"不著一字，尽得风流；语不涉难，已不堪忧"，[①] 最忌讳直来直去，和盘托出。诗歌会的诗在追求浅白的同时也舍弃了部分美学上的价值。但无论如何，在中国现代文学史上，中国诗歌会是第一个有意识有组织地进行大众化创作的文学团体，是文艺大众化的一次有效实践，为现实主义文学在大众化取向方面的发展做出了有意义的尝试，具有十分重要的文学史价值与意义。

三 典型的形象塑造

典型问题是现实主义艺术论的基本与核心范畴，这也是美学界、

[①] （唐）司空图：《二十四诗品》，浙江古籍出版社，2013，第43页。

文艺界长期争论的热点。恩格斯在1888年4月写给玛格丽特·哈克奈斯的信中，提出了现实主义文学艺术"要真实地再现典型环境中的典型人物"这一文艺创作的著名理论。① 坚持典型化的原则，真实地、本质地反映社会生活，塑造典型环境中的典型人物形象，对现实主义文学创作来说具有重要意义。

五四现实主义文学虽主张真实地反映生活，但由于作家们拘囿于书写个人情感、生活琐事，此时的创作大多是情绪化的宣泄与个人化的抒情，不太注重对典型化问题的探索，比如郁达夫就曾主张"文学作品，都是作家的自叙传"。② 郁达夫之外，鲁迅虽塑造了孔乙己、阿Q、闰土等典型人物形象，但并未引起文坛对典型化问题的讨论。"革命文学"论争前后，出现了莎菲（《莎菲女士的日记》）、孙舞阳（《动摇》）等典型人物形象，但随着唯物辩证法创作方法受到提倡，对浪漫主义与个性描写的否定，作家开始热衷于缺少典型性的概念化的群像描写，少有人注意到典型形象塑造问题。

直至1932年，瞿秋白编译了《"现实"——科学的文艺论集》，其中包括恩格斯致玛·哈克奈斯的信。恩格斯在信中通过比较巴尔扎克的《人间喜剧》与哈克奈斯的《城市姑娘》，提出除了细节的真实，现实主义文学还应真实地再现典型环境中的典型人物的观点。1933年，周扬在《关于"社会主义现实主义与革命浪漫主义"——"唯物辩证法的创作方法"之否定》一文中介绍了恩格斯对典型性格、典型环境的论述，提醒人们注意"典型环境中的典型性格之正确的传达，对于社会主义的现实主义，是有怎样重大的意义"。③ 由此，典型化问题进入20世纪30年代文坛的研究视野，而

---

① 《马克思恩格斯选集》（第4卷），人民出版社，2012，第590页。
② 郁达夫：《五六年来创作生活的回顾》，《郁达夫全集》（第10卷），浙江文艺出版社，2007，第311页。
③ 周扬：《关于"社会主义现实主义与革命浪漫主义"》，《周扬文集》（第1卷），人民文学出版社，1984，第160页。

20世纪30年代中期周扬与胡风关于"典型"的论争更是引起许多作家对典型问题的重视。

周扬在《关于"社会主义现实主义与革命浪漫主义"》一文中明确指出典型要从本质上反映社会动向和历史发展的趋势。不过周扬当时对典型的理解主要是指排除"非本质的琐事"的描写，力求反映出"革命的胜利的本质"。这种把"典型"、"本质"以及"革命胜利"相等同的论断依旧是简单化的，带有"左"倾机械主义的色彩。

周扬关于典型问题的探讨引起了胡风的注意，胡风发表了《什么是"典型"和"类型"——答文学社问》一文，谈到他对于"典型"与"类型"含义的理解。在胡风看来，典型是普遍性和特殊性的统一。"所谓普遍的，是对于那人物所属的社会群里的各个个体而说的；所谓特殊，是对于别的社会群或别的社会群里的各个个体而说的。"[①] 胡风以阿Q为例，指出对于少数落后地方的农村无产者来说，阿Q的性格是普遍的，而对于工人、商人、地主等群体来说，他的性格又是特殊的。从胡风的表述来看，他实则否认或者忽视了典型的个性存在，他所谈的"个性"，依旧是"社会群体共同性格"的形象化。

周扬不同意胡风对于典型的解释。他说："阿Q的性格就辛亥革命前后及现在落后的农民而言是普遍的，但是他的特殊却并不在对于他所代表的农民以外的人群而言，而是就在他所代表的农民中，他也是一个特殊的存在，他有他自己独特的心理和容貌、习惯、姿势、语调等，一句话，阿Q真是一个阿Q，即谓'This one'了。"[②] 周扬运用黑格尔关于"这一个"的美学术语来解释典型的个性与特殊性的问题，显然比胡风更接近典型的本质。之后，

[①] 胡风：《什么是"典型"和"类型"——答文学社问》，《胡风全集》（第2卷），湖北人民出版社，1999，第105页。

[②] 周扬：《现实主义试论》，《周扬文集》（第1卷），人民文学出版社，1984，第159页。

胡风又相继发表了《现实主义底一"修正"》《典型的混乱》等文章，虽吸收了周扬对典型个性的理解，但仍强调典型的普遍性。胡风的意见又促使周扬发表《典型与个性》等文章，深入探讨典型中的个性问题。

周、胡二人关于典型问题的论争使得文艺界逐渐重视典型问题，并在文学创作实践中进行典型人物塑造，塑造出了吴荪甫、祥子等诸多典型人物形象，极大地丰富了20世纪30年代文学的人物画廊，并将现实主义文学创作进一步引向多样化与多元化。

总之，第二个十年的文坛热闹非凡，在五四宿将笔耕不辍的同时涌现了一批青年作家，他们的现实主义文学作品风格各异。但从总体来说，这一时期的文学作品大多具有鲜明的政治倾向性，注重社会剖析；同时文学创作出现了大众化倾向，具有鲜明的大众化色调，文艺界开始重视作品在接受主体中的效果，强调文艺动员、宣传、组织群众的任务；与此同时，"社会主义现实主义创作方法"的引入使"典型"问题进入文坛视野，作家开始重视对典型形象的塑造。此时的现实主义文学与五四时期相比，增添了政治化、社会化、理想化、大众化的新质，显示出现实主义文学创作在实践中不断深化、向前发展的趋向。

第三章　第三个十年现实主义文学思潮（1937.7~1949）

1937年7月，全面抗战爆发，在全面抗战的特殊语境下，民族矛盾上升为主要矛盾，民族救亡成为现实主义文学思潮的中心话题。在抗战之初，知识界较为普遍地认为，抗战很快就能取得胜利，民族危机很快就能解除，因此文坛在理论和创作方面都弥漫着一种乐观情绪。但随着抗战不断地向纵深发展，知识界越来越意识到，抗战的艰难与持久性，于是张天翼、老舍等一些知识分子开始从抗战营垒的内部寻绎抗战失利的原因，他们以创作的方式从中国传统文化的劣根性、国民党消极抗日的本质、知识分子的弱质性等方方面面，对抗战语境中的诸多问题进行了讽刺、暴露与反思。而随着延安整风运动的开展和《在延安文艺座谈会上的讲话》的发表，抗战初期的讽刺、暴露文学逐渐偃旗息鼓，抑或说，现实主义文学的批判功能逐渐弱化，其引导教育和政治宣传的功能得到了张扬，这标志着现实主义文学的新变，即由五四时期的批判现实主义转向了革命现实主义。随之而来的是，解放区理论界对胡风延续五四传统的批判现实主义的批评，并因此引发了非常激烈的论争。与这次论争同步，文学创作方面也涌现出了赵树理、老舍、路翎、张爱玲等诸多优秀的现实主义作家，他们虽然创作思想不同、风格各异，但皆成熟老到、技法娴熟，将第三个十年的现实主义文学创作引向了一个新的发展空间。

第一节 讽刺、暴露文学的流布

1937年7月7日，卢沟桥事变爆发，日本侵略者发动了全面侵华战争，中国进入了全民族抗日战争的全新历史时期。日本侵略者的全面侵华战争急剧激化了民族矛盾，一个生死存亡的问题摆在了中华民族的面前，"抗战"一跃成为社会各个领域最为关切的主题。在这样紧张的局势下，爱国主义的热浪缓和了社会各阶级之间的矛盾，全民投入救亡图存的抗战洪流中，巨大的民族凝聚力在危机中喷涌，五四以来"启蒙"的新文学思潮自觉地转向"救亡"的共同主题，文学担负起了拯救民族国家的历史使命。迫切的现实境况发出警报：这已不是一个"坐而言"的时代，而是一个"起而行"的时代。[①] 与之相应，曾经因政治派别或文学观点等因素产生隔阂与分歧的作家群体与个体搁置了争辩，共同参与这场轰轰烈烈的救亡文学浪潮。茅盾在《呐喊》（后改名《烽火》）的创刊词《站上各自的岗位》中呼吁：

> 我们一向从事于文化工作，在民族总动员的今日，我们应做的事，也还是离不了文化——不过是和民族独立自由的神圣战争紧紧地配合起来的文化工作。……中华民族开始怒吼了！中华民族的每一儿女赶快从容不迫地站上各自的岗位罢！[②]

除茅盾外，巴金、萧乾、胡风等作家也都相继发表言论与声明，表露自己内心坚定的抗争信念。由此我们可以看到，正是由于作家们积极询唤文学的救亡功用，不同思想与艺术倾向的作家们才团结在了一起。1938年3月27日，"中华全国文艺界抗敌协会"（简称

---

① 蓝海：《中国抗战文艺史》，民国现代出版社，1947，第146页。
② 茅盾：《站上各自的岗位》，《呐喊》创刊号，1937年。

"文协") 在武汉成立，标志着全国文学界抗日民族统一战线正式形成。"文协"成员涵盖了各个阶层的抗日作家，各个派别的作家在同一面旗帜下携手并进，共同服务于抗战的目标。然而，值得强调的是，由于人数众多，人员结构复杂，虽然作家们体现出统一为抗战服务的信念，但也不免出现不一致的声音，尤其是在抗战初期，如何以文学来服务抗战主题的问题，文坛聚讼纷纭、莫衷一是，并由此引发了"暴露与讽刺"的论争。

一 "暴露与讽刺"论争缘起

全面抗战爆发后，一些作家认为，抗战可以很快取得胜利。这种盲目乐观的"速胜论"催生了大批宣传抗战的作品。同时，为了服务于"救亡"这一时代主题，文学的宣传教化功能被进一步强化，"文协"提出"文章下乡，文章入伍"的口号。[①] 于是，大批作家开始接近大众，深入底层民众生活，开始了文学大众化的探索与尝试。为了便于宣传抗战内容，作家们开始运用民间的通俗文艺形式进行创作，以鼓书、戏曲、街头剧、唱本等方式实现鼓动宣传的目的。这种创作方式在带来大众化有效实践的同时，一定程度上也造成了文学作品的粗制滥造。应该说，抗战初期这种为了传达政治需求、发泄民族情绪而产生的公式化和概念化的创作倾向并不健康，这与此前文学界存在的"左"倾机械论文学观关联甚密。但这种乐观情绪和鼓动宣传的创作样式并没有持续多久，随着武汉失守，抗战进入相持阶段，文学界开始认识到抗战的持续性与艰巨性，于是，开始正视现实中的矛盾与黑暗，开始召唤批判现实主义，讽刺、暴露文学开始流布，大量暴露与讽刺抗战现实黑暗面的作品应运而生，由此引发了"暴露与讽刺"问题的论争。

---

① 蓝海：《中国抗战文艺史》，民国现代出版社，1947，第153页。

二 "暴露与讽刺"论争过程

1938年4月,张天翼的短篇小说《华威先生》在《文艺阵地》创刊号上发表。在作品中,张天翼刻画了一个抗战环境下不做实事、公务"繁忙"、贪图权力的丑恶官僚形象,通过展现其行为与精神面貌,将暴露与讽刺的矛头直指抗战阵营中的黑暗面,显露出对现实的冷静思考。《华威先生》的发表引起了有关"暴露与讽刺"问题的激烈论争,并由此唤起了对现实主义创作精神的重新思考。

"暴露与讽刺"的初期讨论主要集中在政治层面,讨论的主要问题在于是否要揭露抗战阵营的黑暗面与现实矛盾,暴露与讽刺是否会打击人民的抗战信心。"暴露与讽刺"的反对者认为这是对于抗战的一种悲观主义流露,并且这种创作方法如果运用不当还可能闹出乱子,反而会成为外敌舆论宣传的工具。[1] 另有论者认为现实中光明与黑暗固然并存,但光明的势力大于黑暗,所以应当歌颂未来的光明,没有必要在抗战的特殊形势下暴露已存在的黑暗。[2] 针对这些否定与反对意见,茅盾接连发表了《论加强批评工作》《八月的感想》《暴露与讽刺》等系列文章予以回击,展现出其严正的批判姿态。在《论加强批评工作》一文中,茅盾深刻反思了抗战初期创作方面的弊病,指出文艺作品不能只反映半面的"现实",不能仅限于光明面的描写,还应当勇于揭露抗战阵营内部的黑暗面:

抗战的现实是光明与黑暗的交错——一方面有血淋淋的英勇的斗争,同时另一方面又有荒淫无耻,自私卑劣。人民大众是目击这种种的,而且又是身受那些荒淫无耻,自私卑劣的蹂

---

[1] 1938年5月30日,李育中在《救亡日报》上发表《幽默、严肃和爱——读张天翼的〈华威先生〉》一文,文中提出:"在紧张的革命行进和作生死决斗的时期,严肃与信心是异常须要的,接受幽默的余暇是太少了,何况幽默有时出了轨,会闹乱子的,伤害着严肃的。"

[2] 蓝海:《中国抗战文艺史》,民国现代出版社,1947,第151页。

蹦的。消灭这些荒淫无耻自私卑劣，便是'争取'最后胜利之首先第一的要件。

抗战中随时发生的问题多得很呢，每一个问题都有它光明的一面以及黑暗的一面。如何而能克服了那黑暗的一面，或者为什么而终于不能克服那黑暗的一面；这才是必须描写出来的焦点。

批评家号召了作家们写新的光明，紧接着必须号召作家们同时也写新的黑暗。这才能够使作家们深思，而且向现实中去发掘。①

除了对只记录社会光明一面、逃避社会丑恶一面观点予以反思与批评，茅盾还将"暴露与讽刺"的讨论引向了另一个问题，即如何暴露黑暗的问题。茅盾指出，在暴露黑暗时要塑造典型人物，展现"新的人民欺骗者、新的'抗战官'、新的'发国难财'的主战派、新的'卖狗皮膏药'的宣传家……"，同时要遵循典型化的原则，既展现新的光明，也展现新的黑暗，以呈现全面的客观的现实。②

另外，在《八月的感想》一文中，茅盾在总结一年来抗战文学经验的过程中，明确肯定了《华威先生》所展现的暴露与讽刺黑暗的创作倾向，认为华威先生是名副其实的"旧时代的渣滓而尚不甘渣滓自安的脚色"。③ 在1938年10月发表的《暴露与讽刺》一文中，茅盾又明确提出"现在我们仍旧需要'暴露'与'讽刺'"，并点明暴露的对象是"贪污土劣，以及隐藏在各式各样伪装下的汉奸——民族的罪人"，讽刺的对象是"一些醉生梦死、冥顽麻木的富豪，公子，小姐，一些风头主义的'救国专家'，报销主义的'抗

---

① 茅盾：《论加强批评工作》，《抗战文艺》第2卷第1期，1938年。
② 茅盾：《论加强批评工作》，《抗战文艺》第2卷第1期，1938年。
③ 茅盾：《八月的感想》，《文艺阵地》第1卷第9期，1938年。

战官'，'做戏主义'的公务员"。①

然而，茅盾接连发表的系列文章并没有使论争终止，随着《华威先生》在国外的刊载，关于"暴露与讽刺"问题迎来了更加激烈的论争。1938年12月，日本杂志《文艺》译载了《华威先生》，试图以此鼓舞侵略者，丑化中国人民形象。这种"反向宣传"使《华威先生》代表的"暴露与讽刺"又一次遭到了质疑与否定。比如，林林在1939年2月22日的《救亡日报》上发表《谈〈华威先生〉到日本》一文，指出：

> "华威先生"这种可鄙的人物……他出现在日本读者的面前，会使他们更把中国人瞧不起，符合着法西斯主义的宣传，而增强他们侵略的信念。一句话：我们是"减自己的威风，展他人的志气"了。
>
> 所以，固然在神圣的民族解放的战争中，在许多可歌可泣的悲壮的故事中，也有一些可鄙可夷的人物，但无论如何，颂扬光明方面，比之暴露黑暗方面，是来得占主要的地位的。②

针对这种论述，冷枫在1939年2月26日《救亡日报》上发表的《枪毙了的华威先生》一文中指出，《华威先生》虽然成为敌人取笑我们的资料，但不能因此抹杀这篇作品的成功并否定这种创作方向，"我们这次抗战，是为求民族上进的，所以我们不怕承认自己的弱点，如我们不讳疾忌医是同一道理的，绝不是像敌人处处掩饰自己，处处欺骗民众，抹杀正义真理"。③ 1939年3月15日，张天翼在《救亡日报》上发表《关于〈华威先生〉赴日——作者的意见》一文，指出华威先生不过是"一天天健康起来"的人身上的

---

① 茅盾：《暴露与讽刺》，《文艺阵地》第1卷第12期，1938年。
② 林林：《谈〈华威先生〉到日本》，《救亡日报》1939年2月22日。
③ 冷枫：《枪毙了的华威先生》，《救亡日报》1939年2月26日。

"小疮",这种病痛被指出恰恰说明了我们民族的健康与进步。"只有勇于自我批判的人,才会有真进步",① 其言有力地回应了关于质疑与否定"暴露与讽刺"的声音。

此后,文学界又相继围绕"暴露与讽刺"问题展开了激烈的论争。1939年7月,何容发表《关于暴露黑暗》一文,指出暴露黑暗不容易"作得恰到好处",认为"暴露了黑暗,足以引起一般人的失望",表示作家不肯暴露黑暗是怕"于抗战无益而反倒有害"。② 1939年12月,周行发表《关于〈华威先生〉出国及创作方向问题》一文,提出了不同的看法,认为"《华威先生》之足以代表一种创作的方向,是谁都承认的:这方向,如大家所知,便是暴露现实的黑暗面"。③

随着论争的不断深入,"暴露与讽刺"问题引起了当时文学领域的广泛关注,文坛纷纷将作家在创作时是否应该正视现实,是否应该如实反映现实等问题提上研讨日程。1940年1月,吴组缃在《一味颂扬是不够的》一文中指出"惟有能够真实地反映全部现实的文艺,才是今日所需要的文艺"。如果仍然将文学的功用着眼于政治宣传,那么便还是过分夸大了文学的功利性,违背了现实主义的创作原则。④ 这样的观念得到当时文坛的普遍认同,并由此引发了一股"暴露与讽刺"的现实主义创作潮。

三 "暴露与讽刺"的文学创作

随着长达两年多的"暴露与讽刺"论争落下帷幕,越来越多的作家认识到"暴露与讽刺"的重要性,于是他们的创作逐渐向冷静观察并深度刻画抗战现实的方向转变。作家们开始勇敢地面对并揭

---

① 张天翼:《关于〈华威先生〉赴日——作者的意见》,《救亡日报》1939年3月15日。
② 何容:《关于暴露黑暗》,《文艺月刊·战时特刊》第3卷第7期,1939年。
③ 周行:《关于〈华威先生〉出国及创作方向问题》,《七月》第4卷第4期,1939年。
④ 吴组缃:《一味颂扬是不够的》,《新蜀报》1940年1月22日。

露阻碍民族进步的各种腐败现象和阴暗面，涌现出了多部成熟的以讽刺、暴露为特点的文学作品。如老舍的《残雾》《面子问题》，陈白尘的《升官图》《魔窟》，沙汀的《淘金记》，萧红的《马伯乐》，艾芜的《故乡》《石青嫂子》，钱锺书的《围城》等一系列代表作品。

《残雾》是老舍于1939年创作的四幕戏剧作品。剧中的洗局长是一个明面上高呼抗战、道貌岸然，背地里却好色、爱财、贪权的两面派，他不顾国家的利益与人民的安危，纵情于个人欲望，不但欺压难民朱玉明，还与女汉奸徐芳蜜勾结卖国求荣。作品通过描绘洗局长这样一个腐朽堕落的官员形象，讽刺了国民党统治的黑暗现实。在1941年创作的《面子问题》中，老舍再次塑造了一位利益至上主义者，作品中的国民党政府小官僚佟景铭秘书的人生信条是"不能因为抗战失了份"，"不能因为一件公事而把自己恼死"，最终一事无成，并且被免职而丢尽了面子。在作品中，老舍对佟景铭这类无所事事的国民党官僚形象进行了辛辣的讽刺，对那些在民族危亡时刻仍然麻木不仁、声色犬马的社会蛀虫予以了猛烈的抨击。

陈白尘是20世纪40年代优秀的讽刺喜剧家，他在抗日战争时期积极投身于抗日宣传工作，对社会现实有着深入的观察与思考，因此其剧作充满深刻的现实内容并具有强烈的讽刺效果。陈白尘最优秀的讽刺剧作当数三幕话剧《升官图》。《升官图》创作于1945年日本投降后，这部剧作对国民党统治腐朽专制境况给予了揭露与讽刺，被认为是中国现代戏剧史上最为优秀的政治讽刺剧之一。剧作主要描写了两个强盗深夜躲进古宅所做的"升官"美梦。在梦境中，真与假的界限被模糊，呈现出极其腐败的乱象：两位强盗趁着百姓动乱冒充县衙的知县与秘书长，而知县太太为了利益却同意了假官吏的交易。于是两个人做起了升官发财的美梦，与当地官僚勾结，行极度腐败之事。作品除了淋漓尽致地讽刺了两个强盗的丑恶行径外，还揭露了沆瀣一气的局长们极尽贪污之能事而鱼肉百姓的罪恶，揭示了表面廉洁奉公的省长实则是贪财好色之徒的事实。作者用夸张、漫画化的笔法，勾勒出了一幅滑稽的官僚群丑图。尤其是在第二幕第二场中，作者借侍从之口，揭露了官僚体系的"十大罪状"，讽刺的利剑直指腐败的国民党官僚统治体系。

在小说创作方面，沙汀作为杰出的讽刺小说家，深受"暴露与讽刺"论争的影响。1938年，沙汀在发表《防空》后曾对自己揭露黑暗的创作倾向产生了怀疑情绪，担心自己的作品会对抗战产生消极影响，[①] 但经过对"暴露与讽刺"问题的深入讨论，揭露抗战阵营内部黑暗的创作方向被肯定后，沙汀恢复了创作的信心，并创作出了大量讽刺题材的作品，其长篇小说《淘金记》就是讽刺小说的代表作。

沙汀从沪回川时遇到一群士绅，他们因大发国难财而感到兴奋。沙汀对此感慨道："抗战在大后方把人们的私欲，更扇旺了。"[②] 沙汀正是有感于此，创作了长篇小说《淘金记》。小说以"黄金"为线索，围绕恶霸、粮绅、地主之间的斗争展开，讲述了四川一个偏僻山城中的淘金故事。没落绅士白酱丹为了能够开采金矿，与凶狠毒辣的袍哥林幺长子一同利用富孀何寡母之子何人种，达到了偷采的目的。何寡母选择投靠恶棍龙哥，企图依托这位联保主任平事，但白酱丹并不想放弃金矿，而是选择通过挑拨龙哥与何寡母、指使外甥何丘娃、进城立案的方式开挖筲箕背，最后虽然完成了合法手续，但因资金不足而白忙一场。作品通过不同势力之间对于金矿开采权的争夺事件，淋漓尽致地展现了不同人物虽然机关算尽，但最终一无所获的命运与结局。比如利欲熏心的白酱丹不择手段地想要开采金矿最后却落得一场空；精明能干的何寡母迷信祖坟风水，虽然借助外部势力完成了一次抗争，却又陷入了新的陷阱。沙汀在作品中，一方面揭示了那些利欲熏心的人最终会一败涂地的必然命运，

---

① 温儒敏：《新文学现实主义的流变》，北京大学出版社，2007，第154页。
② 沙汀：《关于〈淘金记〉的通信》，《文坛》第5期，1942年。

另一方面则深入地从阶级地位、封建习俗的角度出发，辛辣地讽刺了破落的封建制度与腐朽的基层政权。

四 "暴露与讽刺"论争的意义

自五四新文学运动始，揭露社会黑暗、批判丑恶现象一直是现实主义者的使命，即使在"新写实主义"与"社会主义现实主义"引进过程中，中国学界曾强调过文学要描写与展现现实的光明面，但作家们依旧保持着对社会黑暗与弊病的抨击。然而进入全面抗战时期以后，为了避免对抗战产生负面影响，现实主义创作者不得不面临如何对待抗日阵营内部黑暗与丑恶的问题。由《华威先生》引起的"暴露与讽刺"论争不但探讨了揭露社会黑暗面的创作方法问题，而且冷却了抗战初期以来弥漫于文学界的狂热的盲目乐观心态，使作家们从激昂的创作氛围中冷静下来，重新认识到文学自身的价值，纠正了概念化、公式化的问题，为现实主义创作精神的回归打下了牢固的根基。经过"暴露与讽刺"的论争，在抗战语境下暴露社会黑暗的创作方向被肯定，"唱哀歌"的悲观主义心态被扭转，现实主义创作精神得到了重新思考，现实主义创作者的信心得到了重新树立。因此，这次论争无论对于抗战文学现实而言，还是对于其后的现实主义发展而言，都具有重要的价值与意义。

第二节 《在延安文艺座谈会上的讲话》发表与现实主义文学的新变

抗战初期，为了便于宣传抗战内容，达到鼓舞民众英勇抗战的目的，大批作家运用鼓书、戏曲、街头剧、唱本等民间的通俗文艺形式进行创作，引发了一股"利用旧形式"进行通俗文艺创作的潮流。在这股创作热潮中，作家们为了调动社会大众的力量支援抗战，很明确地将作品的受众指向了社会底层民众，读者群体在全新历史条件下发生变化。应该说，从文学大众化的角度来看，利用传统民间旧形式的创作理路有其积极意义。但由于部分作品存在生搬硬套、粗制滥造等问题，这股创作热潮也在1938年春引发了"旧瓶能否装新酒"的讨论，而毛泽东的《中国共产党在民族战争中的地位》与《新民主主义论》则将该讨论引向了"民族形式"的论争主题。

1938年10月14日，毛泽东在中共六届六中全会上作了《中国共产党在民族战争中的地位》的报告，报告指出：

> 共产党员是国际主义的马克思主义者，但是马克思主义必须和我国的具体特点相结合并通过一定的民族形式才能实现。……洋八股必须废止，空洞抽象的调头必须少唱，教条主义必须休息，而代之以新鲜活泼的、为中国老百姓所喜闻乐见的中国作风和中国气派。[1]

毛泽东的论断实则是有其历史背景的，全面抗战爆发后的解放区受教条主义影响，存在着洋八股、党八股等不良的文学风气，毛泽东提出此观点的目的正是批判这一不良文风，强调不要生硬地套用马克思主义观点与词句，要注重结合中国的本土特色和民族形式。在1940年发表的《新民主主义论》一文中，毛泽东进一步指出中国文化的形式就是"民族形式"。[2]

毛泽东的观点为"旧瓶能否装新酒"的论争提供了新的方向，在解放区和国统区引发了"民族形式"的论争。在"民族形式"论争中，两种现实主义流向被揭示出来：延续了五四时期的"为人生"、反思国民性的批判现实主义与描写工农兵、歌颂光明的现实主义。在全面抗战初期的解放区文学中，这两种现实主义是并存的，但随着延安整风运动的开展和《在延安文艺座谈会上的讲话》的发

---

[1] 毛泽东：《毛泽东选集》（第2卷），人民出版社，1991，第534页。
[2] 毛泽东：《毛泽东选集》（第2卷），人民出版社，1991，第706页。

表，前一种现实主义遭受了冷遇，描写工农兵、歌颂光明的现实主义文学方向得以确立，成为解放区文学创作的主导文学样式。

一 解放区的文学"细流"与延安整风运动

全面抗日战争爆发后，大批文艺工作者从全国各地来到了延安解放区，在解放区提倡自由创作的环境下，丁玲、艾青、罗烽、萧军、王实味等人创作出一批强调真实描写生活，真实揭露生活阴暗面的理论和创作方面的文章。这些文章延续了五四以来的批判现实主义传统，注重对现实与人生诸问题的深刻反思与批判，形成了当时延安解放区文学的一道独特的"风景"和一股有别于工农兵文学创作方向的文学"细流"。

丁玲发表了《我们需要杂文》《三八节有感》《我在霞村的时候》《在医院中》等系列文章，以批判的姿态揭露了解放区存在的问题。1941年10月23日，丁玲在《解放日报》上发表了《我们需要杂文》一文，呼吁延安的文艺工作者要用好杂文，要充分发挥杂文针砭痼弊的功用，要勇于揭示出解放区现实生活中存在的弊病，不能讳疾忌医。她在文中写道："即使在进步的地方，有了初步的民主，然而这里更需要督促、监视。……陶醉于小的成功，讳疾忌医，虽也可以说是人之常情，但却只是懒惰和怯弱。"于是，丁玲强烈主张学习鲁迅先生"不怕麻烦的勇气"，要"为真理而敢说"。[①] 这种揭露与反思的文学倾向，在丁玲小说《在医院中》中得到了进一步的彰显。1941年11月15日，丁玲在《谷雨》上发表了短篇小说《在医院中》（原名《在医院中时》），[②] 作品一方面以主人公陆萍在延安解放区所属医院工作遭人非议到重拾信心踏上新征途的生活和成长经历为叙述线索，展现了人"要经过千锤百炼"、要"在艰苦

---

① 丁玲：《我们需要杂文》，《解放日报》1941年10月23日。
② 孙国林：《延安文艺大事编年》，陕西师范大学出版社，2016，第337页。

中成长"的基本主题,① 传达出克服困难、勇往直前的奋斗精神。另一方面在作品中也同时展现了解放区存在的一些问题与缺陷。陆萍所在的产科医院,医疗设施陈旧,院内到处堆满脏物;医生来源复杂,不学无术,且身上多有未经改造的洋气;看护对自己的工作缺乏热情,却喜欢造谣生事。这些"阴暗面"的揭示,彰显出丁玲对于解放区现实环境的深入思考。另外,1942年3月9日,丁玲于《解放日报》副刊《文艺》发表了杂文《三八节有感》,对延安解放区的女同志们遭受的种种责难与不公正待遇进行勇敢的反抗,并热切呼吁"女人要取得平等,得首先强己"。②

在丁玲发表系列文章批评解放区文学"阴暗面"的同时,艾青、罗烽、萧军也针对解放区存在的相关问题进行了审视与揭露。艾青于1942年3月11日在《解放日报》上发表《了解作家,尊重作家》一文,文章强调解放区作家应该充分张扬自身的主体意识,呼唤艺术创作的独立精神,认为"只有给艺术创作以自由独立的精神,艺术才能对社会改革的事业起推动的作用"。③ 1942年3月12日,罗烽在《还是杂文的时代》一文中指出,在解放区的现实生活中"经年阴湿的角落还是容易找到"的,希望杂文仍像鲁迅时代一样,继续发挥"使人战栗,同时也使人喜悦"的战斗作用。④ 同年4月,萧军在《论同志之"爱"与"耐"》中感叹"'同志之爱'的酒也越来越稀薄"了,提出渴求同志之间应该充满更多的理解与同情的主张。⑤

丁玲、艾青等一些青年作家与理论家,他们是抱着朝圣的心理来到延安的,他们对延安解放区怀揣着崇高的敬意,他们是带着英

---

① 丁玲:《在医院中》,《谷雨》第1期,1941年。
② 丁玲:《三八节有感》,《解放日报》1942年3月9日。
③ 艾青:《了解作家,尊重作家》,《解放日报》1942年3月11日。
④ 罗烽:《还是杂文的时代》,《解放日报》1942年3月12日。
⑤ 萧军:《论同志之"爱"与"耐"》,《解放日报》1942年4月8日。

雄主义的理想前来参与革命工作的。然而，当他们真正融入延安解放区的现实生活以后，艰苦的生活环境与工作中出现的种种问题，很快就使这群青年人陷入与之前想象的落差之中，于是，他们把这种失望与偏激的情绪注入笔端，写就了类似上文的批判性的文章。这些文章给延安解放区的文坛带来了震动，并由此引发了解放区"歌颂与暴露"问题的讨论。这次讨论背后所隐含的，是主张五四以来针砭时弊的批判现实主义还是主张解放区歌颂光明的现实主义的纷争。最终这场论争随着延安文艺座谈会的召开与《在延安文艺座谈会上的讲话》的发表而落下了帷幕。

二 《在延安文艺座谈会上的讲话》的发表

在政治层面整风运动的过程中，毛泽东充分认识到了文学在服务政治方面的重要作用。因此，早在1936年，毛泽东在中国文艺协会成立大会的发言中就曾强调"从文的方面去宣传教育全国民众团结抗日""发扬苏维埃的工农大众文艺，发扬民族革命战争的抗日文艺"，应该成为从事革命事业过程中"伟大的光荣任务"。[1] 在1937年，毛泽东在《反对日本进攻的方针、办法和前途》一文中进一步指出："新闻纸、出版事业、电影、戏剧、文艺，一切使合于国防的利益。禁止汉奸的宣传。"[2] 毛泽东的这些言论实际上为延安解放区确立了明确的文学服务抗战的方向，同时也彰显出文学为工农兵服务、为政治服务的清晰印痕，这在之后发表的《在延安文艺座谈会上的讲话》中得到了明确的落实。

1942年5月，毛泽东召集延安解放区重要的文艺工作者前后召开了三次文艺座谈会，分别为1942年5月2日、5月16日及5月23

---

[1] 毛泽东：《毛主席讲演略词》，《红色中华》副刊第1期，1936年。
[2] 毛泽东：《毛泽东选集》（第2卷），人民出版社，1991，第348页。

日。① 毛泽东在第一次与第三次会议上进行了大会发言（分别为《在延安文艺座谈会上的讲话》中的"引言"与"结论"部分）。在第一次会议上，毛泽东向广大文艺工作者明确提出要使文艺成为和敌人斗争的武器的具体要求：

> 我们今天开会，就是要使文艺很好地成为整个革命机器的一个组成部分，作为团结人民、教育人民、打击敌人、消灭敌人的有力的武器，帮助人民同心同德地和敌人作斗争。②

为了达到这个目的，毛泽东提出要重点解决文艺工作者的立场问题、态度问题、对象问题和学习问题。毛泽东认为，解放区的文艺工作者们要首先解决好立场问题，要自觉地站在无产阶级和人民大众的立场上。在相应的立场上，歌颂与暴露的态度是都需要的，要根据对象采取不同的态度：对于"日本帝国主义和一切人民的敌人"，要暴露他们的黑暗；对于"统一战线中各种不同的同盟者"，既要联合也要批评，赞扬共同抗日的同盟者，批评消极的反动者；对于"自己人"（"人民群众""人民的劳动和斗争""人民的军队""人民的政党"），应当予以歌颂，并给予耐心教育。为了把握好自身立场，文艺工作者要注意好工作对象的转变，要试着熟悉工农兵与革命干部。同时，毛泽东对于"一切应该从'爱'出发"，"超阶级的爱、抽象的爱、抽象的自由、抽象的真理、抽象的人性"等观点进行了批判，指出这些观点实际上是"受了资产阶级很深的影响"，应该彻底根除，转向马列主义的学习。③ 毛泽东的这些言论初步奠定了其关于文艺与革命关系的基本立场与观点，为后来发表

---

① 马良春、张大明主编《中国现代文学思潮史》（下），北京十月文艺出版社，1995，第1270页。
② 毛泽东：《毛泽东选集》（第3卷），人民出版社，1991，第848页。
③ 毛泽东：《毛泽东选集》（第3卷），人民出版社，1991，第852页。

"结论"部分的讲话奠定了总基调。5月23日,毛泽东发表了《在延安文艺座谈会上的讲话》的"结论"部分,全面总结了对于解放区文艺发展的想法和观点。

首先,毛泽东紧紧围绕"我们的文艺是为了什么人"的问题展开论述,明确提出要解决"为群众"和"如何为群众"的问题。毛泽东从列宁的文艺"为千千万万劳动人民服务"谈起,指出文艺是为人民大众服务的,并明确提出人民大众是指"最广大的人民,占全人口百分之九十以上的人民,是工人、农民、兵士和城市小资产阶级"。[①] "我们的文学艺术都是为人民大众的,首先是为工农兵的,为工农兵而创作,为工农兵所利用的。"[②] 在这一文学创作理念的驱动下,毛泽东认为,革命文艺工作者应该无条件地全身心地到工农兵群众中去,到火热的斗争中去,只有这样才能获得文学创作的最初"原料",才能将文学创作与群众生活紧密结合;同时提醒广大知识分子,必须改变小资产阶级立场与思想感情,确立为人民大众特别是为工农服务的文艺思想,必须自觉地使自己的创作服从于党在一定时期的革命斗争任务。

其次,毛泽东围绕党的文艺工作和党的整体工作关系问题进行了讨论,指出:"党的文艺工作,在党的整个革命工作中的位置,是确定了的,摆好了的;是服从党在一定革命时期内所规定的革命任务的。"[③] 这实际上是强调了文学的政治服务功能,这一点在其对文艺作品的评价中体现得尤为明显:"文艺作品中反映出来的生活却可以而且应该比普通的实际生活更高,更强烈,更有集中性,更典型,更理想,因此就更带普遍性。革命的文艺,应当根据实际生活创造出各种各样的人物来,帮助群众推动历史的前进。"[④] 这五个"更"

[①] 毛泽东:《毛泽东选集》(第3卷),人民出版社,1991,第855页。
[②] 毛泽东:《毛泽东选集》(第3卷),人民出版社,1991,第863页。
[③] 毛泽东:《毛泽东选集》(第3卷),人民出版社,1991,第866页。
[④] 毛泽东:《毛泽东选集》(第3卷),人民出版社,1991,第861页。

的提出，进一步强化了文学作品的政治教化功用，点明了典型化、理想化都是创作技法上的变化，最终还是为了达到教育与改造大众的目的。

从以上论述来看，《在延安文艺座谈会上的讲话》重点要解决的是文艺与人民群众、文艺与政治革命的关系问题。通过《在延安文艺座谈会上的讲话》，学界进一步明晰了文艺的"工农兵文学方向"和"政治标准第一、艺术标准第二"的文学理念，从而为解放区的文学创作指明了方向、确立了标准，同时也使现实主义文学较以往发生了新变。

三 《在延安文艺座谈会上的讲话》引导下现实主义文学的新变

在《在延安文艺座谈会上的讲话》中，毛泽东以党的领导人的身份明确提出："我们是主张社会主义的现实主义的。"[①] 自此以后，延安解放区就逐步形成了以"为人民服务"为宗旨，以服务政治革命为旨归，以社会主义现实主义为基本创作原则的文学运动。这样的文学创作理念与创作运动，促使现实主义文学出现了新的发展动向。

一是政治对文学的规约性明显增强。随着"五卅"惨案、"四一二"反革命政变等事件的接续发生，现实主义文学创作中的政治因素、阶级因素明显增加。但在《在延安文艺座谈会上的讲话》发表前，五四传统现实主义文学中强调文学主体性的声音依然回响在作家的精神世界里，是文学创作过程中无法忽视的存在，即使在20世纪40年代初期，不仅国统区，就是在延安解放区，王实味等作家依然在强调发挥文学的主体性问题。他们极力主张将文学与政治截然分开，各自发挥彼此的功能。但《在延安文艺座谈会上的讲话》

---

① 毛泽东：《毛泽东选集》（第3卷），人民出版社，1991，第867页。

发表以后，文学创作的主体性被弱化，文学成为宣传政治理念，对民众进行政治教育的工具，自此之后很长一段时间，现实主义文学创作被规约进党的序列中，作为政治革命的符码而存在。

二是在现实主义文学创作过程中，歌颂光明有效遏制了对黑暗的揭露。《在延安文艺座谈会上的讲话》把"写光明为主"作为社会主义现实主义的一个原则来要求，针对"从来的文艺作品都是写光明和黑暗并重，一半对一半"的观点，毛泽东提出："苏联在社会主义建设时期的文学就是以写光明为主。他们也写工作中的缺点，也写反面的人物，但是这种描写只能成为整个光明的陪衬，并不是所谓'一半对一半'。"[①] 这个观点针对"歌颂与暴露"的问题给出了明确的态度，批判了以暴露黑暗为主题的创作倾向，而主张重点要书写现实生活中的光明面，即使写黑暗，也应该将其作为光明的陪衬。

总体而言，从20世纪40年代初延安解放区充满批判意味的文学创作，到延安整风运动，再到《在延安文艺座谈会上的讲话》发表，现实主义文学的路向发生了新变：一方面，文学与政治之间的关系愈加紧密；另一方面，现实主义文学的批判功能被极大弱化。这样的新变，实则是一把双刃剑：对于现实主义文学自身的发展而言，这样的变化不利于文学自身主体性的凸显，也窄化了现实主义文学的表现空间；但同时，这样的新变适应了当时的政治革命形势，作家们运用文学创作极大地鼓舞了广大民众革命斗争的勇气与信心，涌现出了《小二黑结婚》《白毛女》《暴风骤雨》《太阳照在桑干河上》等一批人民大众所喜闻乐见的文学作品，在文学大众化实践方面取得了重要的成就。

第三节　关于胡风现实主义理论的论争

从1943年开始，在国统区发生了一场持续五六年的关于现实主

---

① 毛泽东：《毛泽东选集》（第3卷），人民出版社，1991，第871页。

义问题的讨论,讨论的焦点是胡风倡导的"主观战斗精神"说。这场论争深入讨论了现实主义创作的许多"老问题",如世界观与创作方法的关系、五四新文学传统的继承与发展等;同时也提出了一些新问题,如现实主义与"主观"的关系问题等。因此,这场论争对总结新文学现实主义文艺的经验教训、推进现实主义文艺发展,无疑起到了重要作用。

一 胡风理论的核心:"主观战斗精神"

毛泽东《在延安文艺座谈会上的讲话》传入国统区后,引起了文艺工作者对文艺运动的反思以及对一些文学理论基本问题的思考,其中,现实主义与"主观"的关系问题引起了争议。胡风作为论争的焦点人物,坚持反对主观公式主义和客观主义,认为这两种倾向违背了现实主义创作原则。他指出,"主观公式主义从脱离了现实而来的。因而歪曲了现实。或者漂浮在没有深入历史内容的自我陶醉的'热情'里面;或者不能透过政治现象去把握历史内容,通过对于历史内容的把握去理解政治现象,只是对于政治现象无力地演绎;或者僵化在抽象的(虚伪的)爱国主义里面"。[①] 在胡风看来,主观公式主义脱离现实,只注重写出生活的趋向,增强作品的理想性、光明性、鼓动性,忽略了创作主体性,没有写出作者切实的生活体验与真实的爱憎情绪。同样,胡风认为客观主义也没有达到现实主义的真实。他说:"客观主义是从对于现实的局部性和表面性的屈服,或漂浮在那上面而来的,因而使现实虚伪化了,也就是在另一种形式上歪曲了现实。"[②] 换言之,客观主义是唯物辩证法创作方法的余毒,把世界观等同于创作方法,使唯物主义辩证法创作方法从一种理论概括变成作家必须遵循的原则,从一种"基本的""统一的"方法变成"既成的""唯一的"公式,扼杀了创作个性与创作

[①] 胡风:《论现实主义的路》,《胡风全集》(第3卷),湖北人民出版社,1999,第500页。
[②] 胡风:《论现实主义的路》,《胡风全集》(第3卷),湖北人民出版社,1999,第501页。

精神。作家在创作时不能突入现实生活，没有自己的真实感受与体验。因此，客观主义看似客观，实际上"只能漂浮在现实底局部性或表面性上面"，[①] 离现实主义真实性还很远。

为了克服主观公式主义与客观现实主义的倾向，胡风认为要发扬作家的"主观战斗精神"，强调作家在创作过程中要充分发挥主观能动性，使得主观和客观相互统一。

胡风所提出的"主观战斗精神"首先是指面对现实生活主动真诚的姿态。他反对脱离时代背景把文学当作书房中的小摆设，对那些缺乏作家个性的图解政治类文学也表示不满，他要求作家继承与发扬鲁迅"直面人生"的现实主义精神，有"献身的意志、仁爱的胸怀"，以及对现实人生的"真知灼见"，"不存在一丝一毫自欺欺人的虚伪"。[②] 其次，胡风认为发挥"主观战斗精神"的前提是坚持现实生活的第一性原则。胡风曾反复强调生活是创作的源泉，他说："如果靠一两篇或几篇作品走上文坛以后，就从此脱离了生活，戴着纸糊的桂冠趾高气扬地走来走去，失去了对现实人生的追求的热情和搏斗的魄力，那他的生活经验的'本钱'，过不几天就会用得精光，只好乞丐似糊扎纸花度日了。"[③] 因此，胡风是一位"反映论"者，始终坚持文学是社会生活的反映，但与同时代人相比，他更关注的是创作主体的能动性的问题，坚持能动的反映论，反对把创作过程说成是被动的、机械的反映。当20世纪三四十年代的文艺界提出文学是政治的"传声筒""留声机"时，胡风却提出作家的头脑应当是一座"熔炉"，认为作家应好好孕育题材，把现实生活的材料放到主观的"熔炉"中"炼化"，并"把作家自己底看法，欲求，理想，浸透在这些材料里面"，客观的题材才能涅槃成为具备现实主

[①] 胡风：《论现实主义的路》，《胡风全集》（第3卷），湖北人民出版社，1999，第501页。
[②] 胡风：《现实主义在今天》，《胡风全集》（第3卷），湖北人民出版社，1999，第39页。
[③] 胡风：《关于创作发展的二三感想》，《胡风全集》（第3卷），湖北人民出版社，1999，第13页。

义深度的作品。

这"炼化"的过程是主客体之间相互克服、相互突击的动态过程。胡风认为:"创作主体需要在客观对象的活的表现中熔铸自己的同感的肯定或反感的否定,而客观对象也会以其真实性来促成修改,甚至推翻作家的上述认识。"① 即作家要发挥"主观战斗精神",深入客体内部深入了解创作对象,同时扩大、纠正创造主体,使作家和自己的作品一同生长。不仅如此,胡风还认为作品的"炼化"需要作家的"受难"精神。他指出,很多人都意识到生活经验是文学创作的关键要素,却忽略了作者"在生活和艺术中间的受难(Passion)的精神"。"受难"精神是指作家"呕心镂骨地努力寻求最无伪的、最有生命的、最能够说出他所要把捉的生活内容的表现形式",② 是指作家向人生搏击时火辣辣的心灵以及沉重的受难的灵魂。胡风对作家"受难"过程的强调能纠正时人把作家看作社会生活的"镜子"、政治思想的"容器"等认识,突出了作家创作时复杂、痛苦、艰辛的心理,让作家在生活经验与作品之间所起的"中介"作用浮出文学地表,推动了现实主义文学理论的深化。

二 胡风理论的"三大支柱"

胡风在搭建文学理论体系大厦时,以"主观战斗精神"为地基,同时提出了三个重要观点,作为支撑理论大厦的支柱。

其一是"到处都有生活"说。当时主流观点主张生活应当按照政治标准划分为主流与支流、光明与黑暗、本质与非本质,而胡风反对任何形式的题材决定论,认为作家可以自由选择题材,不加任何限制。他说:"历史是同一的,任谁的生活环境都是历史的一面,这一面连着另一面,那就任谁都有可能走进历史的深处。……哪里

---

① 钱理群、温儒敏、吴福辉:《中国现代文学三十年》(修订本),北京大学出版社,1998,第401页。
② 胡风:《略论文学无门》,《胡风全集》(第2卷),湖北人民出版社,1999,第427、429页。

有人民，哪里就有历史。哪里有生活，哪里就有斗争。有生活有斗争的地方，就应该也能够有诗。"① 这段话指出无论是国统区还是解放区都有生活、有斗争，把解放区对题材的要求照搬到国统区的做法是不切实际的，作家应以现实主义的态度，根据熟悉的生活环境和自己的艺术风格确定题材进行创作，这给予了国统区进步作家极大的精神支持。

其二是"精神奴役创伤"说。胡风反对把人民的初步觉醒抽象化、理想化，认为应正视人民的真实现状，承接鲁迅改造国民性的主题，深入探讨"随时随地都潜伏着或扩展着几千年的精神奴役的创作"。② 这并不是说胡风否认人民群众有善良健康、吃苦耐劳的一面，他强调的是吃苦耐劳、忍辱负重、坚强善良等品质中潜藏着封建主义"安命精神"的余毒。胡风运用对立统一的原理，力图揭露积极因素中隐藏的消极成分，深化对现实生活和人民群众的认识。因此，胡风接续改造国民性的思想主题，要求文艺工作者直面人生、正视黑暗，赓续革命现实主义批判战斗精神。胡风认为，倘若作家忽略人民群众身上的"精神奴役创伤"，一味地写光明、写正面人物，只会得到一个结果——"作家们都闭着眼睛做梦……遇到强暴就屈服，看见黑暗就却步"。③ 这样的理论"虽然嘴里是说要'光明'的文艺，'高尚'的文艺，但实际上是不要文艺，是捏死文艺。因为它使文艺脱离现实的人生，因为它要作家说谎。它想杀死现实主义的精神。它能够得到的只是使文艺在民族解放斗争里面解除武装的结果"。④ 胡风肯定了暴露黑暗的意义，否定了光明与黑暗、歌颂与暴露、主流与支流等机械片面的题材划分，强调了现实主义文

---

① 胡风：《给为人民而歌的歌手们》，《胡风全集》（第3卷），湖北人民出版社，1999，第438~439页。
② 胡风：《置身在为民主的斗争里面》，《胡风全集》（第3卷），湖北人民出版社，1999，第189页。
③ 胡风：《现实主义在今天》，《胡风全集》（第3卷），湖北人民出版社，1999，第41页。
④ 胡风：《现实主义在今天》，《胡风全集》（第3卷），湖北人民出版社，1999，第42页。

艺创作中真实性的重要性。

"精神奴役创伤"说不仅涉及能否暴露人民群众的落后的问题，也涉及如何看待知识分子与人民关系的问题。与当时主流思想不同，胡风虽然肯认知识分子具有"游离性""二重性"等特点，需要接受"长期甚至痛苦的磨练"，但反对把知识分子从人民大众中放逐出去加以贬低、否定，认为"知识分子也是人民"，是"思想主力和人民之间的桥梁"。①

其三是"世界进步文艺支流"说，这是胡风在关于"民族形式"问题的论争中提出的观点，他认为五四文学革命运动"正是市民社会突起了以后的、累积了几百年的、世界进步文艺传统底一个新拓的支流"，他所说的世界进步文艺是"在民主要求的观点上，和封建传统反抗的各种倾向的现实主义（以及浪漫主义）文艺；在民族解放的观点上，争求独立解放的弱小民族的文艺；在肯定劳动人民的观点上，想挣脱工钱奴隶的运命的、自然生长的新文艺"。②他认为五四新文学在"民主革命的实践要求里"接受了"世界进步文艺"的"思想、方法、形式"，从而获得了"和封建文艺截然异质的、崭新的姿态"。因此五四新文学的成功在于特别重视并大胆吸取国际革命文艺的经验，创造新的民族形式，同样不能排斥外来经验。胡风的观点总的来说比较辩证，切中肯綮，但也有偏颇之处：他强调五四新文学与世界文学的横向联系的同时，忽略了五四文学与中国古典文学的纵向联系；强调"世界进步文艺"与"进步的现实主义（浪漫主义）"的同时，忽略了其他文学流派与文学思潮，这在一定程度上显示出一种褊狭性与局限性。

三 对胡风"主观论"的批判

胡风的"主观战斗精神"论遭到了文艺界的普遍质疑和批评。

---

① 胡风：《论现实主义的路》，青林社，1948，第26页。
② 胡风：《论民族形式问题》，《胡风全集》（第1卷），湖北人民出版社，1999，第738页。

批评胡风的论者乔冠华等在香港创办《大众文艺丛刊》，邵荃麟、胡绳等知名文人是该刊编辑部的重要成员。创刊伊始，他们便刊发了一系列文章，高扬"文艺批评"的大旗，对"作为当时进步文艺几种倾向之一的胡风等人的文艺思想"进行了全面批驳。

（一）邵荃麟对"主观论"的批评

1948年3月，《大众文艺丛刊》发表了邵荃麟执笔的《对于当前文艺运动的意见》。文章指出，十年来文艺运动"处在一种右倾状态中"，"个人主义意识和思想代替了群众的意识和集体主义的思想"，这造成了文艺思想的混乱。而胡风的"主观战斗精神"就是"个人主义意识的一种强烈的表现"，"因为它不是把问题从阶级的基础上，从社会经济原因上，而却是从个人的基础上作出发；不是首先从文艺与社会关系上，而只是从文艺与作家关系上去认识问题。不了解一个革命者的主观战斗力量是从实际革命斗争中锻炼出来的，他的革命人格是从他和阶级力量的结合中间建立起来的"。邵荃麟认为，胡风"把个人主观精神力量看成一种先验的，独立的存在，一种和历史，和社会并立的，超越阶级的东西"，这背离了历史唯物论的原则。邵荃麟还指出："从这样的基础出发，便自然而然地流向于强调自我，拒绝集体，否定思维的意义，宣布思想体系的灭亡，抹杀文艺的党派性与阶级性，反对艺术的直接政治效果；在创作上，就自然地走向个人主观感受境界或个人内在精神世界的追求了。"因此，邵荃麟提出革命现实主义创作方法应该与"主观论"划清界限，追求"明确的政治倾向，具有积极、肯定的因素"。[①] 在《论主观问题》一文中，邵荃麟也指出"主观论"的根本错误在于"离开了社会阶级的观点"，仅从人的主观能动性作用一点上，去认识主观问题，这是"以一种小资产阶级思想去对待另一种小资产阶级思想"。

邵荃麟并非一开始便质疑胡风的"主观论"，实际上，在很长一

[①] 邵荃麟：《对于当前文艺运动的意见》，《大众文艺丛刊》第1辑，1948年。

段时间里他的文艺思想与胡风有许多相似之处。对于胡风提出"精神奴役创伤"说,邵荃麟同样认为"中国人民受数千年来传统的封建思想文化的浸淫和束缚,在其生活意识与习惯中已经渗透着种种迷信的非科学的自大与自卑的奴隶思想的毒素";① 对于胡风反对主观公式主义和客观主义这两种倾向,邵荃麟的判断亦是"还未从公式主义、概念化的泥沼中拔出,又掉入了客观主义的深渊";② 胡风强调作家的"主观战斗精神",邵荃麟也表示认同:"近年来文艺上常常有人提出要加强我们主观的战斗热情和主观作用,这其实极重要。"③ 甚至,邵荃麟还曾提倡"新人道主义",呼吁"全世界一切肤色、语言不同的人们,一切阶级、思想不同的人们,都在新人道主义的旗帜下联合起来"。④ 这在反对人道主义、自由主义、个人主义的马克思主义阵营中,算是异端的声音了。然而,邵荃麟并没有将自己的"新人道主义"坚持到底,不久便向胡风美学思想开了"第一枪"。

尽管后期邵、胡二人的文艺思想相左,但他们私交甚好。多年以后,胡风在自己的回忆录中这样写道:"我们两人的关系一直很好。在桂林又见到了,大家都感到高兴,我常去看他,有时就留下吃饭,谈公事谈私事态度都极友好……我和他在文艺问题的看法上从来没有对立的意见,我认为他是理解我尊重我的。"⑤

(二)乔木(乔冠华)对"主观论"的批评

无独有偶,乔木(乔冠华)也把批判的矛头直指胡风的"主观论",认为其中所贯穿的人道主义思想是"超阶级"的观点。在

---

① 邵荃麟:《我们对于现阶段文化建设的意见》,《邵荃麟评论选集》,人民文学出版社,1981,第13页。
② 邵荃麟:《向深处挖掘》,《邵荃麟评论选集》,人民文学出版社,1981,第50页。
③ 邵荃麟:《我们需要"深"与"广"》,《邵荃麟评论选集》,人民文学出版社,1981,第90页。
④ 邵荃麟:《论新人道主义》,《邵荃麟评论选集》,人民文学出版社,1981,第63页。
⑤ 胡风:《胡风回忆录》,人民出版社,1993,第284~285页。

《文艺创作与主观》一文中，乔木批评说："不管一个小资产阶级作家在他的个人生活范围内的主观态度自以为如何正确，对现实人生搏斗的意志自以为如何坚强，假如他不真正地走到工农群众及其斗争中去，他是不能和人民结合的；在这种情况下，他就不可能真正表现出人民斗争的真实，而他那自以为正确的人民立场（主观）必然是抽象的，不能解决问题的。"①

后来胡风在谈到这些文章的反响时说，这几篇批评"在文艺界引起的反响很不好。冯雪峰说：'这和当年创造社、太阳社搞鲁迅一样！'冯亦代和乔冠华关系很深，一向信服他，但看了文章后来看我，说：'这是老乔最坏的一篇文章。'"②

事实上，乔木和邵荃麟一样，在此之前与胡风交往甚密，甚至"引为知己"。1942年抵渝后，乔木与陈家康、夏衍、胡绳等人形成了一个"才子集团"，他们的创作甚至形成了一个小型的"反教条主义运动"。胡风在《关于乔冠华（乔木）》中回忆到1943年3月与乔木在重庆小茶馆中的闲聊，他们在延安整风反教条主义这个问题上不谋而合，胡风坦言："这使我很高兴，引为知己。他（乔冠华）到重庆后，和陈家康思想感情相投，常在一起。我有时间就去看望他们，一起谈天。"③

（三）胡绳对七月派创作的批评

与邵荃麟、乔木不同，胡绳并未直接把矛头对准胡风，而是以间接的方式批评了胡风和七月派的创作。胡绳在《评路翎的短篇小说》中指出路翎塑造的人物不真实，认为其笔下的工人"有着一颗不是工人的心"，"不管作者写的是什么样的矿工，但所反映的都是一种知识分子的心情，要写工人的恋爱，但写出来的恰恰是一种知识分子的恋爱，要写工人的思想，但写出来的恰恰是一种知识分子

---

① 乔木：《文艺创作与主观》，《大众文艺丛刊》第2辑，1948年。
② 胡风：《胡风全集》（第6卷），湖北人民出版社，1999，第514页。
③ 胡风：《胡风全集》（第6卷），湖北人民出版社，1999，第502页。

的思想"。胡绳认为正是由于胡风和七月派反对客观主义倾向,提倡"主观战斗精神",小说存留着太强的知识分子的主观思想,以至于妨碍了路翎认真地写出他所看到的工人。不仅如此,胡绳还批评路翎"用浮夸的自欺来迷糊知识分子真正向前进的路"的问题,① 指出路翎没有看到知识分子的弱点与人民群众的力量,这实际上也从侧面批评了胡风的"精神奴役创伤"说。

四 胡风的答辩:从《论现实主义的路》到"三十万言书"

在这场由权威学者发动的理论批评开始之际,胡风时在上海,对此并不知情。后来胡风从姚蓬子处得知香港在发动批判他的消息时还存有疑虑,直到他收到冯乃超的来信以及香港生活书店赠阅的《大众文艺丛刊》刊物才确认了消息的真实性。香港左翼文学界邵荃麟、乔冠华、胡绳等人的批评一方面使胡风感到诧异,另一方面又令胡风感到气愤,曾经持相同观点的同志反过来批评自己,他们为了批判而批判,歪曲文章原意,论点论据都不足。

抱着"真理之外,别无所争"的理念,胡风决定亲自出面答辩。胡风在回忆录中写道:"一直不想写文章回答。但现在出现了许多有关这方面的文章,有的说得不清楚,可能对我造成更大的误解。因此,我就决定自己写了。不仅仅是答辩,而是想就现实主义这个问题写成一本系统的小册子,然后就现实主义美学问题再写一个小册子。"② 这本小册子就是胡风于1948年9月完成的《论现实主义的路》。胡风原计划写八个部分,包括对"主观公式主义""客观主义"两种倾向的批判,对20世纪40年代文艺思潮和创作趋向的分析,关于形象思维在创作中特性的剖析,现实主义的广度与深度问题,人道主义与现实主义关系问题,以及大众性与大

---

① 胡绳:《评路翎的短篇小说》,《大众文艺丛刊》第1辑,1948年。
② 胡风:《胡风回忆录》,人民文学出版社,1993,第419页。

众化问题等。① 但因时间原因,只写成了两节。但仅依此两节,也足以了解胡风的现实主义文艺思想概貌了。

在《论现实主义的路》这篇长文中,胡风以"从实际出发"开篇,表达了对《在延安文艺座谈会上的讲话》精神的认同,肯认文艺必须反映生活。在"战争开始了"这一部分,② 胡风指出,文艺自然要反映这个历史,就此提出要正确处理文学与生活中一对特别重要的关系——文学与政治的关系问题。从其表述来看,胡风从未否认过文学与政治的必然联系,他在文中明确指出文艺工作者应该重视生活,用坚强的思想去服务战争。他并不反对文艺作品反映政治内容,相反,他认为文学必须反映革命发展的进程和社会变革。胡风反对的是"在所谓政治性这个'左'的伪装下面的反现实主义的内容",反对那些无视"广大人民的负担、潜力、觉醒和愿望",仅仅"把文艺作用限定在使人民单纯地做战争'工具'的鼓动宣传"的文艺作品。③ 这样的作品虽然表面上描写现实生活,实质却是在所谓政治性伪装下的反现实主义创作,是客观主义与主观主义大行其道的产物。因此,胡风认为,指导文艺创作的原则和衡量文艺作品的标准,是现实主义,而不是政治的具体要求,并且一再强调了"主观战斗精神"在创作中的重要性。

与机械反映论相比,胡风更重视文艺的审美个性,提出要能动地反映现实,认为只有通过现实主义才能到达文艺与政治关系的统一。这样,胡风的理论就与文艺创作的诸多问题联系在了一起,比如文艺的真实性问题、文艺大众化问题、创作典型形象的问题等。

胡风还在文中探讨了知识分子与人民群众的关系问题,并以此

---

① 胡风:《论现实主义的路线·写在后面》,《胡风全集》(第3卷),湖北人民出版社,1999,第567~572页。
② 胡风:《论现实主义的路线》,《胡风全集》(第3卷),湖北人民出版社,1999,第478页。
③ 胡风:《论现实主义的路线》,《胡风全集》(第3卷),湖北人民出版社,1999,第480~481页。

回应了胡绳等人的质疑。胡风承认知识分子有"游离性""二重性"等弱点，需要进行思想改造，与人民结合，但他反对把知识分子从人民中抽离出来，认为知识分子"不少是从贫困的处境里苦斗出来的，他们在生活上和劳苦人民原就有过或有着某种联系"。[①]

不过，论争也促使胡风愈加深入系统地思考、吸收了对立观点中的某些合理成分。原先他更多地看到人民群众的"精神奴役创伤"，忽略了"无名的力量"，写这本小册子时，他特别提出要把人民群众的潜在力量解放出来、生发出来的观点。这说明这场讨论对胡风而言并非没有益处，胡风在论争中不断修改、完善了自己的文艺思想体系。

第四节　第三个十年的现实主义文学创作潮

文学思潮为战争的洪流所裹挟。"国家不幸诗家幸"，全面抗战初期文艺工作者直面现实，以笔为匕首、投枪，以挽救民族危亡为己任，为抗战宣传、摇旗呐喊。然而，由于抗战工作的紧迫需要，作品常是未经沉淀淬炼的"急就章"，艺术上比较粗糙；许多青年作家更是在没有文学积累和训练的情势下就提笔创作，作品难免幼稚，存在公式化、概念化的倾向。随着战争的持续和深入，全面抗战进入战略相持阶段后，作家创作也从通俗化、大众化的"急就章"转变为深化了的现实主义创作，同时在国统区还发生了关于"暴露与讽刺""与抗战无关"等问题的争论，这些都极大地推动了现实主义文学题材的扩展和艺术水平的提高，于是新文学现实主义创作出现了"旺季"。

一　小说创作成绩斐然

这时期的现实主义小说创作成绩斐然。从量上来看，1937年至

---

① 胡风：《论现实主义的路》，《胡风全集》（第3卷），湖北人民出版社，1999，第525页。

1949年有数百部长篇小说问世,中短篇小说更是灿若繁星,如老舍的《四世同堂》、巴金的《憩园》《寒夜》、路翎的《饥饿的郭素娥》《财主的儿女们》、钱锺书的《围城》、张爱玲的《金锁记》《倾城之恋》、萧红的《呼兰河传》、端木蕻良的《科尔沁旗草原》、师陀的《果园城记》等,不胜枚举,小说创作蔚为大观。从质上看,此时的现实主义小说逐渐克服了全面抗战初期公式化、概念化的倾向,不再只唱"赞歌""颂歌",而是既歌颂英雄与光明,又揭露黑暗与丑恶;同时战争也使得作家的视野更开阔,人生经历更丰富,笔下的世界也更为丰富多彩。然而最能体现这一时期现实主义小说创作实绩的,是讽刺、暴露小说和反思小说。

(一) 讽刺、暴露小说的兴盛

1938年4月,张天翼的讽刺名篇《华威先生》在《文艺阵地》上发表,一时间在国统区内引起了关于抗战文艺要不要"暴露与讽刺"的争论。有人认为《华威先生》"可资敌作反宣传的资料",[1]使日本读者瞧不起中国人,增强他们侵略的信念;也有人认为《华威先生》代表着一种正确的创作倾向,原因有二,一是能彻底暴露黑暗从而击退黑暗,二是能直面现实,抉发隐伏在光明背后的丑恶,于现实主义创作大有裨益。通过讨论,许多作者认识到了讽刺、暴露的思想价值与文学价值,从而于20世纪30年代后期掀起了讽刺、暴露小说的创作潮流,为张天翼、沙汀、艾芜、黄药眠、钱锺书、师陀等现实主义作家创造了更为广阔的创作天地。

张天翼和沙汀是其中较为杰出的讽刺小说家。张天翼除了形象地刻画了"包而不办"的抗战文化官僚华威先生(《华威先生》),还塑造了封建思想浓厚、不得志的抗日投机分子谭九(《谭九先生的工作》)和想要新生却被旧生活束缚的知识分子李逸漠(《"新生"》),这两个人物形象的影响虽不及华威先生,但同样表现出

---

[1] 林林:《谈〈华威先生〉到日本》,《救亡日报》(桂林版)1939年2月22日。

张天翼独特的讽刺艺术。沙汀的成绩更为突出。他在短篇小说《在其香居茶馆里》《呼嚎》《医生》《范老老师》中揭露了国民党的丑态恶行：整顿兵役制的黑幕、掀起内战、通货膨胀、赋税苛重、镇压学生运动等。在长篇"三记"之一的《淘金记》中，沙汀通过描写四川农村恶霸、粮绅、地主三股势力在开采筲箕背金矿问题上掀起的内讧，揭露了国统区统治下的混乱与腐朽。沙汀严于选材，小说具有浓厚的地方色彩、强烈的时代气息及尖锐辛辣的讽刺效果，实现了革命现实主义创作方法和含蓄深沉的艺术个性的融合，为中国现代的讽刺文学做出了贡献。

（二）反思小说的勃兴

1937年7月7日全面抗战爆发，文艺界顿时陷入极度的兴奋中。他们以乐观与期待、献身与自豪的心境投身于抗战的洪流。然而随着前线失利的消息不断传来，人民群众的情绪逐渐低沉消极。统治的腐败、社会的黑暗、当权者舆论高压下的白色恐怖，让部分作家由兴奋与莽进转入沉思与自省，他们在创作中始终以历史理性，审视自己的民族文化与民族性格，力图揭露民族活力萎缩、社会生活腐败的深层原因。反思小说由此兴起。

老舍是一位具有反思意识的作家，他把一种文化有无自我批判精神视作一个民族兴盛和衰亡的关键。他说："自我批判精神，视为一个民族兴盛和衰灭的关键所在。"他说："一个文化的生存，必赖它有自我的批判，时时矫正自己，充实自己，以老牌号自夸自傲，固执地拒绝更进一步，是自取灭亡。在抗战中，我们认识了固有文化的力量，可也看见了我们的缺欠——抗战给文化照了'爱克斯光'。在生死的关头，我们绝对不能讳病忌医！何去何取，须好自为之！"[①]因此，老舍的小说创作或隐或现地贯穿了民族文化反思的主题。如《四世同堂》便是一部反思文学的扛鼎之作。《四世同堂》

---

① 老舍：《〈大地龙蛇〉序》，《文艺杂志》第1卷第2期，1942年2月。

的第二部《偷生》，其名存有深意，含蓄地批判了中国人身处民族危急存亡之秋时身上潜伏的苟且偷生的心理。全书一开篇，便刻画了一个不思反抗的偷安者祁老太爷的形象：

> 战争没有吓倒他，和平使他高兴。逢节他要过节，遇年他要祭祖，他是个安分守己的公民，只求消消停停的过着不至于愁吃愁穿的日子。即使赶上兵荒马乱，他也自有办法：最值得说的是他的家里老存着全家够吃三个月的粮食与咸菜。这样，即使炮弹在空中飞，兵在街上乱跑，他也会关上大门，再用装满石头的破缸顶上，便足以消灾避难。
>
> 为什么祁老太爷只预备三个月的粮食与咸菜呢？这是因为在他的心理上，他总以为北平是天底下最可靠的大城，不管有什么灾难，到三个月必定灾消难满，而后诸事大吉。北平的灾难恰似一个人免不了有些头疼脑热，过几天自然会好了的。不信，你看吧，祁老太爷会屈指算计：直皖战争有几个月？直奉战争又有好久？啊！听我的，咱们北平的灾难过不去三个月！[①]

祁老太爷这种苟且偷安的心理是潜伏在中国市民身上的"病菌"，以如此的心态对待强敌入侵，后果令人担忧。在文中，老舍让抗战诗人钱默吟做了消除民族软骨病的清道夫，呼唤反抗精神、抗敌意识：

> 该杀的人很多！能消灭几个日本人固然好，去杀掉几个什么冠晓荷，李空山，大赤包之类的东西也好。这次的抗战应当是中华民族的大扫除，一方面须赶走敌人，一方面也该扫除清了自己的垃圾。我们的传统的升官发财的观念，封建的思

---

① 老舍：《四世同堂》，北京十月文艺出版社，2008，第3页。

想——就是一方面想作高官，一方面又甘心作奴隶——家庭制度，教育方法，和苟且偷安的习惯，都是民族的遗传病。这些病，在国家太平的时候，会使历史无声无色的，平凡的，像一条老牛似的往前慢慢的蹭；我们的历史上没有多少照耀全世界的发明与贡献。及至国家遇到危难，这些病就像三期梅毒似的，一下子溃烂到底。大赤包们不是人，而是民族的脏疮恶疾，应当用刀消割了去！不要以为他们只是些不知好歹，无足介意的小虫子，而置之不理。他们是蛆，蛆会变成苍蝇，传播恶病。在今天，他们的罪过和日本人一样的多，一样的大。所以，他们也该杀！①

然而，《四世同堂》中像钱默吟这样的刚烈的知识分子毕竟是少数，《四世同堂》中的知识分子大多是像祁瑞宣这样的："他有知识，认识英文，而且很爱国，可是在城亡了的时候，他像藏在洞里的一条老鼠。"② 祁瑞宣做事认真、明辨是非，愿意为国家出力，然而四世同堂的骨肉之情却像一条温柔的锁链，把他牢牢拴住。顾着一家老小，祁瑞宣甘做思想上的巨人，行动上的矮子，最后没有了生命的真火与热血，敷衍生命，"把生命的价值贬降到马马虎虎的活着，只要活着便是尽了责任"③。

老舍并没有从个人品质的角度来分析这些市民和知识分子的精神杂质，而是上升到对整个民族文化的反思上。老舍借祁瑞宣之口，道出了这种病态精神的文化动因："在他的反战思想的下面实在有个像田园诗歌一样安静老实的文化作基础。这个文化也许很不错，但是它有个显然的缺陷，就是：它很容易受暴徒的蹂躏，以至

---

① 老舍：《四世同堂》，北京十月文艺出版社，2008，第324页。
② 老舍：《四世同堂》，北京十月文艺出版社，2008，第151页。
③ 老舍：《四世同堂》，北京十月文艺出版社，2008，第306页。

于灭亡。"①老舍的归因或许不见得妥当切合,却展现了清晰的文化反思脉络。

如果说《四世同堂》的批判锋芒指向的是市民和知识分子身上偷安、怯懦的心理,那么巴金的《憩园》则以女主人公万昭华为镜鉴,反映了封建落魄地主家庭物质富有、精神匮乏的境况,并通过摹刻杨老三堕落的过程,揭批了中国半殖民地半封建社会的腐朽性,反映了封建地主阶级必然灭亡的命运。作品反思之深邃处在于,它通过展现憩园主人的更迭,启迪读者"人不是嚼着钞票活下去的","钱就跟冬天的雪一样,积起来慢,化起来快。像这本小说里所写的那样,高大房屋和漂亮花园的确常常更换主人。谁见过保持到百年、几百年的私人财产!保得住的倒是在某些人看来是极渺茫、极空虚的东西——理想同信仰"。②与早期直抒胸臆的《家》相比,《憩园》则寓意深长,富有哲理,体现出巴金创作反思品格的强化与深化。

除了《四世同堂》《憩园》,还有许多经典的反思小说,如钱锺书的《围城》向我们展示了 20 世纪 20~40 年代中国的病态和一种荒谬的生活,而结尾方鸿渐的父亲夸奖走得慢七分钟的祖传老钟这一行为,更是一针见血地批判了停滞、封闭、窒息的病态社会;师陀的《无望村的馆主》通过对陈世德、杨老三等"人渣"形象的塑造,揭露了形成"人渣"的文化土壤,即封建愚昧、停滞落后的宗法制北方乡村。

二 诗歌创作蓬勃发展

诗歌是时代的号角,诗人是时代的先锋。全面抗战爆发后,在"国防文学""民族革命战争的大众文学""国防诗歌"等口号的倡

---

① 老舍:《四世同堂》,北京十月文艺出版社,2008,第 190 页。
② 巴金:《憩园·后记》,《巴金全集》(第 8 卷),人民文学出版社,1989,第 190 页。

导下，同时由于诗歌短小、易上手、朗朗上口等特点，以抗日救亡为主题的现实主义诗歌创作蓬勃发展，佳作不断。这期间较为突出的诗人是艾青，他的《我爱这土地》《雪落在中国的土地上》《北方》《旷野》《雪里钻》等诗歌，唱出了中国抗战时期诗歌的最强音。全面抗战爆发初期，除了艾青，被称为"时代鼓手"的田间也是这一时期的重要诗人，他的长篇抒情诗《给战斗者》以及《义勇军》《赶车传》等长篇叙事诗展现了其诗歌独特的风格。七月诗派受到艾青和田间的影响，在国统区的诗歌创作中产生了巨大影响，解放区诗歌创作也在诗的歌谣化、大众化方面做出了贡献。

（一）艾青与田间

艾青首次引起学界注意是因为他于1934年发表的《大堰河——我的保姆》，而使其享誉文坛的则是他所创作的《我爱这土地》：

> 假如我是一只鸟，
> 我也应该用嘶哑的喉咙歌唱：
> 这被暴风雨所打击着的土地，
> 这永远汹涌着我们的悲愤的河流，
> 这无止息地吹刮着的激怒的风，
> 和那来自林间的无比温柔的黎明……
> ——然后我死了，
> 连羽毛也腐烂在土地里面。
> 为什么我的眼里常含泪水？
> 因为我对这土地爱得深沉……[①]

战争打响后，艾青迅速成为时代的"吹号人"，在诗歌中执拗地反复吟唱爱国主义的主题，《我爱这土地》便是其中的佳作。彼时，

---

① 余建忠等主编《大学国文精读》，云南大学出版社，2018，第191页。

我们的祖国多灾多难,正处于内忧外患的煎熬中,生于斯长于斯的"我"每日"用嘶哑的喉咙歌唱"这片土地上的不幸与痛苦。然而,"我"却不愿离开这片土地,即使是死也要让"羽毛腐烂在土地里面"肥沃土壤,"为什么我的眼里常含泪水?因为我对这土地爱得深沉"。在侵略者的铁蹄肆虐国土之时,如此真挚、朴素、深厚的爱国情感、民族情怀怎么不令人动容?艾青继承了中国诗歌反映重大历史事件、反映时代精神的传统,但摒弃了其公式化、口号化的弊端,以现实主义创作方法为基础,批判地吸收了浪漫主义和现代主义诗歌传统,通过独特而简单的意象传达了内心强烈的情感,使其诗歌具有了不朽的艺术生命力。

田间是除艾青外抗战初期重要的诗人之一。1937年12月,他创作了长篇抒情诗《给战斗者》,全诗采用短小、断裂的诗行以形成快速急迫的节奏,表现暴风雨式的强烈情感,这与抗战时期慷慨激昂的情绪是合拍的。出于服务现实斗争、与人民接近的需要,1938年田间发起街头诗运动,并且创作了《假使我们不去打仗》《义勇军》《赶车传》等长篇叙事诗,提倡通俗晓畅的大众化语言,注重节奏和朗读的自由体形式,这对抗战时期诗歌散文化、民间化倾向无疑是一个新的创造与推动。

(二)七月诗派

七月诗派是以《七月》《希望》等刊物为阵地形成的青年诗人群体,是抗战时期影响最大的现实主义诗歌流派,主要代表诗人有鲁藜、绿原、牛汉、阿垅、化铁、曾卓、冀汸、彭燕郊、贺敬之、方然、孙钿等。他们的作品主要有阿垅的《无弦琴》、绿原的《童话》《集合》、冀汸的《跃动的夜》、鲁藜的《泥土》《醒来的时候》、曾卓的《有赠》《门》、化铁的《暴风雨岸然轰轰而至》、彭燕郊的《春天——大地的诱惑》等,显示出七月诗派在创作上的巨大成就。

七月诗派以胡风的体验现实主义为理论指导,提倡以革命现实主义与自由诗体为主要旗帜,主张主体突出生活,强调抒发作家自身的主体情绪,提倡主观战斗精神,立意要创造诗的史诗风格,有一种粗犷与豪迈的力的壮美。如化铁的《暴风雨岸然轰轰而至》便表现了民族生命的强力,富有战斗的激情和刚健的力度:

  从天的每个低沉乌暗的边隙,
  无穷尽的灰黑而狰狞的云块的轰响,
  奔驰而来;
  以一长列的保卫的真实的铁甲列车,
  奔驰而来,
  更压近地面,更压近地面,
  以阴沉的面孔,压向贫苦的田庄,压向狂啸着的森林,无穷尽的云块的搬动,云块的破裂,
  奔驰而来,
  从每个阴暗的角落里扯起狂风的挑战的旗帜。[1]

但七月派的诗歌也不乏对人生哲理的思考和体悟,如鲁藜的《泥土》便以生动贴切的意象和朴素清丽的语言,赞美了泥土的无私奉献的精神,宣扬了一种勇于牺牲个人利益的集体主义精神,一种富于社会责任感的人生态度,给人以哲理性的深思。

  老是把自己当作珍珠
  就时时有被埋没的痛苦
  把自己当作泥土吧
  让众人把你踩成一条道路[2]

---

[1]　化铁:《暴风雨岸然轰轰而至》,《希望》第1集第2期,1946年1月。
[2]　周良沛编《七月诗选》,四川人民出版社,1984,第225页。

(三) 解放区长篇叙事诗

延安文艺座谈会以后，解放区诗歌创作进入了新的阶段，此时的诗歌创作"趋向于群众斗争与劳动生活的如实描写与具体叙述"[①]，因此涌现出了一批优秀的民歌体长篇叙事诗。主要特点是"颂歌"成为其主要的内容与体式，提倡"诗的歌谣化"，语言朴实易懂、朗朗上口。李季于1946年发表的《王贵与李香香》是第一部成功之作。长诗采用陕北民歌"信天游"的形式，分三部十三章，共七百四十多行，通过讲述王贵和李香香这一对觉悟的农村青年的悲欢离合的爱情故事，展现出20世纪30年代前后陕北三边地区农村的激烈的阶级斗争画卷。阮章竞的《漳河儿》是继《王贵与李香香》之后又一部优秀的长篇叙事诗。长诗分"往日""解放""长青树"三部分，共七百行。作品塑造了荷荷、荃荃、紫金英三个性格鲜明、经历殊异的农村妇女典型形象，控诉压迫妇女的旧社会，歌唱妇女在新社会获得解放的欢乐，是一首感人的"妇女解放歌"。除此之外，张志民的《死不着》《王九诉苦》、李冰的《赵巧儿》、田间的《戎冠秀》等也都是优秀的民歌体叙事长诗。

解放区的民歌体新诗创作为现实主义诗歌的民族化与大众化做出了主要贡献。但一些人片面地强调诗歌向民歌学习，甚至强调新诗的发展要以民歌为正宗，拒绝五四以来的新诗不断汲取西方诗艺这一新文学的传统，其影响所及，使1949年以后的新诗一度趋于单一的民间化或民歌化，反倒是窄化了现实主义诗歌思想艺术容量。

三 历史剧创作出现热潮

抗战时期的历史剧创作蔚为大观，内容丰富多彩，但从总体上看，成就最高、影响最大的剧作，集中于三个创作题材，即战国史、太平天国史、南明史，分别以郭沫若、阳翰笙、阿英的剧作为代表。

---

① 钱理群、温儒敏、吴福辉：《中国现代文学三十年》（修订本），北京大学出版社，1998，第509页。

郭沫若是中国现代历史剧的第一人，早在20世纪20年代，他就写出了著名的《三个叛逆的女性》（《卓文君》《王昭君》《聂嫈》），赋予古人的骸骨以五四的生气，表现出鲜明的浪漫主义特征与主观表现倾向。到了20世纪40年代，郭沫若的文艺思想转而倾向现实主义。他在"借着古人来说自己的话"的基础上，提出"失事求似"的原则，强调在挣脱历史事实束缚的同时，也要把握历史的精神，再现历史的真实。[①] 他数次谈到历史剧的"现实"问题，指出"现实，应该是表现的真实。站在人民的立场，处理历史底题材，寻求人类发展的真实，依然是现实的"。[②] 关于历史剧的创作动机，郭沫若明确提出"先欲制今而后借鉴于古"[③] "据今推古"的理论，[④] 他说："一个剧本的现实不现实，是不能以题材的'现代'或'历史'来分别，来估计。而是要看剧中的主题是不是现实或非现实的，用历史的题材也许更能反映今天的事（现实）实。"[⑤] 由此可以看出，郭沫若十分重视剧作的"现实性"，甚至公开反对那些说他作品主观性、浪漫性太强的言论，从理论上看，郭沫若明显倾向现实主义了。

在创作上，郭沫若撷取战国时期的历史素材，创作了《棠棣之花》《屈原》《虎符》《高渐离》等战国史剧。这些剧作皆实现了"历史的真实与时代的精神的统一，壮美的诗句与深刻的哲理的统一，高度艺术性与鲜明的政治性的统一"，[⑥] 使得郭沫若的历史剧在20世纪40年代达到了时代最高峰，有力地推动了现实主义历史剧的发展。

---

① 郭沫若：《孤竹君之二子·幕前序话》，《郭沫若全集（文学编）》（第1卷），人民文学出版社，1982，第238页。
② 郭沫若：《抗战八年的历史剧》，《郭沫若论创作》，上海文艺出版社，1983，第475页。
③ 郭沫若：《从典型说起》，《郭沫若论创作》，上海文艺出版社，1983，第543页。
④ 郭沫若：《我怎样写〈棠棣之花〉》，《郭沫若论创作》，上海文艺出版社，1983，第374页。
⑤ 郭沫若：《历史剧创作》，《郭沫若论创作》，上海文艺出版社，1983，第475页。
⑥ 马良春、张大明主编《中国现代文学思潮史》（下），北京十月文艺出版社，1995，第1194~1197页。

阳翰笙的历史剧同样成绩斐然，他创作了《李秀成之死》《天国春秋》《草莽英雄》《槿花之歌》等一系列优秀剧作，六幕历史剧《天国春秋》是其代表作。《天国春秋》重现了太平天国运动由盛转衰的历史：太平天国定都南京（改称天京）以后，农民革命最高领导集团的内部矛盾逐渐尖锐。1856年，北王韦昌辉接到天王洪秀全的密令后杀死主理朝政的东王杨秀清及其全家，并想乘机杀害对此举心有异议的翼王石达开。石达开闻讯逃走，但家人却被韦昌辉杀尽，他愤怒至极，起兵声讨。洪秀全迫于舆论压力，又下令诛杀了韦昌辉。这就是历史上有名的"杨韦内讧"事件。这个事件是太平天国由盛到衰的一个转折点，其中包含着深刻的历史教训。阳翰笙将这个政治事件搬上舞台，将天国内部争权夺势，自相残杀作为重点描写内容，谴责韦昌辉等人的阴险狡诈及其陷害忠良的罪行，寄托了对皖南事变的义愤，现实针对性、政治性极强。不仅如此，此剧兼具极高的艺术水准。《天国春秋》作品朴实，描写忠于生活，恪守现实主义的创作方法，与此同时，作品塑造了诸多栩栩如生的人物形象，如刚毅果断的杨秀清，阴险狡诈的韦昌辉、宽厚谦恭的傅善祥、善妒变态的洪宣娇等。另外，作品语言简明，不事雕琢。可以说，作品总体风格明朗质朴，艺术成就极高。

阿英也是卓有成就的历史剧作家。其历史剧往往以客观历史为基础，按照历史人物自身的思想性格设计情节发展，具有真实、严谨的写实主义的特点。阿英在戏剧创作上的历史地位，是由在上海"孤岛"时期创作的"南明史剧"确立的。《碧血花》《海国英雄》《杨娥传》轰动了"孤岛"剧坛。后来在苏区完成的五幕剧《李闯王》规模宏大，思想深刻，在解放区各地广为上演。在作品中，作者紧紧抓住李自成率领农民起义军打进北京城前后短短半年内的变化来结构故事，安排冲突，刻画人物，最后以三十年后主人公"逃禅"的忏悔总结"大顺王朝"失败的惨痛教训。《李闯王》的思想性和现实意义都很强，它借助李自成的历史悲剧，展现了一幅中国历史上农民通过战争夺得政权，紧接着由于"纷纷然，昏昏然"而毁灭的悲剧历史场景。剧作不仅是对李自成领导的明末农民战争的悲剧命运的揭示，而且给当时即将赢得全国胜利的解放区广大干部与战士以思考和启示。

总之，随着抗战进入战略相持阶段，第三个十年的文学创作也从抗战之初的通俗化、大众化的"急就章"转变为深化了的现实主义创作，新文学现实主义创作出现了收获期：这时期的现实主义小说创作在量上蔚为大观，在质上有暴露、讽刺小说与反思小说扛旗；以抗日救亡为主题的现实主义诗歌创作蓬勃发展，佳作不断，并在大众化问题上有了进一步的探索；历史剧创作也在抗战时期空前兴盛，作品普遍达到较高的艺术水平，把中国现代话剧推向了新的成熟的发展阶段。

第二编
浪漫主义文学思潮（1917~1949）

第四章　第一个十年浪漫主义文学思潮（1917~1927）

中国古典文学中不乏浪漫主义的传统，《诗经》、《楚辞》、唐诗、宋词中都有很强的浪漫主义质素，但同时也因受制于儒家教化，恪守温柔敦厚的规范，将个人的抒情与吟咏控制在适度范围之内，缺乏对人的自由、个性解放的清醒认识和不懈追求，最终并未形成一种文学思潮。

作为文学思潮的浪漫主义在中国的兴起，可以追溯至明代中末期。随着资本主义经济萌芽的出现，社会的政治经济、文化风尚乃至价值观念都发生了翻天覆地的变化。这一时期，以王艮、李贽为代表的"王学左派"主张肯定感性意欲的心学，与恪守"道德理性"的禁欲主义形成对峙，在思想文化领域掀起了人性复苏、个性解放的强大思潮。李贽的"童心说"理论、"公安派"的"性灵说"观念及汤显祖的"至情"审美理念，都显示着浪漫主义文学思潮达到了前所未有的高度，正如李泽厚在《美的历程》一书中所言，晚明时期的确孕育了中国近代的"浪漫洪流"。[①]

清朝建立后，政治上奉行专制主义，经济上实行"闭关锁国"政策，思想文化格局再次被拉回至传统模式之中，所以浪漫主义文

---

① 李泽厚：《美的历程》，天津社会科学院出版社，2001，第318页。

学思潮最终难以为继，只在《红楼梦》《聊斋志异》等作品散发着幽幽的浪漫气息。直至19世纪上半叶，西方列强的坚船利炮打开清王朝闭关锁国的大门，中西文化才迎来全面冲撞与交汇的时机，于是，"西学"成为知识分子们力图实现"救亡与启蒙"目标的文化导向，当时的有识之士普遍认识到，当时的中国迫切"需要来自异文明的资源"。[①] 正是在这样的情势下，中国的浪漫主义文学在西方浪漫主义文学的浸润与洗礼下，最终呈现出完整而独特的面貌，以强劲的势头发展起来，真正成为一种现代意义上的文学思潮。

第一节 中国现代浪漫主义文学思潮的西方背景

从根本上讲，20世纪中国浪漫主义文学思潮的萌生并不是中国传统的浪漫主义的赓续，而是西方浪漫主义文学运动在中国迟到的回音，抑或说，其具有中国传统文学的浪漫主义精神遗产，但是更多地受到西方现代文化精神的哺育，表现为向西方文学倾斜的姿态。郁达夫就曾说："中国现代的小说，实际上是属于欧洲的文学系统的。"[②] 因此，有必要梳理西方浪漫主义文学思潮的起源与流变、代表作家作品、文学特点等内容，探究中国在接受西方浪漫主义思想时，如何发现自身的浪漫思想资源，呈现出有别于西方浪漫主义思潮的独特性。

一 西方浪漫主义文学思潮的起源与流变

西方浪漫主义文学产生于18世纪末19世纪初，在19世纪上半叶达到兴盛。此时欧洲正处于封建制度急剧衰落、资本主义迅速上升的历史交替时期。1789年爆发的法国大革命在推翻了波旁王

---

① 葛兆光：《清代考据学重建社会与思想基础的尝试》，载陈平原《晚明与晚清：历史传承与文化创新》，湖北教育出版社，2002，第126页。
② 郁达夫：《小说论》，《郁达夫文论集》，浙江文艺出版社，1985，第211页。

朝的统治，摧毁了旧的封建根基的同时，还直接催生了思想文化的新变，旧的观念逐渐被天赋人权、三权分立等民主思想取代。新兴资产阶级倡导"自由、平等、博爱"理念，直接刺激了人们对个性解放和情感抒发的要求。[1]在此社会背景下，浪漫主义文学思潮得以萌生并不断发展。

如果从文学自身发展的原因来看，西方流行了两百年之久的古典主义已然处于衰亡阶段，这为浪漫主义文学提供了坚实的发展基础。托马斯·B.萧在1864年出版的《英国文学大纲》中这样评价浪漫主义运动："浪漫主义是公众趣味和审美情感的一次巨大革命，这种浪漫的类型代替了那种冷漠的、清晰的、虚假的古典精神。"[2]古典主义文学因受王权的直接干预，主张尊重权威，宣扬理性，要求克制个人情欲，模仿古典的同时强调严格遵守艺术规范与标准。而浪漫主义文学所鼓舞的弘扬自我个性、肯定情感欲望的意识，正是对僵化的古典主义进行的有力的反驳，使"西方文化从一个将理性奉若神明的极端，跃到将激情奉若神明的另一个极端。"[3]

从思想理论来源来看，浪漫主义文学的兴起还与德国古典哲学有着密切联系。康德认为世界本身不像反映在人的头脑里的那样，人在建造世界时也形成了认识，由此证明了世界的理想性质和神秘特质，浪漫主义的非理性在康德这里找到了合理解释。[4]康德还强调人的主体地位，主张提高人的尊严意识，他认为"没有人，这整个创造都将是一片荒漠，是白费的和没有终极目的的"。[5]康德的继承者——费希特将主体观念进一步推进，把"自我"放置在高于一切的地位，认为"自我"是至高无上的创造者，并由此强调内在世界的丰富性，他说："如果没有自我的感觉和必要的机能或活动，我们

---

[1] 郑克鲁、蒋承勇编《外国文学史（上）》，高等教育出版社，2015，第167页。
[2] 寇鹏程：《古典、浪漫与现代——西方审美范式的演变》，上海三联书店，2005，第42页。
[3] 〔美〕约翰·卡洛尔：《西方文化的衰落》，叶安宁译，新星出版社，2007，第162页。
[4] 郑克鲁、蒋承勇编《外国文学史（上）》，高等教育出版社，2015，第168页。
[5] 〔德〕康德：《判断力批判》，邓晓芒译，人民出版社，2002，第299页。

就永远不会造成我们所知觉的现象世界。"① 总之，德国古典哲学从主体角度为浪漫主义文学创作提供了思想来源。

此外，法国和英国的空想社会主义从另一角度为浪漫主义输送了思想。空想社会主义思潮使浪漫主义作家具有显著的乌托邦意识，在揭露私有制是万恶之源的同时，幻想人人平等、没有剥削压迫的世外桃源，他们将美好愿景的构想体现在文学创作之中，为浪漫主义注入了蓬勃的生气。

在以上社会历史条件和文化哲学等因素影响下，西方浪漫主义文学思潮大致分为三个阶段：第一阶段发端于英国与德国，1798年《抒情歌谣集》的发表标志着英国浪漫主义的兴起，而德国因其具有深厚的哲学思想基础，成为浪漫主义的理论策源地；第二阶段浪漫主义在英国得到长足发展，拜伦、雪莱和济慈等人的作品风靡欧洲，影响深远；第三阶段兴盛于法国，雨果成为新一代浪漫主义的领袖，与此同时，俄国、东欧及美国都受到了浪漫主义文学思潮的影响，共同推进了浪漫主义文学的发展。

到了19世纪下半叶，欧洲资本主义国家阶级与社会矛盾日趋复杂，面对这样复杂的社会形势，浪漫主义因缺乏批判力度、对现实介入过少等内在缺陷尽显，遭到文坛的冷落。因此，彼时浪漫主义文学思潮虽然并没有彻底销声匿迹，但也注定会在历史中被现实主义文学思潮替代。

二 代表作家作品

（一）英国的浪漫主义文学

英国是较早出现浪漫主义文学的国家，尤其是英国的诗歌创作，代表着19世纪欧洲浪漫主义文学的最高成就。王佐良认为英国浪漫主义的诗歌史分为两个潮流，"有前潮（彭斯、布莱克），有主潮，

---

① 〔美〕梯利：《西方哲学史》，葛力译，商务印书馆，1979，第207页。

主潮又分二阵,前阵为华兹华斯与柯尔律治,后阵也是更高的浪头则是三位年轻诗人:拜伦,雪莱,济慈。他们开辟了一整个诗歌新局面,所作与十八世纪新古典主义诗歌截然不同,而又包含了二十世纪现代主义诗歌的若干种子"。①

1. 彭斯与布莱克

罗伯特·彭斯(1759~1796)与威廉·布莱克(1757~1827)是浪漫主义文学的先驱。彭斯的诗歌借鉴苏格兰民歌形式,富于音乐性,并且展现苏格兰人民淳朴善良的优秀品质,诗风清新、语言通俗,主要作品为《苏格兰方言诗集》(1786)。布莱克的诗集《纯真之歌》(1789)和《经验之歌》(1794)闪烁着辩证法的光芒,他以"羔羊"为典型从正面肯定了生活和人生的美好,以"老虎"为典型从反面揭露了社会的黑暗。他最擅长用朴素的语言反映深刻的内容,诗歌富有想象力和哲理性。周作人在1920年发表的《英国诗人勃来克的思想》一文中,首次介绍了布莱克的诗歌艺术特性,称赞其特重想象与感兴。②

2. "湖畔派"诗人

真正开创浪漫主义潮流的是"湖畔派"三位诗人:威廉·华兹华斯(1770~1850)、萨缪尔·柯勒律治(1772~1834)和罗伯特·骚塞(1774~1842),由于三人曾在昆布兰湖区隐居,并乐于以诗赞美湖光山景而得此称号。他们早年向往法国大革命,之后产生抵触情绪转而主张恢复封建宗法制度,通过缅怀淳朴的中古社会、歌颂农村自然风光来否定现实的城市文明与阶级战争。

柯勒律治与华兹华斯共同出版的《抒情歌谣集》(1798)是英国浪漫主义的奠基之作。1800年诗集再版时华兹华斯写了两篇序言,用以阐释自己的诗歌理论,这两篇序言后来被人称作英国浪漫主义诗歌的"美学宣言"。在序言中,他突破古典主义的题材规范与

---

① 王佐良:《文学史写法再思》,《读书》1995年第1期。
② 周作人:《英国诗人勃来克的思想》,《少年中国》1卷8期,1920年。

理性制约，主张"选择微贱的田园生活作题材"，[①]明确表达对情感的肯定，认为"一切好诗都是强烈情感的自然流露"，[②]并要求使用日常生活语言来表达情感。他尤其强调想象力的重要性，认为诗人比一般人更具想象力，比别人更有能力把内心产生的思想和感情表现出来。

骚塞年轻时思想激进，曾写史诗《圣女贞德》赞颂革命，中年后激情衰退，思想趋于保守，甘于充当统治者的御用文人，并因此获得"桂冠诗人"的称号。在"湖畔派"诗人中，骚塞的成就逊于华兹华斯和柯勒律治。

"湖畔派"诗人对法国大革命不再抱有幻想，对社会现实矛盾采取消极逃避的态度，于是醉心于大自然的怀抱以求重拾心灵的平静，他们的思想倾向趋于保守，因此文学史上一般将其称为"消极浪漫派"。

3. "恶魔派"诗人

骚塞在长诗《审判的幻景》的序言中曾攻击拜伦、雪莱等人破坏国家的政治和道德，并称其为"诗歌中的恶魔派"；鲁迅的《摩罗诗力说》则将"恶魔"译为"摩罗"，高度赞扬这一诗派。"恶魔派"诗人将矛头对准封建贵族阶级，敢于批判社会的黑暗，他们高扬反抗精神，向往美好生活，因此也被称为"积极浪漫派"。乔治·戈登·拜伦（1788~1824）和波西·比希·雪莱（1792~1822）是其中的代表，他们将英国的浪漫主义文学推向了高潮。

拜伦出身于贵族家庭，受过良好教育，他天资聪颖，爱好历史、哲学与文学。但由于生来跛脚，受身体缺陷的影响，他性格极为敏感。这一方面使他具有了敏锐的洞察力，有着独到而犀利的创作视

[①] 〔英〕华兹华斯：《抒情歌谣集·序言》，载刘若端编《十九世纪英国诗人论诗》，人民文学出版社，1984，第5页。
[②] 〔英〕华兹华斯：《抒情歌谣集·序言》，载刘若端编《十九世纪英国诗人论诗》，人民文学出版社，1984，第6页。

角；另一方面也形成了孤傲、反叛的性格，他敢于反对现存制度，与压迫和奴役人民的剥削制度势不两立。

拜伦的成名作是抒情叙事诗《恰尔德·哈洛尔德游记》(1817)，诗作描写青年哈洛尔德厌倦上流社会的狂欢无度，痛恨黑暗腐朽的社会制度，寄希望于游历海外，寻求纯真的情感，但到头来仍旧"心是冰冷的""眼是默然的"。[1]哈洛尔德的形象具有典型意义，是当时不满足于现实、但最终又奋斗无果的资产阶级知识分子的代表，这类形象也被称为"拜伦式英雄"。诗中还有一个抒情主人公形象——"我"，与哈洛尔德的消极悲观不同，"我"是具有鲜明民主倾向和革命激情的战士，每时每刻都在表达着对自由的渴望，鼓舞受压迫人民奋起反抗，诗中写道："世世代代做奴隶的人！你们知否，谁要获得解放，必须自己起来抗争，胜利的取得，必须依靠自己的手。"[2] 这两个截然不同的主人公形象都彰显了拜伦的个人气质，体现了其思想的复杂性，他也凭此作成为"诗坛上的拿破仑"。[3]

长篇叙事诗《唐璜》(1818~1823)是拜伦的代表作。拜伦改造了传统西班牙传说中唐璜的恶棍形象，将他塑造为年轻善良、勇于冒险的贵族青年。他不屈于权贵，在面对土耳其王妃的威逼时泰然处之；他英勇无畏，在枪林弹雨中勇往向前。这个青年并不属于传统的"拜伦式英雄"，而是具有拜伦理想中英雄应有的模样。

在思想上，《唐璜》极具讽刺意味，诗人无情地批判了英国残酷而虚伪的统治阶级，痛斥外交大臣卡色瑞为"心智上的太监"，[4] 嘲笑王室为野兽，谴责军阀惠灵顿是"杰出的刽子手"。[5] 此外诗人还对猖獗的拜金主义进行冷嘲热讽，世人将金钱的价值看得高于一切，

---

[1] 〔英〕拜伦：《恰尔德·哈洛尔德游记》，杨熙龄译，上海译文出版社，1990，第73页。
[2] 〔英〕拜伦：《恰尔德·哈洛尔德游记》，杨熙龄译，上海译文出版社，1990，第108页。
[3] 当拜伦的《恰尔德·哈洛尔德游记》公之于世时，立即轰动英国乃至欧洲文坛，他自己不无得意地说："一夜醒来，发现自己已经成了名人，成了诗坛上的拿破仑。"
[4] 〔英〕拜伦：《唐璜》(上)，查良铮译，王佐良注，人民文学出版社，1993，第7页。
[5] 〔英〕拜伦：《唐璜》(上)，查良铮译，王佐良注，人民文学出版社，1993，第614页。

以至于"性命,老婆,什么都可以任人拿,除了钱袋"①。讽刺之余,诗中不乏诗人一贯的革命思想和叛逆精神,他说"如果可能,我要教导石头去反抗世上的暴君"②,并时刻准备着去战场将想法付诸行动。

在艺术上,《唐璜》弥漫着浓郁的浪漫主义色彩,诗人借唐璜的游历讲述了一系列曲折离奇的故事,使诗作富于传奇性和神秘色彩。此外诗中流露出强烈的抒情性,优美而略带感伤,如"我对你年轻的心再无所求,我的心有苦只独受,而且长将如是,我唯一的圈套是爱你爱得太深",③将荣莉亚与唐璜诀别时的深情难舍表现得淋漓尽致。《唐璜》象征着浪漫主义时代欧洲诗歌的最高成就,歌德对其艺术特质加以提炼,赞颂其为"是彻底的天才的作品——愤世到了不顾一切的辛辣程度,温柔到了优美感情的最纤细动人的地步"④。

雪莱是与拜伦齐名的浪漫主义诗人,他生于贵族世家,18 岁进入牛津大学求学,后因散发《论无神论的必然性》一文而被开除,但他并没有就此荒废时光,而是依然关注政治并积极参与政治活动,并写作了《暴政的假面游行》《给英国老百姓之歌》等政治抒情诗,揭露封建主义和资本主义的累累罪行。雪莱深受空想社会主义思想的影响,幻想和憧憬未来社会的美好,所以他的诗作总是充满革命乐观主义激情,闪耀着理想与希望的光芒。

《西风颂》(1819) 是雪莱的代表作,据他自己回忆,这首诗构思于佛罗伦萨附近河畔的树林中,"那一天,孕育着一场暴风雨的暖和而又令人振奋的大风集合着常常倾泻下的滂沱秋雨的云霭"⑤。就在这样奇崛的自然风光中,诗人触发灵感,将自然景物与思想感情完美结合,写下了这首富有盛名的抒情短诗。全诗共五节,始终围

---

① 〔英〕拜伦:《唐璜》(上),查良铮译,王佐良注,人民文学出版社,1993,第 694 页。
② 〔英〕拜伦:《唐璜》(上),查良铮译,王佐良注,人民文学出版社,1993,第 608 页。
③ 〔英〕拜伦:《唐璜》(上),查良铮译,王佐良注,人民文学出版社,1993,第 107 页。
④ 郑克鲁、蒋承勇编《外国文学史(上)》,高等教育出版社,2015,第 190 页。
⑤ 江枫:《雪莱抒情诗选》,商务印书馆,1997,第 146 页。

绕着"西风"进行吟咏，诗人歌颂西风摧枯拉朽的力量，描绘西风可以搅动浓云密雾和扫除一切破败残叶的气势。诗人在赞颂西风力量与气势的同时，实则也是以西风为隐喻，赞颂席卷欧洲的革命运动横扫一切黑暗势力的魄力，以及自身对革命成功的期冀：

> 把我的画传播给全世界的人，
> 犹如从不灭的炉中吹出火花！
> 请向未醒的大地，借我的嘴唇，
> 像号角般吹出一声声预言吧！
> 如果冬天来了，春天还会远吗？①

在诗歌最后，诗人预言革命的春天即将到来，为黑暗中的人们带来无限希望，恩格斯因此称他为"天才的预言家"。②

雪莱的一生很短促，1822年死于海上意外，时年不满三十岁。在他短暂的文学创作生涯中，始终以诗歌为武器积极投身于革命运动，如西风，如云雀，保持着高昂的战斗激情，为诗坛留下了诸多不朽的名篇。正如雪莱的墓志铭所言："他并没有消失什么。不过感受了一次海水的变幻，他成了富丽珍奇的瑰宝。"③

不同于拜伦与雪莱诗歌的激情挥洒，约翰·济慈（1795~1821）的长诗更为细腻唯美，表现出对永恒的爱与美的执着追求。济慈本身是一个追求美、对美极为敏感的诗人，他在《希腊古瓮颂》（1819）中提出"美即是真，真即是美"这一命题，④ 极力在诗歌创

---

① 〔英〕雪莱：《雪莱抒情诗选》，杨熙龄译，商务印书馆，2011，第90页。
② 〔德〕恩格斯：《英国工人阶级状况》，中共中央马克思、恩格斯、列宁、斯大林著作编译局译，人民文学出版社，1956，第291页。
③ 出自莎士比亚1611年创作的传奇剧《暴风雨》，王子在船难中幸存，上岸后以为自己的父亲葬身大海，原句为：Nothing of him that doth fade/But doth suffer a sea-change into something rich and strange。
④ 穆旦：《穆旦译文集》（第3卷），人民文学出版社，2005，第438页。

作中构建一个爱与美的世界。代表作《夜莺颂》（1819），通过夜莺的歌声来传达生命的理想、美的理想，充满着浓郁的浪漫主义想象色彩：

> 永生的鸟呵，你不会死去！
> 饥饿的世代无法将你踩蹒；
> 今夜，我偶然听到的歌曲
> 曾使古代的帝王和村夫喜悦
> ……
> 就是这声音常常
> 在失掉了的仙域里引动窗扉；
> 一个美女望着大海险恶的浪花。①

人终有一死，而夜莺歌声不绝，这歌声曾带给古代帝王和村夫以欢欣，曾给忧郁的犹太母亲以安慰，也曾多次唤起被困少女的心。诗人对夜莺歌声的想象无疑是浪漫而唯美的，因而对美的追求构成了其抒情诗的基调。苏联科学院1953年出版的《英国文学史》对济慈在英国浪漫主义运动中所处的特殊地位做了很好的描述，认为其既不同于湖畔派诗人们，也不像拜伦与雪莱，而是"倾心于美，特别是在早期的诗作里崇拜'永恒的美'"。②

（二）德国的浪漫主义文学

德国是欧洲浪漫主义文学的发源地，其浪漫主义文学的历程大致可以分为早、中、晚三个发展阶段。海涅指出德国的浪漫主义文艺就是"中世纪文艺的复活，这种文艺表现在中世纪的短歌、绘画和建筑物里，表现在艺术和生活之中。这种文艺来自基督教，它是

---

① 穆旦：《穆旦译文集》（第3卷），人民文学出版社，2005，第435页。
② 穆旦：《穆旦译文集》（第3卷），人民文学出版社，2005，第366页。

一朵从基督的鲜血里萌生出来的苦难之花"。① 由于社会政治经济条件的限制和德国古典哲学的影响,德国浪漫主义文学大多具有浓厚的唯心主义思想和宗教神秘主义色彩,倾向于美化中世纪的复古主义文学传统。

1. 早期浪漫派

德国早期浪漫派的代表人物是奥古斯特·威廉·封·施莱格尔（1767~1845）和弗里德里希·封·施莱格尔（1772~1829）两兄弟,因其在耶拿城创办杂志《雅典娜神庙》,德国早期浪漫派也被称作"耶拿派"。他们反对古典主义,要求文学创作的绝对自由,认为浪漫诗的使命是"要把诗的所有被割裂开的体裁重新统一起来,使诗同哲学和修辞学产生接触",② 提倡打破各门艺术的界限。"耶拿派"从理论上制定了浪漫主义的纲领,但在文学创作上的成就不高,主要贡献在于精心翻译了莎士比亚、塞万提斯等西方文学大师的著作。

2. 中期浪漫派

德国中期浪漫派的代表人物是克莱门斯·布仑坦诺（1778~1842）和阿希姆·封·阿尔尼姆（1781~1838）,他们以海德堡大学为据点,重视搜集整理民间文学遗产,也被称为"海德堡浪漫派",代表作为民歌集《男孩的神奇号角》（1806~1808）,这部歌集艺术水平高超,丰富了德语诗歌世界。此外,雅科布·格林（1785~1863）和威廉·格林（1786~1859）兄弟编成的《儿童与家庭童话集》（1812~1814）,通过演绎通俗生动的童话故事形成了具有代表性的"童话模式",在文坛产生了重要影响。中期浪漫派注重吸收民间文学的养料,继承其文学创作优点,在一定程度上促进了德国文学的民族化发展。

---

① 〔德〕海涅:《论浪漫派》,张玉书译,人民文学出版社,1979,第5页。
② 〔德〕施勒格尔:《浪漫派风格:施勒格尔批评文集》,李伯杰译,华夏出版社,2005,第71页。

3. 晚期浪漫派

霍夫曼（1776~1822）和沙米索（1781~1838）是晚期浪漫派的作家，他们的作品常将现实社会与幻想世界相互对照，小说《金罐》（1814）以童话的方式介入日常生活，讲述了一个年轻人疯狂爱上了一条绿蛇，并与之结婚，得到的陪嫁物是一只缀满钻石的金罐的故事；《彼得·施莱米尔的奇妙故事》（1814）叙述的是平民青年施莱米尔在魔鬼的唆使下出卖影子来换取金钱，最后被众人鄙弃只身流浪的故事，小说以影子为隐喻，讽刺了盛行的拜金主义世界观。晚期浪漫派作家创作加强了对社会现实的讽刺力度，显示出浪漫主义与现实主义因素相结合的创作风格。

亨利希·海涅（1797~1856）是由早期的浪漫主义转向现实主义，并对德国后期浪漫主义文学多有批判的典型代表人物。他在19世纪30年代写作的《论浪漫派》（1836）在政治上给浪漫派以毁灭性打击，将浪漫派诗人称为"不是生活的诗人，而是死亡的诗人"，[1] 这就宣告了浪漫主义在德国文学中的统治地位的结束。

海涅的代表作是长诗《德国·一个冬天的童话》（1844），他以冬天的寒冷、萧瑟、阴沉象征德国死气沉沉、停滞落后的现状，以"童话"来比喻德国现实社会的荒谬、非现实，集抒情和政治讽刺艺术于一身，这首长诗标志着德国浪漫主义的新发展，也预设着现实主义即将登台。

（三）法国的浪漫主义文学

1789年法国大革命在世界范围内掀起了革命风暴，法国作为此次革命的中心更是动荡不安。在这种战争频仍、动荡不安的时局中，法国作家们经历了资产阶级与封建势力之间复辟与反复辟的曲折斗争，这就决定了法国的浪漫主义作家表现出更鲜明的革新精神和政治色彩。[2] 斯塔尔夫人（1766~1817）和弗朗索瓦-勒内·德·夏多

---

[1] 〔德〕海涅：《海涅文集（批评卷）》，张玉书选编，人民文学出版社，2002，第135页。
[2] 马良春、张大明主编《中国现代文学思潮史》（上），北京十月文艺出版社，1995，第253页。

布里昂子爵（1768~1848）是早期浪漫主义的代表人物。斯塔尔夫人在文论著作《论文学》（1800）、《论德国》（1813）中肯定了浪漫主义文学，对法国浪漫主义文学的发展起到了促进作用。夏多布里昂对大自然奇异风光和古代废墟景观富于抒情色彩的描写，成为浪漫主义文学"废墟美"的滥觞。[1] 15岁的雨果曾立志"成为夏多布里昂，否则别无他求"。[2] 由此足见其地位与影响力。

维克多·雨果（1802~1885）是法国新一代浪漫主义的典型代表、浪漫主义运动的领袖。1827年，他为戏剧《克伦威尔》写作的序言成为浪漫主义声讨古典主义的檄文，据雨果夫人回忆："序言所引起的反响还远在剧本之上，它无疑是对旧文艺理论的一通战书，掀起了许多报章杂志上的争论。"[3] 序言规定了浪漫主义的方法，提出了重要的美学对照原则："丑就在美的旁边，畸形靠近着优美，丑怪藏在崇高的背后，美与恶共存，光明与黑暗相共。"[4] 这一原则被成功应用于《巴黎圣母院》（1831）的创作中。《巴黎圣母院》塑造了身体残缺、面容丑陋的"钟楼怪人"卡西莫多形象，他虽然在样貌上丑到极致，但却拥有一颗至纯至善的心灵，他感恩爱斯美拉达送水的恩情，将她从绞刑架上救下，最后抱着她的尸体化作尘土。勃兰兑斯曾这样评价雨果："把迄今文学中互相排斥的两种因素——崇高和离奇——汇合在同一部作品里。"[5]

雨果1862年发表的长篇小说《悲惨世界》，是一部浪漫主义与现实主义相结合的作品，他以社会底层受苦受难的穷人为对象，描绘了一幅悲惨世界的图景。主人公冉阿让是一个贫农出身的工人，为了饥饿的孩子偷了一块面包，竟服了19年苦役；芳汀是一个贫苦

---

[1] 郑克鲁、蒋承勇编《外国文学史》（上），高等教育出版社，2015，第174页。
[2] 程曾厚：《程曾厚讲雨果》，北京大学出版社，2008，第6页。
[3] 〔法〕阿黛儿·富歇：《雨果夫人回忆录》，鲍鸣蔚译，上海译文出版社，1985，第441页。
[4] 〔法〕雨果：《克伦威尔序》，《雨果论文学》，柳鸣九译，上海译文出版社，2011，第30页。
[5] 〔丹麦〕勃兰兑斯：《十九世纪文学主流（第五分册）》，张道真等译，人民文学出版社，2017，第1519页。

和诚实的姑娘,被人诱骗后沦落到社会底层;她的孤女小柯赛特落到坏蛋德纳第夫妇的手中,被迫从事力不能及的沉重劳动,备受摧残,完全失去了童年的快乐。雨果以此提出了 19 世纪的三大问题:男人因穷困而道德败坏,女人因饥饿而生活堕落,儿童因黑暗而身体羸弱。① 此外作者还塑造了一个仁爱的化身——米里哀主教,他力图以仁爱精神去对抗恶,冉阿让在他的善良与博爱的感召下弃恶从善,这一形象体现出作者鲜明的人道主义思想。

曾有学者评价法国的浪漫主义,认为其"好像是德国和英国的总和,既有创作又有理论,其创作比起英国来更具思想性,其理论比起德国来更具革命性"。② 应该说,正是基于此,浪漫主义文学在法国得到了充分发展,将欧洲浪漫主义运动推向了高峰,俄国、东欧及美国都受其影响。

波兰的亚当·密茨凯维奇(1798~1855)和匈牙利的裴多菲(1823~1849)是东欧浪漫主义文学运动的代表,他们的诗歌以反对压迫、争取民族独立为主题,洋溢着浓郁的爱国主义激情。纳撒尼尔·霍桑(1804~1864)、瓦尔特·惠特曼(1819~1892)是美国浪漫主义文学的代表,前者的代表作《红字》(1851)揭露了 19 世纪美利坚合众国社会的残酷不公以及宗教的虚伪本质;后者的《草叶集》(1855)以"自由体"诗歌形式打破了格式束缚,风格豪放,情感真挚,被称为美国现代诗的开山鼻祖。在俄国,亚历山大·谢尔盖耶维奇·普希金(1799~1873)和米哈伊尔·尤里耶维奇·莱蒙托夫(1814~1841)为浪漫主义文学的发展做出突出贡献,其小说中塑造的"多余人"成为这一时代贵族知识分子的典型形象,如《叶甫盖尼·奥涅金》(1831)中的奥涅金、《当代英雄》(1840)中的毕巧林等,他们虽然有变革现实的愿望,却没有参与实际斗争的勇气,因而注定碌碌无为,终日忧郁苦闷。"多余人"形象不仅对五

---

① 〔法〕雨果:《悲惨世界》,李丹、方于译,人民文学出版社,1992,第 3 页。
② 李思孝:《简明西方文论史》,北京大学出版社,2003,第 336 页。

四时期的郁达夫产生重要影响,而且对我国20世纪二三十年代巴金、曹禺等人的创作产生了直接影响,巴金笔下的"觉新"、曹禺笔下的"周萍"等都有着"多余人"的影子。

三 西方浪漫主义文学思潮的艺术特征

西方浪漫主义文学思潮经历了启蒙运动和法国大革命的风暴洗礼,同时又吸收了古典哲学与空想社会主义等文学观念,并在发展过程中始终保持着与古典主义相对峙的姿态,因此,西方浪漫主义文学思潮呈现出多样化的艺术特征。如果将这些艺术特征加以归纳总结,大致可以归纳为主观性、民间性、想象性等几个方面。

(一) 主观性

19世纪浪漫主义文学具有强烈的主观性,表现为"崇拜人的主观性,他们蔑视现实、蔑视理性、蔑视法律、蔑视道德,唯一遵奉的是个人情感的自由"。[1] 具体表现在:第一,无论是"世纪病"下忧郁的感伤情绪,还是追求个性解放的革命激情,都得到自由抒发,这在《勒内》《唐璜》等作品中有着清晰的体现;第二,由于受到卢梭"回到自然"口号的影响,作家厌恶城市文明,乐于歌颂自然,在情感上与自然产生共鸣,如乔治·桑的《魔沼》就赞美了诗情画意的农村田园生活以及善良质朴的农民;第三,对于革命激情的歌颂与向往,比如雪莱在《西风颂》中就以强烈的激情歌颂了西风的强大威力,同时也以此来勉励与鞭策自己;第四,作家注重挖掘人物的内心世界,主张自我的独立,强调心灵的崇高,如被勃兰兑斯称为"浪漫主义病院"的德国浪漫派,[2] 就热衷于通过神秘与恐怖的意象来表现人的心理状态,其代表人物诺瓦利斯的作品《夜颂》就是通过对"黑夜"与"死亡"极尽赞美,来表达对亡妻的悼念

---

[1] 徐葆耕:《西方文学:心灵的历史》,清华大学出版社,1990,第213页。
[2] 〔丹麦〕勃兰兑斯:《十九世纪文学主流(第二分册)》,张道真等译,人民文学出版社,2017,第243页。

之情的。

（二）民间性

由于中世纪的民间文学不受古典主义"三一律"的束缚，创作自由、语言通俗，因此浪漫主义作家倾心于描写中世纪的民间历史，并提出"回到中世纪"的口号，[①] 他们从民间歌谣、传说中汲取题材，并以民间口语进行创作，极大地丰富了文学的表现形式。如"格林兄弟"搜集整理民间故事与传说，创作了诸如《灰姑娘》《渔夫和他的妻子》等脍炙人口的童话；布伦坦诺和阿尔尼姆的代表作《男童的神奇号角》收集了七百多首民歌，使大量民间口头文学免于流失；法国大作家雨果虽不以民间风物的描写见长，但也热切关注中世纪历史风物，体现出"回到中世纪"的创作倾向，比如其在代表作《巴黎圣母院》中就以浓烈的浪漫主义笔调描绘了中世纪的生活风貌：高大的哥特式建筑、街头广场上的刑场绞架、阴森的巴士底狱、流浪人居住的神秘场所等。将读者引入了一个充满绚丽色彩和奇特声响的世界。

（三）想象性

浪漫主义文学大力提倡想象，华兹华斯在《抒情歌谣集》序言中强调诗歌创作需要"加上一种想象力的色彩"，[②] 并应适当采用隐喻与比喻的艺术手法。此外，浪漫主义作家善于构设奇特的故事情节和夸张的人物形象，如唐璜海上遇险的奇特经历充满传奇色彩，笑面人格温普兰的命运太过离奇虚构，卡西莫多的面貌过于畸形丑陋等，他们惯用对比和夸张的手法，来达到鲜明强烈的艺术效果，而这种夸张离奇的情节与人物设置，显然不仅仅源于现实生活，更多源于作家的虚构与想象。

[①] 马良春、张大明主编《中国现代文学思潮史》（上），北京十月文艺出版社，1995，第254页。

[②] 〔英〕华兹华斯：《抒情歌谣集·序言》，载刘若端编《十九世纪英国诗人论诗》，人民文学出版社，1984，第5页。

第二节　第一个十年浪漫主义文学思潮的萌芽与勃兴

中国的现代浪漫主义文学思潮最早体现在译介文学之中，具体而言，是以中国文坛对拜伦等西方浪漫主义代表作家的推崇为开端的。1907年，鲁迅发表《摩罗诗力说》一文，极力赞颂拜伦等"摩罗诗人"，这标志着浪漫主义文学在中国的正式发生。1912年，苏曼殊出版的言情小说《断鸿零雁记》，则被认为是中国浪漫主义文学的奠基之作。及至1917年新文化运动蓬勃兴起，中国的浪漫主义文学思潮遂兴盛，众多浪漫主义文学社团、流派不断涌现，蔚为大观，在20世纪20年代前期的中国新文学领域掀起了一股浪漫主义文学的狂澜。

一　"浪漫"的引进：译介文学及"拜伦热"

梁启超在1896年发表的《变法通议》中，曾详细论述翻译文学的重要性，认为学习欧文，能"得以神明其法，而损益其制。古文明之效，极于今日"。[①] 在此倡导之下，有识之士纷纷致力于域外小说的翻译工作，一时之间，《小说月报》《小说林》《月月小说》等以译介域外文学为主的刊物广受文坛欢迎。正是由于梁启超等仁人志士极为重视域外文学的翻译工作，我国的翻译事业在清末民初时得到了蓬勃发展，施蛰存在《中国近代文学大系·翻译文学集》的导言中就曾指出："从1890年到1919年这一段时间，是中国文化史上继翻译佛经以后的第二次翻译高潮。"[②]

在翻译的初期，拜伦就引起我国学者的注意，"在十几年内有了梁启超、马君武、苏曼殊、胡适四个拜伦的《哀希腊》译本，可见

---

① 梁启超：《变法通议》，何光宇评注，华夏出版社，2002，第142页。
② 施蛰存：《中国近代文学大系·翻译文学集》，上海书店，1933，第1页。

知识界对拜伦的重视"。① 正是在他们的相继推介下，学界迅速形成了一股崇拜拜伦的热潮。"拜伦热"在中国的出现并非偶然，学界对于欧洲浪漫主义文学思潮的介绍是有选择性的，梁启超就曾写道："拜伦最爱自由主义，兼以文学的精神，和希腊好像夙缘一般，后来因为帮助希腊独立，竟自从军而死，真可称文界里头一位大豪杰。他这诗歌，正是用来激励希腊人而作。但我们今日听来，倒像是为中国人说法哩。"② 中国的知识分子正是看到了拜伦这种爱好独立自由的精神，并渴望以此来激励中国人民，实现救亡图存、自由解放的鹄的，才不遗余力地将拜伦引入中国。

除了拜伦外，雪莱、惠特曼等西方浪漫主义作家也得到了中国文坛的青睐。苏曼殊于1911年出版的《潮音》中收录了雪莱五幕诗剧《查理一世》里的短歌《冬日》，并最早对其做出评价；1923年《创造》季刊第1卷第4期上登出了"雪莱纪念号"，在译诗的小序中郭沫若表达了对雪莱的崇敬之情；田汉则是中国介绍惠特曼的第一人，1919年他在《少年中国》创刊号上翻译了《平民诗人惠特曼的百年祭》一文，对惠特曼提倡的民主自由精神表现出高度的赞赏之情……从以上译介状况可以发现，五四时期在中国被译介和传播的西方浪漫主义文学作品有着一些共同的特点，即皆倡导平等自由、呼唤民主博爱之精神，而这种精神恰恰与五四的时代命题与文学思想相吻合、相呼应，共同推动了第一个十年浪漫主义文学思潮的迅猛发展。

二 "浪漫"的萌芽：鲁迅与苏曼殊

鲁迅与苏曼殊以其不拘一格的独特个性，凸显着浪漫主义的气质与性情，这种气质和性情鲜明地表现在二人的文学创作中。鲁迅

---

① 宋庆宝：《拜伦在中国——从清末民初到五四》，中国政法大学出版社，2012，第1页。
② 梁启超：《新中国未来记·第四回末总批》，《新小说》第3号，1930年1月。

通过大力召唤"摩罗诗人",来唤醒国民沉睡的魂灵,苏曼殊则以哀伤的笔调咏叹"飘零人"的凄苦与感伤。可以说,二人的创作合力促进了中国现代浪漫主义文学的萌生。

(一)"摩罗诗人"的召唤

鲁迅于1907年发表的《摩罗诗力说》一文中提出"摩罗诗人"这一称谓。"摩罗"为梵语译音,即指与神为敌的恶魔,鲁迅借来称谓那些具有叛逆精神的诗人,他们是英国的拜伦、雪莱,俄国的普希金、莱蒙托夫,波兰的密茨凯维支、斯洛伐茨基、克拉辛斯基,匈牙利的裴多非这八位欧洲的激进浪漫主义诗人。他们的共同特点是"立意在反抗,指归在动作,而为世所不甚愉悦","大都不为顺世和乐之音,动吭一呼,闻者兴起,争天拒俗"。① 鲁迅将其视为反抗旧时代的叛逆者,希望以这些"摩罗诗人"浪漫激进的精神振奋中国国民沉睡的魂灵,为民众麻木的躯体注入浪漫主义的刚健血气。于此,他进一步大声疾呼:"今索诸中国,为精神界之战士者安在?有作至诚之声,致吾人于善美刚健者乎?有作温煦之声,援吾人出于荒寒者乎?"② 这些追问充分表露出鲁迅热切渴望中国出现"摩罗战士"挽救中国于水火的良苦用心。

《摩罗诗力说》一文中表现出的对"摩罗战士"的渴盼,一方面体现出鲁迅救国救民的殷切期望,另一方面也彰显出其接受尼采"超人哲学"影响的清晰痕迹。郭沫若曾说:"鲁迅也喜欢尼采,尼采根本就是一位浪漫派。鲁迅的早年译著都浓厚地带着浪漫派的风味。这层我们不要忽略。"③ 确实,尼采的"超人哲学"及其浪漫主义的精神曾对鲁迅产生过深远的影响,其"首在立人,人立而后凡事举;若其道术,乃必尊个性而张精神"④ 的话语就有着清晰的尼采

---

① 鲁迅:《鲁迅全集》(第1卷),人民文学出版社,2005,第68页。
② 鲁迅:《鲁迅全集》(第1卷),人民文学出版社,2005,第102页。
③ 郭沫若:《沫若文集》(第12卷),人民文学出版社,1959,第542页。
④ 鲁迅:《鲁迅全集》(第1卷),人民文学出版社,2005,第58页。

思想的影子。可以说，由借鉴尼采的哲学思想而生发出的"立人"理念，是五四时期鲁迅文学思想的核心要义，但鲁迅并没有被尼采强调个人发展的"立人"思想局囿，他进而还提出了"立国"的主张："国人之自觉至，个性张，沙聚之邦，由是转为人国。"① 即在鲁迅看来，建立"人国"是人民获得自由与解放的保障，但个性的自觉与张扬却是抵达"人国"的基本前提，这是青年鲁迅为旧中国开的一剂救亡的良药，闪烁着其启蒙主义思想的光芒。

可以说，《摩罗诗力说》是中国文坛第一部评价外国浪漫主义诗人的作品，集中反映了鲁迅早期浪漫主义文艺思想的基本特质，在五四时期及之后都有重要的文学价值。赵瑞蕻曾断言："《摩罗诗力说》是中国第一部倡导现代浪漫主义的纲领性文献。"②

（二）"飘零人"的咏叹

在民国初年一众言情小说家中，苏曼殊因其"亦僧亦俗""不僧不俗"的传奇经历被视为异类，他生来玩世不羁、嗜酒暴食，其任性不拘的独特个性恰恰契合浪漫主义所崇尚的解放精神，他的创作对现代浪漫主义文学的发展产生了重要影响，钱玄同在与陈独秀、胡适等人讨论新文学建设的通信中，甚至将他与梁启超一同视为超越时代的新文学开创者。③

苏曼殊（1884~1918），原名戬，字子谷，出家后法号曼殊。他的父亲是广东茶商，母亲是日本人，从小便在故乡与日本之间飘零，受尽歧视。他早年积极参与革命斗争，与章太炎、陈独秀等革命人士交好，但在辛亥革命失败后，他彻底陷入愤懑失望的情绪之中，逐渐与革命事业疏离。苏曼殊曾三次在佛门与尘世间徘徊，一直摇摆于多情与绝情、高昂与低落的精神困境之中，李欧梵用"佛道合

---

① 鲁迅：《鲁迅全集》（第1卷），人民文学出版社，2005，第57页。
② 赵瑞蕻：《鲁迅摩罗诗力说注释》，天津人民出版社，1982，第3页。
③ 胡适：《胡适全集》（第1卷），安徽教育出版社，2003，第24~25页。

流"来描述他的精神世界,认为他与六朝的"竹林七贤"颇为相似。① 苏曼殊殊异的人生经历酿就了其"亦僧亦俗"的独特人生样式,也造就了他自由不羁的浪漫主义气质。

苏曼殊最著名的作品是中篇自序传小说《断鸿零雁记》(1912),小说描写的是一场爱情的悲剧。主人公三郎在未婚妻雪梅的资助下东渡寻母,在日本时与表姐静子互生好感,但他囿于自己的身世之苦决心遁入空门,不想回国后雪梅已因不愿改嫁而绝食身亡,最后三郎连她的尸骨都无法找到,只能空对故居表达凭吊之情。"三郎"这一抒情主人公形象与鸳鸯蝴蝶派言情小说中的人物不同,他不是一味沉迷于男女情恋的爱欲之中,而是在缠绵悱恻之情外思考人生与爱情的价值,因此这一人物形象实则承载着作者的理想。在这一意义上,作品描写的爱情悲剧不仅是时代悲剧的缩影,更是苏曼殊个人经历的投射。

《断鸿零雁记》历来被视为考据苏曼殊人生经历的凭证。首先,全文以第一人称展开抒写,实开中国自序传小说之先河。其次,小说中表征出的浪漫多情的笔触、豪放狂狷的个性,无不彰显着苏曼殊"其人如其文"的特性。此外,苏曼殊成功地塑造出了一批热情叛逆而又忧郁感伤的"飘零人"形象,这些"飘零人"形象与五四时期患有时代病的"零余者"有着鲜明的亲缘关系,他们皆经历着生活与精神的双重流浪。可以说,苏曼殊"飘零人"形象的塑造,为现代浪漫主义文学的开启做出了重要的贡献。因此,《断鸿零雁记》可以被视为现代浪漫主义文学的先声和奠基之作。

苏曼殊的创作并不算多,但他钟情于译介欧洲浪漫主义的作家作品,曾翻译过《拜伦诗选》《悲惨世界》等西方经典文学作品。而在西方浪漫主义作家中,苏曼殊尤其欣赏拜伦,他曾将拜伦在西

---

① 李欧梵:《现代性的追求》,生活·读书·新知三联书店,2000,第94页。

方的地位与李白之于中国做类比，① 并自觉模仿拜伦进行创作。苏曼殊不仅在文学观念上与拜伦相应和，他离经叛道的个性也与拜伦所主张的反叛精神相契合。郁达夫曾如此评价："我所说的他在文学史上可有不朽的成绩，是指他的浪漫气质，继承拜伦那一个时代的浪漫气质而言，并非是指他哪一首诗，或哪一篇小说。"②

三 "浪漫"的勃兴：创造社及其他文学社团

从某种意义上说，五四新文化运动是现代浪漫主义文学运动的文化酵母，③ 一批先进的知识分子高举"科学"与"民主"两面旗帜，猛烈抨击"往圣先贤"的旧道德，试图摧毁封建旧制度，并由此实现个性自由与解放之梦想。陈独秀在《青年杂志》上发表系列文章批判东洋家族主义对人性的压抑；周作人在《人的文学》等文章中主张表现"灵肉一致"的人性……他们皆为个性自由解放运动而张目，这也就决定了这一时期个性主义高涨和情感主义泛滥的浪漫主义文学成为文坛普遍关注的重要对象。郑伯奇就曾指出："在'五四'运动以后，浪漫主义的风潮的确有点风靡全国青年的形势，'狂风暴雨'差不多成了一般青年尚习的口号。当时簇生的文学团体多少都带有这种倾向。"④

1921年6月，郭沫若、郁达夫、成仿吾等留日的新文化运动健将在日本成立了创造社。创造社是第一个公开打出浪漫派旗号的社团，它的成立标志着"中国现代浪漫主义思潮已从萌芽阶段进入了迅猛成长的发展时期"。⑤ 前期创造社具有较为系统完整的浪漫主义美学理论。其美学理论源于西方18世纪末19世纪初浪漫主义的美

---

① 苏曼殊：《苏曼殊文集》（上），花城出版社，1991，第295页。
② 郁达夫：《杂评苏曼殊》，《洪水》第3卷第31期，1927年。
③ 王达敏、胡焕龙：《中国现代文学浪漫主义传统的形成与发展》，《中国现代文学论丛》2013年第2期。
④ 郑伯奇编选《中国新文学大系·小说三集·导言》，上海良友图书印刷公司，1935，第3页。
⑤ 陈国恩：《浪漫主义与20世纪中国文学》，安徽教育出版社，2000，第2页。

学理论，同时也融入了创造社作家自身的美学思考。郭沫若在创造社创立之初就指出："我们的主义，我们的思想，并不相同，也并不必强求相同。我们所同的，只是本着我们内心的要求，从事于文艺的活动罢了。"[1] 创造社作家主张"为艺术而艺术"，强调文学必须尊重自我、忠实于自我，讲求文学的全与美，推崇直觉和灵感，在创作中注重情感意绪的表达，郁达夫就曾表示"诗的实质，全在情感。情感之中，就重情绪"[2]。因而，创造社作家的作品中往往会彰显出浓重的抒情色彩，创造社作家们也因此被称为"中国现代作家的浪漫一代"[3]。

受到创造社的影响，与其创作倾向相近的文学社团有弥洒社和浅草—沉钟社。1923年3月弥洒社发表宣言，胡山源在《弥洒宣言》中高呼："我们无所求，无所冀；不识名，不识利；我们一切作为，只知顺着我们的Inspiration！"[4]弥洒社主张灵感的自然迸发，追求形式的自由表现，在创作中注重情绪的宣泄，具有浓厚的浪漫主义色彩。1922年浅草社在上海亮相，主要成员有林如稷、陈炜谟、陈翔鹤、冯至等，1925年他们又在北京成立了沉钟社，两个社团一脉相承，鲁迅认为其为"中国的最坚韧，最诚实，挣扎得最久的团体"。[5]浅草—沉钟社的文学创作多以知识青年的生活为题材，直接抒发对现实的诸多不满，因此在创作中普遍弥漫着浓郁的感伤气息，充满强烈的幻灭感。

1922年3月，潘漠华、冯雪峰、应修人、汪静之等人在浙江杭州成立了湖畔诗社。他们是沐浴五四时代精神而成长起来的诗人，在诗中大胆抒发爱欲、歌唱爱情，几乎将爱情的自由当作个性解放、自我完善的全部内容，其诗具有清新自然、纯情率真的特点。朱自

---

[1] 郭沫若：《编辑余谈》，《创造》季刊第1卷第2期，1923年8月25日。
[2] 郁达夫：《艺文私见》，湖南文艺出版社，1996，第123页。
[3] 李欧梵：《中国现代作家的浪漫一代》，新星出版社，2005。
[4] 胡山源：《弥洒MUSAI宣言——弥洒MUSAI临凡曲》，《弥洒》月刊第1期，1923年。
[5] 鲁迅：《中国新文学大系·小说二集·序》，人民文学出版社，2005，第252页。

清对湖畔诗社的诗人们做过这样的评价："真正专心致志做情诗的，是'湖畔'的四个年轻人。他们那时候差不多可以说生活在诗里。潘漠华氏最凄苦，不胜掩抑之致；冯雪峰氏明快多了，笑中可也有泪；汪静之氏一味天真的稚气；应修人氏却嫌味儿淡些。"① 湖畔诗人们的创作引发了20世纪20年代的"情歌"浪潮，创造了五四浪漫主义文学美学精神的新形态。②

可以说，具有浪漫主义创作倾向的文学社团的丛集性兴起，标志着第一个十年浪漫主义文学思潮的勃兴与繁荣。郭沫若诗歌的飞扬激情、郁达夫小说的感伤抒情、冰心散文的晶莹剔透、汪静之文字的清新自然……都显示着浪漫主义文学思潮的实绩，而这也成为现代浪漫主义的顶峰。之后，随着20世纪20年代中后期一系列政治事件的发生和"革命文学"的倡导，面对现实时局，五四时期的浪漫主义作家们逐渐意识到应该走出自我情感的狭小天地，应该到更广阔的社会和现实生活中去，于是他们纷纷表示要告别浪漫主义而转向现实主义文学创作之路。至此，浪漫主义逐渐式微，现实主义则成为文坛的主流。

综上，中国的现代浪漫主义文学思潮萌发于20世纪初，在五四时期达到兴盛，本质上它是"西方浪漫主义在遥远的东方所激起的一次巨大的回声"。③因此，无论在文学理论、创作主题还是抒情方式等层面，在中国浪漫主义文学的肌理中都极其容易发现西方浪漫主义文学的影响因子。但同时也要注意，因与西方浪漫主义运动存在一个世纪左右的时间差，中国现代浪漫主义文学从最初就不具有西方浪漫主义的完全形态，并且由于本土时代环境的影响，中国现代浪漫主义更贴近于中国的社会现实，即通常表现

---

① 朱自清编《中国新文学大系·诗集·导言》，上海文艺出版社，2003，第4页。
② 王达敏、胡焕龙：《中国现代文学浪漫主义传统的形成与发展》，《中国现代文学论丛》2013年第2期。
③ 罗成琰：《西方浪漫主义文学思潮与中国现代文学》，《外国文学评论》1994年第3期。

为借助中国社会现实生活的"河道",来倾泻作者及其笔下人物内心情感的"激流",①由此表现出20世纪中国文学所特有的抒情性。正如郑伯奇所说:"19世纪初期英法德俄各国平民作家那种放荡的精神,古代追怀的情致,在我们的作家是少有的,我们所有的只是民族危亡、社会崩溃的苦痛,自觉和反抗斗争的精神。我们只有喊叫,只有哀愁,只有呻吟,只有冷嘲热讽。"② 这在郭沫若、郁达夫等人浪漫主义的文学创作中得到了充分的体现。如果说郭沫若的诗集《女神》给五四文坛带来了丰沛的激情与想象,那么郁达夫则以自序传的形式为文坛带来了感伤的气息。

第三节 郭沫若与郁达夫:五四浪漫主义文学的两个"潮头"

1921年先后出版的郭沫若的《女神》和郁达夫的《沉沦》是创造社的奠基之作,不仅最能代表其浪漫主义文学倾向,而且体现了第一个十年浪漫主义文学创作的基本主题:一是表达激烈飞扬的反叛精神;二是抒发感伤忧郁的心理郁结。这两点一方面受到欧洲浪漫主义文学中"少年维特般的(消极而多愁善感的)和普罗米修斯(生机勃勃的英雄)似的"两类英雄典型的影响;③ 另一方面则与五四新文化运动的"潮涨潮落"直接相关。在五四新文化运动发起时,新文学先驱者高举民主与科学之旗帜,激烈批判封建旧制度,批判腐朽没落的传统文化与文学,整个社会充斥着热血沸腾、情绪激荡的浪漫气氛。然而"大抵在一个民族的启蒙时代过后,接踵而至的便是一个感伤的时代"。④ 当五四新文化运动落潮后,曾经高喊个性

---

① 罗成琰:《论五四新文学浪漫主义的兴衰》,《中国现代文学研究丛刊》1985年第2期。
② 郑伯奇:《〈灰寒集〉批评》,《洪水》第3卷第33期,1927年。
③ 李欧梵:《中国现代作家的浪漫一代》,王宏志等译,新星出版社,2005,第282页。
④ 王富仁:《蝉声与牛声》,四川人民出版社,1997,第214页。

解放与自由的知识青年顿感无力，面对现实的层层阻碍，只能在"寂寞荒凉的古战场"上留下无数的眼泪与叹息。这样的激情与落寞在五四时期的文学创作中得到了鲜明的体现，质言之，郭沫若与郁达夫分别代表了五四时期的"潮涨"与"潮落"两个"潮头"，完整彰显了激情与落寞两种浪漫主义文学的艺术风格。

一 郭沫若：自我意识觉醒后的"狂飙突进"

郭沫若的浪漫主义文学理论与德国浪漫主义文学联系紧密，尤其是受到歌德的影响颇深。他在与田汉、宗白华通信过程中曾多次提到要向中国介绍歌德，认为歌德所处的"胁迫时代"和当时自身所处的时代非常相近，[1] 并且在1921年着手翻译了《少年维特之烦恼》这部著作。不同于以往翻译西方作家诗歌时的兴趣使然，郭沫若这次则有意识地将翻译工作用于推动五四新文化运动的发展。他在译介的《小引》中写道："歌德所处的时代正是德意志从中世纪封建制度行将蜕变到资本主义制度的时代。那时的青年人一般反对旧制度与旧道德，和我们'五四'时代相仿佛，在德国历史上是称为'狂飙时代'（Sturm and Drang）。"[2] 不难发现，在郭沫若看来，五四新文化运动是德国"狂飙突进运动"在另一国度的另一种表达，也正是在这一基点上，中国的青年知识分子与大洋彼岸的西方市民青年知识分子建立了历时性的连接。

郭沫若不仅翻译了歌德的《少年维特之烦恼》，而且还在《创造》季刊五一创刊号上发表了《〈少年维特之烦恼〉序引》一文，系统阐述了歌德的浪漫主义诗学，并在阐发中与歌德的主情主义、泛神论等理念产生了共鸣。比如歌德认为对于宇宙万物"不是用理智去分析，去宰割，是用他的心情去综合，去创造"。[3] 郭沫若同样

---

[1] 郭沫若、宗白华、田汉：《三叶集》，亚东图书馆，1920，第18页。
[2] 〔德〕歌德：《少年维特之烦恼》，郭沫若译，泰东图书局，1922，第2页。
[3] 郭沫若：《〈少年维特之烦恼〉序引》，《创造季刊》创刊号，1922年3月15日。

强调自我表现和想象力的重要性，认为"我们的诗只要是我们心中的诗意诗境底纯真的表现，命泉中流出来的Strain，心琴上弹出来的Melody，生底颤动，灵底喊叫，那便是真诗，好诗……"，[①] 甚至直接将诗歌创作公式化，提出"诗＝（直觉×情调×想象）×（适当的文字）"的文学主张。[②]

郭沫若除了受到歌德文学思想的影响外，同时也受到西方泛神论思想的重要影响。朱自清在《中国新文学大系·诗集·导言》中指出，郭沫若的诗"有两样新东西，都是我们传统里没有的：泛神论，与20世纪的动的和反抗的精神"。[③] 以布鲁诺和斯宾诺莎为代表的西欧泛神论者认为"本体即神，神即自然"，他们将自然界与神等同起来，以强调自然界的至高无上的哲学观点，否认神为世界的造物主。相比于西欧的泛神论，郭沫若的泛神论思想特别强调"我"的重要性，将"我"与神相等同，"我即是神，一切的自然都是我的表现"；[④] 他在崇尚自然的同时强调人对于自然的主宰，认为个体的我才是自然的主宰。"艺术家不应该做自然的孙子，也不应该做自然的儿子，是应该做自然的老子！"[⑤] 同时，郭沫若认为，人只有不断地超越自我，求之于动，竭力张扬"生动着的力"，才能将自我的精神与情感具象化到每件事物乃至整个宇宙之中，在个人与宇宙的同一中，实现对永恒时间与无限空间的阐释。

郭沫若在接受西方文学思想影响并不断自我内化的过程中，开始了其诗歌创作的旅程，并于1921年8月将其诗歌结集为《女神》出版。《女神》收入郭沫若于1919年到1921年创作的主要诗作，连同序诗共57篇，多为诗人留学日本时所作。郭沫若"狂飙突进"的

---

① 郭沫若：《论诗三札》，《文艺论集》，人民出版社，1979，第208页。
② 胡适：《中国新文学大系·建设理论集》，上海良友图书印刷公司，1935，第348页。
③ 朱自清：《中国新文学大系·诗集·导言》，上海文艺出版社影印版，2003，第5页。
④ 郭沫若：《少年维特之烦恼·序引》，《文艺论集》，人民文学出版社，1979，第782页。
⑤ 郭沫若：《自然与艺术》，《郭沫若全集（文学编）》（第15卷），北京人民文学出版社，1990，第215页。

精神气质和浪漫主义诗学观念在《女神》中得到了淋漓尽致的体现。郭沫若此部诗集开启了五四时期一代浪漫主义诗风,将浪漫主义文学思潮推向了高峰。如果将《女神》中蕴含的浪漫主义精神加以归纳,大体可分为以下几个方面。

(一) 张扬自我的叛逆精神

《女神》中始终贯穿着一个"抒情主人公形象",这一形象充满着反抗与破坏、创造与革新的叛逆精神,可以将其视为郭沫若宣扬自我精神和五四"狂飙突进"的时代精神的表现。比如在《凤凰涅槃》中,诗人就塑造了一个"开辟鸿荒的'大我'"形象,这个"大我"形象绝不仅仅指向凤凰自身,而是整个中华民族的一个隐喻与象征,抑或说,凤凰在作品中只是一个符号,诗人要通过凤凰同焚之后走向新生的过程,来说明中华民族的涅槃与重生的必要性,因此,在这里,凤凰便具有了"大我"的意义。"凤起舞、低昂!凰唱歌,悲壮!凤又舞,凰又唱,一群的凡鸟,自天外飞来观葬。"[①]"凤歌"与"凰歌"以低昂悲壮的歌声埋葬中华民族的黑暗历史,凤凰和鸣则预示着新鲜、净朗、华美、芬芳的新时代到来,"我们更生了。一切的一,更生了。……翱翔!翱翔!欢唱!欢唱!我们新鲜,我们净朗,我们华美,我们芬芳,一切的一,芬芳。一的一切,芬芳"。[②]诗人在彻底的破坏与否定之中寻求新生,显示着反抗与创造精神。

(二) 喷发宣泄的浪漫激情

在《女神》中,郭沫若表现出一种喷发宣泄式的浪漫激情。他的汪洋恣肆的情感如火山爆发般喷薄而出,彰显了其无限的激情与炽热的爱国情感。比如在《晨安》中,诗人一口气喊出二十七个"晨安!",情感喷薄而出,向着年青的祖国、新生的同胞及世界各地、万事万物发出问候,"这种飞流直下的气势,正显示了昂奋而不

---

① 郭沫若:《凤凰涅槃》,《女神》,人民文学出版社,2000,第32~33页。
② 郭沫若:《凤凰涅槃》,《女神》,人民文学出版社,2000,第39~40页。

可羁绊的跳跃奔腾的情感美"。① 在《梅花树下的醉歌》中，诗人高喊："一切的偶像都在我面前毁破！破！破！破！我要把我的声带唱破！"② 连续感叹号的使用，彰显着诗人阔大雄浑的气概和不可一世的激情与力量。而在这种激情与力量的背后，往往隐喻着诗人对于五四后新生中国的真诚爱恋。他将自己比喻为"炉中煤"，将祖国喻为"年青的女郎"；他坦言，甘愿为心爱的人而燃烧，甘愿为祖国而献身；他以"我不辜负你的殷勤，你也不要辜负我的思量"，表达自己与祖国的心心相印。③ 郭沫若曾说："'五四'以后的中国，在我的心目中就和我的爱人一样。'眷恋祖国的情绪'的《炉中煤——眷念祖国的情绪》便是我对于他的恋歌"。④

（三）雄浑奔放的自由诗风

郭沫若受惠特曼的诗风影响，认为"那种把一切的旧套摆脱干净了的诗风和'五四'时代的'狂飙突进'的精神十分合拍，我是彻底地为他那雄浑的豪放的宏朗的调子所动荡了"。⑤ 因此，他突破旧格套的镣铐束缚，任凭思想情绪自然流淌，以此支配诗行，表现旋律，创造了雄浑奔放的自由诗风，使诗的形式得到了完全解放。比如《天狗》，全诗共四节，最后一节仅二行，而第三节却多至十三行，并且每节字数不一，少则三字，多至十字，在形式上有效实践了郭沫若"绝端的自由，绝端的自主"的创作主张。在《立在地球边上放号》中，诗人从"白云正在空中怒涌"到"太平洋提起他全身的力量来要把地球推倒"的勾勒与描摹，⑥ 向读者展现了一幅奔腾壮阔的自然图景。随后诗人由眼前"滚滚的洪涛"过渡到自我心中

---

① 杨辛主编《大学美育》，水利电力出版社，1988，第228页。
② 郭沫若：《梅花树下的醉歌》，《女神》，人民文学出版社，2000，第89~90页。
③ 郭沫若：《炉中煤》，《女神》，人民文学出版社，2000，第54页。
④ 方铭：《中国现代文学经典评析·现代诗歌》，合肥工业大学出版社，2015，第66页。
⑤ 郭沫若：《我的诗作经过》，《郭沫若全集（文学编）》（第16卷），人民文学出版社，1989，第216页。
⑥ 郭沫若：《立在地球边上放号》，《女神》，人民文学出版社，2000，第68页。

所感，他在"汹涌的洪涛"中看到了旧世界的破灭与新世界的萌生。"不断的毁坏，不断的创造，不断的努力哟！"① 并且情不自禁地赞美着："力的绘画，力的舞蹈，力的音乐，力的诗歌，力的律吕哟！"② 综览全诗，不难发现，全诗思想情感的书写是在诗人情绪变化之中完成的，诗歌节奏与自然的脉搏相呼应，从而形成了一种特有的旋律美感。

二 郁达夫："梦醒之后无路可走"的忧郁与苦痛

郭沫若曾说"中国新文学是深受日本洗礼的"。③ 的确，在清政府的鼓励下，中国一大批有识之士纷纷前往日本留学，而郁达夫正是其中一员。在留日期间，郁达夫的小说创作受到日本私小说的深刻熏陶与影响，他曾言："在日本现代小说家中，我最崇拜的就是佐藤春夫……我每想学到他的地步，但是终是画虎不成。"④ 而佐藤春夫正是日本私小说的代表作家。

"私小说"风靡于20世纪20年代前后的日本大正年间，在1921年《新潮》杂志的座谈会上被定名并被理念化，代表作家有佐藤春夫、久米正雄、川端康成、芥川龙之介、太宰治等。"私小说"的主要特点可大体归纳为：视野的收缩性，通常以第一人称来叙述身边的事情，以身边事件或者自身经历为素材，并且注重描述个人情感经历和主观思想，重视刻画人的内心世界，因此也被称为"心境小说"；内容的私密性，作者善于将丑恶的家事或不被世俗接受的情感等暴露在读者面前，甚至乐于揭露并进行大胆的性描写，如田山花袋不顾妻子的脸面，将家庭乱伦的丑事在《棉被》中展现得淋漓尽致；笔调的感伤性，受日本文学"物哀"传统的影响，日本私小说

---

① 郭沫若：《立在地球边上放号》，《女神》，人民文学出版社，2000，第68页。
② 郭沫若：《立在地球边上放号》，《女神》，人民文学出版社，2000，第68页。
③ 郭沫若：《沫若文集》，人民文学出版社，1959，第333页。
④ 郁达夫：《郁达夫全集》（第3卷），浙江大学出版社，2007，第61页。

的叙事风格具有感伤色调,作者善于以柔弱的笔调描写个人的感伤的情怀,如佐藤春夫的小说《田园的忧郁》就充满了20世纪末的颓废情绪,他倾向于以厌倦、忧郁和厌世为情感基调,向读者展现颓废的诗般的感伤心境。

郁达夫的浪漫抒情时代,恰"是在那荒淫残酷、军阀专权的岛国里过的"。[①] 受日本私小说的影响,郁达夫坚持"文学作品,都是作家的自叙传"的写作立场,[②] 将个人的生活经历作为小说创作的基本素材,并且在作品中毫无掩饰地表达着自己的思想感情,甚至大胆剖露性欲望。值得注意的是,郁达夫的小说创作虽然受到日本私小说的影响,但并没有局限于狭小的创作题材,而是突破了私小说的创作局限,在内涵上具有一种社会底色。他将自我情绪与国家社会紧密相连,在字里行间传达出一种明确的反帝反封建的思想倾向。如同郑伯奇所说:"郁达夫给人的印象是'颓废派',其实不过是浪漫主义涂上了'世纪末'的色彩罢了,他仍然有一颗罗曼谛克的心,他在重压下的呻吟之中寄寓着反抗。"[③]

这颗"罗曼谛克的心"最后凝结成的作品便是《沉沦》。《沉沦》是郁达夫于1921年10月出版的第一部短篇小说集,共包括《沉沦》《南迁》《银灰色的死》三篇小说。此部小说集出版时,正值青年倡导个性解放与自由的五四时期,因此《沉沦》"在中国的枯槁的社会里面好像吹来了一股春风,立刻吹醒了当时无数青年的心"。[④] 可以说,《沉沦》以它异质性的浪漫情调宣泄着五四青年一代特有的精神苦闷、情感压抑,并由此将20世纪中国的浪漫抒情小

[①] 郁达夫:《忏余独白》,《郁达夫小说全集》,哈尔滨出版社,2013,第7页。
[②] 郁达夫:《五六年来创作生活的回顾》,《郁达夫小说集》(下),浙江人民出版社,1982,第828页。
[③] 郑伯奇编《中国新文学大系·小说三集·导言》(影印本),上海文艺出版社,2003,第16页。
[④] 郭沫若:《论郁达夫》,载王自立、陈子善《郁达夫研究资料》,天津人民出版社,1982,第93页。

说推向了又一个高潮。如果将郁达夫小说的浪漫主义加以归纳，大体可总结如下。

（一）"自序传"式的主观抒情方式

郁达夫在《五六年来创作生活的回顾》中写道："作家的生活，应该和作家的艺术紧抱在一起。"① 同时认为作家无论如何都需要保持自身的个性修养，即"一己的体验"。基于此，郁达夫通常将自己的生活、情感经历，甚至内心困惑直接作为创作素材，并且由这些生活素材塑造出一系列具有自叙传性质的典型性的"零余者"形象。

郁达夫塑造的"零余者"形象实则受到俄国"多余人"形象的重要影响。在俄国，普希金《叶甫盖尼·奥涅金》中的奥涅金、莱蒙托夫《当代英雄》中的毕巧林、屠格涅夫《罗亭》中的罗亭、冈察洛夫《奥勃洛莫夫》中的奥勃洛莫夫等，都是典型的"多余人"形象。郁达夫笔下的"零余者"身上带有"多余人"的荒谬感，他们多是歧路彷徨、无所适从的下层知识分子，是遭受社会挤压而无力把握命运的小人物，是具有孤独、敏感、自卑、失意和颓伤情感特征的社会边缘人。如《沉沦》的主人公就是"零余者"形象的典型。作品主人公是一个留学日本的中国青年，他渴望在留学期间得到真挚的友谊和纯洁的爱情，但"弱国子民"的身份却使他备受歧视，无人与之交好，因此只能终日寂寞独处，性格也变得异常孤僻。而后又深深地陷入了性苦闷当中，无奈在不甘沉沦中沉沦。最后当他在酒馆妓院中毁掉了自己的纯洁情操后，幡然悔悟，跳海自杀。

《沉沦》是一部具有自序传性质的小说，正如夏志清对《沉沦》的评价："虽然用的是他叙法，实在是露骨的自传。作者家庭和教育的背景几乎是一样的，故事说来头头是道。"② 确实，小说中贯穿着郁达夫在日本他乡的真实经历与切身感受，但需要强调的是，作品

---

① 郁达夫：《五六年来创作生活的回顾》，《郁达夫全集》（第10卷），浙江文艺出版社，2007，第311页。
② 夏志清：《中国现代小说史》，浙江人民出版社，2015，第158页。

中的主人公不仅有着作者的影子，也展现着20世纪20年代初期中国留学生在日本所感受到的较为普遍的"生的苦闷"与"性的压抑"，反映着五四青年一代对个性解放的追求，对爱情的向往以及炽热的爱国情绪。正如《沉沦》结尾处作者的强烈呼唤："祖国呀祖国！我的死是你害我的！你快富起来，强起来吧！你还有许多儿女在那里受苦呢！"①

此外，郁达夫其他小说中的抒情主人公形象，如伊人（《南迁》）、于质夫（《茫茫夜》）、文朴（《烟影》）、Y（《银灰色的死》）等在性格气质、心理体验，乃至精神与外形方面，都折射出郁达夫的身影和精神特质，流露出在民族觉醒时期，一个敏锐的青年知识者审视自身和民族伤痕时所产生的幻灭感与危机感，展现了其悲观感伤乃至厌世颓废的心境。②而郁达夫开启的带有浓郁悲观感伤和厌世颓废的创作基调，是五四时期氛围的一个重要方面，同时也是这一时期浪漫主义文学的重要特色。郭沫若《漂流三部曲》中的爱牟时常悲叹生存没有意义，倪贻德《玄武湖之秋》的主人公认为自己是一个毫无用处的人……他们都是典型的"零余者"形象。可以说，在某种程度上，"20世纪初期中国的浪漫小说，就是一群'零余者'感伤的独白"。③

（二）"自我暴露"式的创作方式

由于权势阶级的压迫和封建礼教的束缚，"穷"与"色"（即经济生活和爱情生活）的问题成为五四时期知识界需要迫切面对的问题。④而面对这样一个棘手的问题时，五四时期的青年作家们往往找不到直接解决经济与爱情困境的有效方式，于是往往以一种侧面描写的方式来表达自己内心的压抑之感，比如郁达夫在"时代的苦闷"

---

① 郁达夫：《沉沦》，《郁达夫小说全集》，哈尔滨出版社，2013，第95页。
② 朱栋霖等编《中国现代文学史1917—2021》（上），北京大学出版社，2014，第35页。
③ 杨联芬：《中国现代小说导论》，北京师范大学出版社，2010，第65页。
④ 杨义：《中国现代小说史》（第1卷），人民文学出版社，1998，第532页。

的压抑下,就选择了以性苦闷为突破口,将内心的感伤忧郁宣泄而出。他曾说:"我若要辞绝虚伪的罪恶,我只好赤裸裸地把我的心境写出来。"① 这种不加掩饰地赤裸裸地袒露自我的创作方式,成为五四时期浪漫主义文学的一个重要特色。比如在《沉沦》中,有着大量"自我暴露"式的情欲描写,如"我"对日本女子身体部位的关注带有明显的肉欲色彩:"那一双雪样的乳峰!那一双肥白的大腿!这全身的曲线。"② 在这里,看似郁达夫在进行情欲的抒发,实则是在揭示五四时期个性解放的重要命题。郁达夫曾说:"五四最大的成功,第一要算'个人'的发现。从前的人,是为君而存在,为道而存在,为父母而存在,现在的人才知晓为自我而存在了。"③ 基于此,这种直白的情欲描写,实则表征着人性的觉醒,即在五四文化浪潮解放下的青年不再对"性"字讳莫如深、遮遮掩掩,而是大胆真诚地抒发对性的渴望,将个性解放贯彻到底。

正是基于这种个性解放的基本命题,郁达夫在小说中进行了大量的性描写,也正是因为意识到个性解放命题践行的艰难,其往往感到内心的压抑,并通过畸形变态的方式呈现在文本中。比如在《过去》中就有着大量畸形变态的心理描写,如李白时在被二小姐打脸时感觉心头涌现一股"不可名状的满足",④ 有时候甚至因为想被她打而故意违反命令,享受着她用尖头皮鞋踢着自己的腰部,直被踢到脸颊绯红为止。这种以受虐来寻求刺激与快感的方式,实际是证明自我存在的极端做法,是在当时时代背景下呈现的人格障碍,并且他们清醒地认识到自己具有这种障碍,但这是他们作为觉醒者报复社会的极端态度,也是"觉醒之后无路可走"的"零余者"的自我沉沦,因此在情绪宣泄、情欲升华后,小说依旧充斥着怅惘与

---

① 许子东:《郁达夫新论》,浙江文艺出版社,1984,第224~225页。
② 郁达夫:《沉沦》,《郁达夫小说全集》,哈尔滨出版社,2013,第69页。
③ 郁达夫:《新文学大系·散文选集·导言》,《郁达夫全集》(第11卷),浙江大学出版社,2007,第180页。
④ 郁达夫:《沉沦》,《郁达夫小说全集》,哈尔滨出版社,2013,第330页。

感伤的情调。

（三）颓废感伤的抒情基调

郑伯奇认为，郁达夫"小说中主要的人物，而且写作态度往往很主观，非常富于伤感的情调"，[①] 充满着颓废感伤的浪漫主义气息。比如《沉沦》开篇就奠定了全文的悲凉基调，"他近来觉得孤冷得可怜"。接下来文中多次提到"他的忧郁症愈发严重了"，主人公在性心理上也表现得更加敏感，以至于形成孤单、敏感、颓废的病态心理。再如《银灰色的死》中全篇都充斥着"灰色""朦胧的灯影""苍茫的夜色"等词语，无处不渲染着凄凉萧索的氛围，而作品中的主人公在日本留学时期经历的亡妻之痛、情恋破灭以及受尽歧视与屈辱的现实，导致其内心悲苦万分却又无处宣泄，只能借酒消愁、自甘堕落，这最终注定了其必然走向死亡的结局。

郁达夫这种颓废感伤的抒情基调，与其留日时期的精神状态密切相关。郁达夫留日期间深感弱国子民的悲哀，加上其自身成长经历多有不幸，种种因素从内外两方面造就了他敏感纤弱的性格，这一点也体现在文学创作中，即笔下的主人公内心深处充满着颓废、忧伤、彷徨的情绪，字里行间都弥漫着颓废感伤的抒情氛围。

（四）散文化的创作结构

郁达夫小说重视自我表现、注重感伤抒情的创作方式也造成其小说结构散文化的特性。他的小说不以跌宕起伏的情节取胜，而是以情感的真切和才情的充沛见长，正如他在《忏余独白》中所说："写《沉沦》的时候，在感情上是一点儿也没有勉强的影子映着的；我只觉得不得不写，又觉得只能照那么地写，什么技巧不技巧，词句不词句，都一概不管。"[②] 笔法任凭情绪的波澜而运动，将小说引向散文与诗的境界，正是郁达夫浪漫抒情小说的重要特色。

[①] 郑伯奇编《中国新文学大系·小说三集·导言》（影印本），上海文艺出版社，2003，第17页。

[②] 郁达夫：《忏余独白》，《郁达夫全集》（第10卷），浙江大学出版社，2007，第498页。

如《沉沦》小说情节就具有自由跳跃的特点，开篇叙述的是留日青年在日本生活的基本境况。而第三节开始转向回忆故乡的美好日子。第四节又转向讲述主人公的抑郁症愈发严重，甚至到了心理变态的程度。最后叙述的则是描写主人公对性渴望难以自制，开始频繁出入妓院的事件。综览全篇，虽然情节看似不连贯，但却通过主人公孤独、忧郁、颓废、压抑的情绪将内容相互串联，达到了"形散神不散"的效果。

总之，郭沫若与郁达夫是五四时期浪漫主义文学思潮的两个重要"潮头"。郭沫若以自我意识觉醒后的"狂飙突进"精神宣泄着"个人的郁积"与"民族的郁积"；郁达夫则以"梦醒之后无路可走"的忧郁与苦痛诉说着"零余者"的悲哀。可以说，他们共同推动了现代中国浪漫主义文学的大潮，其飞扬的激情与感伤的低诉，构成了五四浪漫主义文学的双重主题，对之后浪漫主义文学思潮的发展产生了深远影响。

综上，从鲁迅、苏曼殊等人翻译介绍歌德、拜伦、雪莱、惠特曼、海涅等作家的经典作品，赞颂其追求自由的反叛精神及"狂飙突进"的英雄气概，到郭沫若、郁达夫等人学习借鉴西方浪漫主义理论和抒情方式，创作出《女神》《沉沦》等代表性作品，清晰可见19世纪欧洲浪漫主义文学传统对中国第一个十年的浪漫主义文学思潮影响，因其契合了现代作家强烈的心理与欲求，满足救国与启蒙的功利需要，因而在中国文坛产生了巨大的反响。当然，中国浪漫主义文学思潮的兴起自有其独特的发生机制，如五四时期特有的历史语境以及浪漫主义作家个人的气质、性格和人生经历等，但对于西方浪漫主义思潮的接受与借鉴也是我们不能忽视的部分。

第五章 第二个十年浪漫主义文学思潮（1928~1937.7）

随着20世纪20年代中后期革命文学运动的开展，文学主题全面转向，现实主义逐渐占据文坛的统治地位。郭沫若等创造社成员毅然放弃曾经的浪漫主义宣言，公开表示："我们对于浪漫主义的文艺也要取一种彻底的反抗态度。"[1] 他指出文坛需要的是"站在第四阶级说话"的现实主义文艺创作，[2] 创造社的转向标志着由五四时期开始的浪漫主义文学运动的终结。及至左翼文坛引进苏联唯物辩证法创作方法，浪漫主义被视为主观唯心论的产物而受到否弃，逐渐走向式微。尽管如此，第二个十年的浪漫主义文学思潮也并未断流，作家们仍在低谷中探索。蒋光慈等人的"革命浪漫蒂克"作品中洋溢着浪漫的气息；京派文人以自然和谐、人性完美为审美理想，创作出一系列浪漫抒情小说；艾芜等人书写了关于"漂泊者"的流浪之歌……这些皆在一定程度上丰富了20世纪30年代浪漫主义的文学图景。

第一节 被压抑与走向式微的浪漫主义

中国现代浪漫主义文学思潮在五四时期达到高潮，郭沫若、郁

---

[1] 郭沫若：《革命与文学》，《创造》月刊第1卷第3期，1926年5月16日。
[2] 郭沫若：《文艺家的觉悟》，《文艺论集续集》，人民文学出版社，1979，第27页。

达夫等作家的文学创作显示出浪漫主义的实绩。然而到了第二个十年，五四时期浪漫主义文学的滚滚浪潮很快消退为涓涓细流。这是由于浪漫主义自身发展中存在着诸多缺陷，在时代政治、外国文艺思潮的共同影响下，无法与时代话语相契合，不可避免地走向衰落的结局。

一 被压抑的"浪漫"：革命形势及文化氛围的影响

20世纪20年代中后期革命形势日益严峻，政治事件频发。1925年，上海两千余名学生在租界各马路进行宣传讲演，一百余名学生遭到逮捕，引起了学生和市民的极大愤慨，有近万人聚集在巡捕房门口，要求释放被捕学生。英帝国主义的巡捕向群众开枪，打死打伤许多人，造成了震惊中外的"五卅"惨案；1927年，蒋介石发动"四一二"反革命政变，疯狂捕杀共产党人和革命群众，大革命由此走向失败；1931年，东北沦陷，日本帝国主义侵占东北，建立伪满洲国傀儡政权，对东北人民实行奴役和殖民统治……至此，民族矛盾和阶级斗争空前激化，"救亡"成为时代的主题。政治事件带来的影响波及文坛，现代文学从"文学革命"转向了"革命文学"，[1]各种思潮都发生了急剧转变，浪漫主义文学思潮自不待言。

在"救亡"的时代主题要求下，作家们的创作心态发生了变化，他们顿感浪漫主义叫喊的空洞与无力，转而强调文学创作与社会现实的紧密联系，凸显文学的政治性。1926年，创造社主将郭沫若公开宣称浪漫主义是"反革命的文学"，对此要采取"一种彻底反抗的态度"。[2]他斩钉截铁地指出："我们现在所需要的文艺是站在第四阶级说话的文艺，这种文艺在形式上是现实主义的，在内容上是社会主义的。"[3]在此期间，郭沫若发表的《孤鸿》《文学家的觉悟》

---

[1] 李欧梵：《现代性的追求》，人民文学出版社，2010，第243页。
[2] 郭沫若：《革命与文学》，《创造》月刊第1卷第3期，1926年5月16日。
[3] 郭沫若：《文艺家的觉悟》，《文艺论集续集》，人民文学出版社，1979，第28页。

《革命与文学》三篇文章,系统阐释了革命文学的内涵,进而推演出文学与革命之间存在的一致性关系,即"文学是永远革命的,真正的文学是只有革命文学的一种"。① 他的文章迅速得到成仿吾等人的积极响应,成仿吾在《完成我们的文学革命》一文中呼吁:"看清时代的要求,要不忘记文艺的本质!我们要完成我们的文学革命!"② 大力倡导革命文学,创作明确向现实主义靠拢。这一时期他们将政治运动视为工作的重心,茅盾就曾表示:"把主要的时间和精力投入了政治斗争,文学活动只能抽空作了。"③

受严峻的革命形势所迫,历来忧国忧民的作家们在革命氛围的感染下,视文学为唤起阶级意识的工具,完成了"文学革命家"的身份转换。在如此紧张的文化氛围中,浪漫主义文学思潮的生存空间逐渐逼仄,最终被掩盖在政治话语里,处于被压抑的"失语"状态。

二 受干扰的"浪漫":"左"的文学思潮的引进

第二个十年的浪漫主义文学思潮受到苏联和日本"左"的文艺思潮的深刻影响,尤其是在苏联唯物辩证法创作方法的影响下,以左联为中心的作家们较为普遍地将浪漫主义视为主观唯心论的产物并加以否定。直到社会主义现实主义创作方法被引进,浪漫主义的合理性才得到重新确认。

20世纪20年代后期,时执苏联文坛牛耳的"拉普"派提出"唯物辩证法创作方法",法捷耶夫作为领导人物高喊"打倒席勒!"的口号,④ 他将"现实主义方法与浪漫主义方法作为创作方法较彻底

---

① 郭沫若:《革命与文学》,《创造》月刊第1卷第3期,1926年5月16日。
② 成仿吾:《完成我们的文学革命》,《洪水》半月刊第3卷第25期,1927年1月16日。
③ 茅盾:《我走过的道路》(上),人民文学出版社,1997,第318页。
④ 这是法捷耶夫1929年9月22日在第二次拉普理事会上的发言文章标题,这篇文章摘要1929年10月28日首次发表于《文学报》,全文刊登于1929年第21~22期的《在文学岗位上》。

的唯物主义和唯心主义的方法加以区别",① 对浪漫主义进行彻底批判,并宣布"进步的无产阶级不走浪漫精神的路线",认为浪漫主义是一条"愚弄现实的路线""抬高我们的谎言的路线",② 与辩证唯物主义是"敌对"的。于是浪漫主义被视为一种障碍,其文学价值被一笔勾销。

受"拉普"影响,左联在理论上大力译介并倡导"唯物辩证法创作方法"。1931 年 11 月左联执委会在《中国无产阶级革命文学的新任务》的决议中强调:"作家必须成为一个唯物的辩证法论者……同时要和到现在为止的那些方法论,机械论,主观论,浪漫主义,粉饰主义,假的客观主义,标语口号主义的方法及文学批评斗争(特别要和观念论及浪漫主义斗争)。"③ 此后,左联作家们纷纷响应,将矛头对准浪漫主义文学创作,展开猛烈抨击。1932 年瞿秋白、茅盾等人为华汉的小说《地泉》三部曲重新作序,瞿秋白在序言中评价《地泉》"连庸俗的现实主义都没有做到",文本中的浪漫主义是"新兴文学的障碍",认为只有肃清这种障碍,"新兴文学才能走上正确的路线"。④ 这表明左联作家以此为契机对"革命浪漫蒂克"倾向进行了总的清算。

此外,这一时期左联的理论建设也受到日本新文学团体"纳普"的影响,藏原惟人是其理论领袖,他将自己的观点与"拉普"的理论主张相融合,认为"初期的普罗列塔利亚艺术的浪漫主义"无法适应文学的发展,⑤ 进而提出要将无产阶级的世界观和写实主义的创作方法相结合。钱杏邨等人引进"无产阶级写实主义"这一创作方

---

① 翟厚隆编《十月革命前后的苏联文学流派·下》,上海译文出版社,1998,第 145 页。
② 翟厚隆编《十月革命前后的苏联文学流派·下》,上海译文出版社,1998,第 147 页。
③ 冯雪峰:《中国无产阶级革命文学的新任务———1931 年 11 月中国左翼作家联盟执行委员会的决议》,《文学导报》第 1 卷第 8 期,1931 年 1 月 15 日。
④ 易嘉(瞿秋白):《革命的浪漫蒂克——〈地泉〉序》,《阳翰笙选集》(第 4 卷),四川人民出版社,1983,第 78 页。
⑤ 〔日〕藏原惟人:《再论新写实主义》,之本译,《拓荒者》第 1 期,1930 年 1 月。

法，并发表《普罗文学应该怎样防卫自己》《〈幻灭〉〈动摇〉的时代推动论》等理论文章，欲以弥补文坛创作初期作品中存在的"伤感主义与革命的浪漫主义等不健全的心理与情绪的描写"等种种缺陷。[①]

可以说，中国左翼文学实际上是"二十、三十年代国际性的无产阶级运动在中国的反映"，[②] 因此势必受到无产阶级运动中"左"的文学思潮的影响。这种独尊现实主义而排斥浪漫主义为唯心主义，否定浪漫主义创作方法的做法，也使得浪漫主义文学思潮受到了冲击。

三 走向式微的"浪漫"：本体特征的缺失

中国新文学的浪漫主义思潮曾在五四时期辉煌一时，但在时代语境变换的过程中却未能取得更大的成就，究其根本原因，在于其本身具有的局限性，即五四时期的浪漫主义脉息屡弱，难以适应新的时代要求。

五四时期的浪漫主义受到欧洲浪漫主义文学思潮的重要影响，欧洲浪漫主义主张"不过是文学上的自由主义而已"，[③] 其终极目的是自由人性，是"个人之独特性、创造性与自我实现的综合"。[④] 在此影响下，国内浪漫主义以自我表现为中心，鼓吹个性主义、自由解放以及想象的张扬。茅盾在《关于创作》中总结道："人的发现，即发展个性，即个人主义，成为'五四'时期新文学运动的主要目标。"[⑤] 五四时期的社会恰好处于新旧交替时期，需要对封建腐朽的传统制度进行抨击，因此，当时为个性解放高歌，最适宜浪漫主义

---

① 林伟民：《试论左翼文学关于创作方法理论的探索》，《华东师范大学学报》（哲学社会科学版）2002 年第 1 期。
② 艾晓明：《中国左翼文学思潮探源》，湖南文艺出版社，1991，第 20 页。
③ 〔法〕雨果：《雨果论文学》，柳鸣九译，上海译文出版社，1980，第 32 页。
④ Steven lukes, *Individualism* (Oxford: Basil Blackwell, 1973), p.17.
⑤ 茅盾：《关于创作》，《北斗》创刊号，1931 年 9 月 20 日。

的发展。

但到了20世纪20年代后期,革命形势日益严峻,国家救亡与民族解放成为时代最迫切的要求,于是浪漫主义思潮的生存环境发生了变化。五四时期浪漫主义虽然完成了反封建的历史使命,但已无法满足20世纪20年代后期无产阶级领导的新民主主义革命的发展需要,中国作家历来具有忧国忧民的思想传统,在这样的情势下,以往注重个人自由的追求和人性解放的创作方式,必然在革命浪潮中转化为集体主义书写,"转为关心被压迫阶级的大我,甚至关心整个民族的大我","最终很多人汇入无产阶级文学中和写实主义共同建立起革命的现实主义文学"。① 正如捷克学者普实克所说:"欧洲浪漫主义的发展最后导致极端个人主义的唯我主义,而中国浪漫主义的发展最后却是回到现实与群众。"② 可以说,五四浪漫主义以"狂飙突进"的叛逆姿态击败了旧的道德理性,20世纪30年代浪漫主义又在社会责任的感召下自觉皈依新的阶级理性。

此外,中国现代浪漫主义作家对文学创作的主情倾向,体现了其情感充沛、情思敏锐等特点,他们任凭情绪的肆意抒发,把对社会现实的强烈不满和彻底否定倾注于笔端。但与此同时也暴露了他们意志薄弱的弱点,在面对"梦醒后无路可走"的困境时,③ 他们便兀自感伤,吟咏着一己的悲欢,甚至将这悲欢视为全世界,陷入颓废的境地。如庐隐的创作题材范围就较为狭窄,她始终关注的是个人思想的起伏和情感的波动,以哀伤的笔调书写五四一代青年复杂的情感世界。小说《海滨故人》中露沙等五位女青年,将无限的热情奉献给爱情,然而礼教的压迫和社会的流言为她们的爱情追求之路增加了诸多障碍,露沙时常"泪盈眼帘,凄楚万状";④ 小说

---

① 祝远德:《权威话语与中国的浪漫主义思潮》,《求索》2004年第7期。
② 尹慧珉:《普实克和他对我国现代文学的论述》,《文学评论》1983年第3期。
③ 鲁迅:《坟》,译林出版社,2013,第121页。
④ 庐隐:《海滨故人》,译林出版社,2014,第42页。

《丽石的日记》讲述的是同性恋人的悲剧故事，丽石与沅青"沉沦在矛盾的心流的苦海里，在他们脆弱稚嫩的心里，横放着两件不相融洽的武器——情与智——终日不住的战争"。[1]

庐隐作品中的感伤气质和颓废气息是"五四式"的，如果离开了五四的历史环境，艺术特质便会失去部分光彩。况且在20世纪20年代后期，这种个人情感的体悟无法与时代相契合，这一时期浪漫主义的情绪世界，已经不以个人悲欢的吟咏为主，而是侧重对社会情绪的抒发、对政治革命情绪的渲染，作为主体的个人精神空间已然消弭。因此，浪漫主义难以发挥自身优势，其本体特征的缺失导致了衰落的结局。

朱自清在谈到1928年的文学形势时说："几年前，'浪漫'是个好名字，现在它的意义却剩下了讽刺与诅咒。"[2] 浪漫主义文学思潮遭受到前所未有的冷遇，一部分浪漫主义作家为形势所迫，不得不改旗易帜，纷纷转向现实主义文学思潮的营垒。第二个十年的浪漫主义文学思潮在政治革命的历史语境与创作主体精神的压抑下已然式微，无法恢复五四时期的浪漫高峰。

第二节 "革命浪漫蒂克"创作模式的流行

20世纪20年代后期，普罗文学的主要特征之一便是"革命浪漫蒂克"的创作倾向，并形成了"革命加恋爱"的写作模式。这类作品在革命叙事中掺杂着恋爱情节，使革命与恋爱呈现出一种写实与浪漫的互动特质。因此有学者指出："1928年前后勃起的'革命浪漫蒂克'创作风气，标志着新文学浪漫主义复苏。"[3]

---

[1] 杨义：《中国现代小说史》，人民文学出版社，1986，第265页。
[2] 朱自清：《那里走》，《一般（上海1926）》第3期，1928年。
[3] 温儒敏：《新文学现实主义的流变》，北京大学出版社，2007，第84页。

一 "革命浪漫蒂克"产生背景

"五卅"惨案之后,"革命"一词就成为时代的核心语汇,"中国的新文学运动,开始走向革命文学之路"。① 郭沫若、李初梨等人开始接触革命题材,大力倡导革命文学,创作出众多较为真实反映革命运动的作品。比如郭沫若在"五卅"惨案发生后,将之前搁笔的诗剧《棠棣之花》改写成历史悲剧《聂嫈》,将其与前期创作的《卓文君》《王昭君》合集出版,更名为《三个叛逆的女性》。他曾说:"没有五卅惨剧的时候,我的《聂嫈》地悲剧不会产生,但这是怎样一个血淋淋的纪念品呦!"② 这部作品也被学界视为郭沫若创作风格的转向之作,主旨明显指向对政治革命主流话题的表达。

及至1927年,蒋介石发动"四一二"反革命政变,大革命从高潮走向失败。国民党反动派的屠杀政策背离人心,引起社会普遍的愤激与控诉,此时单纯反映革命变动的作品已经不能满足大众的心理需求,尤其是对于那些具有激进冲动思想的广大青年知识分子来说,"客观的真实的描写似乎'不够劲','不够味'了,他们更需要激情"。③ 此时时代气氛与社会审美心理发生转变,这种群情激愤的情绪氛围非常适于浪漫主义东山再起。于是,"革命浪漫蒂克"的创作风气应运而生。

如果说,五四启蒙时期的核心命题是"恋爱",那"革命"则是第二个十年文学创作的核心内容,两个主流话语相遇在时代的转折期,知识分子在激愤与焦虑心理的影响下,将个人情感的恋爱与社会层面的革命作为追求对象,促使爱情与革命的同时发生。"革命属于刚性题材,恋爱属于柔性题材,二者的结合表明作家力求克服早期作品的粗而不精,以刚柔并济的手腕探索在历史转折关头,革

---

① 张若英编《中国新文学运动史资料》,光明书局,1934,第2页。
② 郭沫若:《写在〈三个叛逆的女性〉后面》,《三个叛逆的女性》,光华书局,1925,第29页。
③ 温儒敏:《新文学现实主义的流变》,北京大学出版社,2007,第84页。

命青年苦闷和悲愤、迷惘和奋起的精神世界。"①

"革命浪漫蒂克"的创作模式最早在蒋光慈的小说《少年漂泊者》《鸭绿江上》中显露端倪,在《野祭》《菊芬》中日渐成熟,随后"革命加恋爱"的创作模式开始广泛流行。蒋光慈的《冲出云围的月亮》《咆哮了的土地》、华汉的《地泉》《两个女性》、洪灵菲的《流亡》《前线》、胡也频的《到莫斯科去》、丁玲的《韦护》《一九三〇年春上海》等都是具有代表性的作品。这些小说以革命的视角对青年悲愤与苦闷的精神世界进行探索与开掘,回答了在历史转折关头青年的出路问题,契合了广大青年的心理需要,"简直如一颗爆裂的炸弹,惊醒了无数青年的迷梦",②一时间阅读"革命浪漫蒂克"小说成为一种风尚。蒋光慈的小说甚至成为"青年的圣经",③许多青年就是阅读了他的作品才走上了革命之路。

二 "革命浪漫蒂克"的创作模式

"革命浪漫蒂克"的创作模式的形成过程包括三个阶段,茅盾将其概括为"为革命牺牲恋爱"的最初阶段、"革命决定恋爱"的第二阶段、"革命催生恋爱"的第三阶段。④这三个阶段代表着不同的时间段中"革命"与"恋爱"的不同关系,表征着青年知识分子摆脱个人情感的狭小天地走向广阔社会的艰难历程,下面结合具体作品分述之。

(一)"为革命牺牲恋爱"

这一阶段中"革命"与"恋爱"的关系是矛盾冲突的,正如蒋光慈在《少年漂泊者》自序中所写:"人们方沉醉于什么花呀,月

---

① 杨义:《中国现代小说史》(第2卷),人民文学出版社,2001,第69页。
② 钱杏邨:《蒋光慈与革命文学》,《蒋光慈研究资料》,宁夏人民出版社,1983,第277页。
③ 旷新年:《1928:革命文学》,山东教育出版社,2006,第90页。
④ 茅盾:《"革命"与"恋爱"的公式》,《茅盾全集》(第20卷),人民文学出版社,1990,337~338页。

呀，好哥哥，甜妹妹的软香巢中，我忽然跳出来做粗暴的叫喊，似觉有点太不识趣了。"① 而当恋爱妨碍了革命，解决两者之间冲突的方式就是为了革命只好牺牲掉爱情。丁玲的小说《韦护》和《一九三〇年春上海（之一，之二）》是这类创作模式的代表性作品。

《韦护》取材于丁玲的好友瞿秋白与王剑虹的恋爱故事，小说主人公韦护与丽嘉就是以他们为原型。男主人公韦护因为与丽嘉恋爱而影响了自己的革命工作，并因此受到同志们的排挤，于是陷入"不可动摇的工作"与"生命的自然需求"的两难境地。② 在经历内心的痛苦挣扎后，韦护放弃了爱情，奔赴广州投身于革命事业。《一九三〇年春上海（之一）》中的美琳受到革命者若泉的思想影响，不愿意再做男友子彬的笼中之鸟。"过去呢，……她的理想是只要有爱情，便什么都可以捐弃。……但现在不然了。她还要别的！她要在社会上占一个地位……她不能只关在一间房子里，为一个人工作后娱乐，虽然他们是相爱的！"③ 美琳在经过反复的思想斗争后最终离开了家庭，参与革命运动。《一九三〇年春上海（之二）》中的望微也是在恋人玛丽与革命工作之间选择了后者。

在此类模式的创作中，爱情仅仅作为一种创作元素穿插在小说文本中，被视为革命的对立面来呈现。恋爱属于个人，革命属于集体，二者之间的冲突必然要求舍弃小我的爱情而去追寻大我的革命，因此革命压倒恋爱，成为创作的唯一所指。

（二）"革命决定恋爱"

这一阶段中"革命"与"恋爱"的关系是互动融合的，在这一模式下"是否是革命身份"成为衡量爱情价值的标准。在多男一女的爱情纠葛中，女性往往选择革命者身份的男性开启革命式的恋爱，"革命"决定了"恋爱"的对象。华汉的《两个女性》、胡也频的

---

① 蒋光慈：《蒋光慈全集》（第1卷），上海文艺出版社，1982，第3页。
② 丁玲：《韦护》，《丁玲选集》（第1卷），四川人民出版社，1984，第468页。
③ 王增如编《丁玲文萃》，文化艺术出版社，2002，第156页。

《到莫斯科去》是这类创作模式的代表性作品。

《两个女性》中丁君度与云生同时追求女主人公玉青,当时丁君度热衷于宣传进步思想,玉青对其产生爱慕之心并与之结婚。但随着大革命的失败,丁君度变得诚惶诚恐,宣布从此脱离政治,他很快沦为一个"祈求一刹那的快感的享乐主义者了"。[1] 而云生则经过革命的洗礼成为一个真正的革命家,在玉青眼中他是一个具有"奇理斯玛"色彩的男性革命者,[2] 是工人运动的领袖,最后玉青毅然选择离开丁君度,跟随云生投入革命的洪流。《到莫斯科去》中的张素裳是一个贵族太太,她厌恶现有的奢华的上层生活,渴望拥有一份独立的社会工作。来自南方的革命党人施洵白的出现打破了她枯燥的生活状态,受其影响,素裳阅读了大量社会主义理论著作,她称呼洵白为"指引我走向光明去的人",[3] 并决定跟随他一起奔向红都莫斯科。

在此类模式的创作中,青年男女对爱情的取舍是以人物对待革命的态度为唯一准绳的,坚定的革命者最终可以赢得爱情,不坚定的革命者注定被爱情抛弃,并且革命者或多或少带有"奇理斯玛"色彩,他们以精神导师的身份指引女性走向革命道路,这体现革命话语对恋爱畛域强有力的渗透。

(三)"革命催生恋爱"

这一阶段中"革命"与"恋爱"的关系与第二阶段相同,仍然是融合共生的,

茅盾将这两阶段的模式称为"'革命'×(乘)'恋爱'",[4] 即在革命工作中并肩作战的男女自然地产生了爱情,抑或说是火热的

---

[1] 杨义:《中国现代小说史》(第2卷),人民文学出版社,1988,第86页。
[2] 即Charisma,原意为"神圣的天赋",来自早期基督教,指得到神帮助的超常人物,后来韦伯界定权威的形态时,指称一种原创能力的特殊资质,具有感召他人的权威即创造性。
[3] 胡也频:《到莫斯科去》,《胡也频选集》(下),福建人民出版社,1981,第754页。
[4] 茅盾:《"革命"与"恋爱"的公式》,《茅盾全集》(第20卷),人民文学出版社,1990,第337~338页。

革命环境催生了恋爱。蒋光慈的《冲出云围的月亮》、洪灵菲的《流亡》、华汉的《复兴》都是这类创作模式的代表性作品。

《冲出云围的月亮》中的女学生王曼英受进步青年柳遇秋的影响，参加了革命队伍，成为一名军事政治学校的学员，二人在革命斗争中并肩作战并确认恋爱关系。然而随着大革命陷入低潮，曼英陷入苦闷和绝望，在与革命者李尚志相遇后，她被其坚毅成熟的气质和强烈的革命热情深深吸引。在这里，正是因为革命促进了爱情的产生，曼英才获得了幸福。《流亡》中的主人公沈之菲和黄曼曼正是因为有着共同的革命信仰才走到一起，在流亡的道路上，甜美的爱情使革命道路充满了希望，革命斗争生活的艰苦反使爱情更为坚定。《复兴》中的梦云与林怀秋有着同样的思想与行动，在革命工作中自然而然产生了爱情。

在此类模式的创作中，"革命"与"恋爱"相辅相成，"革命的意义在谋人类的解放，恋爱的意义在求两性的谐和，两者都一样有不死的真价"。[①] 在革命的大熔炉中青年男女完成了革命战士与恋人身份的双重资格认同，投入了革命和爱情的双重怀抱。

综上，"革命浪漫蒂克"的创作模式可以概括为冲突和兼容两种形态，作家在创作中着重展示知识分子如何将爱情这一私人化情感融入集体主义的革命历程，以此设定切实反映20世纪20年代末至30年代初的革命青年矛盾的感情生活，抓住青年苦闷敏感的时代特性，客观上促进了革命观念的传播。但"革命浪漫蒂克"小说也存在诸多弊病，如"不能够深刻地写到这些人物的真正的转换过程，不能够揭穿这些人物的'假面具'"等。[②] 比如在华汉的小说《趸船上的一夜》中，主人公本夫在大革命失败后丧失信心、各地漂泊，却因为在趸船上遇到一个革命者，就马上重拾革命勇气，觉得自己

---

① 洪灵菲：《流亡》，中国戏剧出版社，2001，第57页。
② 易嘉（瞿秋白）：《革命的浪漫蒂克——〈地泉〉序》，《阳翰笙选集》（第4卷），四川人民出版社，1983，第78页。

"变成一万磅重的一枚炸弹",要把敌人"爆炸成粉碎"。① 主人公的行动脱离了人物成长的现实逻辑,这种突变式的转变,给人一种不真实感。此外,部分作家实际革命经验不足,对于知识分子融入工农大众、转变为革命者的过程不能做出有效交代,革命成了空洞的话语和理论,造成了革命概念化的缺陷。

"革命浪漫蒂克"创作模式存在一定的局限性,因此在1931年遭到左联的全面清算。左联重要理论代表冯雪峰在其《中国无产阶级革命文学的新任务》一文中,主张以"唯物辩证法创作方法"来革除早期革命文学中的"革命浪漫蒂克"倾向,于是曾经盛行一时的"革命加恋爱"创作模式悄然退场,最终"在一九三二的文坛上,我们差不多根本就找不出革命与恋爱互为经纬的作品,偶尔有之,则已流入卑俗的个人主义的途径,不再有当年的盛况"②。

三 "革命浪漫蒂克"的浪漫特质

"革命浪漫蒂克"创作中的浪漫主义质素在一定程度上因袭了五四浪漫主义文学思潮的特质。一方面,作家多为创造社的成员,在创作中保留了前期创造社的艺术风格,孟超就曾坦言他们"以浪漫主义的表现方法,在革命的故事中杂糅了不少的恋爱场面","不能否认在风格上是受了郁达夫的影响";③ 另一方面,后起的青年作家受五四浪漫运动影响,具有情绪敏感、情感热烈的特点,是浪漫主义的坚定维护者,如蒋光慈在一众反浪漫主义的氛围中仍为其辩护,声称:"我自己便是浪漫派,凡是革命家也都是浪漫派,不浪漫谁个来革命呢?""有理想,有热情,不满足现状而企图创造出些更好的什么的,这种精神便是浪漫主义。具有这种精

---

① 华汉(阳翰笙):《逐船上的一夜》,《创造月刊》第2卷第4期,1928年。
② 中国文艺年鉴社编《一九三二年中国文坛鸟瞰》,《中国文艺社年鉴》(第一回),上海现代书局,1932,第14~15页。
③ 孟超:《我所知道的灵菲》,《洪灵菲选集》,人民文学出版社,1982,第27页。

神的便是浪漫派。"① 他对激情与理想的强调与五四浪漫主义文学一脉相承。

但是"革命浪漫蒂克"又区别于五四浪漫主义文学，它摒弃了"为艺术而艺术"的文学主张，强调文学的现实功利性；它放弃了个性主义与个人意识，强化集体和阶级意识；等等。实际上，"革命浪漫蒂克"是五四浪漫主义文学思潮"向左转"的产物，在与其区别与联系间显示着特有的浪漫特质。

（一）革命情绪的直接抒发

"革命浪漫蒂克"文学保留着前期创造社的抒情风格，以直抒胸臆为表达方式，热烈表达革命激情，以此感染并激励大革命受挫后处于苦闷彷徨中的青年，进而煽动大众的革命情绪。

蒋光慈作为"革命浪漫蒂克"创作的先驱，以澎湃的革命激情鼓舞了诸多青年知识分子。鲁迅曾评价蒋光慈笔下的革命是"一种极为有趣和富有浪漫色彩的现象"。② 可以说，蒋光慈在文学创作中投入了百分百的浪漫激情，全身、全心、全意识地高歌革命，颇具郭沫若《凤凰涅槃》中的狂飙精神。他自称"是一个粗暴的抱不平的歌者"。③ 比如在《弟兄夜话》中，主人公江霞面对上海污秽的社会环境，发出粗暴的呼喊："哎！中国真是没有一片干净土！这种社会不把他根本改造还能行吗！"于是发出对革命的强烈呼唤。在《菊芬》中，蒋光慈大力赞颂女主人公无畏英勇的革命举动，为革命大声歌唱："我不为菊芬害怕，也不为菊芬可惜，我只感觉到菊芬的伟大，菊芬是人类的光荣。"④ 在创作《短裤党》时，蒋光慈任凭情感肆意宣泄，他曾言："为一股热情所鼓动着，几乎忘记了自己是在做

---

① 方铭编《蒋光慈研究资料》，宁夏人民出版社，1983，第200页。
② 鲁迅：《"醉眼"中的朦胧》，鲁迅：《鲁迅全集》（第4卷），人民文学出版社，1981，第62页。
③ 蒋光慈：《鸭绿江上·自序诗》，《蒋光慈文集》（第1卷），上海文艺出版社，1982，第87页。
④ 蒋光慈：《菊芬》，《蒋光慈文集》（第1卷），上海文艺出版社，1982，第419页。

小说……我且把我的一枝秃笔当做我的武器,在后边跟着短裤党一道儿前进。"① 蒋光慈的小说语言情感高亢热烈,充满战斗激情和革命乐观精神,显示出强健的生命活力。郁达夫称其作品是"烈风暴雨般的粗暴伟大,力量很足",是"跃动的,有新生命的文学"。②

(二) 浪漫的革命英雄形象

"革命浪漫蒂克"作家们致力于塑造具有"奇理斯玛"色彩的革命者形象,体现了他们崇拜英雄的心理。蒋光慈曾在《怀拜伦》中写道:"拜伦啊!你是黑暗的反抗者,你是上帝的不肖子,你是自由的歌者,你是强暴的劲敌。"③ 洪灵菲甚至在自己的书上、给朋友的书信中将自己的名字改为"拜伦·阿洪"或"拜伦·洪灵菲",以表达对拜伦的崇敬之情。因此,他们小说中塑造的革命英雄形象,多有拜伦笔下英雄的反抗、叛逆特质。

《短裤党》中的邢翠英在丈夫李金贵被杀后,手持菜刀冲进警察局为丈夫报仇,最后壮烈牺牲;《少年漂泊者》中汪中在枪林弹雨里没有丝毫惧色,"并大声喊'杀贼呀!杀贼呀!前进呀!'";④《灭亡》中的杜大心不惜用自己的生命为革命同志张为群报仇。这些人物均具有不畏牺牲、英勇反抗的斗争精神,他们为了改变黑暗的现实困境,不惜以生命为代价,拯救国家和人民脱离苦难,展现了"我以我血荐轩辕"的英雄气概,具有浪漫的英雄主义色彩。

(三) 革命心理的内心独白

在"革命浪漫蒂克"创作模式中,男女主人公必然经历"革命"与"恋爱"两者间的艰难抉择,而在这种选择中,作家往往善于通过主人公的内心独白来展现其复杂多变的心理世界,来彰显革命青年的动摇与痛苦的心情。

---

① 蒋光慈:《〈短裤党〉自序》,《蒋光慈文集》(第1卷),上海文艺出版社,1982,第213页。
② 郁达夫:《〈鸭绿江上〉读后感》,《洪水》第3卷第4期,1926年。
③ 蒋光慈:《怀拜伦》,《蒋光慈全集》(第1卷),上海文艺出版社,1982,第3页。
④ 蒋光慈:《少年漂泊者》,《蒋光慈全集》(第1卷),上海文艺出版社,1982,第82页。

在《韦护》中，当韦护想去找丽嘉时，责备的声音就在内心响起："韦护，你怎么了？难道你还闹这些无意识的玩意儿吗？有几多事等着你去做，你却像小孩般在找着女孩子玩！"①《灭亡》中杜大心发现自己爱上了一个资产阶级的女人，马上在心里说服自己："这不可能！他，一个历史牺牲个人幸福来拯救人类的人，还有资格来爱女人！……把他底有限的精力分到男女的爱情上面去！这不可能！不应该！"②内心独白体现了理性压制情感的焦虑心理，细腻展示了青年在转型期的心路历程。

第二个十年的"革命浪漫蒂克"文学产生于特定的历史时期，受革命形势及文化氛围影响，虽然没有取得五四浪漫主义那样高的成就，甚至不久就遭到了批判，但浪漫主义是与革命相伴而生的，它仍属于浪漫主义文学思潮的范畴，温儒敏将之称为"准浪漫主义"。③"革命"与"恋爱"成为作家们传达内心情感的通道，表现了历史转型期青年知识分子的心路历程，相关作品充满"革命浪漫蒂克"的色彩。

第三节 京派文人的浪漫抒情

京派主要指20世纪20年代后期当新文学中心南移到上海以后，继续在京津两地进行文学活动的文学团体，其成员包括周作人、废名、沈从文、萧乾、师陀、李健吾、朱光潜、凌叔华等人，他们以《骆驼草》《文学季刊》《文学评论》《水星》《大公报·文艺》副刊等报刊为活动阵地。这一时期，"中国政局动荡，各种矛盾交织在一起，与此相应，中国战火纷飞，内战与民族解放战争交叉在一起，

---

① 丁玲：《韦护》，《丁玲全集》（第1卷），河北人民出版社，2001，第25页。
② 巴金：《灭亡》，《巴金全集》（第4卷），人民文学出版社，1987，第76页。
③ 温儒敏：《新文学现实主义的流变》，北京大学出版社，1988，第97页。

是一个充满血与火的年代"。① 革命成为这一时期的主流话语,但在如此特殊的语境中,京派文人却另辟蹊径,他们不注重描绘革命斗争与社会变动,而是把视线放置在乡村生活和田园风光中,创作出了一系列田园牧歌式的抒情小说,与左翼文学形成刚柔互补之势,为文坛带来了"一股风光旖旎的溪流",②将第二个十年的浪漫主义文学推向了新的高峰。

京派文人以周作人、废名、沈从文为主要代表,他们的文学创作受到欧洲浪漫主义文学思潮和中国传统文学的双重影响,以主观抒情写意见长,重视和谐与节制,语言古朴明净,风格平和隽永,表现出欧洲浪漫主义的和谐优美以及中国传统文学含蓄蕴藉的特质。下面将结合三人的具体作品分述之。

一 周作人的"苦雨斋"

京派文人受到欧洲浪漫主义文学思潮影响,在创作中追求个体人格与自由精神之独立,强调张扬个性、肯定自我,充分展现个人丰富而纤弱的情感世界。周作人作为京派的理论倡导者,对京派文学的理论建构及审美书写均产生了较大影响。

早在五四时期,周作人就开始对个人主义进行思考,发表了《人的文学》《平民的文学》等文章,热衷于对个体解放和人性的探讨。1922年他发表《自己的园地》一文,以"自己的园地"为喻,认为在文艺的园地里种蔷薇地丁还是果蔬药材,都是"依了自己心的倾向"去做,这才是真正的尊重个性,"倘若用了什么名义,强迫人牺牲了个性去侍奉白痴的社会——美其名曰迎合社会心理——那简直与借了伦常之名强人忠君,借了国家之名强人战争一样的不合理了"。③"自己的园地"的文学观是以个人为主表现情思的文学观念,它明确

---

① 向青:《三十年代中国》,北京大学出版社,1996,第39页。
② 杨义:《中国现代小说史》(第2卷),人民文学出版社,2005,第38页。
③ 周作人:《自己的园地》,钟叔河编《周作人文类编》,湖南文艺出版社,1998,第63页。

了作家的个性在文学创作中的价值，明晰了作家主体个性的充分发挥是自我价值的基本尺度，可以说是一种尊崇个性的个人主义的文艺观。1932年，周作人在《中国新文学的源流》的讲演中，将中国新文学的源流追溯至明末的公安、竟陵两派，对其"不拘格套，独抒性灵"等文学主张大加赞赏，并以此为佐证，从文学史的角度对其个人主义的文学观加以阐释，这体现了他"文学上的主义或态度"。[1]

在周作人的文学创作中，篇幅短小、风格闲适的小品文是他抒发个性、彰显精神的"园地"，代表作有《故乡的野菜》《北京的茶食》《苦雨》《吃茶》《乌篷船》《谈酒》等。他往往将叙事与浪漫抒情熔为一炉，显示着含蓄蕴藉的文学格调。在《故乡的野菜》中，周作人因北京西单市场售卖荠菜有感而发，想到了故乡的野菜，在描述故乡的黄花麦果时，他写道："自从十二三岁外出不参与外祖家扫墓以后，不复见茧果，近来住在北京，也不再见黄花麦果的影子了。"[2] 在这里，看似只谈野菜，其实不露痕迹地表达了思乡之情，抒情中带有着平和恬淡的韵味；《乌篷船》则以书信体的形式，对家乡的乌篷船进行了详细描述，叙说了乘坐乌篷船游山玩水的无穷乐趣，"在船上行动自如，要看就看，要睡就睡，要喝酒就喝酒，我觉得也可以算是理想的行乐法"。[3] 行文清新隽永，笔调平和自然，文中又弥漫着淡淡的乡愁，韵味十足。

周作人的小品文除以恬淡之笔来抒发乡土之情外，还尤其看重"趣味"。"'趣味'在京派作家群中是一个很关键的美学范畴，其要旨不在教训，只以明净的心去体悟大到宇宙小至苍蝇的万物，于平凡中捕捉灵性，自然中显出朴素来，求一个'真'字，并兼有一点

---

[1] 周作人：《中国新文学的源流序》，钟叔河编《周作人文类编》，湖南文艺出版社，1998，第394页。
[2] 周作人：《故乡的野菜》，钟叔河编《周作人散文全集》（第3卷），广西师范大学出版社，2009，第393页。
[3] 周作人：《乌篷船》，《周作人散文》，人民文学出版社，2013，第61页。

'余情'。"[1] 周作人认为"我们于日用必需的东西以外，必须还有一点无用的游戏与享乐，生活才觉得有意思"，因此他涉笔成趣，"喝不求解渴的酒，吃不求吃饱的点心。"[2]《谈酒》一文介绍了家乡酿酒的方法与饮酒的器具，最终落笔到对饮酒趣味的理解："倘若说是陶然那也当是杯在口的一刻罢。醉了，困倦了，或者应当休息一会儿，也是很安舒的，却未必能说酒的真趣是在此间。"《喝茶》中所写的吃茶意不在解渴，而是"鉴赏其色与香与味"，认为最佳的意境应当是"于瓦屋纸窗之下，清泉绿茶，用素雅的陶瓷茶具，同二三人共饮，得半日之闲，可抵十年的尘梦"[3]。

此外，在沉闷的社会环境压抑之下，其文字难免流露出苦涩的心境，周作人曾说："拙文貌似闲适，往往误人，唯一二旧友知其苦味……"[4] 因此，周作人的许多作品直接以苦为题目，如《苦茶随笔》《苦竹杂记》等，他甚至将书斋也命名为"苦雨斋""苦茶庵"，足见其苦楚哀伤的心绪。

总之，周作人在欧洲浪漫主义思潮和晚明公安派文学主张的双重影响下，坚信"文学既不被人利用去做工具，也不再被干涉"的观念，[5] 坚守着独立的人格和文学的自由品格。他不表现明显的爱憎，也很少有汹涌的情感流露，始终以平和冲淡的姿态进行创作，将叙事与抒情熔为一炉，使趣味与涩味交叉共存。这对20世纪30年代的京派作家产生了深远影响。从20世纪20年代后期开始，周氏身边就渐渐形成了一个文人圈子，"京派文化的出现，实在说来和苦雨斋的关系是深而又深的"，"这些人大多远离激进风潮，喜欢清谈，厌恶政治，象牙塔里的特点过浓，与'左'倾文化是多少隔膜的"[6]。

---

[1] 陈国恩：《20世纪中国文学与中外文化》，长江文艺出版社，2004，第168页。
[2] 周作人：《北京的茶食》，《泽泻集》，河北教育出版社，2003，第52页。
[3] 周作人：《喝茶》，《雨天的书》，河北教育出版社，2002，第54页。
[4] 周作人：《药味集序》，《药味集》，河北教育出版社，2002，第2页。
[5] 周作人：《文学的未来》，钟叔河编《周作人文类编》，湖南文艺出版社，1998，第138页。
[6] 孙郁：《苦雨斋文丛·周作人卷序》，辽宁人民出版社，2009，第1页。

二 废名的乡下黄梅

废名出生于湖北黄梅,家境殷实,从小就接受传统私塾教育,后考入北京大学英文系就读,成为周作人的学生。因师承关系,废名的文学创作风格与其一脉相承,致力于书写乡间儿女翁媪的日常生活,以抒情的方式着力刻画幽静的农村风物,营造优雅自然的氛围和意境,显示出平和的人性之美,具有独特的浪漫抒情气质。

废名在西方浪漫主义思潮影响下,对现代都市文明多有批判,幻想乌托邦式的家园生活,认为"创作的时候应该是'反刍'。这样才能成为一个梦。是梦,所以与当初的实际生活隔了模糊的界。艺术的成功也就在这里"。[①]宗法制乡土文明正是他"梦"中的乌托邦世界,故乡黄梅因而成为其精神的寄托。废名以优美诗意的语言表现黄梅的人情美与人性美,再现了记忆中的乡村生活。

小说《桥》中的史家庄是一个四面环水,三面是坝,到处都是竹林的隐逸田园,废名有意切断人物与外界的联系,营造了一个悠然自得的自然空间。在这诗情画意的生活中,主人公小林与琴子、细竹三人之间具有微妙的情感关系,琴子作为小林的未婚妻,二人关系已是宗法制社会定规下不可移易的事实,但天真活泼的细竹却让小林一见倾心,无法自拔。但三人的复杂情感并没有以悲剧收尾,三人始终保持着淡淡的温情。废名塑造了史家奶奶这一关键人物,她没有以封建家长制的做派对三人情感进行干涉与阻碍,而是以宽厚慈爱之心对待年轻人,使其摆脱了世俗的纠葛,获得了生命本初的和谐与自由。人与人之间淳朴的交往关系、优美和谐的自然之景共同构成了废名心目中的乌托邦世界,这是他小说浪漫情怀的基本表现主题。

废名的小说具有诗化的艺术特征,这主要是受到了中国传统浪

[①] 陈振国编《冯文炳研究资料》,知识产权出版社,2010,第85页。

漫主义诗歌的影响。废名认为"写小说乃很像古代陶潜、李商隐写诗",① 他将诗歌的语言以及意境写入小说,从平淡无奇的日常生活中寻找诗意与趣味,使小说弥漫着浪漫的情调与色彩。如《莫须有先生传》中,莫须有先生在上厕所时"脚踏双砖之上,悠然见南山"。②《桥》中琴子和细竹在林子回忆孩童听雨的场景时,随口便说出"池荷初贴水""无边丝雨细如愁"这样的诗句。《竹林的故事》行文颇有王维诗歌的空灵之意,营造了"明月松间照,清泉石上流。竹喧归浣女,莲动下渔舟"的美好意境。废名在小说中大量引用和化用古诗词,使原诗的意境与自己的情感巧妙结合,具有含蓄悠长的抒情韵味,汪曾祺评价他是"在别人也用的词里赋以别人想不到的意蕴"。③

废名的小说不仅在语言上体现了诗化特征,在结构上还具有散文化的创作倾向。《桥》发表不久,灌婴(余冠英)就撰文指出:"关于书的结构,没有可注意的技巧,故事没有充分的发展。两篇都是分段的叙事和描写,章与章之间无显然的联络贯穿,几乎每章都可以独立成篇。"④ 质言之,废名追求的是心灵上随心所欲的自我表现,因此在行文过程中体现出一种任凭感情而自由挥发的特质。

可以说,废名构建的人与自然、人与人和谐共处的乌托邦世界,以一种协调的姿态完成了对现实主义主流文学的补充,形成了现代抒情诗化小说的写作传统,使第二个十年的浪漫主义思潮达到一个新的表现高峰。

三 沈从文的美丽湘西

沈从文的文学创作受到卢梭浪漫主义思想的深刻影响,李健吾

---

① 陈振国编《冯文炳研究资料》,知识产权出版社,2010,第108页。
② 废名:《莫须有先生传》,广西师范大学出版社,2003,第37页。
③ 汪曾祺:《关于小说语言(札记)》,《小说文体研究》,中国社会科学出版社,1998,第3页。
④ 余冠英:《桥》,《新月》第4卷第5期,1932年11月1日。

曾表示读完他的小说,"涌上我心头的,是浪漫主义一个名词,或者准确些,卢骚这些浪漫主义者的形象"。[①] 卢梭通过讴歌自然、缅怀中世纪文明来对抗城市现代化。与此类似,沈从文描写自由恬静的乡村生活,热烈赞颂乡土文明,以此对现代城市文明展开批判。

沈从文在《〈长河〉题记中》中敏锐察觉到现代文明之风已经吹到了古老的湘西,原始宗法制度开始解体,乡村逐渐失去往日的恬静生活的事实,因此他构建出城乡二元对立的创作模式,致力于通过赞颂乡土社会原始的人性美、人情美和淳朴的田园生活来反衬城市的冷漠浮躁和腐化堕落。比如《八骏图》讽刺了专家、学者、名流等劣质知识分子,揭示了他们虚伪、畸形、变态的人格实质,体现了现代人性的虚伪和堕落。《七个野人和最后一个迎春节》描写的是湘西苗村被"归化"的故事。七个野人一直生活在象征"乌托邦"的山洞中,过着原始却宁静的生活,而外来者却入侵他们的领地,并将其残忍杀害。在这里,野人的悲剧实则隐喻的是乡村文明的悲剧。《萧萧》《柏子》则描写了未经现代文明侵染的湘西原始社会,展现了底层人民自然的生存状态和自在无为的人生形式。沈从文以城乡对立的模式,书写了纯朴自然的乡村生活,讴歌乡村中存在的真挚的人情美和人性美,与废名一道,共同发展了田园牧歌式的写意抒情传统。

沈从文对牧歌情调的小说创作有着自觉的认识:"我准备创造一点纯粹的诗,与生活不相黏附的诗……完美爱情生活并不能调整我的生命,还要用一种温柔的笔调来写爱情,写那种和我目前生活完全相反,然而与我过去情感又十分接近的牧歌,方渴望使生活得到平衡。"[②]《边城》即是牧歌情调的集大成者,小说以20世纪20年代湘西一个边远小城茶峒为背景,以翠翠和傩送的爱情故事为主线,

---

[①] 李健吾:《李健吾批评文集》,珠海出版社,1998,第65页。
[②] 沈从文:《水云——我怎么创造故事,故事怎么创造我》,《沈从文文集》(第10卷),花城出版社,1984,第279页。

勾勒了一幅民俗淳朴、人情和睦的风俗画。在这个世外桃源里，有着山清水秀的自然风景，也有善良敦厚的边城居民。主人公翠翠是真善美的化身，自然赐予其健康的皮肤和纯洁的心灵，她犹如山中小兽般自由自在，对爱情有着朦胧却又执着的追求；翠翠的祖父是一个忠厚的老船夫，行人摆渡免费，若强行给钱，他必定以茶叶或烟草回赠；船总顺顺的儿子天保与傩送也具有忠厚善良、重情重义的美好品德。沈从文对于人物"理想人性"的塑造，寄寓着他对"希腊小庙"中人性之爱的追求，[①]体现着其以理想和诗意来对抗世俗现状的创作理想。

同时，《边城》具有浓郁的感伤情调。小说开端就蕴含着淡淡的伤感，翠翠的父母双双殉情而死，老船夫看着翠翠越来越像她的母亲，隐约感到母女二人共通的命运，这为全篇奠定了明晰的悲剧基调。天保的不幸失事，使得翠翠和傩送的爱情不得而终，并留下"这个人也许永远不回来了，也许明天回来"的不确定性结局，[②]抒发着对不可控的命运的无奈之情。正如刘西渭所说，"自然越是平静"，自然中人"越显得悲哀：一个更大的命运影罩住他们的生存。这几乎是自然一个永久的原则：悲哀"。[③]

可以说，沈从文始终秉持乡村人民的执着信念，致力于描绘乡村中的理想境界，讴歌乡民们原始的人性美与人情美，尽管他自知"优美、健康、自然而不悖乎人性的人生形式"只存在于理想之中，现实的美好正在日渐消失，但他出于精神信仰，始终坚持着"谨谨慎慎写最后一首抒情诗"的理想。[④]

总之，第二个十年京派文人保持着人格的独立与创作的自由，他们在欧风美雨和中国浪漫抒情传统的双重影响下，在商业化的海

---

① 沈从文：《〈从文小说习作选〉代序》，《国闻周报》第13卷第1期，1936年。
② 沈从文：《边城》，湖南文艺出版社，2018，第149页。
③ 李健吾：《咀华集·咀华二集》，人民文学出版社，2007，第45页。
④ 凌宇编《水云·沈从文自传》，江苏文艺出版社，1995，第264页。

派文学和政治功利主义的主流文学外另辟蹊径，开创了以和谐自然、完美人性为审美理想的浪漫主义新形态。在作品体现出某种西方浪漫主义回归田园文学色调的同时，更充满着东方的牧歌情调，显示着中国现代浪漫主义文学思潮的民族特性。

第四节　漂泊者的流浪之歌

早在五四时期，漂泊者小说就已具雏形，并涌现出了潘训的《乡心》、王任叔的《疲惫者》、郭沫若的《漂流三部曲》、成仿吾的《一个流浪人的新年》等标志性作品，其特征是书写漂泊者流浪之苦，情感悲切。"普罗文学"中蒋光慈的《少年漂泊者》、洪灵菲的《流亡》等革命流亡文学的创作特点是再现个人生活经历，流露出感伤的情绪。及至艾芜的"南行"系列小说面世，流浪汉以其雄奇蛮悍的形象登上文坛，这标志着漂泊者小说创作最终走向了成熟。

一　漂泊者小说的雏形

五四时期的漂泊者产生于时代的风云激变之中，面对"梦醒之后的无路可走"的困境，[①] 他们顿感人生的飘忽不定与无所适从，陷入彷徨痛苦的精神漩涡之中。漂泊者或因物质上的困窘，或因精神上的困惑，不得不流浪异乡，处于一种"无根"的漂浮状态，因此，孤独感、漂泊感成为时代的普遍情绪。这一时期的漂泊者形象，大致可分为两类，一类是底层漂泊者，一类是知识分子漂泊者，下面将结合作品分述之。

（一）底层漂泊者

底层漂泊者形象的产生与农民破产息息相关。20世纪20年代以后，社会变动打破了乡土社会的稳定，农村的凋敝使得农民被迫斩

---

① 鲁迅：《坟》，译林出版社，2013，第121页。

断了与乡村的联系。于是，现实生活中便出现了一批颠沛流离的漂泊者，这些漂泊者被加以形塑，进入了当时作家们的文学文本之中，如潘训的《乡心》《人间》、王任叔的《疲惫者》《阿贵流浪记》等作品中出现的底层漂泊者形象，就是对当时现实中漂泊者生活境遇和精神状态的生动演绎。这些底层漂泊者往往面临艰苦的生存困境，不得不离开世代居住的土地，同时因固有的心理积习并未消除，造成了内心悬浮无依的漂泊感和流浪感，始终渴望重返故土。

《乡心》中的青年农民阿贵，为了生计背井离乡来到陌生的城市，原以为生活条件能够因此好转，没想到连基本的生存都难以为继；《疲惫者》中的农民运秧，怀着发财的梦想到"下三府"（杭、嘉、湖）地区做了二十年苦工，最后疲惫地回到家乡。从农村到市镇再到农村，四处漂泊打工的漂泊者，始终摆脱不掉贫穷……他们均被动地切断了与土地的联系，在时代变动中被抛离正常生活的轨道，置身于冷漠无情的城市中，"既丧失自己古老形式的文明，又丧失祖传的谋生手段"，[①] 被迫成为在温饱线上挣扎的漂泊者。

土地是农民赖以生存的根本，传统农耕社会形成了农民安土重迁的文化心理。作家们敏锐地感知到现代文明入侵传统农村生活后给农民文化心理造成的破坏，着力揭示漂泊者动荡不安的生活困境和精神悲哀，体现出对人民生活疾苦的同情。

（二）知识分子漂泊者

经历了五四精神洗礼的知识分子，在五四新文化运动退潮之后不可避免地陷入苦闷的氛围之中，难以在短时间内找到新的人生支点，他们既没有退路，也找不到具体的出路，孤独、寂寞和彷徨是这一时期知识分子的精神底色。正如郭沫若所说："我们内部的要求与外部的条件不一致，我们失却了路标，我们陷于无为，所以我们

[①] 《不列颠在印度的统治》，《马克思恩格斯选集》（第1卷），人民文学出版社，1995，第765页。

烦闷,我们倦怠,我们漂流,我们甚至想自杀。"①因此他们多有漂泊的亲身体验,并以自叙传的形式将个人经历和心境体现在小说创作中,如成仿吾的《一个流浪人的新年》、郭沫若的《漂流三部曲》、王以任的《流浪》,以及郁达夫的《沉沦》《银灰色的死》《南迁》等。这些作品中的主人公往往具有作家本人的气质,他们"极想有为,怀着热爱,而有所顾惜,过于矜持,终于来拿安住几年之处,也不可得",②因为传统的"达则兼济天下,穷则独善其身"都无法做到,所以他们陷入了精神的漂泊和迷惘当中,对故乡的追忆和对爱情的追求成为其慰藉心灵的唯一手段。

郭沫若的《漂流三部曲》包括《歧路》《炼狱》和《十字架》三个连续的短篇,取材于作者将妻儿送回日本后自己独处上海时的真实经历。小说中主人公爱牟在日本求学时决定弃医从文,带着日本妻子和孩子回到上海,但黑暗困顿的现实击碎了他的美好愿景。一方面物资极度匮乏,生活难以为继;另一方面遭到国内同僚的排挤,文艺界浑浑噩噩的现状使他焦头烂额。面对身体和精神的双重压力,爱牟不得已将妻儿送回日本,一人留在上海,但独处的孤独、焦虑、烦闷再一次折磨着他,使他无法安心进行写作。在经历了种种痛苦与磨难后,爱牟无奈自叹道:"我真愧死了!我真愧死了!我还无廉无耻的自表孤高,啊,如今连我的爱妻,连我自己的爱儿也不能供养,要让他们自己去寻找生活去了。我还有什么颜面自欺欺人,丑呀!丑呀!庸人的奇丑,庸人的悲哀呀!"③可以说,主人公爱牟的无所依傍的心境就是郭沫若现实中漂泊心态的真实写照,他在小说中"尽性地把以往披在身上的矜持的甲胄通统剥脱了",④曾

---

① 郭沫若:《孤鸿——致成仿吾的一封信》,《郭沫若文集(文学编)》(第16卷),人民文学出版社,1989,第6~21页。
② 鲁迅:《柔石作〈二月〉小引》,《朝花》旬刊第1卷第10期,1929年。
③ 郭沫若:《歧路》,《郭沫若文集》(第12卷),人民文学出版社,1985,第249页。
④ 郭沫若:《创造十年》,《郭沫若全集(文学编)》(第12卷),人民文学出版社,1992,第19页。

经高扬"狂飙突进"的诗人隐去了"凤凰涅槃"的气概,诉说着内心的苍凉与无奈。

相对于郭沫若漂泊者小说中进退两难的挫败感而言,郁达夫则更侧重于书写漂泊者的悲哀心灵。1916年旅居日本时郁达夫创作了《丙辰元日感赋》一诗,一句"乡思无着处,一雁下南湖",[①]将游子的离愁别绪展露无遗。此外,其小说《沉沦》《银灰色的死》《南迁》中的抒情主人公同样忍受着做客异乡的孤独,并且总是四处漂泊,不停地变动学校、工作或者住所,保持着一种与社会相对疏离的生活状态,带有自暴自弃的颓废情绪。

二 漂泊者小说的发展

20世纪30年代的文坛,因政治背景和阶级思想的影响,文学作品中的漂泊者形象往往因革命而出走,并将漂泊视为磨炼革命意志的手段和方式,突出了"革命"的主题。以蒋光慈的《少年漂泊者》《丽莎的哀怨》等作品为代表,漂泊者小说得以延续和发展。

《丽莎的哀怨》中,主人公丽莎是一位俄罗斯贵族,她在与丈夫度新婚蜜月的时候,革命的暴风雨席卷了整个国家,她的父亲也被乱兵打死。面对国破家亡的艰难处境,丽莎只能被迫离开故土,踏上逃亡之路,先后漂泊到符拉迪沃斯托克和上海,为了生计沦为妓女。丽莎最后因无法返回故土而精神崩溃,失去了生活的勇气,她选择以自杀的方式结束生命。小说中蒋光慈借丽莎之口抒发出心中积压的情感:"啊,我的祖国,我的伏尔加河,我的美丽的高加索……我是如何地想念它们!我是如何地渴望着再扑到它们的怀抱里!"[②]故国之思悲悲切切,大段的情感抒发显示着其内心无法遏制的彷徨与焦虑。

小说《少年漂泊者》采用书信体第一人称的形式,描述了农村

[①] 郁达夫:《郁达夫诗词全编》,浙江文艺出版社,1989,第29页。
[②] 蒋光慈:《丽莎的哀怨》,《蒋光慈作品》,中信出版社,2005,第146页。

少年汪中在父母双亡之后漂泊四方的人生经历。他曾在街边乞讨，也当过学徒、奴仆，做过茶房、工人，受尽了黑暗社会的压迫和凌辱，并最终找到了救赎之路——自觉为革命事业而英勇斗争的道路。《少年漂泊者》可以说是蒋光慈生活经历的再现，心理刻画细腻，抒情意味极浓，透着较重的感伤格调。但由于革命时代的要求，小说除具有漂泊者小说的特征之外，还有着特殊的革命性，洋溢着浓烈的反抗精神与革命鼓动性，引起读者心灵的强烈共鸣，激起青年改造旧世界的情绪和革命意识。因此在一定程度上，个人成为演绎政治革命的符码，降低了小说的艺术特质。

蒋光慈在1924年曾写道："四五年来我做客飘零/什么年呀，节呀，纵不被忘却/我也没有心思过问/我已成为一天涯的飘零者/我已习惯于流浪的生活/流浪罢/我或者将流浪以终生！"[①] 不幸一语成谶，他一生颠沛流离，远游苏联和日本，最后英年早逝。坎坷的漂泊经历造就了蒋光慈特有的漂泊审美特质，其小说创作近似于自序传。蒋光慈将内心的苦痛与伤感诉诸笔端，其作品具有强烈的主观情绪和浓郁的抒情色彩。

三 漂泊者小说的成熟

20世纪30年代，中国特殊的时代语境使得漂泊者的阶层和生活范围不断"扩大化"，底层人物和知识分子被推入命运的同一轨道，"在同样的时空境遇里和'同是天涯沦落人'的生活位置上共同漂泊，而不象上一时期文学那样，知识者和底层人民在不相往来，不相关联的生活天地中各自流浪"。[②] 漂泊者形象的广泛性和混杂性，以及知识分子和底层人民两类人之间的情感联系，成为这一时期漂泊者小说的主题。

[①] 蒋光慈：《过年》，《新梦哀中国》，人民文学出版社，1983，第148页。
[②] 逢增玉：《试论中国现代"流浪汉"小说及其形象》，《中国现代文学研究丛刊》1989年第4期。

如果说蒋光慈的漂泊者小说还稍显幼稚，那么艾芜在20世纪30年代创作的《南行记》则标志着漂泊者小说走向成熟。1925年，21岁的艾芜怀着对"劳工神圣"的向往，毅然从成都省立第一师范退学，同时为了逃避包办婚姻，开始了长达六年的漂泊生活。他从成都步行到昆明，又经云南进缅甸，到过仰光、马来西亚、新加坡等地，做过杂役、报馆校对、编辑、小学教员等，同赶马人、轿夫、小贩、城市贫民这样的社会最底层的小人物为伍，《南行记》正是"在漂泊的旅途上出卖气力的时候，在昆明红十字会做杂役的时候，在缅甸克钦山茅草地扫马粪的时候"写就的。[①] 这些生活经历使艾芜深深感受到了底层生活的艰辛和漂泊之苦，他敏锐地感知到漂泊者在时代夹缝中的挣扎，于是以"同是天涯沦落人"的平视角度同情和赞美漂泊者求生存的顽强品质，刻画出了许多典型环境中的典型人物，这在其代表小说集《南行记》中鲜明地体现出来。《南行记》中小说的艺术特色主要体现在以下几个方面。

第一，漂泊者形象往往具有旺盛的生命力和雄强蛮悍的性格。艾芜描绘了各具独特生活经历的小人物形象，尽管他们生活在社会的最底层，从事着不同的职业，但他们身上都蕴含了一种原始的生命强力，有着对生存的强烈渴望和向命运不懈抗争的可贵精神。如《南行记》中的偷马贼、强盗、贩卖鸦片者，他们身上具有愚昧、野性和狂暴等超越了善恶道德界限的复杂特质。《偷马贼》中的阿三本是憨厚的农民，地主的剥削使他失去了土地，四处流浪，他专偷有钱人的马，不仅是为了谋生，更是向富人报复，发泄心中的苦闷；《山峡中》的野猫子跟随父亲以偷窃为生，她说谎、行窃，还和其他人一起把受伤的同伴抛入大江，但是这一切都是在贫困的压迫下不得已而为之的。"天底下的人谁可怜过我们?! 个个全对我们捏着拳头，我们是在刀尖上过日子，要是心肠软一点，还活得到现在

---

① 艾芜：《原〈南行记〉序》，《艾芜文集》（第1卷），四川人民出版社，1981，第3页。

吗?……我们的学问就是不怕和拼命。"① 当黑暗的社会向她露出爪牙,她只能狠下心求生存,野猫子独自坐在江边时唱的歌正是她对幸福和安稳生活的向往:"江水啊,慢慢流,流啊流,流到东边大海头那儿呀,没有忧,那儿啊,没有愁。"② 这是所有漂泊者共同的心声。小说中善恶、美丑、文明与愚昧、高尚与卑下等二元对立的因素浑融在一起,传达出的是生命的原始强力和震撼的野性之美。这与此前漂泊者小说中的人物形象大不相同,意味着漂泊者或说流浪汉这一形象不再唯唯诺诺,而是确确实实地站立了起来。

第二,这一时期的作品写出了人物性格的复杂性,且特别注重挖掘漂泊者内心世界的人性内核。小说《山峡中》写了"我"与一群被抛出了正常生活轨道之外、铤而走险的流浪者一起经历的几天行窃生活。这群人信奉"不怕和扯谎"的人生哲学,他们走私、行窃,杀人越货,甚至将行窃中表现懦弱且受重伤的小黑牛扔进大江。虽然他们手段异常残忍,但却良心未泯,尤其是小说中外号"野猫子"的姑娘,她外刚内柔,异常机敏,铁石心肠仍难掩其善良的本性,在发现了"我"的异己思想后,仍然留下了三元钱让"我"另找出路。在作品中,作者通过对漂泊者行为的描绘,淋漓尽致地表现出了人性的复杂和幽微之处。

第三,作者对这些漂泊者有着人道主义的悲悯与同情。艾芜在童年时期就对大自然和外面的世界满怀无比的热爱和无限的憧憬,他从小就强烈地渴望走出家门,去打量外面五彩斑斓而又神秘新奇的世界。所以"一旦生活终于向他露出卑俗的嘴脸"③——祖父卖掉最后十亩田,又给他娶了一位不识字的农家姑娘做妻子的时候,他就急不可耐地离开了家乡,踏上了他的寻梦之旅。从这一角度来看,艾芜的流浪其实是源于他对儿时诗意梦想的追寻,所以尽管他

---

① 艾芜:《山峡中》,《艾芜文集》(第1卷),四川人民出版社,1981,第161页。
② 艾芜:《山峡中》,《艾芜文集》(第1卷),四川人民出版社,1981,第164页。
③ 王晓明:《沙汀艾芜的小说世界》,上海文艺出版社,1987,第126~127页。

在流浪的途中也体验到了现实的残酷和人性的丑恶,却往往不情愿因此而破坏自己内心的浪漫诗意,他要么在残酷的现实面前侧过脸去欣赏大自然的美景,要么尽量回避人性中的丑恶而极力去挖掘人性中的善良。

如小说《松岭上》中的老货郎,在年轻时曾因在地主家偷米喂养妻儿而惨遭毒打,妻子也因这一事件而遭遇地主的蹂躏。面对此景,老货郎给予妻子的不是理解与安慰,而是碍于面子将妻儿残忍地杀死,而后浪迹天涯。多年后,作品中的"我"在"岭上的山家店里"遇到了这个风烛残年的老货郎,而此时的他却依然做着哄骗乡民的买卖。面对这样一种令人发指的罪行,这样一个道德意识薄弱的人,令人不解的是,作品中的"我"不但没有给予这个老人应有的谴责,相反却因老人的寂寞而给予了些许同情。可见艾芜将人的所有不幸与罪恶都归于当时的社会,而非个人。艾芜在《南行记》的序中回忆道,"那时也发下决心,打算把我身经的、看见的、听见的——一切弱小者被压迫而挣扎起来的悲剧,切切实实地给写出来",[1] 以实现"为大多数人说话,替大多数人打抱不平,鼓舞大多数人为正义而战"的目的。[2]

六年的漂泊生活使艾芜抛弃了五四时期知识分子居高临下的俯瞰视角,他完全站在底层人民的立场上,发掘他们被贫穷隐藏的美好品质,歌颂他们的反抗精神和爱憎分明的情感,显示其作为"人"的尊严。至此,底层小人物第一次作为现代文学中的主人公生发出人性的光辉。同时,作家并不回避人们先天性的缺点,但他的叙事重心仍在于为他们鸣不平,控诉批判不公平的社会现实与不合理的社会制度。

其实,艾芜的漂泊者小说受到高尔基流浪汉小说的极大影响,他们都有流浪经历:高尔基曾三次浪迹俄罗斯,艾芜也曾漂泊于中

---

[1] 艾芜:《〈南行记〉序》,《艾芜文集》(第1卷),人民文学出版社,1984,第7页。
[2] 艾芜:《文学手册》,湖南人民出版社,1981,第8页。

国西南边境和马来西亚、缅甸、新加坡等地,从事过杂役、马店伙计、僧人的伙夫等各种职业。漫游俄罗斯与南行滇缅成为高尔基与艾芜文学创作的重要"源泉",他们的漂泊经历和小说中流露的人道主义息息相关:"艰辛的流浪历程,沦落底层的凄惨境遇,不仅使艾芜与高尔基切身感受到社会的黑暗,而且使他们深谙底层人民的不幸,并对底层人民产生了深深的人道主义同情。"① 也正是由于受到这种浓郁的人道主义思想的影响,艾芜和高尔基在流浪汉小说中才会不约而同地关注底层、批判社会、讴歌人性之"善"。两人都对底层人民有着人道主义的同情与关怀,因此他们作品中的漂泊者形象有很多的相似性。

艾芜虽然深受高尔基的影响,但是其小说凝聚着他的独特情感,因此艾芜和高尔基在书写流浪汉小说时,文本世界也存在着差异。艾芜虽然始终注视着"现实的大地",始终描绘着"真实具体的人性",②但往往不由得向浪漫主义倾斜;而高尔基虽然以浪漫主义的姿态登上文坛,但他却始终以忧郁的眼光、深沉的姿态默默地谛视着现实,从未"脱离现实,忘记现实"。③ 艾芜与高尔基的流浪汉小说的写作姿态各有不同,但都为流浪汉题材小说的发展开拓出了新的空间。

艾芜以绮丽的西南边塞风光和异域情调为依托,着力于挖掘漂泊者至善至美的人性,赞美顽强的生存意志,彰显生命的原始强力,其创作为充斥着都市文学和左翼激进文学的20世纪30年代带来了新鲜的浪漫气息,在文坛引起了广泛而强烈的反响。在现代社会的剧烈动荡下,漂泊感成为大多数作家无法回避的生命感受,20世纪30年代的漂泊者之歌是生命的最强音,为中国文学的现代转型提供了一种独特文本。

---

① 侯敏:《艾芜与高尔基流浪汉小说比较论》,《中国文学研究》2014年第9期。
② 侯敏:《艾芜与高尔基流浪汉小说比较论》,《中国文学研究》2014年第9期。
③ 侯敏:《艾芜与高尔基流浪汉小说比较论》,《中国文学研究》2014年第9期。

综上，与20世纪20年代相比，在民族矛盾、阶级矛盾异常尖锐的时代背景下，20世纪30年代浪漫主义受"左"的文学思潮的干扰已然逐渐式微，但浪漫主义文学思潮并未断流，并且显现出多元化形态。"革命浪漫蒂克"的创作模式、京派文人的浪漫抒情小说，以及艾芜等"漂泊者"的流浪之歌，都拓展了浪漫主义文学的表现领域。此外，沈从文、废名、艾芜等人在吸收欧洲浪漫主义文学养分的同时，与中国传统浪漫主义诗学结合，热情讴歌普通人心灵深处的真善美，并肯定人追求自由和幸福的创造精神，表现出理想化、抒情性的审美特征，对此后的浪漫主义文学思潮产生了深远的影响。

第六章 第三个十年浪漫主义文学思潮（1937.7~1949）

1937年7月日本正式开启了全面侵华战争，中华民族命运危在旦夕，紧张的抗战时局迫使作家热切关注社会现实，文学界也开始从救亡图存的角度来进行文学创作。此时因政治权力的分割，战前集中稳定的文化中心被打散，文学呈现出区域创作的态势，形成沦陷区、国统区、解放区和"孤岛"这样三个"区"、一个"岛"的分割话语空间。[①]在零碎化的创作空间里，经过五四时期几十年无数文人的铺垫，中国现实主义文学和浪漫主义文学皆实现了一定程度的发展。但这两种文学思潮未能如鸟之两翼、车之两轮双线并进，反而呈现出现实主义文学思潮高扬、浪漫主义思潮式微的态势。然而，即使第三个十年的浪漫主义文学在战火中不断被打压，被视为革命现实主义文学的补充，在第三个十年的文学创作中，依旧有很多瑰丽的作品在为浪漫主义正名：如孙犁为浪漫主义辩护，直言浪漫主义仍是文学所需；郭沫若的历史剧将抒情性与政治性相结合，在保留个人独特创作风格的同时针砭时弊；后期海派的代表作家徐訏与无名氏开拓了浪漫主义文学创作的新视野等。可以说，正是这些文人对自己创作风格的不懈坚持，以及对国家的深切忧虑，浪漫

---

① 杨春时：《中国现代文学思潮史》，南京大学出版社，2011，第648页。

主义文学思潮的发展脉络在第三个十年才未曾断裂，在救亡图存的呐喊中依旧恪守了自身独特的文学品格。

第一节 浪漫主义思潮在20世纪40年代的艰难行进

20世纪40年代社会层面不仅燃起了全民族的爱国之心，而且唤起了作家创作的激情，掀起了为抗战而写作的热潮。此时的文坛已经陷入了一种狂热偏狭的爱国主义情绪中，凡是无关抗战的文学会被看作对全民族抗战的一种反动，不同类别的文学思潮便很难受到平等的对待。特殊的政治形势注定了这一时期的文学必须要服务于整体国家利益，反映抗战的现实主义成为时代必需，而个人低语的浪漫主义则被国家意识强力纳入规范，成为革命现实主义的附庸和点缀，彼时的浪漫主义文学作品流于形式，缺乏个性特征。然而，面对文坛主流思潮的强力询唤与规训，仍有不少作家坚持浪漫主义创作，为浪漫主义声援，使得浪漫主义文学思潮汇成涓涓细流，不曾干涸断绝。

一 革命浪漫主义文学的越轨与妥协

1937年随着"卢沟桥事变"的爆发以及北平、天津的沦陷，中国正式揭开了全面抗日战争的序幕，抗日救亡成为最主要的民族任务。中华民族的全体同胞被迫面对战争的社会现实，曾高举浪漫主义旗帜的文人的田园牧歌式幻想也被炮火击溃。当他们看到昔日美好的家园变得满目疮痍，便开始思考以往他们引以为豪的浪漫主义激情在战火中应该何去何从，如何在不失个人风格的同时还能达到救亡图存的文学效用，如何借用现实主义的外壳延续自己浪漫主义的文学品格，实现隐秘的越轨。

在探求浪漫主义文学该向怎样的方向发展之时，域外的浪漫主义文学资源成为当时文坛普遍关注的对象。尤其是以高尔基为代表的政治学浪漫主义对20世纪三四十年代的中国文坛产生了广泛影响。高尔基站在政治的角度将浪漫主义分为积极浪漫主义和消极浪漫主义。消极浪漫主义被定义为"充满着病态地提高的敏感和过分地发展的幻想,这一派是消极的,它除了想倾吐莫名的忧虑,或者有时表现对那到处包围着人、窒息着人的不可知力量的恐怖心情以外,便再没有别的使命";① 积极浪漫主义则"力图加强人的生活意志,在他心中唤起他对现实和现实的一切压迫的反抗"。② 20世纪三四十年代的中国文坛有选择性地接纳了高尔基的浪漫主义思想,即否定了消极浪漫主义,承认的只是积极的浪漫主义,即能给人以战斗意志和革命激情的浪漫主义——革命浪漫主义。

然而,现实的引力太大,浪漫的思想难以翩跹,革命浪漫主义对现实主义的越轨与突围终究是有限的。此时的革命浪漫主义改变了五四时期以个性为主导的创作理念,转变为以集体为核心的革命集体创作理念,带上了强烈的政治意识形态色彩。正是因为浪漫主义接受了国家政治权力话语的规训,此时期浪漫主义文学创作流于形式,缺乏个性特征,从而失去文学特色,文学价值被削弱。但还有一些作家,保持自身的创作个性,实现了革命创作与文学创作的有效结合,文学作品艺术成就极高,其中代表作家有孙犁、郭沫若等。

二 被时代边缘化的浪漫主义

经历了五四时期现实主义与浪漫主义双峰并峙的发展,以及20世纪30年代"左联"独尊现实主义的格局,中国文坛在苏联"社会主义现实主义"口号的影响下,也开始接受这一文艺创作理论与创作方法。1933年,周扬在苏联社会主义现实主义理论的影响下,发表了《关于"社会主义现实主义"与"革命浪漫主

---

① 〔俄〕高尔基:《俄国文学史》,上海译文出版社,1979,第71页。
② 〔俄〕斯·舍舒科夫:《苏联二十年文学斗争史实》,上海译文出版社,1994,第382页。

义"——"唯物辩证法的创作方法"之否定》一文，批判了唯物辩证法创作方法否定浪漫主义的弊端，重新阐释了浪漫主义的含义。周扬否认了"浪漫主义是反动"的价值判断，拒绝将浪漫主义视为现实主义的对立产物，并且认为浪漫性和理想性是新现实主义中的重要组成部分，充分承认了浪漫主义存在的合法性。[1] 由此可见，随着苏联社会主义现实主义创作方法的引入，中国文坛对浪漫主义的偏见在一定程度上被重新调整，但是浪漫主义依旧被视为促进社会主义现实主义发展的辅助因素，其功用和地位在很大程度上被弱化。

浪漫主义者的精神家园被战争的铁蹄踏碎，社会各界纷纷投入民族国家的救亡运动。基于这样的社会现状，文艺界部分人士认为此时不应过多关注内心独白，而应将目光聚焦于社会现实。不仅如此，他们还采取不承认主义的态度，对五四以来浪漫主义的发展视而不见。文艺界对浪漫主义有着狭隘的偏见，认为浪漫主义的作品只顾秉承其独特的审美理想，过于关注自我，没有从战时角度关注社会人生问题，淡化了政治话语的痕迹，在内容上是不合时宜的。因此，在救亡图存的政治语境中，以自由主义、个人主义为特征的浪漫主义被革命现实主义推向了时代的边缘。

三 为浪漫主义声援

出于配合抗战的政治目的，文坛的主流创作思潮是革命现实主义，浪漫主义的生存空间一度被窄化。然而，仍有不少作家坚持现代中国需要浪漫主义，以创作实践为浪漫主义声援。如孙犁巧妙地把政治功利性与文学审美性融合起来，开"战时浪漫主义"的先河；郭沫若以浪漫激情的诗歌为抗战摇旗呐喊，袒露对祖国的一片赤诚与热爱；而中国新诗创作者吴兴华、宋淇、徐迟和袁水拍等人，则

---

[1] 周扬：《关于"社会主义现实主义"与"革命浪漫主义"——"唯物辩证法的创作方法"之否定》，《周扬文集》（第1卷），人民文学出版社，1984，第101页。

在"孤岛"时期的上海译介了大量英国浪漫派诗人雪莱的诗歌,以此讽喻时政。正是这些作家对浪漫主义的执着与坚持,才守护住了浪漫主义文学仅剩的狭小的一方天地。

(一) 孙犁的战时浪漫主义书写

在浪漫主义极容易遭到误解的年代里,孙犁直陈浪漫主义为现代中国所必需,他在1941年12月冀中《前线报》文艺小组座谈会上的发言中表示:"今天要不要浪漫主义的渲染?在我们有了基础,有了技术,同时又有适合浪漫主义的题材是可以的。当然,我们的浪漫主义是积极的浪漫主义,我们渲染的目的是要加强人们的战斗意志。浪漫主义适合于战斗的时代,英雄的时代。这种时代,生活本身就带有浓烈的浪漫主义色彩。"[1]孙犁生活在抗战的现实斗争生活中,目睹了战争时期人民的苦难生活与特殊政治形势中的时代剧变,这些生活经历构成了他独特的审美层次:在政治的功利性与文学审美性的相互交融下,抒发抗战英雄昂扬斗志,同时这也隐含着其内心升华了的情感,形成了一种战争与浪漫相交融的"战时浪漫主义"。

孙犁在抗战时期的作品中注重营造氛围描绘亲切的乡村图景,塑造了一批人民群众喜闻乐见的抗战英雄人物。孙犁笔下的这些英雄人物爱国爱党,愿意为祖国奔赴前线冲锋陷阵,对战争的必然胜利充满信心,这些人物形象的塑造,极大地鼓舞了人民的抗战士气。同时孙犁在作品中善于营造人际关系良好、民风淳朴的氛围,着重表现战争年代人性的美好,这种战争后方的军民情感滋养了炮火中受损的信心,一定程度上起到了为政治服务的作用。孙犁的代表作之一《荷花淀》描述了抗日战争最后阶段冀中人民的斗争生活,讲述了小苇庄的游击组长、党代表水生奔赴前线加入大部队的故事。其中水生与妻子的情感令人动容,水生嫂强忍着对丈夫的思念与担

---

[1] 孙犁:《孙犁文集》(第4卷),百花文艺出版社,1982,第336页。

忧，依旧支持水生奔赴战场前线，自己留守在后方照料家人，充分彰显出战争环境中妇女的坚韧性格和美好的人性。

综观孙犁的小说创作，革命与人情水乳交融，在语言、题材以及表现手法方面富于浪漫主义情调的同时，还体现出全民族抗战的决心。因其小说中的故事情节皆取材于孙犁自己的所见所闻，其笔下描写的乡村图景人文风貌也是记录式的写实，故其创作在浪漫主义的抒怀中又兼具现实主义的创作精神。

（二）郭沫若的浪漫主义抒情诗学

战争的年代，同时也是一个抒情的时代，战火不仅无法击溃文人对浪漫主义的审美追求，反而激起了作家们创作的决心。郭沫若便是充满浪漫主义创作激情的作家之一。沉寂了数年的郭沫若在1937年七七事变后从日本回到上海投身于祖国的抗战，他带着浪漫主义的创作气息，在现实主义的作品中融入了激情澎湃的浪漫精神。此阶段他重拾浪漫主义，饱含着对祖国的热爱。正如他在《沫若抗战文存》的小序中所言："因为都是在抗战中热情奔放之下，匆匆写就的，文字之工拙当然说不到，但是有一点却可供读者的借鉴，那便是抗战的决心。"[1] 郭沫若的创作多来源于迸发的灵感，其作品虽文学性较弱，但饱含的激情色彩却表征出其内心对浪漫主义精神的执着坚守以及对抗战必胜的坚定信念。

郭沫若对浪漫主义的坚守来源于他个人对浪漫主义的热爱，更是因为他认为浪漫主义对抗战有着积极的作用，换言之，他将浪漫激情转化为了特定历史时期的情感资源，将个人化抒情转化为了抗战的发展动力。在抗战初期，郭沫若创作出了《到浦东去来》《在轰炸中来去》等作品，这皆是他在战争前线的见闻与内心灵感激情融合的产物，洗脱了蛰居日本时期沉郁顿挫的低语笔调，展现出他浪漫主义的文学气质内核。正如他在散文作品《前线归来》中所描

---

[1] 郭沫若：《沫若抗战文存》，中华书局，1938，第1页。

述的那样:"队伍的调换,卡车的来往是很频繁的,有些地段,公路的两旁为一上一下的士兵骡马接着,使汽车向前开驶,十分费力,所谓'伟大的时代','神圣的战争',那些语汇的意义,到这时候才真切地感觉着。武装着的同胞们是以自己的血、自己的肉,来写着民族解放的历史。"① 此篇作品是郭沫若在战争前线的见闻,字里行间,能够真切感受到他经历日本沉寂时光后,重新投入浪漫派文学创作中的满腔爱意。

可以说,郭沫若以实际行动向当时的文坛做出了证明:浪漫激情的话语叙述与政治格局并不矛盾,反而是时代精神强有力的支撑。郭沫若重启浪漫诗学不仅是对以往创造社浪漫主义的复归,更吸纳了革命文学的实践精髓,将浪漫主义与现实主义进行了巧妙的结合。

(三) 中国诗坛对浪漫主义诗歌的译介

浪漫主义在诗歌方面的表现最为突出。中国现代浪漫主义诗歌的成就不仅来源于自身丰厚的浪漫主义文学传统,更来源于对外国诗歌的译介。自五四以降,中国现代诗歌便深受西方的影响,它们从十九世纪英国浪漫主义诗歌中汲取养分,并将其熔铸为本民族的诗歌风格。特别是以雪莱、拜伦、济慈等为代表创作的具有积极浪漫主义因素的诗歌,因"不趋于极端,在文学中实有促进优美人生观之功效",② 成为当时被译介的主流。在当时,不仅仅是新文学阵营,即使是反对新文化运动的"学衡派",在五四时期对浪漫主义诗歌也表现出浓厚的兴趣,《学衡》所刊载的译介诗歌多为国外优秀的浪漫主义诗作。及至全面抗战时期,就是在抗战最为艰难的时期,中国文人也未曾放弃引介外国的浪漫派诗歌。

从1937年到1949年,中国新诗创作者吴兴华、宋淇、徐迟和袁水拍等人,在"孤岛"时期的上海译介了大量英国浪漫派诗人

---

① 郭沫若:《前线归来》,《救亡日报》1937年9月12日。
② 胡先骕:《评〈尝试集〉(续)》,《学衡》第2期,1922年。

雪莱的诗歌。因富有较强的革命性与政治性,以及诗歌透露出强烈的抒情性,雪莱的诗歌符合当时中国的时代语境而广受好评。但值得注意的是,在关于雪莱诗歌的择取方面,往往体现出各自的偏爱与选择。例如,为了呈现英国浪漫主义诗歌中符合中国当时境遇的部分,《西洋文学》中宋淇和吴兴华对雪莱的作品选择进行片段性的翻译而非全部翻译;左翼作家徐迟和袁水拍则选择对雪莱具有政治讽刺因素的浪漫主义诗歌进行引介,用马克思主义精神理解雪莱诗歌中的精神。由此观之,翻译者对浪漫主义诗歌的译介,体现出其汲取西方浪漫主义诗歌的积极成分,以此服务于抗战的真正用意。

总之,浪漫主义因其不适合抗战文学的整体语境,因此在全面抗战时期,尤其是20世纪40年代,逐渐式微,抑或说,它被现实主义文学遮蔽,成为现实主义的点缀与补充。但我们应该看到,孙犁、郭沫若等人对浪漫主义的执着坚守,仍然使浪漫主义在抗战的硝烟中拥有了自己的一席之地,使浪漫主义在抗战的岁月里绽放出绚丽的光彩。

第二节 历史剧中的浪漫情怀

1938年10月,随着抗日战争进入相持阶段,文坛出现了文化反思与研究的热潮。但因国民党的高压政策,作家们无法针对现实而发声,于是部分文艺工作者把目光投向了历史领域,抨击国民党顽固派反共反人民的恶劣行径。历史剧创作因此出现热潮,蔚为大观。其中,郭沫若是20世纪40年代浪漫主义历史剧的重要代表作家,他借历史烛照现实,同时强调历史剧的主观性与抒情性,形成了鲜明的浪漫主义创作风格。可以说,郭沫若在20世纪40年代达到了其历史剧创作的最高峰,并有力地推动了浪漫主义历史剧的深入发展。

一 战火中的浪漫主义历史剧

历史剧创作在抗战时期空前兴盛。有人统计，1941年后到抗战胜利的这几年间，历史剧在戏剧创作总数中的比例由14%上升到31%，[①]历史剧创作热潮声势之浩大，可见一斑。这期间涌现出了如郭沫若的《棠棣之花》《屈原》《虎符》《高渐离》，阳翰笙的《天国春秋》，阿英的《碧血花》《海国英雄》《杨娥传》，于伶的《大明英烈传》等力作。

历史剧创作在全面抗战时期兴盛绝非偶然，主要有两个原因。首先是作家们以历史来反观现实，以古鉴今，为抗战现实服务。1938年武汉失守，中日战争进入相持阶段，出现了"重新认识与研究民族历史与文化"的文化思潮，这启发文艺工作者把目光投向历史。回顾历史上中华民族抵抗外来侵略的英勇事迹，以此来增强抗战必胜的信心与进行正义斗争的勇气。剧作家们"借古讽今""以史鉴今"，重写战国时期合纵抗秦、南宋抗金、明末李自成起义、太平天国运动的斗争历史，再现忠臣良将、仁人志士、英雄豪杰们舍生取义、忧国忧民的英勇事迹，揭露侵略者恃强凌弱、贪得无厌、残酷暴虐的丑恶嘴脸。这些历史剧是剧作家倾吐胸中愤懑、发泄仇恨情绪的体现，同时"反映了中国人共同的心理欲求、审美需要，是全民奋起、一致赴敌民族心理的投影"。[②] 历史剧中除了挽救国家危亡的英雄人物，还有卖国求荣的叛徒反贼、陷害忠良的佞臣小人、昏庸无能的君主、阴险狡诈的阴谋家等形象。剧作家将他们视为民族的精神污垢，对其灵魂进行拷打与针砭，以此剖析民族心理中的惰性消极因子，荡涤民族灵魂。不仅如此，剧作家们在创作中还表现出反思、总结经验教训的历史理性意识，如阿英的《李闯王》，先扬后抑，描写了明末李自成农民起义前期空前胜

[①] 田进：《抗战八年来的戏剧创作》，《新华日报》1946年1月16日。
[②] 刘增杰、关爱和主编《中国近现代文学思潮史》（上），上海文艺出版社，2008，第119页。

利与后期内部腐败的现实，揭示了造成历史悲剧的根源。这部剧作可以作为抗战现实生活的镜鉴，启发人们思考如何守护抗战胜利的果实。

其次是国民党的高压政策。皖南事变之后，国民党顽固派为了控制文化界，于2月成立了"中央文化运动委员会"，实行文化专制政策。官方对创作出版进行严格审查，"到1941年6月的一年内被查禁的书刊共900余种，其中戏剧作品即有近百种"。[1] 由于戏剧的社会影响大，不仅剧本受到审查，排演演出也受到严格限制，"凡不符合顽固派口味的，或被禁演，或被强制删改。不必说揭露现实社会黑暗，即使宣传坚持抗日的作品，也难与观众见面了"。[2] 戏剧创作已到了"山重水复疑无路"之际，举步维艰。而此时，历史题材的"被发现"对戏剧创作来说无疑是"柳暗花明"的新路。剧作家们通过宣扬屈原、岳飞、文天祥等民族英雄的事迹，鼓舞、歌颂伟大的抗日爱国斗争；通过刻画陷害屈原的南后和郑袖、构陷忠良的奸臣秦桧、制造内讧的阴谋家韦昌辉等人的丑恶形象，影射国民党顽固派反共反人民的恶劣行径。借古讽今、以古喻今的历史剧受到了人民群众的喜爱，而顽固派明知戏剧在影射自己却不敢"对号入座"，敢怒不敢言。因此，历史剧发展势头迅猛，形成了文学史上难得的历史剧创作热潮。

历史剧为作家重新叙述中国古代历史事件，反映当时的社会现实提供了新的叙述角度和审视眼光，历史剧不仅具有较强的现实批判性，而且具有浓郁的浪漫主义色彩和强烈的抒情性。别林斯基曾言："在戏剧文化中，一般抒情方面的文字，那可是特别具有

---

[1] 马良春、张大明主编《中国现代文学思潮史》（下），北京十月文艺出版社，1995，第1194页。
[2] 马良春、张大明主编《中国现代文学思潮史》（下），北京十月文艺出版社，1995，第1194页。

激动性的精神动力,是它的热情不受控制地发起了富有色彩的词话。"① 可以说,历史剧因其刚柔并济融入诗词的语言表达、修改史料借古讽今的主题批判、铺垫渲染的故事情节成为浪漫主义的独特文学样式。

二 郭沫若的浪漫主义诗剧创作

郭沫若是中国现代历史剧创作的开拓者之一,历史剧的创作贯穿了他的一生,其创作的作品在 20 世纪 40 年代达到了其浪漫主义文学创作的高峰。众所周知,郭沫若最初是以浪漫主义诗歌为世人所瞩目登上文坛的,他的诗歌深受五四时期个性解放精神的影响,这也为其创作奠定了浪漫主义的基础,同时为其后续历史剧的创作明确了浪漫主义基调。郭沫若于 20 世纪 40 年代创作的《屈原》《虎符》《高渐离》《棠棣之花》等历史剧中所塑造的英雄人物,反抗压迫奋勇向前,饱含浓厚的爱国主义情怀。剧作往往采用以古鉴今的方式,来传达抗战时期的反抗与战斗精神,让人民看到胜利的曙光。剧中的情节诉说了特殊时期人民的心声,广泛地引起了民众的共鸣。作者将强烈的悲愤情绪汇聚为前进的动力,起到了鼓舞士气和安抚民心的作用。如果将郭沫若这些振奋人心的历史剧的特点加以归纳,大体有以下几点。

第一,具有强烈的悲剧色彩。郭沫若深受古希腊作家、莎士比亚等的影响,这些剧作中的浪漫主义思想为他带来了新鲜的创作灵感,也使他的历史剧呈现出一种崇高壮美的悲剧特质。1942 年 1 月,郭沫若在《献给现实的蟠桃》一文中谈到战国史剧中的悲剧叙事艺术:

---

① West, William, *Davenport Joan of Arc as a Revelatory Romanticism in Eighteenth, Nineteenth, and Early Twentieth Century Literature, Music, Art and Sculpture* (Syracuse, US: Syracuse University ProQuest Dissertations Publishing, 1994), pp. 206-210.

> 战国时代，整个是一个悲剧时代，我们的先人努力打破奴隶制的束缚，想从那铁的桎梏中解放出来，但整个的努力结果只是换成了另外一套的刑具。
>
> "为之仁义以矫之，则并与仁义而窃之"。
>
> ……………
>
> 战国时代是人的牛马时代的结束。大家要求着人的生存权，故而有这仁和义的新思想出现
>
> 我在《虎符》里面是比较的把这一段时代精神把握着了。
>
> 但这根本也就是一种悲剧精神。要得真正把人当成人，历史还须得再向前进展，还须得有更多的志士仁人的血流洒出来，灌溉这株现实的蟠桃。[①]

郭沫若在这里谈到的战国时代的悲剧精神实际也概括了自己战国史剧的悲剧品格。郭沫若对悲剧的评价很高，他说："一般来说，悲剧的教育意义比戏剧的更强。促进社会发展的方生力量尚未足够壮大，而拖延社会发展的将死力量也尚未十分衰弱，在这个时候便有悲剧的诞生。悲剧的戏剧价值不是在单纯的使人悲，而是在具体地激发起人们把悲愤情绪化而为力量，以拥护方生的成分而抗斗将死的成分。……悲剧的精神就是这种建设。它的目的是号召斗争，号召悲壮的斗争。它的作用是鼓舞方生的力量克服种种的困难，以争取胜利并巩固胜利。"[②] 从这段表述中，可以明晰，比起悲剧的美学意义，郭沫若更看重它的社会意义，之所以看重社会的意义，乃是时代选择的结果。抗战时期，外有强敌虎视眈眈，内有蠹虫相煎太急，郭沫若等有社会责任感的剧作家们整日陷入悲愤、苦

---

① 郭沫若:《献给现实的蟠桃——为〈虎符〉演出而写》,《郭沫若论创作》,上海文艺出版社,1983,第421~422页。
② 郭沫若:《由〈虎符〉说到悲剧精神》,《郭沫若论创作》,上海文艺出版社,1983,第427~428页。

闷、失望的情绪之中,这直接影响了戏剧的题材选择、情节走向及作品基调。因此在创作上,郭沫若从战国史中撷取素材,创作了《棠棣之花》《屈原》《虎符》《高渐离》等战国史剧。这些剧作实现了"历史的真实与时代的精神的统一,壮美的诗句与深刻的哲理的统一,高度艺术性与鲜明的政治性的统一",[①] 在有力地推动了浪漫主义历史剧发展的同时,也极大地发挥了批判社会现实的功用。

第二,具有诗剧融合的抒情性。郭沫若在戏剧的叙述语言中加入了大量歌词和叠词,使叙述语言具有抑扬顿挫的节奏与朗朗上口的韵律,因而其戏剧具有诗与剧融合一体的特点。同时郭沫若在历史剧中直接引用多种类型诗歌,例如古体诗、近体诗等,并且根据故事情节和人物形象特点,巧妙地将诗歌与剧情进行融合,避免生搬硬套,这成为戏剧抒情最重要的因素。例如在《棠棣之花》中,郭沫若为聂嫈与游女皆安排了诗歌的表达部分,同时将两人的诗歌体裁分别设置为五言诗与白话诗,突出两个人物性格特点的差异,为故事情节的推进以及主角对话增加明晰的层次性。可以说,郭沫若历史剧中的诗词趣味和诗体节奏大大地增强了作品的语言美感,更为重要的是,不同的叙述声音在叙事时间中形成对话和诘难,表现出复调叙事"杂语交响"的鲜明特征。例如在《高渐离》中引用的诗歌《白渠水歌》《荆轲刺秦王》等,突出情节中戏剧人物情感的抒发,使剧本不仅呈现了一个文字可观的视觉世界,也呈现了一个歌词可咏的声音世界,从而使文本话语充满了叙事张力。

第三,善于运用"失事求似"的创作笔法。"失事求似"笔法中最重要的一环则是人物的塑造。郭沫若在塑造人物方面留下了浓墨重彩的一笔,他笔下的历史人物具有明显的浪漫性和立体化特征,

---

① 马良春、张大明主编《中国现代文学思潮史》(下),北京十月文艺出版社,1995,第1194~1197页。

这些人物可能设计得与原始故事不同，但所展示出的人物悲剧精神是与原始故事一脉相承的。正是为了渲染一种崇高的悲剧精神，郭沫若剧作中的故事主角才多为历史中满怀正义感的悲剧英雄人物，例如《屈原》（1942）中为国捐躯的屈原、《虎符》（1942）中窃符救赵的信陵君、《高渐离》（1942）中忍辱负重的高渐离。这些人物是中国传统文化中侠义精神和敦厚淳朴善良美好道德品质的化身。郭沫若在剧中以强烈的戏剧冲突带领读者重返历史现场，在突出这些英雄人物的悲剧命运的同时，也以古鉴今、直指现实，反映出抗战现实的残酷与民族的危机，彰显出郭沫若强烈的爱国主义情怀，这也是其五四启蒙精神在抗战时期的延伸。

郭沫若在创作历史剧时秉持"把握历史的精神而不必为历史的事实所束缚"的原则，主张"失事求似"，立意要为现实服务。基于这样的创作理念，郭沫若在历史的真实性与戏剧的艺术性的结合方面发表了自己独到的见解，他在《历史·史剧·现实》一文中写道："史学家是发掘历史的精神，史剧家是发展历史的精神。"[①] 这样的区分一方面彰显出郭沫若强调要尊重历史，以严谨的态度遍翻史册，研究素材，准确地把握历史内容，把握历史人物的基本历史形象，透彻地了解历史生活各个领域的特点，艺术地把握时代精神，并在其创作实践中始终恪守遵循这一原则。另一方面说明他不拘囿于历史框架，而是将历史精神"发展"、延续到抗战语境中，贴近现实关注抗战。郭沫若是十分重视作品的现实意义的，甚至把"现实主义的作风"作为衡量作者的最高尺度。故"失事"是指将历史事件和人物本来的样貌在不与事实违和的情况下为剧所用，"求似"是运用强烈的抒情性，结合现实并延续历史中的反抗与战斗精神。在此以其代表剧作《虎符》为例加以说明。

郭沫若的五幕话剧《虎符》取材于《史记·魏公子列传》，写

[①] 郭沫若：《历史·史剧·现实》，《戏剧月报》第1卷第4期，1943年4月。

于 1942 年，并于 1943 年首演。该剧描写的是战国"四君子"之一魏信陵君（无忌）窃符救赵的故事。魏安釐王二十年，秦国侵赵，形势危急，赵国平原君的夫人（信陵君之姐）亲自突围到魏国求援。魏王的异母弟信陵君认为赵魏唇齿相依，唇亡则齿寒，因此，他请魏王发兵救赵。暴戾狭隘自私的魏王执意不肯，反劝赵降秦。无奈之下，信陵君亲率三千门客，前往救援。侯嬴建议窃取魏王虎符，凭符调用老将晋鄙统率的十万魏兵。如姬夫人素来佩服信陵君"宽厚爱人"的品质，并赞同其"合纵抗秦"的政治主张，也感念他替她报了杀父之仇，因此冒死盗符。信陵君佩符至晋鄙军中，晋鄙疑，朱亥杀之，信陵君统兵八万解赵之围。魏王得知消息后，杀信陵君全家，信陵君之母魏太妃也代如姬受过自杀。如姬逃出宫后，本可以逃至邯郸请信陵君保护，但为了不损害信陵君的声名，在父亲墓前自杀。

郭沫若曾谈起《虎符》的创作意图："我写那个剧本是有些暗射的用意的，因为当时的现实与魏安厘王的消极抗秦，积极反信陵君，是多少有点相似。"[①] 历史剧《虎符》正是巧妙地运用这段信陵君窃符救赵的历史故事，来批判国民党的消极抗日和发动皖南事变的罪行，将历史的愤怒激活到抗战现实的语境中，使民众的情绪得到了发泄，极大地鼓舞了民众的抗日情绪。

另外，《屈原》也集中体现了郭沫若"失事求似"的创作方法。屈原是我国历史上战国后期楚国的伟大诗人，也是古代爱国的典型人物形象。郭沫若一直将屈原视作自己的精神导师，在其过往的诗作中也经常能寻觅到屈原的相关信息。关于《屈原》，郭沫若说："我便把时代的愤怒复活到屈原的时代里去了。换句话说，我是借了屈原时代来象征我们当时的时代。"[②] 可见，《屈原》的创作并非旨

---

① 郭沫若：《郭沫若论创作》，上海文艺出版社，1983，第 423 页。
② 郭沫若：《序俄文译本史剧〈屈原〉》，《郭沫若论创作》，上海文艺出版社，1983，第 403 页。

在还原屈原在历史中的故事,而是借由屈原这个人物身上所具备的精神,抒发战争年代下积郁在作者心中的忧国忧民之情以及对美政理想的追求。

在"失事求似"笔法的运用过程中,郭沫若着重对故事情节进行了浪漫化的编排。郭沫若的历史剧故事背景之所以定位在战国,是因为战国和抗战时期一样,是一个充满战乱纷争和英雄人物辈出的时代。正是因这种时代命题和人物精神的诸多相似性,郭沫若的历史剧不仅在当时引起了前所未有的社会反响,而且对整个现代中国文学与文化都产生了重大影响。尤其是在当时抗敌御侮和国共两党激烈纷争的特殊形势下,郭沫若将戏剧当作社会政治领域的战斗武器,通过《屈原》等作品成功地表达了对国民党独裁当局"消极抗日、积极反共"的愤怒与不满,唤起了民众团结御敌的决心与信心。基于以上,可以说,悲壮的英雄史剧让郭沫若在民族内忧外患的动荡形势下,实现了个人风格与政治现实的有机融合。

第三节 浪漫主义小说创作潮

在抗战时期现实主义文学思潮蔚为大观的格局下,仍有孙犁、徐訏、无名氏等作家坚守对浪漫主义创作的追求。这些作家在兼顾现实主义精神内核的同时,以浪漫的笔触传达了对战争现实的思考,向世人展示了浪漫主义文学对现实社会的别样描摹及其独特的审美品格。

一 孙犁

孙犁于1937年冬加入抗日战争的工作,并编写了《民族革命战争与戏剧》,来指导敌后的抗日宣传工作,鼓舞抗战士气。1944年在延安发表了《荷花淀》《芦花荡》等具有浪漫主义特征的短篇小说。1951年出版长篇小说《风云初记》,完成了创作风格的转变。

孙犁作品渗透出的浪漫主义气息与其语言风格密不可分。孙犁的小说具有诗化特征，他的作品语言风格清新抒情、质朴简洁，渗透着他个人的情感体验。孙犁将自己这种切身体验与抗战时局中冀中儿女的日常生活相结合，形成了其独特的"战时浪漫主义"风格。与之相应，孙犁特别注重对自然景物和人文景观的描写，他在作品中把时代与历史融入风景书写当中，并将其提升到了审美的高度，从而为特定历史时代的革命风景书写确立了"美文"的典范。可以说，无论是作品题材还是语言风格，孙犁的作品都彰显出其独特的浪漫主义美学倾向。具言之，孙犁小说的特点大体包含以下几个方面。

第一，善于歌颂人民战争中劳动妇女身上闪光的人情美和人性美。孙犁的小说之所以有明显的浪漫主义格调，与其塑造的女性角色有很大的关联。孙犁在书写女性时倾注了几乎全部的热情，并且始终以"崇拜的心情"描写女性的性格、外貌以及对白，[1] 塑造了一批具有美好品质的女性人物形象，如《吴召儿》中具有鲜活少女感的吴召儿，《荷花淀》与《嘱咐》中积极抗战、勇敢坚毅的水生嫂，《子弟兵之家》中在后方思念丈夫的朴实妇女小翠等。她们都是人性美、人情美的化身。

孙犁作品中的女性不同于五四时期为追求个性解放而抗争的女性，她们是战争炮火年代中具有传统性格特征的妇女，她们具有"舍小家为大家"的牺牲精神和坚定的革命意志。比如白洋淀纪事之一《荷花淀》中的水生嫂，即使有万般不舍也全力支持丈夫奔赴前线去参加抗日战争。文中这样描写水生嫂在得知丈夫要上前线时的细节动作："女人的手指震动了一下，想是叫苇眉子划破了手，她把一个手指放在嘴里吮了一下。"[2] 这句话描写水生嫂听闻丈夫水生去前线作战，她首先想到的是战场上的危险，不觉一惊，让苇眉子划

---

[1] 孙犁：《孙犁书话》，北京出版社，1996，第238页。
[2] 孙犁：《荷花淀》，人民文学出版社，2018，第4页。

破了手，但是她并没有因担忧而阻止丈夫参加抗日战争，这体现出水生嫂识大体、顾大局的善良品格。可以说，孙犁使女性的柔美、深明大义的优秀品质得到彰显，从而为抗战文学增添了许多诗意的色彩。

第二，孙犁善于通过日常生活的侧面反映革命战争风云，而战争只是作家展示人性美的背景。一方面，孙犁详写日常生活是为了从细小琐碎的角度透视战争的残酷。孙犁曾参与抗日战争的宣传工作，所以作品中的故事皆取材于当时所处的环境以及自己的生活经验，孙犁曾说："《荷花淀》所写的就是这个时代我的家乡，家家户户的平常故事。它不是传奇故事。"[①] 另一方面，孙犁有意忽略对战争的正面描写，这是因为他缺乏抗战现场炮火交锋的经历。孙犁直言："我回避我没有参加过的事情例如实地作战。我写到的都是我见到的东西，但是经过思考，经过选择。"[②] 由此可见，孙犁巧妙地在小说描写布局上"扬长避短"，详写战场后方冀中儿女的日常生活，展现抗战人民积极昂扬的精神面貌，略写直面战争的具体过程，所写内容皆源于孙犁真切的生活经历和生命体验。比如小说《吴召儿》，描写的是抗日战争时期孙犁在阜平三将台小村庄的一段亲身经历。在作品中关于战争的炮火以及抗战的艰苦描写仅寥寥数句，他依旧选择将目光聚焦于那些美好的事物。孙犁用轻快的语气写道："那几年吃得坏，穿得薄，工作得很起劲。"[③] 即使在饥肠辘辘衣不蔽体的恶劣情况下，孙犁依旧用积极乐观的笔触写出山地的日常生活，正如他所说："善良的东西，美好的东西，能达到一种极致。在一定的时代，在一定的环境，可以达到顶点。"孙犁甚至把战争中的死亡也描写得凄美动人，小说最后吴召儿为了保护队友，不惜用手榴弹与敌人同归于尽。作品中写道，"聪明的、热情的、勇敢的小白

[①] 金梅编《孙犁自叙》，团结出版社，1998，第127页。
[②] 孙犁：《孙犁文集》（第1卷），百花文艺出版社，2002，第4页。
[③] 孙犁：《荷花淀》，北京人民文学出版社，2018，第78页。

山羊似的"吴召儿穿梭在大黑山中用红棉袄引诱敌人视线。在这里，孙犁用优美的笔调，在黑白红等一系列色彩对比的视觉冲击下，写出了一个经常笑眼盈盈的少女，为了战争牺牲了自己最宝贵的生命的画面，呈现出一种残酷的美感，也充分体现了孙犁在抗战中并未泯灭的浪漫主义精神，这在战争的年代既符合反应抗战残酷的现实需求，又与其浪漫主义文学创作的追求相契合。

第三，善用灵巧传神的白描手法，尤其善于对白洋淀水乡人物与景色予以描写。孙犁笔下的白描手法突出地表现在对客观事物的真实描写和尊重现实的客观性等方面。因此其作品中的白描写作手法也体现出了浪漫主义外壳下的现实主义精神。关于孙犁作品中的白描手法和内在精神，鲁迅曾评价为："少做作、去雕饰、显精神。"①

孙犁对白描手法运用的重视，主要是受到时代环境的影响。因文学在战时解放区要起到宣传的作用，群众的阅读水平有限，故简洁明快的表达会更受读者的青睐。孙犁的白描手法无论是在人物对话还是景物描写上都将"信达雅"做到了极致，其中自然景物描写尤其令人心旷神怡，仿佛在读者面前真实展现了一幅恬静优美的乡村图画。例如在《芦苇荡》中描写芦苇："鲜嫩的芦花，一片展开的紫色的丝绒，正在迎风飘洒。"② 在《荷花淀》中形容水面像"无边的跳动的水银"。③ 这些贴近日常生活的自然景观描写引起解放区读者的强烈共鸣。同时，孙犁做到了一切景语皆情语，在描写景物的同时注入了自己的情感，使作品不仅具有诗的语言还有诗的情感，另外朴素大方的文字被赋予了浪漫柔美的气质，更凸显了诗情画意的美学趣味。

第四，语言凝练、优美、典雅而细腻。孙犁作品中流露出的浪漫主义特质与其语言表达密不可分，其语言清晰明快、平易近人，

---

① 鲁迅：《作文秘诀》，《鲁迅全集》（第9卷），人民文学出版社，2005，第631页。
② 孙犁：《荷花淀》，人民文学出版社，2018，第14页。
③ 孙犁：《荷花淀》，人民文学出版社，2018，第4页。

符合"乐而不淫,哀而不伤"的儒家传统,同时兼具中国古典文学的情趣美感。孙犁在小说中交代故事背景、描写冀中乡村风俗景物的同时,将人物话语交流处理得短小简练,以推动情节的发展。但这种短小简练的对话并没有弱化战争中人与人之间最真挚的情感,反而在洗练的文字中有效凸显了抗战人民的爱国情感与家国情怀。例如这段在《嘱咐》中水生与妻儿之间的对话描写,就充分体现出了孙犁语言的艺术性:

"你叫什么?"

"小平。"

"几岁了?"

女人在外面拉着风箱说:

"别告诉他,你不记得了吗?"

孩子回答说:

"八岁。"

"想我吗?"

"想你。想你,你不来。"孩子笑着说。

女人在外面也笑了,说:

"真的!你也想过家吗?"

水生说:"想过。"

"在什么时候?"

"闲着的时候。"

"什么时候闲着?"

"打过仗以后,行军歇下来,开荒休息的时候。"

"你这几年不容易啊?"

"嗯,自然你们也不容易。"水生说。[①]

[①] 孙犁:《嘱咐》,《孙犁全集》(第1卷),人民文学出版社,2004,第213页。

通过一家三口之间一问一答的家常琐碎的对话，通俗简单、清晰明了地交代了水生外出打仗，留下水生嫂与未懂事的孩子在家数年的情况。但多年的抗战并没有使一家人变得生疏，反而在对话中透露出水生对爱人和孩子浓浓的爱意。其中孩子直白地表达了对父亲的思念，水生嫂在一句句反问中含蓄地表达了对丈夫的爱与担忧，这段对话不长，却真实地剖露了三个人内心深处的真实情感。这样含蓄与直白互相转换的对话处理方式，给读者留下了广阔的想象空间。

但不可避免的是，在抗战特殊的语境中，孙犁的语言也受到了政治革命话语的规约，政治革命等意识形态话语被装饰成语言的一部分，优美的田园风光以及人物对话被意识形态渗透，孙犁在语言处理方面的一些缺陷也因之显露。为了开展抗日宣传工作，孙犁在一些小说中将"革命"与"战斗"等意识形态话语直接倾注于对话当中，人物之间的对话几乎都是围绕着抗日战争话题展开，这样的处理方式不免被诟病为"口号化"，展露出某些说教的意味。

二 徐訏和无名氏

随着抗战不断深入，民众意识逐渐觉醒，全民族开始凝聚起来踊跃参加抗战，民族凝聚力空前高涨。在这种浓郁的抗战氛围中，为了进行抗日宣传，文学作品的题材与主题往往都是为反映抗战现实服务，相关作品内容与形式较为单一。而徐訏与无名氏凭借新颖别致的题材、奇幻独特的情节、神秘的人物形象，为文坛吹进了一股新风。但这两位作家很长一段时间内并没有引起文坛的重视，也一度被排斥在文学史叙述之外。司马长风这样评价徐訏和无名氏："这两位作家都具有孤高的个性，绝不肯敷衍流行的意见，因此饱受文学批评家的冷遇和歧视，成为新文学史上昏暗郁结的部分。"[1] 夏志清也曾谈论过徐訏："我因早在上海即读了他的《鬼恋》《吉布赛

---

[1] 司马长风：《中国新文学史》（下），香港昭明出版社，1978，第10页。

的诱惑》,不喜欢这种调调儿,故不考虑把他放进《中国现代小说史》中。"① 由此可见,徐訏与无名氏的作品起初未被学界重视,后期这两位作家才逐渐进入文坛和文学史家的视野。严家炎在《中国现代小说流派史》中指出,徐訏与无名氏创作风格相似,皆富含想象力地用浪漫的笔调写出以战争为背景的虚构的爱情故事,故将他们称为"后期浪漫派"作家。②

徐訏(1908~1980)出生于浙江省的一个农村家庭,1931年就读于北京大学哲学系,1937年发表代表作《鬼恋》,获得"鬼才"的盛誉。1940年前后,又相继创作了《吉布赛的诱惑》《精神病患者的悲歌》等几部中长篇小说。1946年出版了42万字的长篇小说代表作《风萧萧》。1950年,于香港创作长篇小说《江湖行》,1980年病逝于香港。徐訏善于虚构人鬼相恋唯美灵动的爱情故事,善于编造离奇的情节和描绘奇特的场景,作品往往充满大胆的幻想。可以说,徐訏使西方浪漫主义的审美精神与中国古典传奇相交融,实现了雅俗之间的平衡。

无名氏原名卜宝南,祖籍江苏扬州,1917年生于南京。创作有中篇小说《北极风情画》《塔里的女人》和长篇小说《无名书稿》(七卷)等。传奇色彩与浪漫色彩贯穿其创作始终。传奇色彩是无名氏浪漫主义小说的外在表征,具体表现在戏剧化的爱情故事缘起、跌宕起伏的人物纠缠、神秘暧昧的开放式结局等几个方面。浪漫色彩则体现为作品中的异域风情、神秘情节、奇异景观表露出的浪漫主义的诗意追求。

作为中国现代浪漫主义的最后的余波,徐訏和无名氏丰富了中国现代浪漫主义文学的主题样式,拓宽了浪漫主义小说的题材视域,是全面抗日战争时期独树一帜的文学存在,掀起了国统区与沦陷区通俗小说创

---

① 夏志清:《夏志清来函谈徐訏》,《纯文学》1998年第6期。
② 严家炎:《中国现代小说流派史》,高等教育出版社,2014,第274页。

作的热潮。如果将这一流派的艺术特色加以归纳，可包括以下几点。

第一，后期浪漫派小说中的人物和故事往往只凭借想象来编织，有不少夸张和理想化的成分。如徐訏的小说《鬼恋》虚构了一个非常离奇的爱情故事。故事述说了"我"去买洋火，遇到一个穿黑衣的神秘而冷漠的女人。故事中的女人一再强调自己是鬼，她住在一个阴森的处所。但"我"却出于好奇而爱上了这个冷漠的女子，后来得知女子的故事，她生前是名革命者，曾从事地下党工作，流亡海外多年，回国后，丈夫已被逮捕处死，女子的心也随之而死，因此将自己称为"鬼"，文中这样写道：

> "我们做革命的工作，秘密地干，吃过许多许多苦，也走过许多许多的路，后来我亡命在国外，流浪，读书，一连好几年。一直到我回国的时候，才知道我们一同工作的，我所爱的人已经被捕死了。当时我把这悲哀的心消磨在工作上面。"她又换一种口吻说："但是以后种种，一次次的失败，卖友的卖友，告密的告密，做官的做官，捕的捕，死的死，同侪中只剩我孤苦一身！我历遍了这人世，尝遍了这人生，认识了这人心。我要做鬼，做鬼。"她兴奋地站起来又坐下。[1]

徐訏在小说中将革命者隐喻为"鬼"，并通过"鬼"的讲述，表达了对革命失败的激愤与悲哀。徐訏不仅虚构了"鬼"这个人物，还将"鬼"赋予了人类的特征，虚构了"鬼"的内心世界图景，这样的创作方式，对于当时的文坛而言是全新的尝试。因此，《鬼恋》在发表后轰动一时，徐訏也凭借着这部小说，获得了"鬼才"的盛誉。但因选材虚构架空以及写作笔触的大胆，作品脱离了抗战的现实语境，学界对徐訏评价褒贬不一。

---

[1] 徐訏：《鬼恋》，《徐訏文集》（第4卷），上海三联书店，2008，第179页。

第二，具有异国情调和神秘色彩。从美学的角度来看，后期浪漫派小说之所以异域情调凸显，主要在于其"异"，即有别于本土情趣。从哲学角度观之，徐訏与无名氏都深受西方哲学神秘主义的影响，作品中透露出的"生命哲学"和"直觉主义"都为异域风情增添了别样的魅力。比如无名氏的《北极风情画》就是具有异国情调和神秘色彩的代表作品。作品描写了一段牵动人心的异域爱情故事：九一八事变后，男主人公韩国革命者林随成为马占山部下的高级参谋，抗日失败后，随马占山撤入苏联托木斯克。在苏联，林随在一个深夜邂逅了波兰少女奥蕾莉亚，并与其相爱。但后来林随却将这段爱情视为枯燥战争生活中的调味剂并始乱终弃，最后奥蕾莉亚成了为爱殉情的牺牲品。《北极风情画》创作于特定的历史背景之中，依托真实的人物改编而成，但作品中的主人公并非中国本土的人物，而是两个外国的青年男女，通过描写他们悲情缱绻的爱情故事，作品呈现出一种浓郁的异域情调与神秘色彩。

需要强调的是，《北极风情画》的异域特色不仅来源于无名氏对外在环境的设定上，还体现在人物的外貌描写方面。比如作品中的男主人公林随是随军出国的军官，英俊挺拔，女主人公奥蕾莉亚长相引人瞩目，性格单纯开朗："她那白白的鹅蛋脸，闪电一样的蓝色大眸子，帘子似的长长黑睫毛，雕刻般地脸轮廓，银杏树型的苗条身段。"[1] 作者将笔下的人物皆塑造为具有美丽外貌特征的人物形象，这些具有浓郁异域风情的人物深深吸引着中国读者。

另外，在作品中，无名氏将故事背景定位在俄国西伯利亚的小城镇，在展现出独特的异国情调的同时，他还凭借自己的记忆及对地域特色的想象，描写了当地的人文风情，勾勒出了具有异域特色的寒冷小城图景。文本中表现出来的地域陌生性使作品富有强烈的梦幻感，充满神秘的意味，使读者在阅读的过程中产生了强烈的幻想。

---

[1] 无名氏：《北极风情画》，哈尔滨出版社，2018，第96页。

第三，极具人生哲理的丰富思考与象征、诗情的刻意追求。徐訏与无名氏小说中的哲理性来源于他们所接受的西方现代哲学，有人曾这样评价徐訏："徐訏在哲学上亲近柏格森的直觉主义和弗洛伊德的精神分析，无名氏深受柏格森生命哲学和萨特存在主义的影响，'自我寻找''自我超越'的哲学命题成为他小说的思想核心。"[1] 在存在主义视域下分析徐訏与无名氏的小说，可以看出他们都向读者展现了荒诞恶劣的生存环境下个体与个体、肉体与精神之间的矛盾与困境，并在这些虚构环境中映射出抗战的社会现实。

徐訏的作品《风萧萧》充满了对爱情的真实与虚无、战争下生存与死亡等多个话题的辩证探讨。小说讲述了一个多角恋爱故事，男主人公是上海"沦陷区"的单身哲学青年，与上海三位上流交际圈中性格各异的女士周旋，开启了富有传奇色彩的浪漫情感故事。小说前半部分描写四人复杂曲折的爱情纠葛，后半部分描写战争爆发下的政治牵连。此时男主人公"我"在男女关系是敌是友、爱情是真是假的漩涡中盘旋，最终受三位女士的感染，从最开始的消极处世走向了积极抗战的征途。其中两个革命女性白苹与梅瀛子为了民族付出了自己的生命，令人动容。小说后半部分渗透出忧伤郁闷的格调，同时昭示出超越阶级情感的道德关怀，流露出作家对人类的爱与对光明的热望。

无名氏的小说《塔里的女人》讲述了黎薇与罗圣提之间的曲折唯美的爱情故事。小提琴家罗圣提与外交官的女儿黎薇相恋，这本应该是一段门当户对的爱情佳话，但因为命运的捉弄，以及现实家庭和社会的影响，罗圣提错把黎薇推入了别人的怀抱，使其陷入危险境地，最终酿成了悲剧。"只要我的躯壳活一天你的名字永远活在我的血肉里，除非我的血干了，肉毁了，今生你的名字与我的身子再分不开了。"[2] 小说中黎薇热情奔放愿意为爱付出一切，然而却换

---

[1] 郭盈：《徐訏与法国浪漫主义文学》，吉林大学出版社，2016，第136页。
[2] 无名氏：《北极风情画》，海天出版社，1993，第249页。

不回罗圣提对她同等的回报。无名氏试图用男女主角的爱情悲剧唤醒人们对爱情的理性思考，探讨生命与爱情的取舍问题，小说中充斥着关于爱情形而上的辩证思考。无名氏时常以哲学家自居，在小说人物的对话以及念白中穿插自我的人生感悟，例如小说《北极风情画》最后主人公与"我"的对话："真正的幸福是刹那的、短暂的，不是永久的。""在生命中，'偶然'虽然可怕，但比'偶然'更可怕的是'自我意识'（也可以解释作自尊心），这'自我意识'或'自尊心'是许多悲剧的主要因素。"[①] 这些充满哲理性的对话增加了爱情小说的深度，给人以意味深长的阅读享受。

徐訏与无名氏的作品都流露出对生命哲学、人性心理探究的思考。在一个个青年男女的恋爱故事中，荒诞不经的爱情好似夺人眼球的鲜艳外衣，剥开云山雾绕的戏谑屏障，在强烈感官刺激退潮后，读者才能看到他们虚构故事背后的思辨。徐訏与无名氏的创作虽皆充满了浪漫主义的色彩，但依旧受时代战争悲怆情绪的影响，战争是无法被忽视的客观存在。因此，他们小说的鲜明特色在于，以充斥着想象因素的作品亦雅亦俗地诉说着对时代剧变的思考。

综上，浪漫主义虽以舶来品的身份在中国本土生发，但在演进过程中却被不断地"中国化"，并逐步形成了自身独特的发展路径。值得注意的是20世纪40年代的浪漫主义作品与此前20世纪二三十年代的浪漫主义作品相比，发生了微妙的变化。这一变化可以从三个角度进行透视分析。

第一，从山水自然到异域都市。回望20世纪二三十年代的浪漫主义作品，描写视域多为乡村与山水自然。无论是沈从文的《边城》，还是废名的《桃园》，皆充满淡淡的乡愁，此时的中心情感多为对田园风光的热爱，追求灵魂的诗意与自由。然而20世纪40年代因现代化在中国的进程加快，浪漫主义作家则将视角置于都市与

[①] 无名氏：《北极风情画》，哈尔滨出版社，2018，第239页。

更为广阔的异域。以徐訏与无名氏为代表的都市故事,大肆书写对浪漫爱情的幻想,同时也在一定程度上体现了对战争苦痛的映射,以及对现实社会的逃避疏离。可以说,浪漫主义文学从书写山水自然到书写都市异域的转变,一定程度上体现出中国现代浪漫主义文学在不断地调整与放宽自身的描摹视野。

第二,从抒情到思辨。20世纪二三十年代的浪漫主义文学,无论是郭沫若激情呐喊式的《女神》,还是沈从文如流水般细腻的《边城》,无不在抒发作家自身内心真实的情感,这些作品也成为作家情感迸发的出口。但20世纪40年代徐訏的《鬼恋》、无名氏的《北极风情画》这些架空题材的作品,用幻想的方式编织荒诞不经的爱情故事,在战火的洗礼中,在生存与死亡、道德与欲望的审视中,充满了更多哲学思辨的色彩。

第三,与政治革命结合得更加紧密。囿于中国战争频仍的政治革命语境,中国现代浪漫主义文学作品离不开的主题便是政治革命,从20世纪二三十年代到20世纪40年代的文学发展历程和作品积淀来看,文学作品的政治性与文化性逐步实现了有机融合。20世纪40年代的浪漫主义文学作品在向世人展示入侵者残暴行为的同时,也从"寻求正义"的角度,极力展示了战争环境下中国人民斗争的合理性,颂扬了军队与人民的团结精神。

中国现代浪漫主义文学的发生与发展与西方浪漫主义文学传统密切相关,但其发生与发展又根植于中国自身的文学传统和作家所处的现实语境,故呈现出非常驳杂的特征。如果将中西方的浪漫主义加以比较,可发现中国现代浪漫主义文学比西方具有更强烈的感伤色彩、更强的现实性和更强的主观性。

第一,更强烈的感伤色彩。中国内忧外患的社会现实,决定了浪漫主义作品具有更多的感伤色彩。即一方面由于彼时的中国自近代以后战争频仍、民不聊生,自古以来知识分子的"感时忧国的精神"一直没有中断;另一方面,中国抗战时期知识分子普遍具有

"弱国子民"的现实忧患意识,因此其作品往往会流露出一种低沉伤感的文学色调。这就决定了中国浪漫主义文学比西方具有更浓郁的感伤色彩。

第二,更强的现实性。西方的浪漫主义注重夸张想象与虚构,中国的浪漫主义则更倾向于与现实相结合,以反映现实为目的,即使浪漫也是为了凸显战斗的意志。西方的浪漫主义作品都不约而同地表达放纵的、汪洋恣肆的生命幻想,例如唐璜式的恶魔性格、雪莱式的政治理想。而中国的浪漫主义文学在五四时期经历了个人情感的抒发之后,在内有阶级压迫,外有民族压迫的现实语境下,收敛了任性的幻想,立足于现实的革命斗争。正如有的评论家所言:"浪漫主义同样是在真实的基础上产生的。浪漫主义是不能离开现实主义的;现实主义也不能置浪漫主义于不顾。一个进步的、革命的作家,总要有一种高尚的理想,使现实主义和浪漫主义结合起来了。"[①]

第三,更强的主观性。西方的浪漫主义文学的主观性多体现为不遵从外在现实的规约与束缚,而是回到作家的内心世界,对外界进行夸张的想象;而中国现代浪漫主义文学的主观性则表征为主观意识对外在现实的较强的介入与参与意识。这是由中西方不同的社会现实语境决定的,西方没有像近代中国那样战争频仍,因此西方作家可以不断地放飞自我,回到自己的内心世界展开丰富的想象,但中国的社会现实却不允许作家过多地抒发自我的内心感受,因为当时的中国正在面临着山河破碎的现实。因此,中国现代浪漫主义文学也就具有了较强的现实因素,体现出对现实较强的参与意识。

[①] 方纪:《一个有风格的作家》,刘金镛、房福贤编《孙犁研究专集》,江苏人民出版社,1983,第337页。

第三编
古典主义文学思潮（1917~1949）

第七章　第一个十年古典主义文学思潮（1917~1927）

晚清民初以降，沉重苦难的社会现实与逼仄压抑的思想文化语境，促使一大批有识之士从"师夷长技以制夷"的器物崇拜中惊醒过来，如饥似渴地期盼在"师法西方"的路径中加速实现中国文学及其思想文化、学理流脉等的古今、新旧巨变。而这一群体性情绪，在古典主义文学思潮史的视野中表现得尤为激烈。特别是在1917年崛起的新文化运动中，新文学倡导者们如胡适、陈独秀、鲁迅等人向旧文化阵营投以猛烈的炮火。而作为对立面的学衡派、新月派同人们，则在很长一段时间内被视作僵化的保守主义者，遭到价值贬抑与意义否定。事实上，尽管这些寝馈西洋文学的"复古派"们的古典主义文学思想及其实践具有较强的乌托邦属性，并不适用于彼时中国苦难深重的社会现实，且流露出了显见的精英气质。但我们应注意到：他们同样是在援引西方话语资源的路径中，试图以洞通东西方文化壁垒的古典主义文学理想来实现文学疗救与社会理想。因此，当我们重新检视学衡派、新月派同人对古典主义文学思潮的坚守，以及与新文化运动者的颉颃时，便不应忽视其背后蕴藉着的古与今、新与旧等多重况味的宝贵镜鉴，只有这样，我们才能够清晰洞见中国现代文学第一个十年古典主义文学思潮的真实轮廓与价值意义。

第一节　作为话语资源的西方古典主义文学思潮

中国新文化运动中的古典主义文学思潮能成为一条压抑不住的潮流，与西方古典主义文学思潮的滋养是密不可分的。1918年，周作人在《欧洲文学史》中介绍："文艺复兴期，以古典文学为师法，而重在情思，故又可称之曰第一传奇主义（Romanticism）时代。十七、十八世纪，偏主理性，则为第一古典主义（Classicism）时代。"[①] 显然，周作人将西方古典主义文学思潮理解为不同时代侧重点各异的文艺思想资源的汇流。但从今天的角度看，周氏的论述，也存在将西方"浪漫主义"与"古典主义"文学思潮的内涵及外延含混的问题。这也意味着，当我们重新爬梳现代文学第一个十年与西方古典主义文学思潮的关系史时，应深入探究西方古典主义文学思潮的起源与流变、思想艺术特征、代表作家作品，以及与中国文学语境的关系等问题。因为只有这样，我们才能更好地把握西方古典主义文学思潮与第一个十年中国文学之间的深层关系。

一　西方古典主义文学思潮的起源与流变

西方古典主义文学思潮最早在法国兴起，并于17世纪成为欧洲最主要的文学思潮。但是古典主义思想的概念范畴，却是在文艺复兴时期（14~16世纪）形成，其"文艺复兴（Renaissance）的本意"，则"是久被埋没的古希腊、罗马文化的重新发现和发扬光大"。[②] 这也确立了古典主义概念的最初所指，即以古希腊、罗马文化为圭臬的西方优秀传统文化。但值得注意的是，文艺复兴者推崇古典主义，并非简单的复古行为，他们的矛头紧紧对着以神学为核心的中世纪宗教意识形态。因此，文艺复兴时期的人文主义

[①] 周作人：《欧洲文学史》，岳麓书社，1989，第176页。
[②] 李尚信编《欧美文学史》，吉林大学出版社，2002，第37页。

(Humanism)者嗅到了古希腊、罗马传统中所蕴含的人文主义与世俗文化精华,并看到了它们与中世纪基督教文化之间的固有矛盾,且渴望借古代典籍无声的影响力改变人的现实处境。久而久之,古典主义的具体意涵便与古希腊、罗马的文化传统紧密衔接,成为它们的"注脚",抑或说成为它们的"代名词"。在此过程中,"古典主义就不再是一种对确定的文学现象和美学理论的认定,而成为一种对某种理想的文学风格和艺术风格的描述"。[①] 不过,尽管此时期的古典主义意涵摆脱中世纪意识形态的束缚的过程演变成了一场扣人心弦的文艺复兴实践,但遗憾的是,它终究未形成一股具有独立品格意味的文艺思潮。

直至17世纪,随着文艺复兴与人文主义的"退潮",尤其是法国君主专制政治的兴起,一场顺应中央集权君主制时代潮流,重拾罗马帝国文艺思潮光辉,并触及人文艺术各领域的古典主义文艺思潮才随之兴起。而如今学界为了与古罗马传统中的古典主义相区隔,也将其称为"新古典主义"(Neoclassicism)文学思潮。在这场古典主义文学思潮中,笛卡尔的"唯理论"与布瓦洛的古典主义文学思想等整体建构起了其思想版图的大致轮廓。而弥尔顿的《失乐园》、高乃依的《熙德》、莫里哀的《伪君子》等经典作品,则生动形象地勾勒出了其文学艺术版图。可以说,在配合封建王权的时代要求背景下,古典主义文学思潮因其理性、节制、自然,甚至是教化的思想艺术内涵,成为17世纪西方最为耀眼的文学艺术潮流。

但随着18世纪西方资产阶级启蒙运动的兴起,古典主义文学思潮也在占据时代主导性地位的"异化史"中逐渐走下坡路。而我们之所以称其为"异化史",是因为17世纪的西方古典主义文学思潮是在路易十四等法国宫廷力量的有意扶植下,感应着罗马帝国之唯

---

① 殷国明:《西方古典主义与中国现代文学——一种比较性描叙的尝试》,《暨南学报》(人文社科版)1999年第6期。

理主义文化精神对打破中世纪宗教神学权威所具有的特别意义的情势而滋生的，又因笛卡尔、布瓦洛等倡导的理性至上原则将古典主义思潮中的感性原则割裂了出去，片面夸大了感觉经验的相对性，"理性"在过度阐释中逐步演变为诸种现实推行层面的清规戒律，这反而日益束缚了其自身的健康发展。因此，古典主义文学思潮在全盛期（17世纪）后，逐渐演变为无生机的形式主义的窠臼，并且在启蒙运动的冲击下逐渐式微。

20世纪初，由于尼采狂欢化思想的出现，西方古典主义文学思潮一定程度上再次抬头。英国的马修·阿诺德，美国的伊尔文·白璧德，法国的拉塞尔、美利坦、法盖等人的文艺思想皆鲜明地反映了古典主义的思想趋向。具体来看，他们均表现出对卢梭、尼采等叛逆性文学精神的反感，其中又以美国白璧德的新人文主义思想最为典型。就白璧德新人文主义的思想内涵而言，首先，白璧德对培根征服自然的物质功利主义与卢梭放纵情感的浪漫主义给予了坚决的否定，即他反对过度的唯科学主义之理性倾向与唯主观主义之非理性倾向。其次，白璧德特别突出了规训与纪律在人的行为方面的理性节制作用。再次，在20世纪初剧烈的现代转型背景下，从科技器物到思想伦理的遽然解构与重建中，白璧德感到了深深的不安，这促使他本能地向古典资源寻找一种传统与恒定的心绪依托，从而更加坚定了其古典主义的文学立场。

总之，西方古典主义文学思潮不仅自身概念意涵丰富，而且蕴含着被后世不断加以利用、改造的话语资源属性。古典主义文学思潮在西方发挥艺术魅力的同时，还共时性地影响着20世纪初中国文坛的现实进程，成为彼时新文化运动各方无法规避的重要话语资源，极大地促进了新文学第一个十年的思潮涌动与创作进程。

二 西方古典主义文学思潮的思想艺术特征

西方古典主义文学思潮受到封建王权和社会经济制度等方面的

深刻影响，同时又汲取了从古希腊到文艺复兴运动过程中的理性思维和艺术规范等艺术营养，因此，17~18世纪西方古典主义文学思潮的思想艺术特征非常鲜明。我们若对其加以归纳总结，大体可从膜拜理性原则、模仿自然原则、重视类型原则、推崇教化原则等方面来加以把握。

（一）膜拜理性原则

膜拜理性原则是西方古典主义文学思潮的核心原则。其中，笛卡尔与布瓦洛的古典主义文学思想，颇为坚实地构筑起了该思潮的思想版图。笛卡尔的唯理主义哲学是古典主义的哲学基础，而唯理主义哲学的鲜明特质就是以理性为思想核心。笛卡尔提出，人要以理性来控制自身的感情冲动。而在具体的文学艺术主张上，笛卡尔亦相应提出了明确的理性原则。布瓦洛则在作为新古典主义的诗学法典的《诗的艺术》中，以大量的篇幅论述了理性的核心意义。是书共由四章组成，在第一章的总论部分，布瓦洛就开宗明义："理性是诗歌创作和批评的首要的根本的原则。"接着就膜拜理性原则，布瓦洛明确指出，在文艺与现实、情感与理智、形式与内容、自由与规范、人物与环境、音韵与节奏等方面，理性是作家获得"价值和光芒"的根本保障。[①]

可以说，笛卡尔和布瓦洛的理性原则，不仅在西方理论界产生了强烈反响，而且深远地影响了彼时的古典主义文学创作。在笛卡尔和布瓦洛的理性原则影响下，诸如弥尔顿、德莱顿、班扬、莫里哀等古典主义文学大师，纷纷创作出一系列古典主义文学佳作，这些作品多以针砭宗教神权的思想禁锢，呼吁理性精神的回归为思想艺术鹄的。

（二）模仿自然原则

布瓦洛曾在《诗的艺术》中将模仿自然原则具体解释为"真即

[①] 胡经之主编《西方文艺理论名著教程》（上），北京大学出版社，2003，第180页。

自然"与"模仿普遍的人性"。具体而言，在布氏看来，自然彰显着"美"与"可爱"的特质，为了追美求真，我们便要模仿自然。但布氏所强调的自然不同于古希腊的自然观，而表征为一种"自然人性"，即具体体现在事物中的"事之常理"与人性中的"人之常情"。[1] 而这种强调模仿自然的原则也鲜明地体现在了17~18世纪的古典主义文学创作实践中，比如在约翰·弥尔顿《失乐园》中，无论是反抗上帝权威的撒旦，还是受人欲诱惑的亚当和夏娃，都彰显出从宗教神权的桎梏中突围的"事之常理"与"人之常情"的自然规律。

（三）重视类型原则

古典主义者倡导重视类型的艺术原则，与其要求文学艺术应推崇古典，尤其是注重艺术形式的规范化密切相关。这在布瓦洛的《诗的艺术》中有着鲜明的体现，比如，布瓦洛将诗体分成"主要"和"次要"两个部分，主要诗体包括悲剧、喜剧等，而次要诗体包括牧歌、悲歌、颂歌、商籁等。[2] 这实际上体现出典型的以类型为原则划分诗体的标准。当然，这种重视类型的艺术原则，不仅体现在对文体类别的具体划分上，也体现在对人物形象塑造、文学叙事手段等方方面面的规范化上。比如，古典主义文学创作的集大成者莫里哀，便在他的代表剧作《伪君子》中，塑造出了达尔杜弗这个颇具宗教骗子这一类型化特征的人物形象，非常鲜明地凸显重视类型化人物塑造的古典主义文学创作原则。

（四）强调教化原则

由于受到为封建王权服务的政治倾向性的影响，古典主义文学思潮自然地显现出强调教化的思想原则。在17~18世纪西方古典主义文学作品中，这一思想原则不仅通过人物形象、思想内容等层面生动显现，还直接体现在具有重大意义的题材表现上。比如约翰·

---

[1] 〔法〕布瓦洛：《诗的艺术》，任典译，人民文学出版社，1959，第54页。
[2] 胡经之主编《西方文艺理论名著教程》（上），北京大学出版社，2003，第181页。

弥尔顿的《失乐园》、约翰·班扬的《天路历程》、莫里哀的《伪君子》等作品，均为直面宗教神权的重大题材，并通过对神权禁锢人的理性原则的揭示与暴露，直白地传达着教化民众的思想原则。

以历史的眼光看，以理性为思想核心的17~18世纪古典主义文学思潮顺应了时代潮流，实现了封建王权时代的文学艺术使命，并有力地解放了宗教神权禁锢下被禁锢的人的理性精神，且为随之而来的启蒙运动奠定了坚实的思想文化基础。但不可否认的是，古典主义文学思潮中过度推崇理性的倾向，也抹杀了感性在文学艺术中的重要地位，为古典主义文学思潮日后走向极端埋下了伏笔。

三 西方古典主义代表作家作品

在17~18世纪西方古典主义文学思潮中，涌现出了多位古典主义作家。时至今日，我们仍能通过他们优秀的文学作品，直观地触摸到那个时代的历史地表。这些作家作品大致包括英国约翰·弥尔顿的《失乐园》《复乐园》《力士参孙》，约翰·班扬的《天路历程》；法国高乃依的《熙德》，让·拉辛的《安德洛玛克》《费得尔》，让·拉封丹的《寓言诗》，莫里哀的《太太学堂》《伪君子》《悭吝人》等。这些典型的作家作品，同彼时风行一时的巴洛克文学一道，共同显现出崇尚理性、模仿自然、注重类型与鲜明教化的文学倾向。在此，我们以约翰·弥尔顿、莫里哀为例展开说明。

（一）弥尔顿

约翰·弥尔顿（1608~1674）出生于英国伦敦一个富裕的清教徒家庭。他的父亲虽然是一位法律文书兼清教信徒，但不像一般教徒那般呆板，而是竭力地引导弥尔顿学习诗歌、音乐等艺术门类。这也为日后弥尔顿反对宗教神权，取得文学艺术成就奠定了深厚基础。15岁时，弥尔顿便进入剑桥大学深造，并在学业上取得了不错的成绩。大学毕业后，弥尔顿放弃进入英国教会做牧师的机会，选择以写诗的方式实现自己的文学梦想。在 1648 年英国光荣革命打响后，弥尔顿站在清教徒的立场，坚定地呼吁处死国王查理一世，并留下了《偶像的破坏者》《为英国人民辩护》等不朽之作。保王党重新夺回政权后，被清算的弥尔顿又以七年的时间写下了经典作品《失乐园》，其后又相继有《复乐园》《力士参孙》等作品问世。

在代表作《失乐园》中，弥尔顿采用宗教讽喻的形式，强烈地传达了对反革命力量之顽固的憎恶，以及对自由的热切向往。他在长诗中生动刻画了作为叛逆之神的撒旦，即便由于反抗上帝权威而被打入地狱，也毫不屈服，甚至为了复仇而来到伊甸园。而伊甸园中的亚当与夏娃，也因此被化身为蛇的撒旦引诱，最终违背了上帝的戒规，偷吃了善恶树上的果子。最终，撒旦与其同伙遭到上帝的惩罚而真正变成了蛇，亚当与夏娃也被逐出了伊甸园，沦入苦难的人间。可以说，无论是《失乐园》中的撒旦形象，还是亚当与夏娃的形象，他们身上都体现着自然人性，即在他们不合教规的悖逆行为背后，留存着对于欲望、复仇的渴求等"人之常情"。相反，所谓主宰一切秩序的上帝，反而从其崇高的面具中彻底暴露出禁锢理性、违背自然人性的阴暗面影。总之，这些鲜明的思想及艺术特质，不仅使《失乐园》获得了在文学史中的经典地位，还为我们永恒地展现了 17 世纪英国古典主义文学创作的高峰面貌。

（二）莫里哀

作为古典主义喜剧的开创者，莫里哀（1622～1673）的一生经历及其古典主义戏剧创作活动，颇为典型地反映了该时代法国的古典主义创作生态。具体来看，出生与成长在欧洲文化中心巴黎的莫里哀于 1658 年编导的戏剧《多情的医生》在卢浮宫上演成功，之后，莫氏的喜剧创作获得了国王路易十四的鼎力支持，他的创作鼎盛期也随之到来。其经典作品《伪君子》也正是在这样的背景下诞生的。其作《伪君子》又译为《达尔杜弗或者骗子》，从 1664 至

1669年历经五年时间创作完成,"是莫里哀最优秀的喜剧,也是法兰西剧院上演场次最多的剧目"。① 而该剧的创作时间之长、接受程度之深、文学地位之高,是与教会势力的阻挠密不可分的。1664年5月巴黎大主教以此剧否定宗教为由,上书国王要求禁演此剧,莫里哀坚持修改剧本并向国王陈情,最终经过五年的艰苦斗争,《伪君子》方才获准演出。演出后,因其剧本较强的反教会思想和高超的艺术水准,受到观众的热烈欢迎。

剧本从富商奥尔贡的家庭风波讲起,将奥尔贡与其母亲白尔奈尔太太愚信伪善的宗教骗子达尔杜弗的故事演绎得真实而生动。特别是奥尔贡为了骗子达尔杜弗不惜把自己的儿子赶出家门,以及将自己的女儿许配给达尔杜弗,甚至还将投石党事件政治犯的文件交给达尔杜弗保管等事件,充分展现出当时教会势力的愚民本质,同时也充分彰显奥尔贡性格中的蒙昧的一面。显然,"理性"在奥尔贡的精神世界中是缺席的,狂热的非理性意识早已充斥了他的思想。直至艾尔密尔施计让奥尔贡目睹了达尔杜弗骚扰她的真实丑态后,奥尔贡才恍然大悟。但由于他之前对达尔杜弗的愚信,他即使幡然醒悟,也不得不付出失去金钱、锒铛入狱的惨重代价。最后,正是明察秋毫、洞悉一切的国王的出面,才使得达尔杜弗受到惩罚,奥尔贡冤屈得到最终昭雪。

可以说,剧本中的人物形象均是"类型化"的古典主义文艺理念的投射。比如达尔杜弗成为伪善、欺诈、自私,甚至是"伪君子"的类型人物代称,而奥尔贡则成为愚昧、狂热、非理性的类型人物代称。而与此同时,奥尔贡对达尔杜弗恢复理性认知的过程,不仅呼应了古典主义诗学膜拜理性的思想原则,还对彼时宗教神学意识形态钳制下的受众起着教化作用,即在揭示宗教骗子的现实题材中启发民众恢复理性意识。再者,从艺术构型上看,

---

① 《外国文学史》编写组编《外国文学史》(上),高等教育出版社,2015,第206页。

《伪君子》严格遵循古典主义戏剧的"三一律"原则，即地点在奥尔贡家，时间与剧情限定在一天之内，其创作的最终旨归是将达尔杜弗的丑恶面目暴露于众。值得注意的是，莫里哀以国王之意为结局，凸显国王之意对戏剧结局的决定性作用，不能仅理解为莫氏为《伪君子》的正式上映而向路易十四示好，还与其"专制王权是古典主义产生的政治基础"这一背景密切相关。① 由此可见，莫里哀的《伪君子》之所以能成为西方古典主义文学的经典之作，不仅是因为该剧鲜明彰显着古典主义的文艺创作原则，更是由于该剧是古典主义文学思潮的优秀产物，其文本的经典性与17世纪古典主义文学思潮一道构筑起了集时代性、文学性、经典性于一体的古典主义艺术高峰。

第二节　学衡派与古典主义文学思潮

新文化运动崛起文坛之时，除林纾等本土复古派予以反对外，具有英美留学背景提倡文化保守主义思想的学衡派亦坚持予以反对。而长久以来，受"新""旧"二元对立思维的影响，我们对"守旧"标识下的学衡派及其古典主义文学思潮的认识通常具有一定的片面性。事实上，学衡派在接受现代西方保守主义思潮相关理念，特别是受到白璧德新人文主义思想洗礼的同时，还受到了中国古典文化传统的深远影响。这使得他们不仅清晰地看到了新文学理论倡导与创作实践过程中存在的缺失与问题，而且还在同新文化倡导者们的论争中，逐步促进了中国古典主义文学思潮的发生。而我们今天之所以要重新梳理学衡派古典主义文学思想的脉络与谱系，是想借重评来探究学衡派引领的古典主义文学思潮的贡献、缺失及文学史地位等相关问题。

---

① 《外国文学史》编写组编《外国文学史》（上），高等教育出版社，2015，第190页。

一 学衡派的学缘背景与群体崛起

(一) 学缘背景

学衡派作为中国古典主义文学思潮的最初涌动者,其成员有着留学欧美的共同经历,以及深受白璧德新人文主义思想影响的学缘背景。这种留学经历和学缘背景,一直以来都是学界探究学衡派古典主义文学思想的发生史时不可规避的思想史母题。但饶有意味的是,在《学衡》杂志尚未创刊,还未正式形成"学衡派"文化群体之时,在"前学衡时期"的留学欧美同侪圈中,[1] 部分成员就已占据文化保守主义思想阵地,同胡适等新文学思想倡导者展开了论争。比如,早在1915年,梅光迪、任鸿隽等旅美的文化保守主义者们就与胡适围绕白话文能否入诗等具体问题展开了激烈的讨论,在讨论的过程中就已涉及有关古典主义文学思想的基本观点。这实际上标志着中国古典主义文学思潮的萌发。但文化保守主义者在萌发期所倡导的古典主义文学思想还处于一种混沌状态,还没有上升到一种理论性的自觉,他们真正拥有古典主义文学理论意识自觉是在以课堂知识传授与师生言传身教等形式接受了白璧德新人文主义思想之后。可以说,白璧德秉承古典文学遗存的理念与意识,深切地影响了梅光迪、吴宓、陈寅恪等人。比如,梅光迪就曾慨言:

> 白璧德先生以新人文主义倡于哈佛,其说远承古希腊苏格拉底、柏拉图、亚里士多德之精义微言,近接文艺复兴诸贤及英国约翰生、安诺德等之遗绪,撷西方文化之菁英,考镜源流,辨章学术,卓然自成一家言,于东方学说,独近孔子。[2]

---

[1] 沈卫威:《我所界定的"学衡派"》,《文艺争鸣》2007年第5期。
[2] 中国社会科学院近代史研究所中华民国史组编《胡适来往书信选》(下),中华书局,1980,第146页。

显然，上述言论与胡适等人所信奉的进化论思想，以及彼时美国盛行一时的杜威实用主义哲学思想是深度颉颃的。而梅光迪这种试图将白璧德新人文主义与东方的孔子学说勾连在一起，并对东西方文明的古典源流表露出莫大的热情与崇敬的思想倾向，既典型地显现出了他们东西方文学与文化兼容的学缘背景，也集中地映射出了他们古典主义文学思想的基本版图。

(二) 群体崛起

1922年1月，随着梅光迪、胡先骕、吴宓等人学成归国，并于南京东南大学创办了《学衡》杂志，学衡派作为一个群体正式形成。值得一提的是，承续了此前文化保守主义思想的学衡同人，仍与以胡适等为代表的新文学倡导者存在纠葛，而在这种复杂的纠葛关系中，学衡派最初就已处于弱势地位。吴宓就曾感言："《学衡》杂志之发起，半因胡先骕此册《评〈尝试集〉》撰成后，历投南北各日报及杂志，无一愿为刊登，或无一敢为刊登。"[①] 虽然吴宓的话可能有些言过其实，但也在一定程度上说明了学衡派的古典主义文学思想实质上并未在社会层面获得与新文学思想相对等的位置。但即便如此，学衡派也没有放弃对古典主义文学思想与理念的追寻，亦如《学衡》杂志的宗旨所言："论究学术，阐求真理，昌明国粹，融化新知。以中正之眼光，行批评之职事。无偏无党，不激不随。"[②] 质言之，学衡派试图在"昌明国粹"的基础上，融化西方古典主义文学思想之"新知"，依凭坚守学术与真理的中正眼光，达到"国粹"与"新知"相浑融的批评境界。而上述这一文学思想与批评理念，在《学衡》杂志的编辑过程中得以全面、立体地呈现出来。据统计：

> 《学衡》杂志除了注意阐发中国古代儒家的思想之外，还大

[①] 吴学昭整理《吴宓自编年谱：1894-1925》，生活·读书·新知三联书店，1995，第299页。
[②] 《学衡》杂志社：《学衡杂志简章》，《学衡》第1期，1922年。

力推介古希腊的哲学和文学，特别是系统、重点地介绍了柏拉图和亚里士多德的学说。全部79期杂志竟有69篇文章是讨论西方文化的论文和译文。[①]

实际上，学衡派不仅频繁地讨论西方的古典主义文学理念，还以其持守的古典主义文学思想反驳新文学阵营的文学观点。尤为典型的是，1922年《学衡》第1、2期连载的胡先骕的《评〈尝试集〉》一文，从新旧文论论辩与科学分类法等不同角度加以论证，得出《尝试集》仅仅是白话，而非白话诗的结论。这一结论的背后蕴含着胡先骕等学衡派同人的古典主义文学思想标准，即他们反对胡适等新文学倡导者仅仅主张用白话创作新诗，反对他们忽略了传统文言诗歌的文学韵味，更没有看到从文言到白话过渡过程中，民族语言文字背后所包孕的古今之变的传承性。针对胡先骕对白话新诗的质疑，新文学阵营的先驱者并没有充分思考其质疑中的合理成分，而是给予了学衡派同人以猛烈的回击。然而，尽管新文学阵营对学衡派的批判不无偏颇之处，但论争却推动了古典主义由文学思想跃升为一股文学思潮。

二 学衡派的古典主义理论主张

从文学史的角度看学衡派与古典主义文学思潮之间的关系，正如有的学者所说："学衡派主要偏重于思想意识即道德方面倡导古典主义。"[②] 这实际上为我们理解学衡派的古典主义理论主张提供了一个重要的窗口。

（一）"模仿说"与主体的创造性

胡先骕曾明确提出："夫人之技能智力，自语言以至于哲学，凡

[①] 林可济：《以"昌明国粹，融化新知"为己任——〈学衡〉杂志纵横谈》，《中华读书报》2011年11月30日，第14版。
[②] 俞兆平：《中国现代文学中古典主义思潮的历史定位》，《文艺研究》2004年第6期。

为后天之所得，皆须经若干时之模仿，始能逐渐而有所创造。"① 从其表述中不难发现，以胡先骕等为代表的学衡派同人，是从模仿说的角度来探讨"语言"与"哲学"之发生过程的，在他们看来，"模仿"是"创造"的基础，即一切之创造皆起源于模仿。这种论点实则源于学衡派同人对亚里士多德《诗学》中"模仿"论的探索，抑或说，学衡派同人正是依托以亚里士多德《诗学》为代表的西方古典主义文学的话语资源，描绘出了"模仿说"的理论版图。在《学衡》杂志发表的《评〈尝试集〉》一文中，胡先骕在"诗之模仿与创造"一章中专门谈到"亚氏（亚里士多德）所谓模仿乃为模仿天然景物，模仿人情。不但模仿事实上之人情，并且模仿理想上可能之最高格之人情。此即吾辈所认为创造者"。② 这实际上是亚里士多德"模仿说"的重要内容，即"诗与历史不同"的观点。具言之，在《诗学》第九章中亚里士多德显明地谈到，"诗"的模仿倾向于表现带有普遍性的事物，是一种比历史更富哲学性、更严肃的艺术。换句话说，历史写的只是个别的、已然的事，而诗人的职责不仅仅在于描述已然发生的事，还在于描述可能发生的事。因此，受到亚里士多德古典主义诗学观念影响的学衡同人认为：诗不能只模仿偶然性的现象，更要"模仿理想上可能之最高格之人情"。

值得注意的是，学衡派在寻迹亚里士多德的古典主义理论资源时，还重点突出了主体的创造性意义，即强调文学创作的规律本身之于模仿说的重要意义。学衡派理论家吴宓曾言："作文者必历之三阶段：一曰摹仿，二曰融化，三曰创造。由一至二，由二至三，无能逾越者也。一人练习著作之经历如此，一国文章进化之陈迹亦如此。创造之必出于摹仿。"③ 而吴氏之所以提出上述由模仿至创造的理论演进版图，是因为他认识到了当时社会中广泛存在的"照相似

---

① 胡先骕：《评〈尝试集〉》，《学衡》第 2 期，1922 年。
② 胡先骕：《评〈尝试集〉》，《学衡》第 2 期，1922 年。
③ 吴宓：《论今日文学创造之正法》，《学衡》第 15 期，1923 年。

的复制"式创作，只是对西方文学的横向简单移植，并无益于中国文艺的健康发展。质言之，在学衡派同人看来，"模仿说"的关键在于主体的创造性意义：一方面，创作主体应注意从"模仿"到"创造"的提升与转换，另一方面，学衡同人也从历史的眼光出发，认识到"模仿说"不仅关涉着"一人练习著作之经历"，更应是"一国文章进化之陈迹"。

（二）"昌明国粹，融化新知"与文学史的创见

"昌明国粹，融化新知"是学衡同人的纲领性宗旨。长期以来，学衡派因"国粹"与"新知"并举的态度，备受新文学倡导者们的诘难。如鲁迅就曾评骘："夫所谓《学衡》者，据我看来，实不过聚在'聚宝之门'左近的几个假古董所放的毫光；虽然自称为'衡'，而本身的称星尚且未曾钉好，更何论于他所衡的轻重的是非！"[①] 但实际上，学衡派对于"国粹"与"新知"的态度是有着自身的明确估衡和批判性思考的。比如对待中国的"国粹"，他们的"昌明"态度中实则包含着批判性的因素。如任鸿隽就曾针对"诗国革命"写道："要之，无论诗文，皆当有质。有文无质，则成吾国近世萎靡腐朽之文学，吾人正当廓而清之。"[②] 这显然并非对中国古典文学的全盘接受，而是有所批判。就"新知"而言，他们的"融化"态度中更包含着对西方文化的批判性接受：不同于新文学倡导者们从"实用"的角度出发，对西方文学特别是俄苏及东欧民族文学的青睐，学衡派则是在洞通东西方文化壁垒的基础上看待"新知"的。可以说，学衡派同人并不否认东西方不同文化背景之间的冲突与抵牾，只不过他们认为这种颉颃可通过"调和"的方式实现"融化"。"一国之文化得与他国之文化相接触，必生变化，而每一度变化，又必为一度之进步，有史以来，皆如是也。"[③]

---

① 鲁迅：《热风》，人民文学出版社，1973，第71页。
② 胡适：《胡适全集》（第18卷），安徽教育出版社，2003，第107页。
③ 刘永济：《文学论默识录》，中华书局，2010，第53页。

基于以上，一种文学史观的创见跃然而出：这种史观摆脱了从时间秩序上比较中西文化的既定思维，选择从空间秩序上打通东西方文化的共通之处。诚如吴宓所言："文学为积聚的，非递代的。""譬犹堆置货物行李，平列地面，愈延愈大，并非新压旧上，欲取不能。吾人今日之文学财产，乃各时代各国各派之文学作品之总和，非仅现今时代所作成者而已。"① 也就是说，学衡派否定了进化论基础之上的文学史观，认为后来者不必居于前，因而主张将古今、中外所有的文学资源，放置在一个"平面"上加以考察的文学史观。基于此，学衡派也否弃了新文学倡导者强调的文学的新、旧之分的观念，"文学惟有是与不是，而无非为新与不新，此吾人立论之旨也"。②

（三）"美之大者为善"与人性道德观

学衡派同人郭斌龢指出："美之大者为善。美而不善，则虽美勿取。"③ 这集中地反映了学衡派对于道德价值胜于审美价值的判定。吴芳吉曾形象地喻指道："文学作品譬如园中之花，道德譬如花下之土。彼游园者固意在赏花而非以赏土，然使无膏土，则不足以滋养名花。"因此"道德虽于文学不必昭示于外，而作品所寄，仍道德也"。④ 由此可见，学衡派相当重视道德因素对于文学的重要作用及影响。

而学衡派之所以如此重视道德之于文学的重要意义，是因为他们深刻地认识到了文学与人生观之间的密切关系。具体而言，学衡派认为文学受善/恶二元人性观的影响，创作主体会在不经意间将自身的倾向性熔铸其中。因此，在学衡派同人看来，文学不仅与道德有着紧密关联，还应在对"善"的道德追求中发扬文学品格。如景昌极所说："以文章之美恶论，本无所用其疑与信，惟以善之于人，较美尤

---

① 吴宓：《文学与人生（二）》，《大公报》第1期，1928年。
② 吴芳吉：《四论吾人眼中之新旧文学观》，《学衡》第42期，1925年。
③ 郭斌龢：《新文学之痼疾》，《学衡》第55期，1926年。
④ 吴芳吉：《再论吾人眼中之新旧文学观》，《学衡》第21期，1923年。

要，则有时吾人不得不以疑信道德制度之标准，从而疑之信之。盖美者一人一时之善，善者多人多事之美，多人多时者，自较一人一时者为尤要耳。"① 意即"善"所代表的道德价值作为"多人多事之美"，远胜"一人一时者"之"美"。

值得注意的是，学衡派在强调文学的道德性时，也充分突出了文学的艺术标准问题。换言之，学衡派认识到了旧派文学因过分推崇文学的道德因素，而深深地沾染了"说教"气。诸如胡先骕就曾对"吾国自来之习尚，即以道德为人生唯一之要素"忧心不已。② 刘永济也曾谈到文学家固不可无道德学识，但衡量文学的标准终究要看艺术水准的高低，正如其所说："故文学家不可无道德与智慧，而纯正文学非质言道德与智慧之事。"③

三　学衡派对待新文学的态度

当我们面对以古典主义理论思想介入文学史的学衡派时，关注梅光迪、胡先骕、吴宓等学衡派核心人物对待新文学的态度，显然有助于我们对学衡派古典主义文学思潮与新文学思潮之间关系的精准理解。

在五四新文化运动发起之后，作为早在旅美时期就曾向胡适新文学思想发难的古典主义卫士梅光迪，便在《学衡》第1、2期上发表了《评提倡新文化者》《评今人提倡学术之方法》等系列文章，以纵古论今的宏大视野指出：所谓提倡新文化运动，乃是"以工于自饰，巧于语言奔走，颇为幼稚与流俗"之举。④ 并进一步得出"中国之文化，以孔教为中枢，以佛教为辅翼，西洋之文化，以希腊罗马之文章哲理与耶教事例"为依托的结论。⑤ 梅氏的意思显而易

---

① 景昌极：《信与疑（真伪善恶美丑之关系）》，《学衡》第47期，1925年。
② 胡先骕：《读阮大铖〈咏怀堂诗集〉》，《学衡》第6期，1922年。
③ 刘永济：《文学论》，商务印书馆，1926，第80页。
④ 梅光迪：《评提倡新文化者》，《学衡》第1期，1922年。
⑤ 梅光迪：《评今人提倡学术之方法》，《学衡》第2期，1922年。

见，即反对新文化运动只停留在表层的语言变革与实践，主张在中西方传统的深层文化理念中寻求现代文化的本源。

胡先骕同样反对新文学所谓"文学革命论"的"因噎废食"，颇为直接地道出现代文化的发展重任"不是国内顽固守旧的冬烘们所能担当"的，唯有"学兼中西"的智者方能化解困境。[①] 特别是在新文学理论领域，胡氏在《评〈尝试集〉》《文学之标准》等文章中陆续对新文学性质、新文学创作理论，以及浪漫主义与科学主义思潮给予了深刻的批判。在对新文学给予批判的同时，胡先骕始终坚守古典主义原则下的艺术审美性，支持艺术模仿论，对趋于极端的浪漫主义与科学主义表现出坚决的反对态度。

长期担任《学衡》杂志主编的吴宓，在《论新文化运动》中嘲讽新文学运动是"那种表面上五花八门、欺世骇俗、竞奇斗异的新，只是一时的时髦，而不是真正的新"，而唯有"旧中之新"方为大蠹。基于此，吴氏进一步否定了"新旧之分"背后的文学进化论思想，称"物质科学"不同于"人事之学"，"人事之学"理应是"后来者不必居上，晚出者不必胜前"。因此，在吴宓看来，"现代性源于传统"，并且是"有机生长"的。[②]

总之，上述梅光迪、胡先骕、吴宓对新文学的批判，以及其对古典主义文学思想的倡导，极大地丰富了学衡派的古典主义理论版图，让我们进一步了解学衡派的理论肌理与谱系。

四　学衡派与新文学的论争与对话

学衡派对新文学理论主张与创作观念的不满，引来了新文学阵营的回击与反驳，从而形成了学衡派与新文学阵营之间的论争。这样的论争在1922年集中爆发。1922年8月，湖畔诗人汪静之的诗集《蕙的风》出版，新文学倡导者胡适、朱自清、刘延陵等人为其作

---

① 胡先骕：《说今日教育之危机》，《学衡》第4期，1922年。
② 吴宓：《论新文化运动》，《学衡》第4期，1922年。

序。这本诗集虽因符合新文学倡导者的文学思想与理论主张，受到新文学阵营的普遍欢迎，却招致了一些倾向于古典主义思想的学者的非议。比如1922年10月24日，深受学衡派思想濡染的东南大学学生胡梦华，就于《时事新报·学灯》上刊发了《读了〈蕙的风〉以后》一文，批评诗集《蕙的风》中的一些情诗"有不道德的嫌疑"，有"轻薄堕落"的倾向。① 胡梦华的言辞激起了鲁迅、周作人等新文学阵营作家的激烈反驳。面对新文学阵营的驳斥，胡梦华又写出了《悲哀的青年答章洪熙君》《读了〈蕙的风〉以后之辩护》《文学与道德》等文章，进一步表达了自己的观点，胡梦华指出："我不主张一首诗把美牺牲掉去迁就道德，但是假如一首诗可以无损于内外之美，同时可以指示我们一种真理，比较无真理，自然引人些，这样可以得着两种利益的作用。"② 从吴梦华的表述中可以得知，他并不反对写情诗，不反对牺牲诗的美感去迁就道德，只是认为情诗的书写在情感上要有所节制，要做到道德与情感、道德与审美的双重交融。

其实从双方的论争来看，学衡派和新文学阵营并不是完全对立的关系，因为学衡派在回顾传统的同时并不反对新文学建设，而新文学阵营在倡导文学求新变革的过程中也无法脱离传统文学的影响，因此二者其实在一定程度上是可以建构出一种"对话"关系的，抑或说，二者的思想内里本身就存在一种互通性，这也就使后来的学衡派与新文学阵营逐渐摆脱了剑拔弩张的关系，而实现了和平相处。比如，学衡派健将梅光迪就曾在与胡适等新文学倡导者的反复论争中，不断加深对新文学的看法，最终呼应《文学改良刍议》写成了《中国文学改良论》，并感言"略知世界文学之潮流，素怀改良文学之志，且与胡适之君之意见，多所符合"。③ 再如，吴宓在1923年尚

---

① 胡梦华：《读了〈蕙的风〉以后》，《时事新报·学灯》1922年10月24日。
② 胡梦华、吴淑贞：《表现的鉴赏》，上海现代书局，1928，第257页。
③ 胡先骕：《中国文学改良论》，《东方杂志》第3期，1919年。

持文言优于白话的立场，但到1925年的《评杨振声〈玉君〉》中，便能对其白话小说创作予以肯定："句法不乏整炼修琢之美，亦有圆转流畅之致。"① 由此可见学衡派与新文学倡导者在论争中"对话"的复杂历史关系。

第三节　新月诗派与古典主义文学思潮

如果说学衡派之于中国古典主义文学思潮的作用更多集中在理论演绎与道德倡导的话，那么随之继起的新月诗派则从文学艺术的古典主义创作主张及实践上产生了现实影响。在此，我们拟从新月诗派的古典主义学缘背景、"理性节制情感"的古典主义理论主张、新诗格律化的理论与创作实践等方面展开论述，深入探赜新月诗派与古典主义文学思潮的内在勾连与复杂关系。

一　新月诗派的古典主义学缘背景

1925年，徐志摩接编《晨报》副刊后，以闻一多、徐志摩等为核心的，倡导"理性节制情感"与"新诗格律化"的新月诗派逐渐形成。1926年4月《晨报》副刊《诗镌》专栏的开辟，更使新月诗派获得了充分表达其古典主义诗学思想及进行实践的媒介。而1931年陈梦家编选的《新月诗选》的出版，既是新月诗派的总结性成果，也标志着新月诗派的落潮，抑或说标志着新月诗派的结束。但我们想要更全面地领略新月诗派的古典主义文学思想及实践全景，仅仅关注新月诗派正式形成后的理论思想与创作实践是远远不够的，还需要深入探究新月派同侪留学期间所依托的学缘背景，特别是白璧德新人文主义的影响。这样，我们才能更为全面地了解日后新月诗派古典主义文学思想的全部图景。

---

① 吴宓：《评杨振声〈玉君〉》，《学衡》第39期，1925年。

首先，从新月诗派理论中坚闻一多的古典主义知识版图的形成来看，1922年7月16日起程赴美留学的闻氏，先后在芝加哥美术学院、珂泉科罗拉多大学和纽约艺术学院专攻美术。尽管他并没有亲自聆听白璧德的课程，但从他与关系密切的梁实秋共处一室，又志趣相投地发起服膺国家主义的"大江会"等经历来看，闻一多曾深切地受到过白璧德新人文主义思想的影响。目前，学界根据闻氏的留学生活经历、语言文字记载、古典主义文学思想及创作实践等情况，已推断出了白璧德新人文主义对闻一多的切实影响。正如有学者所言：

> 1928年，在《先拉飞主义》一文中，闻一多论及诗和画的界限抹杀、艺术类型混乱时，便引述道："关于这一点，白璧德教授在他的《新雷阿科恩》（即《新拉奥孔》——笔者）里已经发挥的淋漓尽致了，不用我们再讲。"这说明，他对白璧德的论著是相当熟悉的，并持肯定的态度。因此，可以看出，作为学衡派与新月派的理论中坚，他们是出于同一学术背景的。①

其次，以闻一多为代表的新月诗派大力倡导文学由浪漫主义向古典主义的转向。1922年3月，闻一多便在《诗的格律》中基于对"文化守成主义"的认同，对彼时胡适所掀起的"诗体大解放"潮流，以及郭沫若《女神》所开辟的"狂飙突进"的浪漫主义诗潮流露出了抵制姿态。而在其之后的留学期间，闻氏在接受白璧德新人文主义影响的基础上，更加明确了新人文主义思想作为"新格律诗诗学"发生语境的基本理念②，更加明确了要在作品中充分展现

---

① 俞兆平：《新人文主义与闻一多的〈诗的格律〉》，《江南大学学报》（人文社会科学版）2005年第1期。
② 叶红：《古典主义的守成之路——古典主义之于中国现代文学》，《学习与探索》2008年第6期。

"道德理性"的重要性。这里所言之"道德理性",实际上所映射的是白璧德新人文主义的"理性原则",在新月诗派的文学思想中具体呈现为"强调规训、纪律、节制的原则",[①] 这种原则并非闻一多所独有,对徐志摩等新月派同人也产生了潜移默化的影响,正如徐志摩所言:

> 我想这五六年来,我们几个写诗的朋友,多少都受到《死水》的作者的影响,我的笔本来是不受羁勒的一匹野马,看到了一多的谨严的作品,我方才悟到我自己的野性。[②]

具言之,徐志摩等新月派同人正是在闻一多的影响下,才收束起自身"野性"的浪漫主义倾向,转向"谨严"的古典主义文学创作。新月诗派同人集体的创作实践与倡导的思想引领了第一个十年中国现代文学思潮由浪漫主义向古典主义的转变。

最后,一般文学史叙述中往往将新诗初创期的形式与内容上的简陋与粗糙视为新格律诗派产生的动因,即新月派同人不满于初期白话新诗思想上的放任与形式上的自由,主张坚守理性之思想原则与新诗之格律化。然而,这只是从外在视角看待新诗演变的规律,缺乏一种内在的观照逻辑。质言之,这种从外在视角"揭示的自由诗派弊端仅是外在的现象,而且侧重于从读者的接受心理角度出发。至于新格律诗派产生的自身内在的动因、建构体系的理论前提等,则未涉及"。[③] 而我们若借此反思上述新月诗派的古典主义学缘背景,便会清晰地感受到,正是闻一多早期朴素的传统诗学观与白璧德新人文主义思想等共同蕴藉的"健康"与"和谐"的诗美无意识心

[①] 叶红:《古典主义的守成之路——古典主义之于中国现代文学》,《学习与探索》2008年第6期。
[②] 徐志摩:《徐志摩全集》(第1卷),广西民族出版社,1991,第181页。
[③] 俞兆平:《中国现代文学中古典主义思潮的历史定位》,《文艺研究》2004年第6期。

理，使新月派同人在现代性热潮的冲击下，仍毫不动摇地坚守着对古典主义美学的追求。

二 "理性节制情感"的古典主义理论主张

1926年《晨报》副刊《诗镌》的创立，标志着闻一多等人在中国传统文化资源与白璧德新人文主义思想影响下的古典主义文学主张得以大幅度推广，新月诗派的诗格也随之显示出由浪漫主义向古典主义的游移。

需要强调的是，闻一多等新月派诗人也曾是浪漫主义诗学的信奉者。在胡适开辟的"诗体大解放"的新诗方向上，特别是在郭沫若《女神》问世以来"狂飙突进"的浪漫主义诗情席卷诗坛之际，闻一多等后来的古典主义文学倡导者，也是以浪漫诗情蜚声诗坛的，这足见当时浪漫主义新诗创作风气之"盛"。然而，中国浪漫主义新诗的发凡未以现代诗歌理论充分进行研究与探讨，于是，处在蓬勃热情与泥沙俱下淆杂状况中的浪漫主义新诗很快暴露出了"失控"的危险。正是在这种情势下，闻一多等新月派诗人在其浪漫主义新诗创作正盛之际，转而遵从内心的吁求，遵循"理性节制情感"的古典主义文学思想从事诗歌创作与研究。

1926年闻一多发表了《诗的格律》一文，文章共分为两个部分，其中第一部分是对"伪浪漫主义"与"皈返自然"的详细阐述，尤其是提出了"理性节制情感"的理论主张。在文中，闻氏从下棋游戏讲起，谈到即便是游戏，也不能废置规则，认为理性的节制是无处不在的。接着进一步指出，就诗歌创作而言，"对于不会作诗的，格律是表现的障碍物，对于一个作家，格律便成为表现的利器"。[①] 可见，在闻一多看来，理性节制情感的理论原则并不会对创作产生束缚，反而更可能成为作家创作的"利器"。

---

① 闻一多：《闻一多全集》（第3卷），生活·读书·新知三联书店，1982，第411页。

除闻一多外，新月诗派的另一位重要代表人物徐志摩，也是提倡理性节制情感思想的典型。徐志摩于1928年发表了《新月的态度》一文，在文中，徐志摩基于古典主义美学理论中"理性节制情感"的原则与"常态的人性"的视点，在直陈感伤派、唯美派等13种弊病的过程中，提炼出文学创作中"健康"与"和谐"的基本准则，进一步推动了"理性"的理论原则与古典主义文学思潮的融合发展。

综上，新月诗派是在追随浪漫主义文学思潮的过程中崭露头角，并逐渐成名的，但他们深感浪漫主义倡导宣泄感情的无所节制，于是他们结合西方的以理性为核心的古典主义精神和中国传统"哀而不伤、乐而不淫"的文学观念，倡导文学创作中的"理性节制情感"原则，并最终推动了第一个十年的古典主义文学思潮的发展进程。

三 "新诗格律化"的理论与创作实践

徐志摩曾谈到《诗镌》创刊的意图，即"要把创格的新诗当一件认真事情做"，要发现新诗的"新格式与新音节"。[①] 与徐志摩提倡新诗格律化相应，闻一多发表了《诗的格律》，饶孟侃则发表了《新诗的音节》《再论新诗的音节》等文，这些文章，促进了新诗格律化理论体系的正式形成。

在新诗格律化相关理论中，尤以闻一多的"诗的三美"主张最为突出。"诗的三美"，即音乐的美（音节）、绘画的美（辞藻）、建筑的美（节的匀称和句的均齐）。具体就闻氏"诗的三美"理论原则而言，他是在系统否定胡适主张的"自然音节论"以及郭沫若倡导的"情绪节奏论"的前提下提出的。闻一多指出："越有魄力的作家，越是要带着镣铐跳舞才跳得痛快，跳得好。"因此诗"不当废

---

① 徐志摩:《诗刊导言》,《晨报副刊·诗镌》1926年4月1日。

第七章 第一个十年古典主义文学思潮（1917~1927）

除格律"。① 值得说明的是，闻氏从"视觉"与"听觉"两方面对格律加以理解，即"属于视觉方面的格律有节的匀称，有句的均齐。属于听觉方面的有格式，有音尺，有平仄，有韵脚"，并特别谈到"诗的实力不独包括音乐的美（音节）绘画的美（辞藻），并且还有建筑的美（节的匀称和句的均齐）"，② 也就是说，在闻氏的新诗格律化理论体系中，"诗的三美"是有机统一、密切关联的。那么，我们以闻一多的《死水》为例，探析其新诗格律化的理论及创作实践样态。

这是/一沟/绝望的/死水，
清风/吹不起/半点/漪沦。
不如/多扔些/破铜/烂铁，
爽性/泼你的/剩菜/残羹……

《死水》全诗有二十行，以上节选其前四行，而我们之所以节选前四行，是因为该诗以四行为一单位，共构成五个自然段。事实上，这也从侧面反映了《死水》"节的匀称"的建筑美。首先，从音乐美的角度看，上述四句"2-2-3-2""2-3-2-2""2-3-2-2""2-3-2-2"的节拍组合，既在整体上组成了四拍的句间节奏，又以其所倡导的"二字尺""三字尺"谨严地构筑起两两间隔的结构。这正反映了闻氏对"调和的音节"理念的切实践行。此外，句中部分现代汉语虚词，一定程度上也复原了流动的自然节奏，增添了欧化的语言气息。其次，从绘画美的角度看，诗句中的"破铜/烂铁""剩菜/残羹"等意象，鲜明烘托出了一个令人绝望、压抑、甚至窒息的审丑意义上的"死水"意境。再次，从建筑美

---

① 闻一多：《诗的格律》，《晨报副刊·诗镌》1926年5月13日。
② 闻一多：《诗的格律》，《晨报副刊·诗镌》1926年5月13日。

的角度看,《死水》全诗二十行皆为九言,"豆腐块"式的分行节奏从整体上实现了"节的匀称和句的均齐"。当我们进一步检视《死水》每一行诗内部的"均齐"时,除去"也许/铜的/要/绿成/翡翠"等特殊诗行出现了五拍情况,其余均以"四拍"为结构主体,从而实现内部"均齐",这淋漓尽致地凸显出闻氏对"建筑美"的理想追求。

实际上,上述闻一多"诗的三美"理论及创作实践并非个例,它也是新月诗派同人的群体追求。仅就"音乐美"而言,饶孟侃在《新诗的音节》中便系统探究了音节在诗歌创作中的重要功用,并论述了音节与"格调,韵脚,节奏,和平仄等等的相互关系",[1] 其后,在《再论新诗的音节》中,饶氏更是明确地谈到新诗的创格要以音节为核心,并主张要融合中外诗歌音节资源从事新诗创作实践。再如1926年,朱湘在致曹葆华的信中也曾谈到"音节是组成诗之节奏的最重要分子",主张应使"用韵"与诗歌的"情调"相协调。

总之,当我们今天重新思考新月诗派与古典主义文学思潮的关系史时,应注意到中国传统与西方古典主义美学倾向作为一股重要的文学潮流,既颇为实在地支撑着历史现场中新月同人的审美诉求及其诗学创作与实践行为,又成为我们当下重新检视这一同人团体与古典主义文学思潮密切关系的难以逾越的必要命题。事实上,尽管文学史实践证明,新月诗派所助推的古典主义文学思潮并未成为百年文学史的主流,新诗依然浩浩荡荡地沿着散文化的自由体式道路前进,但我们应充分理解并尊重新月诗派同人的审美理想,他们面对"新诗散文化"以及浪漫主义诗潮的积弊,从古典主义文学思想中汲取能量,试图在现代文学版图中重构一个"健康"与"和谐"的理想世界,这本身就是难能可贵、令人叹服的。

---

[1] 饶孟侃:《新诗的音节》,《晨报副刊·诗镌》1926年4月22日。

第八章　第二个十年古典主义文学思潮（1928～1937.7）

1928年以降，左翼文学思潮涌起，呼唤激烈革命的时代主潮与提倡"健康""和谐"审美原则的古典主义文学思潮之间产生了不可调和的矛盾。不过，尽管左翼文学主潮对古典主义文学思潮造成了明显的压制与贬抑，但因为信奉古典主义文学思想的同人大都供职于现代大学等文化机构，所以他们获得了坚守自身的文学理想的生存空间，同时也获得了为古典主义文学思潮在第二个十年的赓续的现实的基础与保障。相关作家中，要数京派古典主义理论家梁实秋与京派作家的古典主义文学思想及作品最为耀眼，也最具历史意义。因此，本章从梁实秋等京派文人与古典主义文学思潮的关系史着眼，检视第二个十年古典主义文学思潮的发展脉络。

第一节　梁实秋与古典主义文学思潮

1926年，梁实秋回国任教于国立东南大学，逐渐与闻一多、徐志摩、饶孟侃、朱湘、余上沅等同侪聚集在一起，共同参加新月社、筹办《晨报》文艺副刊《诗镌》、出版《新月》等杂志，并且借此加入彼时古典主义文学思想的体系建构与理论争鸣。如果说以闻一多为核心的新月诗派是在新诗格律化的文学理论与创作实践活动中将古典主义文学思潮推向高峰的话，那么梁实秋则是以出色的古典主义文学理论的建构与争鸣，将古典主义文学思潮引入舆论场域与思想高地。因此，本节从思想理论本身着眼，考察梁实秋古典主义文学思想的知识来源、理论主张、与新文学的论争，以及在古典主义文学思潮实践过程中的贡献与缺失等重要问题。

一 梁实秋古典主义文学思想的知识来源

20世纪30年代，王丛集在《梁实秋论》中评价道："白璧德教授的人文主义理论仍然少人赞许，更是少人将之应用到文学与一般学术上来，及至梁实秋教授从海外归来之后，白璧德教授的人文主义批评才算到了中国。"[1] 要言之，在中国语境中秉持学衡派古典主义文学思想建设之余绪的梁实秋，极大地推动了白璧德新人文主义思想在中国的传播与接受。因此，深研白璧德新人文主义与梁实秋古典主义文学思想知识生成之间的复杂关系，是我们首先要面对的重要问题。但在回答这一问题之前，首先要厘清梁实秋在接受白璧德新人文主义思想之前的知识谱系。

在1923年8月赴美留学前，就读于清华大学的梁实秋曾受到五四文坛浪漫主义文学思潮的重要影响，并深切认同过创造社推崇情感表露的文学信条。比如，梁氏曾在其发表的浪漫主义诗作中吐露自己的心声："我底心情就这样疯狂的驰骤，理智的缰失了他的统驭的力。"[2] 与此同时，他还与闻一多合著了《〈冬夜〉〈草儿〉评论》，撰写了《〈繁星〉与〈春水〉》《拜伦与浪漫主义》等批评文章，字里行间流露出了创造社所推崇的唯美主义诗艺倾向。但这一切在1924年秋梁氏赴美留学之后发生了改变。赴美后，梁实秋选修了哈佛大学白璧德教授开设的"英国十六世纪以后的文学批评"课程，并深深地被白璧德的渊博学识吸引：

---

[1] 王丛集：《梁实秋论》，《现代》第2期，1935年。
[2] 梁实秋：《荷花池畔》，《创造季刊》第4期，1923年。

> 白璧德先生的学识之渊博，当然是很少有的。他讲演起来真可说是头头是道，左右逢源，由亚里士多德到圣白甫，纵横比较，反复爬梳，务期斟酌于至当。我初步的反应是震骇。我开始自觉浅陋，我开始认识学问思想的领域之博大精深。继而我渐渐领悟他的思想体系，我逐渐明白其人文思想在现代的重要性。①

这段文字形象地再现了梁实秋如何在白璧德的言传身教下，一步步地深入其新人文主义思想体系，并由此深刻认识到古典主义文学思想之于现代社会的重要意义，继而决然地完成了同浪漫主义文学思想的决裂。

但我们还要强调的是，梁实秋从浪漫主义到古典主义的转向，除了直接受教于白璧德以外，学横派的推介作用也不可忽视，梁实秋曾言：

> 白璧德的思想主张，我在《学衡》杂志所刊吴宓、梅光迪几位介绍文字中已略为知其一二，只是《学衡》固执的使用文言，对于一般受了五四洗礼的青年很难引起共鸣。我读了他（白璧德）的书，上了他的课，突然感到他的见解平正通达而且切中时弊。我平凤心中蕴结的一些浪漫情操几为之一扫而空。②

言下之意，学衡派以文言方式推介的白璧德新人文主义思想，因其艰深晦涩的语言表达，并未引起梁实秋对白璧德古典主义思想的热切关注。不过，正如梁氏所言："我知道《学衡》里那几篇翻译的文章是不可埋没的。"③ 意即尽管囿于主客观条件的限制，梁氏

---

① 徐静波编《梁实秋批评文集》，珠海出版社，1998，第212页。
② 陈子善编《雅舍谈书》，山东画报出版社，2006，第522页。
③ 徐静波：《梁实秋——传统的复归》，复旦大学出版社，1992，第34页。

未能在学衡派影响下直接转向古典主义文学思想，但作为古典主义文学思潮的先行者们，学衡派古典主义思想的译介实践仍推进了梁实秋对白璧德新人文主义思想的接受过程，并且从文学思潮发展史的角度看，这也为中国古典主义文学思潮史自然而然地勾勒出了由学衡派到梁实秋的思想演进脉络。

除上述白璧德之学术、人格魅力对梁实秋古典主义文学思想形成的直接影响，以及学衡派对梁实秋古典主义文学思想的知识铺垫作用，还不能忽视的是，梁实秋自身传统的文学积淀与白璧德新人文主义思想的交融与互通性。即如有学者所言，梁实秋与白璧德新人文主义所代表的西方古典主义文学思想的关系的建立，实则是一种"缘于学术精神内在契合的结识"。[①] 亦如梁氏所言："白璧德教授是给我许多影响，主要因为他的若干思想和我们中国传统思想颇多暗合之处。我写到批评文字里，从来不说'白璧德先生云……'或'新人文主义主张……'之类的话。"[②] 这意味着梁实秋对白璧德新人文主义思想的接受，与其说是梁实秋信奉其思想，毋宁说是梁实秋在自身"中国传统思想"本位的基础上，洞悉到了白璧德新人文主义思想在沟通东西方古典主义话语资源过程中的关键性。诚如李怡所说，白璧德思想深处"存在着一个共同的中西融合的理想，这是白璧德新人文主义扎根于中国现代文化、寻找到来自于中国文化内部支持的基本方式"。[③] 质言之，梁实秋等学人之所以充分发挥主体精神去采撷西方古典主义"智果"，是因为西方古典主义涵纳"中西融合"的学理质素，而这种学理质素历来不为学界所重视。那么这种"学理质素"具体表征为什么？梁氏曾直言："白璧德对东方思想颇有渊源，他通晓梵文经典及儒家与老庄的著作。""白璧德

---

① 潘水萍：《缘于学术精神内在契合的结识——梁实秋对白璧德思想的重新发现》，《中国海洋大学学报》（社会科学版）2011年第5期。
② 陈子善编《雅舍谈书》，山东画报出版社，2006，第232页。
③ 李怡：《新人文主义视野中的吴宓与梁实秋》，《汕头大学学报》（人文社会科学版）2009年第2期。

并不说教，他没有教条，他只是坚持一个态度——健康与尊严的态度。"[1] 不言自明，正是这种超越东西方文化分野，以"健康与尊严"为核心的学理气质深深地吸引了梁实秋等古典主义倡导者。

可见，梁实秋从浪漫主义向古典主义的转向，表面上看完全是接受了白璧德新人文主义文学思想影响的结果，即梁实秋在听了白璧德的课程之后便决意转向古典主义之堡垒。但实际上却是梁实秋在中西古典主义的融合中看到了自己的文学理想与诉求，并进而由此建构了自己的古典主义理论体系。

二 梁实秋的古典主义理论体系

作为理论体系的梁实秋古典主义文学思想，是在对浪漫主义文学思潮的批判中逐步形成的。梁实秋在《现代中国文学之浪漫的趋势》一文中详细列举了新文学运动的四种"非常态"表现：一是极端接受外国文学影响，造成无标准的混乱；二是过于推崇情感，到处弥漫抒情主义；三是印象主义流行；四是过于推崇自然与创作个性。此外，梁氏更是抽丝剥茧地对以卢梭为代表的浪漫主义文学思潮展开剖析，将其缺陷归纳为三点：一是"任性"，即忽视"文学的本身"，将文学美降维，甚至是解体；二是"滥情"，即对情感过分推崇，并导致文学创作演变为"滥情主义"；三是"假理想"，即梁氏否认浪漫主义的诗学追求，认为其是"假理想主义"。[2] 从文学思潮史的角度看，这场发生在1926年的梁实秋对浪漫主义文学思潮的批判，可以视为梁实秋由浪漫主义转入古典主义文学思想的标志性事件。

如果将梁实秋的古典主义理论体系，或说理论主张加以概述，大体可概括为如下几个方面。

---

[1] 梁实秋：《梁实秋散文集》，中国社会出版社，2004，第92页。
[2] 梁实秋：《现代中国文学之浪漫的趋势》，《晨报副刊》1926年2月15日。

第一，梁实秋以古典主义文学思想为准则，对文学创作进行了整体意义上的观照。首先，针对文学创造的主客体关系，梁氏指出："文学的创造固不能超离一切物质环境的影响，但其内容如何选择，主旨如何趋向，还要以作家的个性及修养为最大之关键。"纵使是写实主义视域中的小说创作，也应铭记"写实主义小说家，是以冷静观察的态度，在有真实性的材料当中，窥见人性之真谛，并以忠实客观的手腕表现之"。[①] 其次，就作为文学创作与文学批评的创作构思而言，梁氏指出"创造家要遵着规律创作，批评家也遵着规律批评"。[②] 最后，针对文学作品的形式构造问题，梁氏指出，形式"其真正之意义乃在于使文学的思想，挟着强烈的情感丰富的想像，使其注入一个严谨的模型，使其更为一有生机的整体"，同时"形式是一个限制，唯以其能限制，所以在限制之内才有自由可言"。[③] 通过以上表述可以看出，梁实秋在对文学创作与文学批评的整体观照中，始终以"理性""规律""限制"等古典主义关键词作为评价标准，这也在一定程度上揭示了其古典主义文学思想的视域与阈限。

第二，梁实秋针对五四以降文学"为人生而艺术""为艺术而艺术"的文学批评标准，以及新崛起的左翼文艺中的政治革命批评准则，提出了以"生活的批评"作为文学批评准则的文学理念。"生活的批评"这一概念源自英国古典主义批评家阿诺德，梁氏在其影响下明确指出："假如我们以'生活的批评'为文学的定义，那么文学的批评实在是生活的批评的批评。"同时认为："文学批评与哲学之关系，以对伦理学为最密切。"[④] 这表明，在梁实秋看来，文学应向哲学与伦理学靠拢，以哲学与伦理学相关知识介入文学批评，才能实现抵达文学肌理的目的，有效完成对"生活的批评的批评"。

---

① 徐静波编《梁实秋批评文集》，珠海出版社，1998，第161~177页。
② 徐静波编《梁实秋批评文集》，珠海出版社，1998，第96页。
③ 徐静波编《梁实秋批评文集》，珠海出版社，1998，第109页。
④ 徐静波编《梁实秋批评文集》，珠海出版社，1998，第196页。

第三，梁实秋从古典主义文学思想出发，洞察到了20世纪20年代浪漫主义文学思潮中自然主义与人文主义思想的内在抵牾，并以西方古典主义文学思想之代表人物亚里士多德的"模仿论"为依托阐发了自身的文学理念："所谓文学之模仿者，其对象乃普遍的永久的自然与人生，乃超于现象之真实；其方法乃创造的、想像的、默会的：一方面不同于写实主义，因其模仿者乃理想而非现实，乃普通之真理而非特殊之事迹；一方面复不同于浪漫主义，因其想像乃重理智的，而非仅是主观情感的发泄，它在方法上是约束的。"① 在这里，梁实秋所说的古典主义的"模仿"是对理想与普遍真理的模仿，其既是"创造"的模仿，又是"理智"的模仿，更是"约束"的模仿。从哲学观来看待这一"模仿说"，梁氏是将"自然人性化"视为古典主义"人本主义者的主张"，而将人的"自然化"视为浪漫主义"自然主义者的主张"；② 从现实方法论来看待这一"模仿说"，梁氏则是将"采取人本主义的文学观"，视为"既可补中国晚近文学之弊，且不悖于数千年来儒家传统思想的背景"的重要手段。③

第四，梁实秋古典主义文学思想体系显现出了对文学与人性关系的理论思考。面对20世纪20年代末涌起的阶级性话语取代人性话语的转向趋势，梁实秋则坚守文学的人性立场，认为"文学的精髓在其对于人性之描写。人生是宽广的，人性是复杂的，我们对于人生的经验是无穷的，我们对于人性的了解是无穷极的，因此文学的泉源是永远不竭，文学的内容形式是长久的变化"。④ 字里行间，实际上寄寓着梁氏对白璧德"人的法则"与"人性的二元对立"观念的认同。就"人的法则"而言，梁氏深感晚清民初以来的科学主

---

① 徐静波编《梁实秋批评文集》，珠海出版社，1998，第73页。
② 梁实秋：《梁实秋自选集》，台湾黎明文化公司，1975，第1975～148页。
③ 徐静波编《梁实秋批评文集》，珠海出版社，1998，第161页。
④ 徐静波编《梁实秋批评文集》，珠海出版社，1998，第162页。

义思潮传播与大众启蒙的社会主流思维模式的束缚，认为是过度推崇"物的法则"导致了功利主义等文学倾向的泛滥无涯。"把人当成物，即泯灭了人性，而无限制发展物性，充其极即是过分的自然科学的进步，而没有人去适当地驾驭那些科学的成果，变成为纯粹的功利主义。这科学的功利主义即是'自然主义'的一面，我们称之为科学的自然主义。"① 基于此，梁氏将文学理论中"人的法则"的提倡与"科学的自然主义"的批判有机结合在了一起。而就"人性的二元对立"观念来说，梁氏面对左翼文学思想中阶级性遮蔽人性的主导倾向，承续了西方以白璧德为代表的新人文主义思想中"欲念"与"理智"对立统一的文学观念，坚称"人性是很复杂的，唯因其复杂，所以才是有条理可说，情感想像都要向理性低首"。② 质言之，在梁实秋看来，只有用"理性"原则节制旁逸斜出的复杂人性，并将之纳入"健康、常态"的轨道之中，文学才能拥有永恒的价值与意义。

三 梁实秋古典主义文学思想的贡献与缺失

有学者曾言："'破旧立新'、'弃旧图新'的思维模式，成为20世纪追求现代化的知识分子一个较为普遍的心态。这种心态，是诉诸古典、到古典文学中寻求精神资源的一个重要障碍，只有突破这种新旧对立的观念，古典主义的诉求才能获得存在的合理性。"③ 这段话形象地道出了梁实秋所开辟的古典主义文学思想体系的生存空间。面对晚清民初以降科学主义思潮在中国的巨大影响，以及启蒙与革命话语的强势介入促进了"新"与"旧"的断裂思维的产生，"破旧立新"成为新文学的主流思维模式。针对这种主流模式，梁实

---

① 徐静波编《梁实秋批评文集》，珠海出版社，1998，第215页。
② 徐静波编《梁实秋批评文集》，珠海出版社，1998，第105页。
③ 武新军：《古典浪漫之争的东移——20世纪20年代中国文学批评的古典主义诉求论纲》，《河南大学学报》（社会科学版）2003年第6期。

秋扬起打破文学"新"与"旧"的界限和倡导东西方文学交融的古典主义文学大旗,既显现出了一种明确的古典主义创作与批评实践的审美理想,又掀起了一股在现代中国文坛具有切实影响力的文学思潮。正如有学者所言:

> 基于中西文化交融、兼收并蓄的历史视域角度,梁实秋从"浪漫"向"古典"倾重的文学批评与审美价值观的暗示,尤能触及并凸显其不拘泥于自身民族传统思想之现代性转向的多重困窘。细读可知,梁实秋在现代文学多元新思潮的相继涌动中,一方面鲜明地反思并坚守其早期一以贯之的古典主义文学理论体系;另一方面则从中西古典传统文化的纵横视角展开多样性与比较性的深入研究。①

显然,梁实秋以"中西古典传统文化的纵横视角",抵御了进化论主导的"新"与"旧"、"古"与"今"的线性思维,并以其完善的古典主义文学理论体系对中国现代主流文学思潮史起到了一定的纠偏作用。

另外,梁实秋并没有像学衡派那样囿于白璧德新人文主义的影响,而是充分注意到了将域外资源进行本土化的移植与嫁接,并由此建构了自身的古典主义理论体系。而在梁实秋坚守自身古典主义理论思想的同时,他并没有忘记对自由主义思想的追寻,这也就使其文学理想并未完全被古典主义思想束缚,而是体现出一定程度的自由多元的文学取向。

但除了以上的贡献外,梁实秋古典主义文学思想实践也存在一些明显的缺失:梁实秋作为一名古典主义文学思想者,他所主张的"健康""和谐""节制"等思想原则未必能够真实地转换到其自身

---

① 潘水萍:《古典主义在中国的植入与辐射——对20世纪文学思潮论的一种考察》,《中南民族大学学报》(人文社会科学版) 2013年第3期。

的文学实践中。温儒敏就曾指出梁实秋急于针砭五四新文学者"滥情主义"等时弊,反而在自己写作评论文章时也不自觉地陷入"为理论而论争"的泥淖,"作者大概急于要验证和运用新人文主义的批评手段,所以硬套理论模式所造成的牵强与错误也很明显",可以说,"梁实秋捡了芝麻,丢了西瓜,因为他所要试用的新人文主义总的是一种向后看的守旧的文学观,用来评价像五四新文学这样一种变革的激进的文学潮流,当然就南辕北辙"。[①]

由此可见,梁实秋貌似处于公允的古典主义文学思潮实践中,实则相对地陷入了一种"偏狭"的文化心理中。比如梁氏对五四新文学所表露出来的"青春气"予以简单化贬抑,看不到其所代表的时代进步性的一面,这就颇为典型地反映了其理论视域的局限性。

最后,我们从梁实秋古典主义文学思想的实践意义来看,尽管其有效地丰富了中国现代文学思潮史的版图,纠正了主流思潮史视域的缺失之处,但总体来看,梁实秋古典主义文学思想并不适用于20世纪30年代风沙相面、虎狼成群的革命现实语境,其提倡的道德论与抽象人性论,不仅具有浓郁的精英化与贵族化的气息,而且具有一定的乌托邦性质。

第二节　京派文人与古典主义文学思潮

"四一二"反革命政变后,尽管新文学中心的南移使得北平增添了几分落寞,但继续活跃于京津地区的文人群体,亦为新文学存留着宽大雍容的古典文化气度。一批以沈从文、林徽因、朱光潜、废名、萧乾、周作人、李健吾等为核心的文学团体,在没有严格的组织原则的前提下,或以西方化的文化沙龙聚会、或以中国传统读诗

[①] 温儒敏:《中国现代文学批评史》,北京大学出版社,1993,第93页。

会的形式集结,并最终在和而不同的文化取向中构成了文学史视域中的京派文人群体。长期以来,我们对京派文人的认识往往基于其审美风格、艺术特色、文学流派、文化身份等视角展开,并未充分地将其放置在古典主义文学思潮的视域中,因此,本节就京派文人的文化体认、古典主义文学思想的理论与创作实践、京派文人在古典主义文学思潮史中的意义等关键问题展开论述。

一 "向传统倾斜":京派文人的文化体认

20世纪30年代的中国文坛,形成了左翼文学、京派文学与海派文学三足鼎立的格局。接近左翼文人的曹聚仁曾对京派做过这样的比喻:"扭扭捏捏,还想把外衣加长,把尾巴盖住,这是'京派'。"[①] 鲁迅更是留下了"'京派'是官的帮闲"的评价。[②] 可见,在左翼文人的眼中,京派文人的"官气"及其虚伪气质是可鄙的。实际上,当我们回顾这段历史时,若摒弃其时的意气、利益之争,便可以洞察到历史尘埃下的真相:在20世纪30年代的社会主流声音中,京派文人往往被标识为对中国"官"文化所代表的正典传统文化的延续者,以及该文化系统下的士大夫身份的现代转换。实际上,以"官"为切入点对京派文人的文化身份展开漫画化描绘,具有较强的片面性。比如,京派中的核心人物林徽因,便是集古典、浪漫、现代于一身的美学之集大成者,所谓"官的帮闲"的文化身份与之并不相符。恰如卞之琳的评价:

> 林徽因一路人,由于从小得到优越教养,在中西地域之间、文化之间,都是来去自如,也大可以在外边出人头地,但是不管条件如何,云游八方后还是早一心回到祖国,根不离国土,枝叶也在国土上生发。她深通中外文化,却从不崇洋,更不媚

---

① 曹聚仁:《续谈海派》,《申报·自由谈》1934年1月26日。
② 鲁迅:《"京派"与"海派"》,《申报·自由谈》1934年2月4日。

外。她早就在《窗子以外》里说过一句"洋鬼子们的浅薄千万学不得"。她身心萦绕着传统悠久的楼宇台榭,也为之萦绕不绝,仿佛命定如此。①

这段话虽然仅聚焦于林徽因一人,但由此也可以管窥到京派文人共同的精神风貌,即京派文人在融汇中西文化知识的基础上,始终对民族文化葆有较强的亲和感。京派理论家梁宗岱就曾感情洋溢地直抒胸臆:"我五六年来,几乎无日不和欧洲底大诗人和思想家过活,可是每次回到中国来,总无异于回到风光明媚的故乡,岂止,简直如发现了一个'芳草鲜美,落英缤纷'的桃源,一般地新鲜,一般地使你销魂。"② 在这里,梁宗岱以《桃花源记》中的理想境界来形容中国古典文化,其"向传统倾斜"的姿态不言自明。

事实上,京派文人"向传统倾斜"的态度,已然深入他们自觉的文学批评活动中。如梁宗岱就曾以中国古典诗学中的"蕴藉""兴""情景交融"等话语资源,创造性地解释西方"象征"的诗学内涵,其行为本身便是"向传统倾斜"的生动写照。但需要强调的是,京派文人"向传统倾斜"的文化体认,并不意味着与西方话语资源的隔绝。相反,"向传统倾斜"亦是他们"移西方现代文化之花,接中国传统文化之木"的过程,也即京派文人的"向传统倾斜",是在"去其'洋面孔',赋以'中国心'"的过程中实现的。③

二 京派文人古典主义文学理论与创作实践

京派作为相对松散的文人群体,尽管他们并未在严密的思想与

---

① 张曼仪:《中国现代作家选集·卞之琳》,人民文学出版社,1995,第128页。
② 李振声编《梁宗岱批评文集》,珠海出版社,1998,第20页。
③ 白春超:《京派的文化选择:向传统倾斜》,《河南大学学报》(社会科学版)2006年第3期。

组织原则下开展文学活动，但仍自发地形成了鲜明的古典主义文学思想谱系，甚至酝酿出了不容忽视的古典主义文学思潮。而构成京派文人与其所助推的古典主义文学思潮之媒介的，正是他们大量的文学理论与创作实践活动。因此，我们可以从京派文人的理论与创作实践入手，来领略其古典主义文学思想的样态。

（一）推崇古典

京派文人的思想与创作活动鲜明地显现出推崇古典的特质。具言之，当京派文人回顾五四新文化倡导者对传统古典主义思想的否定态度时，他们则反其道而行之，表现出对古典主义思想的认同。比如周作人在其《中国新文学的源流》一书中，就将晚明倡导的文学解放的古典文学资源视为五四新文学运动的源头，将晚明思想资源中的"三盏灯火"——王充、李贽、俞正燮视为古典资源中"理智"与"反叛"精神的代表，充分体现出周作人对古典主义文学思想的认可与推崇。而李长之则更为直接地谈到五四时期对古典主义文学资源的忽视：

> 中国的五四呢？试问究竟复兴了什么呢？不但对于中国自己的古典文化没有了解，对于西洋的古典文化也没有认识。因为中国的古典时代是周秦，那文化的结晶是孔子，试问五四时代对于孔子的真精神有认识么？反之，那时所喊的最起劲的，却是打倒孔家店。[1]

质言之，李长之认为新文学存在东西方古典文化传承方面的双重缺失，表达出对五四时期文人群体漠视和批判以孔子为代表的中国传统古典文化的愤慨。另外，从其表述中不难发现，李长之提倡的文化复兴实则是东西方古典主义文化的复兴，即对中国周秦文化

---

[1] 郜元宝、李书编《李长之批评文集》，珠海出版社，1998，第338页。

与西方古希腊文化传统的复兴。这不仅彰显在李长之的叙述话语中，也是沈从文、朱光潜等京派文人的共识。仅就对古希腊文化的推崇而言，沈从文就曾以建造"希腊小庙"来隐喻自己的文学创作；周作人将对于古希腊之"美"的追寻作为自己的创作动因；朱光潜从"回到希腊"的文学旅程中来感受古典文化的魅力。这些皆彰显出京派文人在钟情于中国古典主义文化的同时，对西方古典主义文化的青睐的态度。但值得注意的是，京派文人所在意的并非古希腊文化、中国周秦古典文化本身，而是其古典文化资源"借古鉴今"的永恒价值。李长之就曾指出："只有接着中国的文化讲，才是真正民族文化的自然发展。只有这样，才能跳出移植的截取的圈子。"[①] 由此可见，京派文人之所以在理论层面渴望向中国与西方古典主义复归，是因为他们希望中国新文学在洞悉东西方古典主义文学传统的过程中，摆脱"移植的截取的"等不健康的发展状态，回归到"自然发展"的轨道上来，而这也是我们理解京派文人崇尚古典主义理论倾向的关键。

从文学创作方面看，诚如沈从文所说："我还得在'神'已解体的时代，重新给'神'作一种赞颂，在充满古典庄严与雅致的诗歌失去光辉和意义时，来谨谨慎慎作最后一首抒情诗。"[②] 如何在推崇古典的倾向中重新给"神"以赞颂，京派文人切实地通过文学创作做出了回应。比如，沈从文的《萧萧》《边城》等小说，从叙述语言到文章意境整体显现出田园牧歌式的古典情调。再如废名的文学作品，总是充盈着佛禅气息，具有传统诗格意境，所显现的东方化的古典诗情画意之美不言而喻。

（二）理性的推崇与情感的节制

京派文人普遍表现出推崇理性的姿态，比如京派理论家周作人就曾指出，人之所以区别于动物，是因为"人之异于禽兽者就只为

---

① 郜元宝、李书编《李长之批评文集》，珠海出版社，1998，第338页。
② 沈从文：《沈从文文集》（第10卷），花城出版社，1984，第294页。

有理智"。① 此外,他在《谈虎集》中更是明确地谈到对情感与理性的看法:"感情是野蛮人所有,理性则是文明人的产物,人类往往易动感情,不受理性的统辖。"② 但值得注意的是,周氏也认为绝对的理智亦是不理智,意即他并没有陷入绝对贬抑情感而唯理性主义的泥淖中,而是将理性与节制性的情感进行了调和。

除了周作人外,李长之也曾就文学批评的理性原则指出:"批评是从理性来的,理性高于一切,所以真正批评家,大都无所顾忌,无所屈服,理性之是者是之,理性之非者非之。"③ 显然,在李长之看来,文学批评活动中的理性原则是极为重要的。但李长之同时又谈道:"我最憧憬的,是理性的自由。"④ 这意味着李氏同样没有极端地推崇理性,而是在一种相对自由的范畴中履行理性的原则。而我们从某种程度上看,这些京派文人对于理性的推崇与节制性情感的调和,实际上正反映了他们在古典主义话语资源中的独特性。

在京派文人的理性与情感的调和理路中,显示出某些思想异端性的是朱光潜。朱氏指出:"理智的生活是很冷酷的,很刻薄寡恩的。理智指示我们应该做的事甚多,而我们实在做到的还不及百分之一。所做到的那百分之一大半全是由于有情感在后面驱遣。"⑤ 在此,朱光潜看似重点在强调"理智"难以达成,实际上却是在凸显情感与理性融合的重要意义。这样的意义在其关于浪漫主义与古典主义的论述中同样得到了彰显,比如朱光潜曾指出:"一般人以为浪漫主义是反古典主义的,这是一个大误解。浪漫主义是多方面的,其中很重要的一方面是,回到希腊。"⑥ 基于此,朱光潜将"回到希腊"的古典主义与浪漫主义融合在了一起,形成了"带有浪漫气质

---

① 钟叔河编《周作人文类编》(第2册),湖南文艺出版社,1998,第70页。
② 钟叔河编《周作人文类编》(第5册),湖南文艺出版社,1998,第251页。
③ 郜元宝、李书编《李长之批评文集》,珠海出版社,1998,第377页。
④ 郜元宝、李书编《李长之批评文集》,珠海出版社,1998,第382页。
⑤ 朱光潜:《朱光潜全集》(第1卷),安徽教育出版社,1987,第43~44页。
⑥ 朱光潜:《朱光潜全集》(第8卷),安徽教育出版社,1987,第390页。

的古典主义"思想,这不仅丰富了京派文人的古典主义文学思想版图,还一度主导了京派文人的创作倾向。沈从文就曾表露,一部好的文学作品,应该集"古典主义的极端的理知"与"近代的表现主义浪漫的精神"于一体①,他的《边城》中的"翠翠"这一人物形象,实则既寄寓着边城美好的人性对丑陋现实的侵蚀与工业文明入侵的理性抵抗之意图,又颇为浪漫地表现出一种原始、自然、醇厚的人性美,小说中人性与自然的和谐风景又深切呼应着古典主义的审美意境。

(三) 如诗如画的艺术风格

京派文人的古典主义文学思想被投注于创作实践时,作品整体显示出一种如诗如画的艺术风格。比如,沈从文、废名、汪曾祺等作品便呈现出明显的散文化与诗化倾向。恰如朱光潜评价废名的小说《桥》:"充满的是诗境,是画境,是禅趣,每境自成一趣。"② 可以说,正是小说亦诗亦散文的艺术倾向,使得废名小说中的小河、竹林、茅屋、菜园、菱荡等意象被编织成一幅中国传统水墨写意式的诗意画卷。再如沈从文《边城》中的渡口、山水、白塔、吊脚楼等意象,同样彰显着中国宗法制乡村的桃花源式的意境。可以说,正是京派文人简练明朗、如诗如画的文人笔墨,使他们的古典主义文学思想与文学作品的隽永魅力生动地融合在了一起。

三 京派古典主义文学思潮的意义

京派文人自发形成的古典主义文学思想倾向及其实践活动,赓续了学衡派、新月派的中国古典主义文学思潮,并且其同人亦以坚实的文学创作、驳杂的文化身份、广阔的中西古典文化视野,特别是以延续本土古典话语资源的姿态,超越了20世纪30年代以是否反映意识形态划分文学"新/旧"的标准,总体上凸显了他们在中国

---

① 沈从文:《沈从文全集》(第18卷),北岳文艺出版社,2002,第93页。
② 朱光潜:《朱光潜全集》(第8卷),安徽教育出版社,1987,第522~523页。

古典主义文学思潮史中的独特意义。如果对这种独特的意义加以细分，可以从以下三个方面来加以把握。

一是古典主义文学思想已经深入京派文人的精神血脉之中，因此，在动荡的时局中他们依然可以找到明确的古典主义文学方向。

二是京派文人在中国古典主义文学思潮的发展史中具有独特的位置。从文学史时序上看，我们可以说京派文人是继学衡派、新月派之后的古典主义文学思潮的助推者。从文学史面貌上看，我们可以说京派文人发展了学衡派与新月派文人的古典主义文学思想，他们以理论倡导与创作实践"左右开弓"的方式，实实在在地推进了古典主义文学思潮的涌动。从艺术特点与艺术趋向来看，京派文人带有浪漫气质的古典主义精神，整体显现出和谐与健康之美的艺术趋向。

事实上，这种和谐与健康之美的艺术趋向，大致呈现了京派文人对希腊古典主义与中国古典话语资源的双重汲取，而在这种双重汲取中体现出明确的"向传统倾斜"的态势。之所以这样说，并不仅仅是因为"和谐与健康之美"的艺术趋向是以孔子为核心的儒家古典主义的核心要义，也不仅仅是因为沈从文、废名等京派文人将中国古典美学的神韵巧妙地融入小说等现代文体的创作之中，并显现出"和谐""理性""均齐"等美学内蕴，更是因为京派文人在创作心理，甚至是创作的无意识领域中，皆呈现出根植于中国古典话语进行现代转换的鲜明特色。这甚至体现在京派文学作品的语言机理之中，比如，废名便不自觉地将古典诗词，特别是唐人绝句的语言句式及风格熔铸于其小说语言："一匹好马，好天气，仰天打滚，草色青青。"（《桥》）其古典的诗语句式烘托出春意盎然的审美意境，令人遐思不已。

三是京派文人在回溯中国优秀古典文化的过程中，试图为中国现代文学的健康发展拓路。作为古典主义文学思潮发动者的京派文人，他们始终处在时代的边缘位置。但他们执意要承担历史重任，试图在和谐、理智与感情相调和的古典话语资源中，寻找出一条以优秀古典文化助推中国文学的健康发展之路。诚如李长之所言：

> 我们要考核中国文学的内容，只有从整个的文化价值出发，来认识我们的大作家，在我们文学史上几个煊赫的人物，像孔子、孟轲、荀况、庄周、韩非、屈原、司马迁、董仲舒、阮籍、陶潜、李白、杜甫、韩愈、李商隐、李煜、朱熹、苏轼、辛弃疾、王实甫、关汉卿、施耐庵、王阳明、曹雪芹、吴敬梓、金圣叹、鲁迅等，是必须抉发出他们的真面目和真价值的。[1]

由此可见，京派文人在对古典主义文学思想的拥趸中，尝试以"向后看"的姿态直取古典文学的精华，并且希冀在此给养中获得源源不断的"向前走"的勇气与动力。这一思想与文化命题，在21世纪的今天焕发出了蓬勃的生机与活力，但在苦难深重的旧中国，这一方案却始终不被认可。不过，值得欣慰的是，尽管京派文人所助推的古典主义文学思潮由于其超越时代的文艺属性而降低了其在历史语境中大规模传播接受的可能性，但京派文人理念深处对于传统与理性的执着坚守，也使中国文坛收获了不少古典主义文学经典之作，从而极大地丰富了中国现代文学史的视野与版图。

总之，当今天重新回顾中国古典主义文学思潮史的发展脉络时，我们能够充分感受到在时代主流话语夹缝中，艰难生存的古典主义文学思潮的真实状态与宝贵精神。值得记取的是，正因为有一批又一批的古典主义思想者的执着坚守，以及其始终坚信终有一天可改变新文学的发展路径，且能收获璀璨的民族文艺之花的勇气与魄力，古典主义文学思潮才得以成为一股无法按捺的潮流，并不断推动着中国现代文学思潮史的前进与发展。

---

[1] 郜元宝、李书编《李长之批评文集》，珠海出版社，1998，第405页。

第四编

现代主义文学思潮（1917~1949）

第九章 西方象征主义与中国现代文学思潮（1917～1949）

纵观欧洲文学史，继浪漫主义、现实主义、自然主义之后，一种新的文学思潮——现代主义横空出世。现代主义文学思潮兴起于19世纪后半叶，在20世纪初期达到鼎盛。第一次世界大战后，世界经济处于大萧条状态，资本主义社会逐步走向垄断阶段，无产阶级革命运动高涨，资本主义社会中的一些文人既无法接受苦难的现实，又无法料知迷茫的未来，于是广泛运用象征、反讽、暗示、颠覆、戏仿等各种超现实的手法来表达人在当时社会中的荒诞感受，在心灵深处以一种变异、晦涩、以丑为美的文学艺术创造风格打造了无数个寄托忧思的意象世界。现代主义文学思潮，是西方物质生活发展到一定阶段的产物，它的产生是20世纪末以来资本主义某种社会病在人们内心的反映。[①]

在20世纪20年代的中国，随着五四新文化运动落潮，加之"五卅"惨案的发生，当时的知识分子茫然、彷徨、焦虑、不安，他们普遍低落的情绪与现代主义文学发端时西方文人的状态十分相似。随着西方现代主义文学思潮进入中国社会后不断被介绍，人们对现代主义文学有了新的认识，现代主义文学成为知识分子反对传统文

---

① 钱中文：《现实主义和现代主义》，《中国文学研究年鉴》，中国文联出版社，1988，第80页。

学所需的助推力量。五四时期,在现实主义和浪漫主义成为两股主要抗衡的文学思潮之际,西方现代主义文学思潮也受到了中国知识分子的青睐。而在这股涌动着的西方现代主义文学浪潮中,象征主义是最早进入中国文坛的现代主义文学思潮之一。象征主义于五四新文化运动初期就已传入中国,在传入后,与中国文坛的现实主义、浪漫主义以及其他各种文学流派相互渗透,共同塑造了现代文学的总体风貌。

第一节 西方象征主义概述

象征主义的基本特征是用象征来暗示作家内心的真实感受,表现现实的恶与心灵的美,运用象征、暗示、烘托等手法塑造朦胧模糊的意象,将语言进行出人意料的排列与组合,使人产生扑朔迷离的感觉,以表达作品的思想。美国文艺理论家韦勒克在《文学史上象征主义的概念》一文中对象征主义的四个层次进行了区分。在他看来,所谓的"象征主义",从最狭隘意义上,指的是1886年自称"象征主义者"的一组诗人,即在莫亚雷斯所谓"象征主义"旗帜下所汇聚的诗人群体。第二个层次是把"象征主义"看作从奈瓦尔和波德莱尔到克洛代尔和瓦雷里的一场法国文学运动。第三个层次指称的是国际范围内的一个文学历史时期,即把1885至1914年的欧洲文学发展阶段称为象征主义时期。第四个层次也就是它的最高层次,在最宽泛意义上,它可以用于指称一切时代的一切文学。[①] 正如《法国拉罗斯百科全书》中对"象征主义"条目的解读,"在欧洲和全世界,象征主义仍生存。从诞生的这一天起,象征主义的性

---

① 〔美〕R.韦勒克著,刘象愚选编《文学思潮和文学运动的概念》,中国社会科学出版社,1989,第254~255页。

质决定了它是世界性的运动",① 韦勒克也建议将"象征主义"看作一场国际文学运动。

一 起源、流变与代表作家作品

象征主义是最早出现于法国的一种流派和文学思潮。1886年9月18日,年轻诗人让·莫雷亚斯在《费加罗》报上发表了《象征主义宣言》一文,首次提出了"象征主义"这一概念,标志着象征主义流派的诞生。而事实上,法国年轻诗人波德莱尔于1857年创作的《恶之花》就已经披露了象征主义的某些消息,因此后人把《恶之花》奉为象征主义的开山之作,波德莱尔也理所当然地成为象征主义的先驱人物。莫雷亚斯也意识到了这一点,他在《象征主义宣言》中清楚地写道:

> 艺术的发展提供了一种极度复杂的发散性的周期循环特点,因此,要想追踪这个新流派确切的血统,就必须追溯到阿尔弗雷·德·维尼的某些诗作,追溯到莎士比亚,追溯到更远古的神秘主义。这类问题需要一整卷的篇幅去做注释。我们说夏尔·波德莱尔必须被看做当下这场运动真正的先驱;斯蒂凡·马拉美先生对神秘与不可言喻的感受进行了分类;保尔·魏尔伦先生以他的荣光打碎了韵诗残酷的枷锁,泰奥多尔·德·邦维尔先生那神奇的手指曾经让这枷锁软化过。但是那至高的魅惑还尚未被饮用:一个顽强而满含渴望的苦役者正在煽动着新的来者。②

---

① 黄晋凯、张秉真、杨恒达主编《象征主义·意象派》,中国人民大学出版社,1989,第718页。
② 〔法〕莫雷亚斯:《象征主义宣言》,引自黄晋凯、张秉真、杨恒达主编《象征主义·意象派》,中国人民大学出版社,1989,第46页。

《恶之花》是波德莱尔的代表作，体现了波德莱尔的创新精神。首先，他描写了大城市的丑恶现象。在他笔下，巴黎风光是阴暗而神秘的，吸引诗人注目的是被社会抛弃的穷人、盲人、妓女，甚至是不堪入目的横陈街头的女尸。波德莱尔描写丑和丑恶事物，具有重要的美学意义。他认为丑中有美。与浪漫派认为大自然和人性中充满和谐、优美的观点相反，他主张"自然是丑恶的"，自然事物是"可厌恶的"，罪恶"天生是自然的"，美德是人为的，善也是人为的；恶存在于人的心中，就像丑存在于世界的中心一样。他认为应该写丑，"发掘恶中之美"，表现"恶中的精神骚动"。其次，他展示了个人的苦闷心理，写出了小资产阶级青年的悲惨命运。另外，忧郁是《恶之花》要表达的最强音。从整部诗集来看，诗人写的是人在社会中的压抑处境。忧郁像魔鬼一样纠缠着诗人。忧郁是对现实生活不满而产生的病态情感，也反映了小资产阶级青年一代命运不济，寻找不到出路，而陷于悲观绝望的心境，正如诗集初版时广告的说明和评论中所说的：《恶之花》的思想与艺术价值"在于勾画现代青年的精神骚动史"，"表现现代青年的激动和忧愁"。[1]

波德莱尔诗学思想的核心是"应和"理论。波德莱尔认为，无论是文学还是其他艺术，不管是物质世界还是精神世界，甚至是万事万物之间、万事万物与人类感官之间、人类自身的各种感官之间都可以互相沟通、相互转换。例如，波德莱尔在《应和》一诗中描写香气时写道："有的芳香新鲜若儿童的肌肤，柔和如双簧管，青翠如绿草场。"[2] "应和"理论对象征派、后来的现代派，乃至整个世界文学都有重大而深远的影响。

这个新的流派在19世纪末，即1886～1891年达到了它的昌盛时

---

[1] 〔法〕波德莱尔：《〈恶之花〉说明》，《波德莱尔全集》（第1卷），伽利玛出版社，1988，第793～845页。

[2] 〔法〕波德莱尔：《恶之花》，郭宏安译，国际文化出版公司，2006，第10页。

第九章　西方象征主义与中国现代文学思潮（1917~1949） | 297

期，史称前象征主义时期。代表人物有马拉美、魏尔伦、兰波等，其中马拉美、魏尔伦、兰波三人被并称为象征派诗人的"三驾马车"。魏尔伦深受波德莱尔诗歌的影响，他从波德莱尔那里继承了创作理论、宇宙观和人生观，代表作品有《忧郁诗章》《感伤集》等。他认为现实世界是丑恶的，人生是极具痛苦意味的，社会生活是充满颓废气息的，在他的创作中，诗歌主题大多为丑恶的现实世界与美好的理想世界的对比。魏尔伦被称为"诗王"，他的较大贡献是其在《诗艺》中所提出的"音乐，至高无上"的理论主张。①

兰波是在魏尔伦之后，将波德莱尔诗艺出色继承并发展的杰出诗人，代表作品有《元音》《醉舟》等。兰波曾说过，诗人"应该是一个通灵者，使自己成为一个通灵者"。②这里的"通灵"指的是灵魂在各种感觉之间游动与沟通。"如果说波德莱尔的应和理论揭示了事物之间，人体的器官间较为简单的关系的话，兰波则刻意从全方位的角度寻求事物间那错综复杂的关系，以及它们对人的各个器官所造成的不同刺激。"③

然而，真正在理论和创作两个维度将象征主义的各种因素系统化、条理化的人是马拉美，其代表作品有《牧神的午后》《希罗狄亚德》等。马拉美在象征主义发展历程中具有承上启下的关键地位，是法国象征主义运动中一个具有奠基意义的重要人物。19世纪80年代，马拉美的"纯诗化"诗学理论深深地影响了法国诗歌的创作，马拉美被称为"象征主义的高级传教士"。④

随着兰波、魏尔伦、马拉美分别于1891、1896、1898年相继过世，象征派文学宣言的作者莫雷亚斯宣布脱离象征派，法国的象征主义开始衰落。但是前期象征主义作为一种文艺思潮，其影响已在

---

① 孟庆枢主编《西方文论选》，高等教育出版社，2002，第302页。
② 黄晋凯、张秉真、杨恒达主编《象征主义·意象派》，中国人民大学出版社，1989，第34页。
③ 户思社：《文字的炼金术——谈兰波对波德莱尔应和理论的继承与发展》，《西安外国语学院学报》（哲学社会科学版）1997年第5期。
④ 〔美〕查尔斯·查德维克：《象征主义》，肖聿译，北岳文艺出版社，1989，第63页。

法国深深扎根，而且由于马拉美等著名诗人的影响，象征主义在19世纪末开始越过法国国界线向西欧、北美扩展。

到20世纪20年代，又兴起了后象征主义。其代表人物为法国的瓦雷里、奥地利的里尔克和英国的叶芝、艾略特等。瓦雷里继承了马拉美的纯诗传统，但在诗歌中融入了关于生与死、变化与永恒等哲学上的思索，成名作为《年轻的司命女神》。1922年，瓦雷里出版了诗集《幻美集》，一生的巅峰之作是晚年的《海滨墓园》。里尔克以著名的组诗《致奥尔弗斯十四行诗》和《杜伊诺哀歌》获得了其在现代诗坛上的大师地位。叶芝是爱尔兰的著名诗人、剧作家，代表作品有《钟楼》《灯塔》等。他最突出的贡献在于将象征分为"感情的象征"与"理智的象征"，将诗人个体的象征模式与民族神话传说等"大记忆"相结合。在艾略特的批评建构中，"神话"概念较以往进一步被引申。艾略特的《荒原》取材于"圣杯"的古老传说，把丧失了信仰的现代世界比作一个荒原，作品中涉及了大量神话传说和象征意象。尽管诗篇晦涩难懂，但仍旧被认为是英国最伟大的诗歌之一。艾略特诗作的一个显著特征是和宗教的关系十分密切，他总是把解救人类最终极的途径指向宗教皈依。

象征主义的成就，主要体现在诗歌方面，当然在戏剧和其他文体方面也产生了一定的影响。在戏剧方面，成熟的象征主义戏剧，开始于比利时诗人梅特林克，他被认为是象征主义戏剧的奠基人。

二 理论主张

在内容方面，象征主义主张表现现实的恶与心灵的美。象征主义代表们认为现实世界是虚幻的、丑恶的、痛苦的，而内在世界是真实的、美好的。因此他们虽然也主张抒写个人感情，但它与浪漫主义的抒情大异其趣，它书写的是不可捉摸的内心隐秘，是与丑恶现实世界对比下的光明理想世界，是能够找寻到慰藉的幻想世界。正如马拉美所说，象征主义表现隐藏在普通事物的背后的"唯一的真理"。于此，他们反对现实主义和自然主义对客观现实的如实描写，而是用大量的暗示和象征手法来隐喻表现人的内心世界，追求内心的"最高真实"。

象征主义创造并表现病态的"美"。象征主义代表们对现实世界的审视往往带有一种反叛和批判意味，在他们看来，现实世界的恶土只能培育出"恶之花"，所以在题材上以恶、丑为主，这深深地激发了人们内心深处的爱与恨，阅读象征主义的著作时，灵柩、幽灵、蛆虫、骷髅等词比比皆是。当时的人们早已习惯了浪漫主义的美好、圣洁，象征主义这种"恶"与"丑"的出现令人们为之一振，从而引发了人们心灵深处的反省与思考，这也是象征主义诗歌力度与美的表现。

在艺术方面，象征主义普遍使用象征手法，意在打破传统的现实主义模式。波德莱尔常用寓意化或拟人化的手法赋予具体意象精确而意味深长的暗示，往往以物来暗示情，从而造成一种模糊朦胧的感觉。马拉美强调"暗示"的重要性，他曾经这样说道："诗写出来原就是叫人一点一点地去猜想，这就是暗示，即梦幻。这就是这种神秘性的完美的应用，象征就是由这种神秘性构成的：一点一点地把对象暗示出来，用以表现一种心灵状态。"[①] 同时，象征主义代表们用联想、想象以及沉思去表现大自然和内心世界，以此感知外部世界与内部精神世界之间的各种象征关系。

象征主义重视诗歌的音乐性，强调诗歌的音乐效果，而这种音乐性往往在于诗句内在的节奏与旋律。比如魏尔伦就非常看重诗歌的所有因素中的音乐性，讲究诗歌字词的搭配，以求诗歌拥有音乐般流动的效果，提倡"奇韵诗"，即用奇数音节代替偶数音节，主张打破传统音韵限制的束缚。兰波也意在给声调染上色彩，使色彩附上音乐，实现色彩、音乐、气味的互通，视觉、听觉、嗅觉的互换，

---

① 伍蠡甫主编《西方文论选》，上海译文出版社，1979，第262~263页。

这极大地增强了诗歌的象征性。马拉美则认为音乐是一切事物关系的综合，诗与音乐的本源相同，诗歌也应该像音乐一样庄严、神秘。

象征主义追求语言美，主张句法多变。象征主义代表们认为诗歌仅仅是由语言构成，而文学语言与日常语言存在较大差异，文学语言是纯粹的诗的语言，没有任何实用目的，因此，诗歌不能使用日常用语。在诗歌创作过程中，象征主义代表们提倡采用灵活多变的诗行和丰富多彩的押韵方法，并且对诗的语言进行了很大改造，对日常用的字和词进行特殊的、出人意料的排列与组合，使之产生新的含义，使人产生一种似懂非懂、扑朔迷离的感觉。

三　功绩与缺失

对象征主义及代表作家作品的评述，既是对象征主义代表们创造出的幻境的评价，又是对人类自身生存意义的探讨。在象征主义理念主张、作品文本的深层，是无数个超越现实的幻境，这些幻境为文学发展贡献了许多可借鉴的特质。象征主义认为抽象思维和逻辑推理能力是诗人必须具备的素质，强调诗人应该加强抽象思维和逻辑推理能力的训练，认为抽象思维和逻辑推理能够提高诗歌的创作深度，能够把偶然的、变化无常的诗情和诗的其他材料完美结合。

象征主义坚持文学的特殊性，提倡开放的纯诗论。从爱伦·坡、波德莱尔到马拉美再到瓦雷里，他们一直在积极探索有关纯诗的理论。相较于其他人，瓦雷里更加明确、系统地阐发了纯诗论的基本要义。他认为文学之所以成为艺术，其根源就在于其中的诗情，诗歌应该始终传达一种无法言喻的、永恒的情感。诗情作为诗人独特的审美情感，是内心世界与外部世界沟通后所得到的审美体验，在形式上犹如变幻莫测的梦境，却有着永恒不变的特质。

除了强调诗人对抽象思维、诗情的重视，象征主义对文学整体无限性的追求、对意识与潜意识交互关系的探索也在诗歌等领域产生了广泛而深远的影响。

象征主义是西方现代派文学中最重要的组成部分,尽管如此,象征主义依然存在一些缺失与弊端。象征主义忽视了社会现实在创作中产生的巨大作用。叶芝曾经说过,"照我来想,孤独的人们苦思冥想之时是从九级力量的底层获得了创作的冲动,从而创造和毁坏人类,甚至世界本身"。[①] 由此可见,叶芝坚信不是世界创造了艺术,而是艺术创造了世界,这显然是与现实相悖的。在文学艺术创作中,无论当时的社会现实如何,它都是创作的巨大推动力量。

另外,由于象征主义追求语言美,句法多变,不直接使用日常语言,而是对日常用的字和词进行出人意料的排列组合,象征主义的作品往往晦涩难懂、扑朔迷离,具有明显的神秘色彩,使人难以理解语言本身及语言深层的精神内涵,这也是象征主义的一个重要缺陷。

第二节　象征主义在中国现代文学思潮中的文本呈现

象征主义于五四时期传入中国,尽管在中国现代文学的整个发展历程中,与现实主义、浪漫主义思潮相比,象征主义是一种相对"边缘化"的文学思潮,但从外国文学思潮影响中国文坛的总体格局着眼,象征主义与现实主义、浪漫主义,以及其他各种文学流派相互渗透,共同铸造着中国现代文学的总体特征。

在象征主义的传播方面,最早进入中国文坛的象征主义作者是比利时戏剧家梅特林克和德国戏剧家霍普特曼。早在1915年,陈独秀发表的《现代欧洲文艺史谭》一文就论及了这两位作家,但把他们归入了自然主义流派。之后,沈雁冰、鲁迅、田汉等都对象征主义在中国的传播做出了重要贡献。与此同时,象征主义也对中国作家的思维方式、审美倾向与文本创作产生了极其深远的影响,其普泛性在各种文学体裁中都得到了充分的显现。

---

① 伍蠡甫主编《西方文论选》,上海译文出版社,1979,第56页。

一 象征主义与中国现代小说

在小说创作方面，鲁迅、老舍、萧乾、沈从文、钱锺书等现代作家在写实的基础上融合象征主义诗艺，做到了现实主义与象征主义的完美融合，并使象征主义在中国本土深深扎下了自身的根脉。

鲁迅是最早用象征主义方法创作小说的现代作家之一。鲁迅在早期的翻译工作中便受到了象征主义的直接影响，并将象征技巧运用在小说创作中。他很早就在《域外小说集》中翻译了具有象征主义倾向的俄国小说家迦尔洵的《四日》以及安特莱夫的《谩》和《默》。20世纪20年代初，他又翻译了尼采的《查拉图斯特拉如是说》以及厨川白村融象征主义和精神分析说于一炉的《苦闷的象征》。此外，在1921年他还翻译了安特莱夫的《黯淡的烟霭里》，并明确指出了安特莱夫"使象征印象主义与写实主义相调和"的创作特点。[①] 在充分汲取域外文学资源的同时，鲁迅在小说创作中也大量运用了象征主义的写作手法，比如《狂人日记》中狂人的形象既有尼采笔下主人公的影子，又有迦尔洵《红花》中精神病患者以及安特莱夫《我的记录》中疯人的痕迹。《药》名字本身就是主题级的隐喻，华夏两家象征华夏民族，结尾处出现的花环，象征革命的美好未来。《故乡》结尾处的"其实地上本没有路，走的人多了，也便成了路"揭示的是韧性战斗精神。[②]《长明灯》中疯子要熄灭长明灯，实际上是反对封建传统的表征。可以说象征主义让鲁迅的小说创作由外部世界走入了人的内心精神世界，象征和隐喻的运用使鲁迅小说具备了更为丰富的内涵。

老舍在《猫城记》中设置了一个虚幻的猫城，用来映射现实的

[①] 鲁迅：《黯澹的烟霭里·译者附记》，《鲁迅全集》（第10卷），人民文学出版社，1981，第185页。

[②] 鲁迅：《故乡》，《鲁迅全集》（第1卷），人民文学出版社，1991，第485页。

世界，以象征来强化小说主题。与《猫城记》相比，《月牙儿》的象征技法更为成熟，文本深层意蕴表达也更趋于隐藏化，文章开头即写道：

> 是的，我又看见月牙儿了，带着点寒气的一钩儿浅金。多少次了，我看见跟现在这个月牙儿一样的月牙儿；多少次了，它带着种种不同的感情，种种不同的景物。当我坐定了看它，它一次一次的在我记忆中的碧云上斜挂着。它唤醒了我的记忆，像一阵晚风吹破一朵欲睡的花。①

"月牙儿"这一核心意象贯穿始终，不仅推动情节发展，也成为人物命运的一种象征。与此类似的还有老舍创作的《微神》，小说开头大篇幅描绘了男主人公"我"在一种"似睡非睡"的状态下所幻化出的"梦境"，而全篇的情节是"我"在追忆已经去世的年少时的恋人。《微神》更具朦胧色彩，象征氛围更浓，也更令人难以索解。

萧乾是象征主义手法的自觉实践者。《蚕》是萧乾要表现"一点点宗教哲学"创作理念的结晶，寄寓了他对上帝存在的怀疑性的思考。小说中蚕的饲养者"我"象征着一个全能的主宰，而被饲养在一个精致的小盒子中的蚕则隐喻人类。文中描写"我"毕竟不是全能的上帝，终疏于饲养，使蚕"消瘦得比才生育完的妇人还惨凄"。作者由此得出了怀疑性的结论："即使有个神，它也必是变幻无常，同时，望了人类遭际徒然爱莫能助的。蚕的生存不在神的恩泽，而在自身的斗争。"②

沈从文的《边城》也运用了象征手法，比如"边城"题目本身就蕴含着被边缘化的韵味，而结尾处白塔在祖父死去的那个暴风雨

---

① 老舍：《月牙儿》，《老舍小说》，浙江文艺出版社，2017，第54页。
② 萧乾：《〈创作四试〉前记》，《文学回忆录》，北方文艺出版社，2014，第52页。

的晚上轰然坍圮，这实则象征着一个关于湘西的世外桃源神话的必然性终结，从而使整部作品传达出一种挽歌的情调。

综上，碍于社会客观环境与形势的限制，象征主义凭借其曲折的笔法促成了言说上的隐蔽，从而成为作家表达内心真实的首选。在象征主义思潮影响下，现代作家利用象征技法强化小说题旨的表达，凭借象征手法的暗示性和隐藏性烘托出了作品的深层意蕴。

二 象征主义与中国现代新诗

象征主义与中国现代新诗的关系最为密切且最为复杂。1920年，早期象征诗派代表人物李金发在法国受到波德莱尔、魏尔伦等诗人的影响，摈弃了传统诗歌"思无邪""温柔敦厚"的传统，率先将西方象征主义的丑恶、死亡、虚无和恐怖的主题引入中国新诗的创作中，并从波德莱尔、马拉美、魏尔伦的诗歌中感应到了世纪末的病态美，开始在诗歌中抒发人生痛苦和情感忧伤。李金发先后创作了三个诗集：《微雨》（1925）、《食客与凶年》（1926）、《为幸福而歌》（1927）。这些诗集中的诗作，诗句富于跳跃性，具有"远取譬"的特征，晦涩难懂，缺少传统文化积淀。诗大多都是对生与死的忧伤、现实与梦想的迷惘的表述，具有较为浓重的唯美颓废色彩。正如他所言："如残叶溅血在我们脚上，生命便是死神唇边的笑。"[①]

通过李金发的诗歌创作，我们能够洞见早期象征诗派的主要贡献与不足。第一，早期象征诗派对早期白话诗的浅白诗风具有重要的纠偏作用，但他们走的是贵族化的道路，使诗走向了晦涩难懂的另一端。第二，虽然早期象征诗派在西方艺术与民族传统之间架起了桥梁，但他们对民族传统文学是陌生的，对西方艺术也未及消化。第三，早期象征诗派的诗艺建构对中国诗坛产生了重要影响，成为20世纪30年代现代诗派的先声，但他们反对诗歌的"时代意识"，

[①] 李金发：《有感》，《为幸福而歌》，商务印书馆，1926，第107页。

认为诗仅"是个人灵感的记录表",①这种看法脱离了社会现实,也使诗的格局趋于窄化。

相对于早期象征诗派,在20世纪30年代现代诗派的创作实践中,戴望舒找到了"既不是隐藏自己,也不是表现自己"的适中的艺术尺度。②他在初期白话诗和自由体的浅易奔放与象征派的晦涩朦胧之间取得了诗艺的平衡,同时在象征主义的移植与中国传统诗学的继承之间架起了一道连通的桥梁。戴望舒是"主情"的代表,其诗作重在抒发个人的孤寂、悲伤之情,比如《雨巷》中"丁香空结雨中愁"式的韵味和悠长又寂寥的雨巷,就潜隐着作者自身的孤寂、惆怅之感。可以说,《雨巷》中营造的象征氛围以及生成的朦胧意象,彰显了20世纪30年代现代派诗人在审美形式上与西方象征派以及意象派的一定程度上的契合性。

与戴望舒的"主情"风格不同,现代诗派另一位代表人物卞之琳既受到从法国象征派到英美现代主义诗歌的影响,又将中国传统哲学和思想创造性地加以融合,形成了自己独特的"主智"风格。这种"主智"风格在其诗歌创作中彰显为"智性化"和"非个人化"的显著特点,具体体现在以下几方面。

卞之琳善于在生活细微处发现诗,并能够由生活上升到哲学的高度。对人生及生活做形而上的全景式思考,比如《一个闲人》中,诗人从一个闲人手中那两个滑亮的核桃就能够窥见人生虚度的事实,充分说明了诗人哲理思辨的能力与水平。同时,为了实现诗情的"智性化",卞之琳以爱因斯坦相对论的新宇宙观作为诗歌思维方式的基础,如《断章》中"你站在桥上看风景,看风景的人在楼上看你",在这两句诗中,"你"由观看的主体变成了被观看的客体,"你""风景""看风景的人"的位置变换,形成了诗歌的回环结构,

---

① 李金发:《是个人灵感的记录表》,刘匡汉、刘福春编《中国现代诗论·上编》,花城出版社,1985,第250页。
② 杜衡:《望舒草·序》,《现代》第3卷第4期,1993年。

也表明了空间的相对性。

卞之琳诗歌创作中的"非个人化"特质主要是受到艾略特"逃避情感"主张的影响。①为了实现诗歌的"非个人化",卞之琳主要采用了抒情主体变位、戏剧性处境等艺术手段,使抒情主人公隐退成为小说化、戏剧化的角色,如《鱼化石》中"我要有你的怀抱的形状,我往往溶于水的线条"等诗句,就运用了戏拟对白的方式来表达对于忠贞感情的追求。

到了20世纪40年代,在象征主义诗歌创作方面体现出较高成就的是诗人冯至和九叶诗派诗人群体。20世纪40年代的冯至已经由20世纪20年代浅草—沉钟期间注重主观抒情的浪漫主义,转向了以客观体验领悟个体生命存在的现代主义。1942年,冯至出版了《十四行集》。在这部诗集出版过程中冯至深受后期奥地利象征主义大师里尔克的影响,认为诗不再只是情绪或情感的载体,而是像里尔克所强调的,"诗是经验"。②因此,冯至20世纪40年代的诗呈现出知性化的特征,其被李广田称为"沉思的诗人"。③冯至的《十四行集》作为中国现代哲理抒情诗的代表,标志着现代诗歌对西方象征主义诗艺的借鉴已相对臻于成熟。

九叶派诗人自觉地致力于新诗的"现代化",他们提出了诗的新倾向:"纯粹出自内发的心理需求,最后必是现实、象征、玄学的综合传统。"④从20世纪20年代的象征派到20世纪30年代的现代派,诗人多以"纯粹"相标榜,以"摩登"为现代,把社会现实性排斥在诗的现代性之外。九叶派诗人则公开承认对现实的关怀与承担乃是诗的现代性的题中应有之义,于是他们将目光投向了对民族复兴与人民觉醒的现实描摹,这标志着诗的现代性观念出现了重大转折。

---

① 刘燕:《艾略特》,四川人民出版社,2001,第292页。
② 〔德〕里尔克:《给青年诗人的信》,冯至译,上海译文出版社,2011,第93页。
③ 李广田:《沉思的诗——论冯至的〈十四行集〉》,《明日文艺》第1期,1943年。
④ 袁可嘉:《新诗现代化——新传统的寻求》,谢冕总主编,吴晓东本卷主编《中国新诗总论2 1938-1949》,宁夏人民教育出版社,2019,第478页。

比如诗人穆旦对"一个民族已经起来"的由衷赞美，就体现出一种鲜明的关注民族与国家的责任意识。同时，九叶诗派针对当时国统区不合理的社会现实和腐朽的社会制度进行了猛烈的攻击，如袁可嘉的《难民》对官吏借助救济难民之名行劫掠难民之实进行了辛辣的嘲讽与批判，传达了明确的关注底层人民的现实精神。值得注意的是，九叶派诗人在关注现实的同时，极其注重对诗歌史诗性的追求，这表明其具有鲜明的历史意识，如穆旦的《森林之魅》《神魔之争》《隐现》，杜运燮的长诗《复活的土地》等，皆致力于追求对现实和历史的整体性把握，试图对现代文明进行一种全景式的思考。另外，九叶派诗人在强调生命体验与感受的同时，还主张将其提升到"玄学"的层次上。在这方面，从波德莱尔到里尔克等西方现代诗人，再到现代中国"沉思的诗人"冯至，都曾给予九叶诗派以深刻的影响和启发。因此，九叶派诗人在强调书写现实的同时，也强调一定要尊重生命本体自身的感受。可以说，正是在"生活的现实的突进"与"心灵现实的突进"这两个方面的统一上，中国新诗派诗人的独特创作特质得到彰显。

三 象征主义与中国现代戏剧、散文、散文诗

中国现代戏剧同样是因为象征主义艺术技法的参与才得到了丰富和发展。在中国文坛，最早运用象征主义技巧的戏剧家是郭沫若和田汉。郭沫若的《女神之再生》取材于中国上古女娲补天的神话故事，作者对女神新造一个太阳的叙写，实则隐含着一个新的时代即将到来的美好愿景。在田汉写于1920年的剧本《梵峨林与蔷薇》中，小提琴是艺术的表征，蔷薇则象征着美好的爱情。此后，象征主义剧作家创作的一个重要特征是对"死亡"主题的偏爱。比如陶晶孙的《黑衣人》从人物身上黑色的服饰，舞台上表现的黑暗，到月黑风高的规定性情境，都烘托了剧本"死"的核心主题。甚至黑衣人形象本身就是一个"死神"的象征。陈楚淮的《骷髅的迷恋

者》中的诗人一生迷恋骷髅，等死神来临时他才幡然悔悟，借死神之口指出，把青春交给骷髅的人，永远找不到人间的快乐。神秘化和哲理化是象征剧的另一个突出特征。比如田汉的《古潭的声音》，描写一个舞女跳入神秘的古潭去寻找灵的世界的故事，这样，作品中的古潭就具有了象征意味，成为人的一种心灵寄托之地。而到了20世纪30年代，曹禺的戏剧则将象征主义技法纯熟地应用到了其创作中，如《雷雨》通过人物命运的交汇显示出宇宙中不可名状的力量，表现出对宇宙间神秘事物的一种不可言喻的憧憬。《北京人》中远古的北京人是一种中华民族原始强力的象征，作者将其与现在北京人的渺小与懦弱相比，体现出作者对民族命运的深入思考。

相较小说、诗歌和戏剧而言，散文领域也出现了一些具有象征意味的典型作品，如鲁迅的散文诗集《野草》中的大多数篇什均以"我梦见自己……"为开头，试图以梦境营造出作品的朦胧性。何其芳的《画梦录》以不明确的象征指向和对梦境的展示与描绘，使文章呈现出一种朦胧的色调。唐弢的《落帆集》则在想象的世界中寻绎到了比真实存在更美好的栖息地。

总之，象征主义的艺术技法在诸多文体中的巧妙糅合，丰富了中国现代文学的样貌，扩大了象征主义在中国现代文学思潮中文本呈现的辐射面。但象征主义却在一定程度上忽视了社会现实在创作中的重要作用，具有明显的神秘主义色彩，这也成为象征主义无法回避的问题。

第十章　西方表现主义与中国现代文学思潮（1917~1949）

作为现代主义文学思潮重要组成部分的表现主义，在文学上带来了对文化精神和思想观念的冲击，逼迫作家追问精神价值和现实关怀。20世纪初期表现主义在德国方兴未艾之时，表现主义便作为现代主义思潮匆匆登上了中国新文学的舞台，无论是在文学理论建构上，还是在作家的创作实践中，都对现代作家产生了直接的影响。

第一节　西方表现主义概述

表现主义是20世纪初期德国的一场精神运动，它不限于艺术和文学领域，而是遍及宗教、哲学和政治等社会生活的各个领域。就文学领域的表现主义来说，它与象征主义、未来主义等思想流派一样，是一个非常复杂的现象。R·S·弗内斯说："'表现主义'是一个描述性术语，它不能不涵盖许多根本不同的文化表现形式，以至于实际上没有什么意义。在文学和艺术所有定义中，它看起来是最难定义的。"[1]

---

[1] 〔英〕R·S·弗内斯：《表现主义》，艾晓明译，昆仑出版社，1989，第102页。

一 起源、发展与理论主张

表现主义是20世纪初至20世纪30年代盛行于西方世界的一种文艺思潮,它首先出现在德国,盛行于奥地利,进而在瑞典、波兰、英国、法国、美国等国广为流传。"表现主义"的拉丁文意为"抛掷出来""挤压出来"。表现主义致力于表达发自人内心的一种情感体验。这一概念可以追溯到西方绘画艺术领域,《西洋美术辞典》对表现主义有这样的表述:

> 表现主义,艺术史及批评专用语,用以指称二十世纪的一个美术运动,它不再把再现自然视为艺术的首要目标,因而摆脱了文艺复兴以来欧洲艺术的传统目的。表现主义宣称直接表现情绪和感觉为所有艺术唯一的真正目标。线条、形体和色彩的被采用全因它们有表现的可能性。为了达到更强烈的情感而牺牲了平衡的构图及美的传统观念,"扭曲"变成一种强调的重要手段。[①]

可以说,表现主义者摆脱了既往以自然的真实描摹为艺术表现的基准,不再将表现对象的真实性作为评判作品优劣的标准,他们将表现内心的真实和生命的观念视为艺术的终极追求。这场反传统的艺术革新运动于1910年前后在德国和欧洲其他地区陆续兴起,表现主义这一术语因此被广泛应用,用以指代反对传统的自然主义和印象主义的一种新的艺术倾向。1916年奥地利批评家赫尔曼·巴尔出版《表现主义》一书,深刻剖析了表现主义的精神实质。1917年德国理论家埃德施密特发表演讲《论文学创作中的表现主义》,系统阐释了表现主义的思想基础和艺术追求,成为表现主义文艺思潮的

[①] 黄才郎主编《西洋美术辞典》,外文出版社,2002,第284页。

艺术纲领。此后,表现主义成为更加自觉的艺术创新活动,不仅在美术、戏剧和文学界产生影响,而且逐渐波及音乐、建筑、电影等领域。

表现主义总的理论主张是:"艺术不是现实,是精神","是表现,不是再现"。[①] 具体表征为以下几点。

首先,创作者倾向于用夸张和变形的手法来表现一种心理和观念世界的真实。在表现主义文学作品中,作家注重表现主观情感和自我感受,作家在描绘人的主观世界、直觉和梦幻的同时,往往对作品中的人物客观形态进行夸张、变形乃至怪诞处理,以发泄内心的苦闷。如卡夫卡《变形记》中的主人公发现自己变成了一只巨大的甲壳虫;《城堡》的主人公始终无法进入城堡内部;《饥饿艺术家》中真诚的艺术家为了延续自己的艺术生命,采用绝食的手段毁灭自己等。作家往往以夸张和变形的手法展示人与所处环境、社会、文明之间的对立,表达在现代社会普遍异化的境遇中所感受到的苦闷与孤独,以荒诞不经的故事揭示社会和人生的非理性。

其次,强调突出心灵的真实与内在的激情。表现主义重视主观心灵感受,主张文艺作品不是模仿自然,而是再造自然,要曲折表现客观世界在主观内心世界中激发的激情与感受。表现主义对人的关注使得人们从个体的内心世界进行创造成为可能,于是,文学创作不再局限于再现客观现实,而是致力于表达真理,崇尚自由,追求灵魂的自由和行动的自由。比如斯特林堡创作的《通往大马士革之路》三部曲,有异于现实主义作品,讲述的是主人公的个性分裂成了若干个人物,这些人物在现实与内心的冲突中寻求自我和解的故事。作品完整地呈现了人与命运、教会和内心相互搏斗的过程。作家致力于以内心冲突外化的方式,表现人对于灵魂归宿的追求,真实反映主观心灵感受和内在激情。

---

① 〔美〕罗伯特·亨利:《艺术精神》,张婷译,南京大学出版社,2012,第111页。

再次，表现主义还体现为作品情境的寓言化以及对现实的批判立场。表现主义主张运用象征、隐喻、抽象等表现手法将真实与虚幻交织。在表现主义作家的笔下，作品中的人物只是某种抽象观念的代表，他们没有具体的姓名，有些人物甚至只用一个简单的符号指代。这种将人物抽象化的做法意在塑造荒诞离奇的人物内心，形成作品情境的寓言化风格，表达作家对现实的不满和批判之态度。如在德国剧作家托勒尔的诗剧《群众与人》中，作者以情境寓言化的方式讲述了剧作家托勒的革命经历。在行文过程中，作者打破了传统现实主义戏剧的叙述方式，让现实与梦境交叉出现，剧作中的人物也只是一定思想和观念的体现，而人物的对话并非指向外在现实，而显示出的是作者自身内在思想的交锋。评论家赫尔曼·巴尔曾针对表现主义的这种内倾性特质做过这样的总结："从没有一个时代被这样惊吓，被这样的死亡恐怖所震动。从没有一个世界如此坟墓般地寂静。人从没有如此渺小，从没有这样畏惧。和平从没有如此遥远，自由从没有如此死亡。现在危机在呼喊，人在向自己的灵魂呼救，整个时代成为唯一的呼救。艺术也在同声喊叫，直喊进阴沉的黑暗，它在呼喊救命，它在朝灵魂呼救。这就是表现主义。"[①]从其表述中，不难发现，正是由于20世纪初西方国家战争频仍，政局动荡不安，人已经无法找到安身立命之所，因此才转向了精神领域，向自己"灵魂呼救"。

最后，表现主义作品呈现出鲜明的荒诞色彩。在艺术风格上，表现主义者将内心体验的结果转化为一种激情，往往用某种特定的人物或抽象的本质来取代个体，从而呈现出一种不连贯的情节；线索也不清晰，且往往以一种怪诞的方式来表现自私和丑陋的社会现象。比如在奥尼尔的《毛猿》中，主人公在社会上无法找到自己的归属与定位，最终竟沦落至与大猩猩为伍的地步。作品不仅指向了

---

① 刘敏：《德国表现主义戏剧的叙述方法》，《河南教育学院学报》（哲学社会科学版）2000年第2期。

外在怪诞的社会现象，而且对人物的内在心理世界给予关注，以时远时近的鼓声和人声鼎沸的嘈杂声来表现人物错乱和恐惧的内心思绪。作家这种对外在现实世界和内在心理世界进行的变形和夸张的描绘，使作品彰显出鲜明的荒诞意味。

二 代表作家作品

西方表现主义文学的最大成就表现在诗歌、小说与戏剧领域。在诗歌领域，表现主义诗作多受尼采和叔本华唯意志论的影响，注重诗人的自我感受和自我表现，具有一种粗野豪放的风格，代表人物有德国的贝歇尔、贝恩、格奥尔格·特拉克尔等。贝歇尔的代表作《绝望的岛屿》是"岛屿"的人格化独白，意象丰富，含义隐晦，体现出对新的诗歌语言与表达方式的探索。贝恩在诗歌创作上追求形式上的完美，着力表现现代社会中的个体感受。格奥尔格·特拉克尔是表现主义诗歌的先驱，创作特色在于诗歌中超乎日常经验的意象组合，他通过这种意象组合传达出一种强烈而隐晦的主观情绪。具言之，特拉克尔善于以独特的意象来隐喻鲜活的生命体验，以"罪与赎罪"为诗歌一以贯之的主题，在多重情感交织中制造诗歌的张力，从而践行对人类命运的深入思考。

在西方戏剧领域，涌现出了斯特林堡、奥尼尔等一批优秀的表现主义剧作家。瑞典的斯特林堡是欧洲表现主义戏剧的先驱人物。斯特林堡的剧作经常以人间的苦难为主题，因此往往彰显出浓郁的悲观主义色彩。比如其代表作《梦的戏剧》就以天神女儿的视角观察了人类苦难及人的生存境况，展示了人类前景的虚无状态。奥尼尔是20世纪美国表现主义的巨匠、民族戏剧的奠基人和世界文学史中里程碑式的人物。在四十年的戏剧创作生涯中，他撰写了大量戏剧理论和作品，被誉为20世纪美国最优秀的剧作家之一。他的作品富有生命力、诚挚、情感强烈，有原始悲剧的烙印。其作品《琼斯皇》运用了大量幻境、内心独白等表现主义技巧，作者将这些技巧与现代心理学相结合,用以深刻阐释人类深层心理状态,并试图深入人类的灵魂世界,来思考生命,讨论人性,表达深重的苦难主题。可以说,奥尼尔擅长全方位、多角度地描摹生活、刻画人物,专注于揭示人的本真状态和内心情感,他始终秉持"生活中有悲剧,生活才有价值"的创作理念,① 坚信悲剧能使生活变得高尚。奥尼尔的这种表现主义戏剧观,不仅在西方引起了轩然大波,对中国的洪深、曹禺等戏剧家也产生了深远影响。

在西方表现主义小说领域,奥地利作家卡夫卡是最有影响力的代表作家之一,其代表作主要有《变形记》《城堡》等。这些作品多描写在现实社会压力下抑郁不得志的小人物的悲剧故事,力图表达世界的荒诞和人性的异化等相关主题。比如卡夫卡的《变形记》,作品借助主人公格里高尔变形后引发的一系列事件,描述了残酷的社会现实和冷漠的社会环境带给人的恐惧感和疏离感,揭示了在资本主义社会中个体所面临的生存困境。作者运用严谨的语言描述了荒诞不经的情节,描述了其对社会的独特感受和体验,并运用梦幻、抽象、变形、荒诞的形式展示了人的内心世界图景,揭示了在现代社会中人所面对的"异化"的精神危机。

总之,西方表现主义不仅有非常完整的起源、流变过程,有极其明确的理论主张,而且在小说、诗歌、戏剧领域都产生了具有影响力的代表作家作品。这些理论主张和作家作品,不仅刷新了西方文坛对于文学谱系的认知,而且直接参与了中国文坛对于现代文学理念的建构过程。

第二节　表现主义对中国现代文学思潮的影响

表现主义在第一次世界大战后传入中国,其所拥有的强烈的反

---

① 许诗焱:《尤金·奥尼尔戏剧理论与实践研究》,《艺术百家》2007年第6期。

资本主义与反战倾向，以及追求普遍和永恒的人性主张，对中国现代文学产生了深远的影响。

一　表现主义的引入

西方表现主义思潮最早起源于绘画领域，中国对于表现主义的译介也是由绘画领域开始的。1921年《小说月报》第十二卷第六号介绍了象征派绘画和表现派绘画，同时发表了日本黑田礼二的论文《狂飙运动》（海镜译），文章指出表现派绘画是德国战后社会现实的反映。随后，《小说月报》第十二卷第七号刊载了海镜的《后期印象派与表现派》一文，文章在介绍俄罗斯表现主义展览会的情况时，认为表现主义包括象征主义、未来主义和表现派等。之后，《小说月报》第十二卷第八号"德国文学研究专栏"又发表了四篇关于表现主义的文章，从不同侧面介绍了德国表现主义文艺。另外，这一时期的《文学旬刊》还发表了斯宾加恩撰写的《文学的艺术的表现论》（赵景深译），这篇文章系统介绍了表现主义的文学观和批评观。与此同时《东方杂志》《晨报副刊》等刊物也曾介绍过表现主义。总体而言，这些译介表现主义的篇什，通常持有一种客观的态度，尊重理论原本的样貌，较少个人阐释的成分。

20世纪20年代，创造社是积极引进并推广表现主义的重要文学社团。创造社在引进西方表现主义过程中的一个重要特色是在理论译介中加入了个人的理解与阐释元素。在创造社中，郭沫若是最早倾向于表现主义的理论家之一，他在《创造周报》第5号发表的《论中德文化书》一文中，流露出对德国表现主义高度的赞扬和赏识的态度。

及至1924年以后，鲁迅翻译了多篇片山孤村、山岸光宣等日本学者介绍表现主义的理论文章，较有代表性的，如鲁迅翻译的片山孤村的《表现主义》和山岸光宣的《表现主义的诸相》，前文侧重对表现主义思想倾向性的介绍，后者则侧重表现主义与其他文学思潮的区别。

在鲁迅之后，1928年10月北新书局出版了刘大杰的《表现主义文学》一书，这是20世纪前半叶唯一一本由中国人自己编著的较为完整的表现主义文艺理论专著。这部专著准确地描绘了西方表现主义文艺运动的整体面貌，并较为全面地阐释了当时国内理论界对于表现主义的认识和理解。

整体而言，在中国文坛对现代主义文艺的译介中，表现主义是较为被重视的派别之一。理论家们在向中国文坛译介表现主义的过程中，从最初的客观介绍，到较为系统的研究与阐释，再到将其融入现代文学的整体框架与谱系中，可以说，基本捕捉到了表现主义的主要内容和内在实质。而中国学界之所以对表现主义如此重视与青睐，乃是由于表现主义本身所带有的反传统的特质，对于人内心真实和激情的强调，符合当时中国对于文艺界除旧布新的要求，契合当时中国的时代精神。

二 表现主义对中国现代文学的影响

早在五四之初，中国新文学的两位主将鲁迅和郭沫若就对表现主义倾注了极大的热情，并创作了一批具有表现主义风格的文学作品。而他们创作的共性特征在于：表现外部世界在人的内心世界折射的光，用自己主观感受的真实世界代替客观存在的真实世界，将内心强烈的社会情绪和深刻的心理体验进行有机的结合。

(一) 鲁迅文学创作中的表现主义

鲁迅与表现主义的渊源可以追溯到他在日本留学期间，此期间他受到尼采的《查拉图斯特拉如是说》、安德烈耶夫的《人的一生》《黑假面人》等表现主义作品的直接影响，这种影响后来鲜明地体现在了其文学作品当中。比如作为白话小说的开山之作和五四新文化的第一声呐喊的《狂人日记》，通过狂人的特殊视角和主观幻想，把读者带到一个充满怪诞、扭曲的陌生世界，显示出明晰的表现主义风格特征和艺术倾向。再如《故事新编》,作者对古代历史、神话和传说等题材进行寓言化的改写,以传达自身的思想观念和情绪;对"新故事"进行夸张和扭曲的表述,以取得陌生化效果。这些都彰显表现主义的鲜明特征。以《铸剑》为例,这篇作品是在《吴越春秋·阖闾内传》《越绝书·越绝外传记宝剑》《孝子传》《列异传》《搜神传》等传统历史故事的基础上构思出的一个铸剑被杀、三头相搏的离奇复仇故事,小说中被砍下的头在煮沸的油锅中歌唱,以及三头相互搏斗的场面,皆具有表现主义的鲜明特质。由《故事新编》集中诸篇什处理传统和现代的关系来看,鲁迅打破了既往关于历史真实的认知,自由穿梭于传统和现代、历史与现实之间,使怪诞色彩在文本世界中得以淋漓尽致的渲染与发挥。具言之,《故事新编》将古人的事迹植入现代语境之中,有效打破了读者关于历史真实的阅读幻觉,唤起了读者对于作品题材的理性反思,促使其建立起对于小说主人公以及作品意图的全新审视眼光。茅盾就曾指出:"鲁迅先生以他特有的锐利的观察,战斗的精神和创造的艺术,非但'没有将古人写得更死',而且借古事的躯壳来激发现代人之所应憎与应爱,乃至将古代和现代错综交融,则我们虽能理会,能吟味却未能学而几及。"[①] 而在历史素材或经典文本中取一点因由,再随意点染一些史所未涉的人物与场景,以表现现代人特定的思想观念或情感,恰是表现主义作品的显著特征。

除《狂人日记》和《故事新编》外,《野草》中的《死火》《墓碣文》等作品也具有深刻的表现主义影响痕迹。1924年鲁迅翻译了厨川白村的《苦闷的象征》,在《苦闷的象征》中,厨川白村运用克罗齐和弗洛伊德的理论,强调艺术的"表现"。

> 近时在德国所倡导的称为表现主义的那主义,要之就在以

[①] 茅盾:《鲁迅论》,《小说月报》第11期,1927年。

> 文艺作品为不仅是从外界受来的印象的再现，乃是将蓄在作家内心的东西，向外面表现出去。它那反抗从来的客观的态度的印象主义而置重于作家主观的表现的事，和晚近思想界的确认了生命力的创造性的大势，该可以看作一致的罢。艺术到底是表现，是创造，不是自然的再现，也不是模写。①

在这里，厨川白村主要表达的意思是：艺术是表现而不是再现。换言之，表现主义推崇精神，认为精神才是真实之实存，从而其理论和创作呈现出尊重空想、神秘、幻觉的态势。而1924~1926年当鲁迅创作《野草》之时，恰是其译介厨川白村的《苦闷的象征》之际，于是便自然地接受了厨川白村之表现主义思想的影响。同时必须看到，鲁迅接受厨川白村表现主义思想的影响并不是被动的，而是与其自身当时的思想状态密切相关的。即鲁迅自身就有表现主义的激情，同时他在当时社会环境中所感受到的压迫与不满，与表现主义强调主观思想的理念契合。正是这样的契合，才使鲁迅欣然接受了域外表现主义思想的影响。具言之，新文化运动之后，国内政治力量分化、政局动荡，加上几千年封建文化的桎梏，家庭的变故……诸多的矛盾纠结盘踞在鲁迅的灵魂深处。于是，他势必要寻找适当的途径加以发泄。而表现主义所倡导的"极端的表现主义的精髓，是艺术地描写他的心底状态，然而一切艺术家，尤其是表现派的艺术家，乃是苦恼的人们，大抵是和家族、社会、国家等相冲突"的理念恰恰暗合了鲁迅的人生经历和思想状态。② 所以，我们在阅读鲁迅的作品时，往往会有这样的体会，即鲁迅追求的不是精确地反映自然表象，而是表现感知者的本质，表现自然界所蕴含的内在精神。比如《死火》中的"死火""冰山"都是借助自然界的事物来表现自己的内心世界；《墓碣文》里的世界是一个充满"毒气

---

① 〔日〕厨川白村：《苦闷的象征》，鲁迅译，人民文学出版社，1988，第33页。
② 〔日〕片山孤村：《表现主义》，鲁迅译，人民文学出版社，1958，第171页。

和鬼气",迫使"我"变成"口有毒牙的长蛇"的世界,而"墓碣""死尸""孤坟""游魂"等意象皆是作者赤裸灵魂的外在表现,是自我内在矛盾解剖和思想搏斗的呈现。在这里,鲁迅的写作意图并不是指向外在的现实,而是采用寓言化的方式表现对于人的灵魂和精神状态的深邃思考。

(二) 创造社文学创作中的表现主义

创造社深受德国表现派的影响,强调创作不是反映客观生活的真实,而是表现作者内心世界的真实。同时他们深感当时社会的动荡不安,对社会流露出不满、怀疑和失望的情绪,自我内心世界也出现了压抑和扭曲的状态。为了摆脱这种压抑的状态,创造社成员的作品深入开掘人的内心世界和灵魂领域,并且特别强调激情的书写。

创造社主帅郭沫若就深受德国表现主义之影响,认为"艺术家的求真不能在忠于自然上讲,只能在忠于自我上讲,艺术的精神绝不是在模仿自然,艺术的要求也决不是仅仅求得一片自然的形似"。[1]基于这样的理解与认识,郭沫若在汲取了表现主义思想资源的同时,又吸收了18世纪末19世纪初欧洲浪漫主义的艺术创作方法,并将二者融合,酿就了自己独特的创作风格。比如诗歌《女神》《凤凰涅槃》《天狗》等诗作,在意象表层呈现幻觉和变形的样态,主张强烈的对比手法,致力于塑造出直观而震撼的效果等,这具有明显的表现主义倾向。我们以郭沫若《女神》中的诗句为例:

  梅花呀!梅花呀!
  我赞美你!
  我赞美自己!
  我赞美这自我表现的全宇宙的本体![2]

---

[1] 郭沫若:《自然与艺术:对于表现派的共感》,《创造周刊》第16期,1923年。
[2] 郭沫若:《郭沫若诗选》,人民文学出版社,1977,第61页。

在这里，诗人从赞美梅花，到赞美自己，再到赞美全宇宙，体现出的是作者的一种非常广阔的视野，尤其是诗中将梅花、自我、全宇宙相融合，同等共观的创作方法，给人呈现出的是一种非常令人震撼的艺术效果。

再比如在《凤凰涅槃》中，作者借助凤凰自焚又重生的神话故事来表现诗人自身的热情、大胆的想象与时代的激情。象征的书写方式贯穿始终，凤凰自焚又重生的过程成为一个典型的象征，象征着生命的过程，象征着生与死的转化。而凤凰在自焚前的哀鸣可以视为诗人自身的痛苦与悲鸣，而重生后的喜悦，也同样可以视为作者内心世界中抑制不住的喜悦。整篇诗歌，字里行间显现着诗人对黑暗与污秽现实的坚决反抗，对自我人生的美好追求，以及对于中国未来发展寄予的美好憧憬。

另外，在《天狗》中，天狗"把月来吞了""把日来吞了""把一切星球来吞了"的描写，具有一种明显的表现主义所主张的夸张、变形的艺术特色。抑或说，诗作极力强调主观感受、宣泄强烈激情、刻画多重自我的书写方式，就是表现主义艺术描写手法的再现。

早期创造社另一位代表作家郁达夫开始创作之时，恰逢五四新文化运动落潮期间，当时不仅国内政治黑暗，而且封建势力在不断地压抑着人的个性自由，因此，当时的人们，尤其是知识青年普遍处在一种彷徨与苦闷的情绪之中。郁达夫就是其中的一员。郁达夫不满于黑暗的社会现实，又深感前途渺茫，于是他试图在创作中表达自我内心的忧郁、孤独和凄凉的情绪。郁达夫在作品中重点描写了人的变态性行为，病态心理和潜意识，暴露了人在私生活中的灵与肉的冲突，体现出鲜明的表现主义文学倾向。比如郁达夫的小说《青烟》就采用了德国表现派的"分身"法，描写的是男主人公由父母包办与一个没有文化知识的女子结婚，男主人公由于对婚姻不满而远走他乡，而妻子在家乡过着孤独痛苦的生活。突然有一日，男主人公在烟雾缭绕中忽然分裂成了两个人，其中的一个"幻影"

居然在黄昏时分穷困潦倒地回到了家乡，见到了破落的家门和孤苦伶仃的妻子，而此时的妻子却已经认不出他，最终出于种种复杂的心理，主人公选择了投江自尽。这部作品的夸张、变形的描写方法，具有典型的表现主义特征。而作者的真正用意，是试图通过这样一个故事，深入人物的内心世界，借他人的酒杯浇自己的块垒，表达自身内心的忧伤愤懑之情。这也正符合表现主义的基本要义，因为"表现派作品中常常活跃着一个个幽灵式的人物，这些人往往是主人公性格不同侧面的具象化，用以表现自我意识的丰富多彩"。[1]

（三）现代戏剧中的表现主义

中国现代剧作家洪深、曹禺等曾深受美国作家奥尼尔表现主义剧作《琼斯皇》的影响。《琼斯皇》描写的是黑人首领琼斯背叛了自己的种族，遭到黑人的反对，最终走向死亡的悲剧故事。作者运用了大量的表现主义手法来展现琼斯紧张的心理、精神恍惚的状态，以及由此而产生的幻觉等。

奥尼尔在作品中运用的这些表现主义方法曾对中国洪深、曹禺等人的戏剧创作产生直接影响。比如在洪深的《赵阎王》中，当赵大本偷了营长克扣的饷银潜逃林中时，因良心折磨而精神错乱，最终被追兵击毙的描写，就有《琼斯皇》清晰的影响痕迹。另外，剧作中的戏剧结构和场次安排、主人公的内心独白、极度紧张的心理揭示等，都有《琼斯皇》之影。

曹禺曾坦陈，他写作《原野》时，曾不自觉地运用了《琼斯皇》的表现手法："写第三幕比较麻烦，其中有两个手法，一个是鼓声，一个是有两景用放枪收尾。我采取了奥尼尔在《琼斯皇》中所用的，原来我不觉得，写完了，读两遍，我忽然发现无意中受了他的影响。这两个手法确实是奥尼尔的。"[2] 另外，《原野》中仇虎在森林出现幻

---

[1] 唐正序、陈厚诚：《20世纪中国文学与西方现代主义思潮》，四川人民出版社，1992，第236页。

[2] 曹禺：《原野》，人民文学出版社，1994，第180页。

觉的描写，以及作品中那种奇异而诡谲的氛围的烘托，也同样具有《琼斯皇》影响之印痕。

总之，西方表现主义文学思潮传入中国并不是偶然的，而是契合当时时代氛围和作家个人需求的结果。表现主义传入中国后，作家们意识到真正的作品并不都是为了关注外在社会现实，还应该注重揭示人的内在精神世界。这种对内在精神世界的揭示，并不局限于再现人的真实内心图景，还可以运用夸张、变形、幻觉等表现主义的手法来揭示人的复杂的精神面向。而这一切，对于中国现代作家来说，是崭新的。

第十一章 西方存在主义与中国现代文学思潮（1917~1949）

现代文学的发生与发展，离不开西方哲学理论的影响。西方哲学理论与文艺思潮一经传入中国，便为中国现代文学发展注入了新鲜血液，在一定程度上为文学界提供了新的思维方式。存在主义作为西方哲学理论和文艺思潮的代表性思想之一，对中国现代文学思潮的发展和演进起到了重要的推动作用。存在主义文学对中国现代文学的影响，是一个具有研究价值的文学话题，值得深入探究和思考。

第一节 西方存在主义概述

存在主义这一概念是源自西方的"舶来品"。如果想要探究西方存在主义对中国现代文学思潮的影响，那么，深入了解西方存在主义文学思潮的形成背景、代表人物、理论主张和代表作品等，就显得尤为重要。

一 存在主义的形成背景

存在主义产生于第一次世界大战之后。随着现代时期的到来，宗教的地位和影响力呈现出整体下降的趋势，人们进入了历史中的非宗教阶段。此时，虽然人们拥有了前所未有的权利、科技、文明，但人们心中对于宗教原有的归属感却逐渐丧失，最终发现自己竟然"无家可归"。个体的人没有了归属感，逐渐开始怀疑自己存在的价值和意义，认为自己是这个人类社会中的"外人"，自己将自己异化。在这种心态的驱使下，人们在内心中迫切需要一种理论来化解这种无所依靠的"不安之感"。存在主义便在这样的背景下应运而生。

存在主义作为一个文学流派，是在第二次世界大战后出现的，主要表现在战后的法国文学中，萨特、加缪和波伏娃是存在主义文学的代表人物。20世纪40年代后期到50年代，存在主义文学发展达到了巅峰，影响扩散到欧美及日本等地。欧美文坛上先后出现的主要文学流派，都带有存在主义的印痕。

二　存在主义理论代表及主张

存在主义是一种典型的人本主义哲学思潮。存在主义哲学家认为，传统哲学家竞相建立了一个无所不包、解释一切的思想大厦，但存在忽视人的价值的问题。针对这一问题，存在主义哲学家选择把关于"人的研究"置于存在主义哲学的中心。他们有意从人的存在和人生意义的探究出发，将它们看作存在主义哲学的根本问题。因此，存在主义哲学本身具有一种对传统哲学的反动倾向。对于贬抑人的存在价值的资本主义文明的行为，存在主义带有一种明显的抗议。一般认为，存在主义的思想渊源主要来自尼采，存在主义的主要创始人是海德格尔，对存在主义进一步做出发展和完善的是萨特。

西方存在主义发展的早期，尼采首先开辟了存在主义哲学概念的基本思路，在"上帝死了"之后，尼采提出了绝对意志论，他呼吁现在的人类应该走向终结，应该创造出"超人"。尼采所"创造"的"超人"是一种将"权力意志"发展到极限，以达到超越人类目的的人。① 虽然尼采的言论不无偏颇,但极大地肯定和高扬了人的价值。

德国哲学家海德格尔是西方存在主义的创始者,他的理论资源在很大程度上来源于尼采。他在《存在与时间》中首次提出"存在主义"这一称谓,并将存在主义理论进一步系统化、理论化。针对"人是如何存在"的问题,他指出:作为"存在"的人,面对的是"虚无",孤独无依,永远陷于烦恼痛苦之中。② 人之所以痛苦,是因为人面对的是一个无法理解的世界,即一个荒诞的世界,人永远只能忧虑和恐惧。但个人只有在对忧虑和恐惧这类非理性的情绪体验的先行理解中,才能领悟自己的存在。只有存在,才谈得上自我选择的自由。

萨特是存在主义的集大成者。他指出,所谓存在,一是"自我"的存在,是"自我感觉到的存在",我不存在,则一切都不存在。所谓"存在先于本质",即"自我"先于本质,也就是说,人的"自我"决定自己的本质。二是"世界是荒谬的,人生是痛苦的"。在这个荒谬的世界里,人与他人、人与社会之间的关系是对立紧张的,人与人之间必然是充斥着冲突与矛盾的,是充满了丑恶和罪行的,世间的一切都是荒谬的。而人只是这个荒谬、冷酷处境中的一个痛苦的人,世界给人的只能是无尽的苦闷、失望、悲观消极,因此人生是无比痛苦的。三是"自由选择"。存在主义的核心是自由,即人在选择自己的行动时是绝对自由的。在这个世界上,每个人都有各自的自由,面对各种环境,采取何种行动,如何采取行动,都可以做出"自由选择"。③

存在主义哲学呈现出一种独具特色的韵味,其背后潜藏着极强

---

① 葛朗:《马克思主义文艺观教程》,上海人民出版社,2008,第290~291页。
② 陈慧:《西方现代派文学简论》,花山文艺出版社,1985,第136页。
③ 王晋辉:《一生必知的世界名人 60位必知的世界哲学大师》,北京工业大学出版社,2012,第265页。

的思辨性和理论性。存在主义的思辨性和理论性，抑或说理论主张主要包括以下几方面。第一，主张"存在先于本质"。在存在主义哲学家看来，不能轻易定义人的本质，只有让其自身先存在，然后看其有着怎样的行动，最后通过其行动的性质，才能判定人的本质。第二，倡导人的自由选择之权利。存在主义哲学家认为，人是在无意义、无目的的宇宙中生活着，人的存在本身也没有意义，但人有自由选择的权利，人可以不断地进行自我选择、自我塑造、自我改变、自我成就，这样可以活得无比精彩，也能赋予人生更多的价值与意义。第三，强调人与事物之间的偶然性与荒诞性。存在主义哲学家提出，宇宙间万事万物，包括人类，都不存在事先的设定，而是很偶然来到这个世界上的。所以存在是不确定的，这就使人和物充满了荒诞性。第四，指出人与人之间的关系是对立的。存在主义哲学家认为，人与人之间不存在和谐、融洽的状态，总是处于矛盾、分裂的状态。基于此，在存在主义者看来，只有孤独的个人才是真正的存在，而社会、群体则被视为抽象的集合，它们妨碍人的自由，压抑人的个性，并且往往使人趋于异化和平庸化。第五，提倡悲剧论。在存在主义者看来，人生活在一个与自己对立的、失望的世界当中，人在世界上的地位是不确定的，人找不到自己肉体和灵魂归依的真正场所。因此，人没有什么快乐可言，而是始终和痛苦与烦恼共存。人虽然有选择的自由，但他面对的未来的生活却是混沌而没有目标的。他只是盲目地走向未来，他只知道人生最终的归宿就是死亡，因此人的整个生命历程就是一场悲剧的演绎。

三　代表作家作品

存在主义哲学注重个人人生的探讨，因此存在主义哲学与文学发生了密切关联。萨特、阿尔贝·加缪等西方著名的存在主义哲学家往往尝试以文学作品为载体，他们有意将文学艺术同哲学进行联动，试图达到透过文学作品传达和阐释存在主义思想的目的。

(一) 萨特

萨特对于存在主义的贡献在于，他让存在主义文学成为一个有影响力的文学流派。萨特接受了叔本华、尼采等人的哲学影响，赴德国留学后又学习了德国存在主义哲学家胡塞尔和海德格尔等人的哲学。他在前人理论的基础上，经过不断地思考和努力，逐渐形成了萨特式的存在主义哲学思想体系。他提出从人的意识出发来研究人和世界的主张，把人的主观意识的存在看成是一切存在的根本。他在提出相关论述的同时，开始了文学创作。二战爆发后，萨特应征入伍后被俘，战争的经历与对现实的思考，推动萨特内心思想体系发生了相应变化，他把关注点由战前的个人主义与纯粹个人，转向了社会现实，开始利用文学干预生活。

萨特的长篇小说《厌恶》（又译为《恶心》）是存在主义文学的奠基之作。小说描绘了一个令人厌恶的荒诞世界，生活在其中的人感到自己毫无存在的理由。小说用日记体写成，以"我"的思想活动和对人生的看法结构全篇。主要讲述了主人公由对生活意义感到困惑，个别事物令自己"恶心"，到这种困惑完全包围了自己，最终醒悟，决定拯救自己的人生经历。长篇小说《自由之路》塑造了一个典型的存在主义人物形象玛第厄，他怀有二战后强烈的被遗弃感和孤独感，认为自己的人生毫无意义，并且缺乏明确的目的。作品改变了传统小说正面的人物形象塑造方式，而是让作品中所有的人物都不同程度地出现了异化现象，表现出言不由衷和自欺欺人的精神特质。

萨特不仅创作了具有存在主义哲学特质的小说，还创作了一系列具有存在主义哲学意蕴的戏剧。在戏剧创作方面，萨特提倡一种"介入"（engagement，又译为"干预"）的文学观，即主张文学介入社会政治斗争，为改造社会和人类状况服务。出于这样的创作理念，萨特既创作出表现存在主义哲理的《密室》，同时还创作了揭露美国种族歧视的《恭顺的妓女》。他的这些剧作不仅具有较浓郁的存在主义哲学色调，而且具有明晰的现实指向性。

可以说，萨特通过文学创作的方式真诚地诠释了自己对于存在主义思想的理解。在萨特看来，人拥有的只是个人的自由，个人自由必然排斥他人自由，因此人与人之间的障碍终究无法跨越。

（二）阿尔贝·加缪

加缪的创作基调有着存在主义的典型特征，所以学界往往将其列为存在主义作家，但加缪并不承认自己存在主义者的身份，坚称其主张的哲学为"荒诞哲学"。加缪认为，人与世界的关系从根本上说是不可理解的，正是这种不可理解性，造成了人生实则处在一种无意义和无目的的荒诞状态中，而这种"荒诞不在人，也不在世界，而在两者的共存"。① 从这样的理念出发，当面临欧洲虚无主义思想的浓郁氛围时，加缪洞察到了世间一切的虚幻本质，并提出以"虚无"作为人之行动起点的主张，进而否定了关于"永恒"和"理性"的传统理念。② 基于以上的思想积淀，加缪进一步引申出荒诞仅仅是个出发点，人们应当重视的不是认识荒诞，而是对荒诞应该采取什么态度的观点。在加缪看来，在荒诞的环境中，摆脱荒诞困扰的唯一出路就是反抗。但这种反抗实则是一种绝望的反抗，因为当人意识到自身和世界的关系从根本上是不可理解的和荒诞的之时，人生就失去了意义之源，虚无看起来似乎是唯一的真实，而常人是不可能克服这一认知的，最终的结局就是以失败告终。但反抗者能认识到这一点，因而他就会在绝望的处境中进行勇敢的反抗。加缪认为，这种反抗"把它的价值给了人生。反抗贯穿着生存的始终，恢复了生存的伟大"。③ 即便没有胜利的希望，也能表明人是不可征

---

① 〔法〕阿尔贝·加缪：《加缪中短篇小说集》，郭宏安译，现代出版社，2018，第10页。
② 王齐：《克尔凯郭尔之为"存在主义先驱"的再审视》，《杭州师范大学学报》（社会科学版）2011年第4期。
③ 解志熙：《生的执着：存在主义与中国现代文学》，人民文学出版社，1999，第45页。

服的，质言之，人生的价值在于反抗的过程，而非结果。加缪把这种绝望的反抗者称为"荒诞的英雄"。[1]

加缪不仅从理论层面表达了对"荒诞"概念的理解，还从创作的角度传达了对荒诞主义与存在主义观念的认知。比如加缪的《局外人》就设置了许多荒诞的情节：故事开端便是"母亲死了"，但主人公对这件事表现得却极为冷漠无情；主人公用枪杀死了阿尔及利亚人，绝非因为朋友与他有仇，而仅仅是由于阳光太耀眼像是伸出了一把刀，于是他就有了杀人动机；最后，男主角被判死刑的理由也是极其荒诞和可笑的，其原因并不是他杀了人，而仅仅是由于母亲下葬那天他没有哭。加缪的散文集《西绪福斯神话》塑造了西绪福斯这一"荒诞的英雄"形象。作品描绘了希腊神话中西绪福斯被罚沦为苦工，每天不得不推着石头上山，每当快到山顶时，石头又滚回山脚，他要面对循环往复的失败。然而西绪福斯仍然努力坚持着，在看似没有希望的努力中领悟其存在的意义，并且为了证明他的思想高于他的命运，他变得更加强大和坚定。另外，加缪的长篇小说《鼠疫》通过一个医疗小组奋不顾身地与鼠疫斗争的故事，象征性地表达了人们团结起来与荒诞的生存状况做斗争的理想。在小说中，作为革命者的塔鲁曾质疑道："一个人不信上帝，是否照样可以成为圣人？"[2] 可以说，加缪的这些作品充分展示出他对于"荒诞"的理解。鲜明地折射出其秉持的注重绝望之反抗的哲学理念。

第二节 存在主义对中国现代文学思潮的影响

西方存在主义对中国现代文学史中的鲁迅、汪曾祺、钱锺书、

---

[1] 〔法〕阿尔贝·加缪：《西西弗的神话：加缪荒谬与反抗论集》，杜小真译，陕西师范大学出版社，2003，第18~19页。
[2] 〔法〕阿尔贝·加缪：《局外人·鼠疫》，顾方济、徐志仁译，漓江出版社，1990，第420页。

冯至、穆旦等诸多知名作家都曾产生过重要而深远的影响。这些作家在汲取西方存在主义文学资源的同时,在其创作中依凭中国的社会现实情境,对西方的存在主义文学资源进行了本土化的移植与转化,从而形成了既具有西方文学底蕴,又具有中国本土文学特色的存在主义文学创作潮,从而从总体上推进了中国现代文学思潮向纵深发展。

一 鲁迅的《野草》

鲁迅与存在主义的交集最早可以追溯到其旅日求学时期。当鲁迅留日之时,恰逢西方尼采和克尔凯郭尔的"主观和意力哲学"思想在日本广为流行,于是,尼采和克尔凯郭尔成为鲁迅重要的关注对象。鲁迅在尼采和克尔郭凯尔的启发下,产生了对近代文明的反思,开始思考个体存在的意义问题,并提出"掊物质而张灵明,任个人而排众数"的文学思想。鲁迅指出:"诚若为今之计,所当稽求既往,相度方来,掊物质而张灵明,任个人而排众数。人既发扬踔厉矣,则邦国亦以兴起。奚事抱枝拾叶,徒金铁国会立宪之云乎?"[①]不难发现,鲁迅的这种注重"灵明"和"个人"的思想与尼采等人的"超人"哲学思想有很高的契合度。这种契合不仅体现在思想脉络中,同时也体现在《野草》等具体的文学创作中。

《野草》是鲁迅存在主义文学创作的尝试之作。关于《野草》的基本思想,鲁迅曾有所暗示。1925年3月15日,许广平曾就已发表的《过客》等篇什向鲁迅写信求教,鲁迅做了如下回应:

你好像常在看我的作品,但我的作品太黑暗了,因为我常觉得惟"黑暗与虚无",乃是"实有",却偏要向这些作绝望的抗战,所以很多偏激的声音。[②]

[①] 鲁迅:《文化偏至论》,《鲁迅全集》(第1卷),人民文学出版社,1981,第47页。
[②] 鲁迅:《致许广平》,《无声的中国 鲁迅散文》,花城出版社,2013,第281页。

这段话可以说是对《野草》基本主题的概括:《野草》一方面蕴含着鲁迅对人生之黑暗与虚无的深刻体验——一种存在意义上的体验;另一方面则体现着鲁迅对这种黑暗和虚无之绝境的反抗。这两方面紧密衔接,就可以获得打开《野草》总体思想的钥匙。

在《影的告别》中,"影"不愿意去天堂或地狱,也不愿意去将来的黄金世界,并且深感投入黑暗中会被黑暗吞并,留在光明中又会令其消失的尴尬处境,因此常常体验到一种彷徨于"无地"的状态,最终选择"在黑暗里沉没"[①]。《影的告别》有着典型的存在主义哲学内涵,即世界的荒诞,人的生存的无意义,而在这种无意义的人生中我们有自由选择的权利,有反抗荒诞世界的权利。在《过客》中,外在的世界是荒诞的,因为前面是坟,坟乃是绝望的所在。从这一角度看,过客的前行就俨然失去了意义。但即使前方是坟,是绝望之所在,过客却执拗地选择继续前行。这充分彰显出鲁迅面对虚无的外在现实,勇敢地选择反抗虚无与绝望的韧性战斗精神。这种反抗绝望的人生哲学在《这样的战士》中同样得到了鲜明体现。在作品中那个冲入无物之阵、一再举起投枪的战士,虽然有着某种堂吉诃德式的戏谑化特征,但鲁迅对这样的战士充满了赞赏的态度。

鲁迅在创作《野草》之时,恰逢兄弟失和和五四新文化运动落潮,其内心的痛苦与焦灼可想而知。但在《野草》中,鲁迅并未仅仅抒发一己伤痛与悲哀,而是始终蕴蓄着对民族国家命运的思考,并且把自己所有的人生哲学都注入文本中。在《野草》文本中,我们能够切身体验到作为一个存在主义者的鲁迅对于世界的虚无与荒诞、人的生存状态与境遇等相关问题的深入思考。

二 汪曾祺的《复仇》

汪曾祺在西南联大求学期间接触到存在主义思想。汪曾祺曾言:

---

① 鲁迅:《影的告别》,《越孤独,越自由》,哈尔滨出版社,2020,第237页。

"那时萨特已经被介绍进来,我也读了一两本关于存在主义的书。虽似懂不懂,但在思想上受了影响。"① 如果阅读汪曾祺的作品,会发现确实如其所言,萨特提出的"存在先于本质"等命题对汪曾祺的小说创作的确产生了一定的影响。比如小说《复仇》就体现了明显的存在主义之思。作品中的主人公历经了千辛万苦和种种磨难,终于找到了杀父仇人,但最终放弃了复仇,并与仇人一起并肩开凿山石。作品放弃了传统伦理意义上父仇子报的复仇观念,而赋予了主人公作为一个存在者自由选择的权利,即主人公"僭越"了为其命定的作为"自在"他者的复仇者身份,而选择了"自为"的追求自由权利的存在者身份。选择自由,并通过选择和努力实现自身的价值,恰是存在主义的基本命题。

三 钱锺书的《围城》

1937~1938年,钱锺书在法国巴黎停留期间,恰逢存在主义文学在法国兴起,因此钱锺书在潜移默化中接受了西方存在主义思想的熏陶。1938年底回国后,钱锺书在西南联大开设了"欧洲现代小说"的选修课,因授课内容涉猎存在主义哲学的相关知识,因此,出于授课需要,钱锺书对存在主义哲学思想进行了进一步的研究与探讨。同时,钱锺书在《管锥编》中也曾多次论述到萨特、克尔凯郭尔、尼采、海德格尔等存在主义代表性人物的相关观点。

钱锺书对存在主义哲学思想进行理论探讨的同时,还以创作实践的方式来演绎自身对存在主义哲学思想的认知。比如在《围城》中,主人公方鸿渐的人生先后经历了教育、爱情、事业和家庭(婚姻)这四个阶段,每个阶段的选择均以失败告终,主人公的精神最终走向崩溃。《围城》看似是在通过方鸿渐的人生经历来揭示其虚度光阴、碌碌无为的人生状态,但实则是作者在向读者展现作为存在

---

① 汪曾祺:《美学感情的需要和社会效果》,《汪曾祺全集》(第3卷),北京师范大学出版社,1998,第283页。

者的方鸿渐的人生困境和精神苦闷。抑或说,《围城》是以方鸿渐的人生经历为典型,从而对现代文明和现代人进行整体反思和审美观照的艺术结晶。它力图告诉人们:现代社会虽然有高度的物质文明,却不能给人提供真正安身立命之所——精神的信仰和存在的意义。现代人已经陷入了深重的生存危机和精神危机之中,人生对于现代人来说已成为一个进无可取、退无出路的"围城"般的困境。

四 冯至的创作与存在主义

冯至于20世纪30年代在德国留学期间,受到了里尔克存在主义哲学思想的影响。里尔克的哲学思想大体包括以下三个方面。第一,"诗是经验"。一般人认为,诗需要的是情感,但在里尔克看来,情感是人早已具备的,人在诗歌创作的过程中需要的是经验。第二,在偶然性、流变性中寻绎凝定与永恒的特质。里尔克认为,世间任何现象的出现都具有偶然性,但作为一个作家可以在事物和时间的偶然性与流变性中寻找到其永恒的特质,并将其凝固下来。第三,主张向内的孤独沉思与叩问。冯至曾这样评价里尔克的存在主义生存观:"他告诉我们,人到世上来,是艰难而孤单。一个个的人在世上好似园里的那些并排着的树。枝枝叶叶也许有些呼应吧,但是它们的根,它们盘结在地下摄取营养的根却各不相干,又沉静,又孤单。人每每为了无谓的喧嚣,忘却生命的根蒂,不能在寂寞中、在对于草木鸟兽(它们和我们一样都是生物)的观察中体验一些生的意义,只在人生的表面上永远滑过去。谁若是要真实地生活,就必须脱离开现成的习俗,自己独立成为个生存者,担当生活上种种的问题,和我们的始祖所担当过的一样,不能容些儿代替。"[①] 冯至在这里所言的人的孤寂感、人与人之间的隔膜状态,以及个人的承担意识,正是存在主义哲学思想的核心要义。

---

① 冯至:《冯至全集》(第11卷),河北教育出版社,1999,第283页。

在接受里尔克存在主义哲学思想影响后，冯至回到了中国。而冯至回国之时正值抗战时期，战争中的苦难经历使诗人的心灵产生了强烈的孤独感和焦虑感，于是冯至在专注于考察人的外在生存状态的同时，更为注重对人的内心世界的探求，并将自己的思想理念较为明晰地反映在诗集《十四行集》和小说《伍子胥》当中。

《十四行集》中首先关注的是存在者的生死问题。面对人生生死这样的终极命题，冯至表现出镇定自若、从容生死的存在风度。如《十四行集》中的第二首《什么能从我们身上脱落》中有这样的诗句："我们把我们安排给那个／未来的死亡，象一段歌曲／歌声从音乐的身上脱落／归终剩下了音乐的身躯／化作一脉的青山默默。"[1] 在这里，诗人面对死亡的过程没有体现出恐惧与担忧，而是将"未来的死亡"过程比喻成"一段歌曲"，体现出诗人从容面对生死的生存哲学与人生态度。其次，《十四行集》对个人存在的孤独性、有限性的问题进行了探讨。如诗人在诗集中的第十五首《看这一队队的驮马》中写道："什么是我们的实在？／我们从远方把什么带来？／从面前又把什么带走？"[2] 充分写尽了作为孤独的个体在人生的旅程中终将是两手空空的虚无状态。这种人生的孤独性与有限性之感，一方面来自里尔克的存在主义哲学观，另一方面则来自诗人自身的生命体验。而诗人正是在自己生命体验的基础上来接受里尔克的哲学观的，因此诗人能够超越里尔克的孤独性与有限性命题，洞见人与人之间相互联结、相互关情的另一种生存状态。比如在《我们站在高高的山巅》一诗中，诗人写道："哪条路、哪道水，没有关联，／哪阵风、哪片云，没有呼应：／我们走过的城市、山川，／都化成了我们的生命。"[3] 这样的生命感受与体验，说明作者已经突破了西方存在主义关于孤独、有限、异化等相关概念的局囿，有了更多融入集

---

[1] 冯至：《十四行集》，解放军文艺出版社，2000，第2页。
[2] 冯至：《十四行集》，解放军文艺出版社，2000，第15页。
[3] 冯至：《十四行集》，解放军文艺出版社，2000，第16页。

体、融入生活的向往与憧憬。最后，在《十四行集》中，冯至感应着西方存在主义哲学中自由选择和自我承担的理念，特别着力弘扬一种勇于承担和敢于开拓的人生态度，如诗集中的第十首《蔡元培》、第十一首《鲁迅》、第十二首《杜甫》等，都表现出诗人对于开拓进取的人生态度的认可，此不再赘述。

小说《伍子胥》取材于历史故事，但冯至在原有故事的基础上进行了改写。作品讲述伍子胥的父亲伍奢被楚王囚禁于郢城，伍子胥和伍尚两兄弟蛰居在边城城父三年等待时机，试图和父亲相见。但最终兄弟二人却做出了不同的选择：伍子胥选择不与父亲见面，回到出生之地去谋生；而伍尚则选择去郢城，陪父亲一起赴死。作品充分展现了存在主义哲学的基本内涵，即尽管世界是荒诞的，是令人痛苦的，但人有自由选择的权利，个体可以通过自由选择和决断，使自己的存在获得价值与意义。

五　穆旦的诗

穆旦的诗作中体现出明晰的存在主义哲学观念，这种存在主义哲学观念，一方面源于穆旦对西方存在主义哲学观念的汲取，另一方面则源于其切实的人生经历。1942年，穆旦曾参加中国入缅远征军，这次行军经历使穆旦切身感受到世界的荒诞和人的命运的无常。穆旦将这些真实的体验融入自己的诗行之中，表达了自身对于世界与人生的存在主义之思。

首先，穆旦的诗最钟情于表达思想中的"丰富的痛苦"[1]。在穆旦的笔下，出现了中国诗歌史上从未有过的"残缺"世界里的"残缺"的"自我"。在诗人看来，现实是荒谬的，是充满矛盾、困惑、悖论和冲突的，在这样的现实世界中，作为主体的人也是残缺和不完满的，是分裂的和难以把握的。恰如穆旦在《被围者》一诗中写

---

[1] 穆旦：《发现》，《穆旦诗集》，人民文学出版社，2019，第145页。

的那样:"让我们自己,就是它的残缺。"因此,穆旦的诗没有调和,只有永恒的冲突和辩难。

其次,穆旦诗歌一个重要的特点在于善于运用悖谬式的思维与语言对现实与知识分子自身进行知性化的思索。如他1942年创作的代表作《诗八首》,诗集中的八首诗似乎都是在写爱情,但诗中并没有浪漫缠绵的爱情故事,而是借助爱情的外衣对人生做出了一种非常冷静的思考。诗人写道:"你底眼睛看见这一场火灾,/你看不见我,虽然我为你点燃,/哎,那烧着的不过是成熟的年代,/你底,我底。我们相隔如重山!"在这里,能够非常清晰地看到穆旦对于人生,抑或说人与人之间那种隔膜状态的体察。在穆旦看来,自我与他人之间始终存在对立和隔绝的关系,人与人之间在本质上是不可沟通的。尽管有"点燃"的爱情,也无法融合"我们"的隔绝,"我"与"你"之间依然"相隔如重山"。字里行间,传达出的是一种存在主义式的无奈。

综上,中国现代作家与西方存在主义哲学思潮存在密切关联,抑或说,西方存在主义哲学思想对中国现代作家产生了重要影响。但需要强调的是,中国现代作家在接受西方存在主义哲学思想的同时,根据中国的社会现实及其自身的生命体验,对存在主义的理解有了新的拓展,并将自己的理解较为清晰地展现在作品中,从而形成其对现实与人生的存在主义之思。现代作家以文学作品表达存在主义哲思,达成了文学与哲学二者之间的互动与调和,极大地丰富了中国现代文学的创作之维。

第十二章 弗洛伊德主义与中国现代文学思潮（1917~1949）

19世纪末20世纪初，欧洲垄断资本主义矛盾的加剧，以及自然科学革命的兴起，都要求从微观上、从新的角度研究人的"内心世界"，于是弗洛伊德主义应运而生。弗洛伊德主义给西方思想界带来了相当程度的冲击，在心理学、哲学、社会学、教育学以及文学等诸多领域产生了广泛影响。早在20世纪初，弗洛伊德主义就开始在中国传播，但只限于心理学领域。随着五四运动的发展，中国对西方理论思潮的大规模译介，使弗洛伊德主义得到了进一步的推广，其在文学领域的影响力也逐渐增强。

第一节 弗洛伊德主义概述

弗洛伊德是奥地利著名的精神病医师、心理学家及精神分析学派的创始人。弗洛伊德主义的理论基础是精神分析，它开创了无意识研究的新领域，促进了动力心理学、人格心理学、变态心理学等研究领域的新发展。

一 理论观点

弗洛伊德的精神分析学说源于他对精神病患者的观察与分析，

而弗洛伊德主义的理论支柱主要是潜意识论、泛性论和梦的解析论。

（一）潜意识论

弗洛伊德认为，人的心理结构由意识和潜意识两部分组成，意识只占心理结构的"冰山一角"，而心理结构的大部分则被潜意识占据。因此，弗洛伊德反对"心理就是意识"的观点，宣称"精神分析所提出的第一个令人不快的主张是：心理过程自身是潜意识的，并且整个心理生活只有某些个别的活动和部分才是意识的"。[①]弗洛伊德坚持认为存在潜意识，并提出潜意识既是一种心理现象，又是一种心理系统的观点。弗洛伊德经过长期的医疗实践和研究，逐渐认识到不仅是患者，即便是正常人，在意识的背后也可能具有各种欲望和冲动，因不被社会习俗和道德法律容许，必须被压抑下去而没有被意识到。这种被压抑于心灵深处的潜意识，构成有能量、有强度和有效率的心理系统，是心理深层的基础和人类活动的内驱力。另外，在弗洛伊德看来，在潜意识与意识之间还存在前意识这一中间环节。潜意识很难或根本不能进入意识，而前意识则可能进入意识。前意识充当督查的角色，严密把守关口，不准潜意识进入意识之中，当然它也有丧失警惕的时候，因此潜意识是有机会通过伪装渗入意识的。弗洛伊德从人们日常生活中大量的、常见的遗忘、口误、笔误、失误现象入手，挖掘了潜意识对人的行为制约性，说明了潜意识的活动不仅存在于变态心理活动当中，还广泛存在于正常心理活动中。历史表明，弗洛伊德打破了理性主义的传统，肯定了非理性因素在行为中的作用，开辟了潜意识心理学的新领域。

弗洛伊德在潜意识理论的基础上建构了他的人格系统理论，弗洛伊德在《自我与本我》一书中提出了"人格三部结构"说。[②] 他指出，人格由本我、自我和超我三部分组成。本我指的是最原始的，

---

① 车文博编《弗洛伊德文集》（第3卷），长春出版社，1998，第116页。
② 〔奥〕西格蒙德·弗洛伊德：《弗洛伊德后期著作选》，上海译文出版社，1986，第173页。

与生俱来的潜意识。它充满本能和欲望，具有强大的非理性的心理能量。它按照快乐原则，急切寻找出路，追求满足。自我指的是人格中的意识结构部分，是来自本我经过外部世界影响而形成的知觉系统。它代表理智与常识，处于本我和超我之间，按照现实原则，监督本我，适当满足。弗洛伊德将二者的关系做了如下比喻：本我是一匹马，自我是骑手，动力是马，骑手给马指出方向。自我驾驭本我，但马未必听话，说明本我的潜力是很大的。这也对应了弗洛伊德的那句名言："本我过去在哪里，自我即应在哪里！"[①] 超我指的是人格中最道德最文明的部分，代表理想，处于人格的最高阶段。超我指导自我，限制本我，从而达到自我典范或理想的实现。弗洛伊德认为，上述三者保持平衡，就会实现人格的正常发展，如果三者失调，就会导致神经症的出现。

（二）泛性论

弗洛伊德反对把性和成人性活动相等同的狭隘观念，他认为那种将"性"的含义视为两性的差别、性快感的刺激和满足、生殖的机能的观念在科学上并不适用。他主张将性欲观念加以扩展和泛化，认为性欲是原欲和力量，是生理性欲和心理性欲的统一体。生理性欲是生物本能的性，是指满足生物三种基本需要（摄食、排泄、繁衍后代）相对应的身体上三个区域的快感活动。心理性欲则是指同"爱"有关的力，是指父母的爱、子女的爱以及人类一般的爱等。弗洛伊德不仅把性欲视为人的身心发展、心理疾病的决定力量，而且将其视为人类社会发展和文化成就的原动力。他认为"生存本能"是最广义的性本能，是代表建设和爱的力量，双方构成了一定的冲突和矛盾，展现出一个完整的生命历程。[②] 质言之，弗洛伊德的泛性论是一种以心理性欲为主导，以生理性欲为基础的一套

---

① 梁凤雁编译《弗洛伊德谈本能与成功》，中国工人出版社，2009，第112页。
② 李小华、白雪梅：《浅谈弗洛伊德主义对现代美国小说的影响》，《延安大学学报》（社会科学版）2000年第6期。

完整的理论系统。弗洛伊德的泛性论在维多利亚时代的社会生活和文学创作中皆产生了广泛影响，具有一定的积极意义和学术研究价值。

（三）梦的解析论

"梦是潜意识愿望的满足"，这是弗洛伊德梦论的核心，弗洛伊德把这一命题作为梦论的"标语"。[①] 他认为梦不是一种躯体现象，而是一种心理现象。梦之所以是愿望的满足，是因为它使愿望冲动造成的紧张的心理能量得以宣泄，使人们被压抑的欲望得到释放。而梦的形成有两种路径，第一种是由意识引起的，意识唤起了潜意识，强化了某种愿望，因此有效地激发了梦的形成；第二种则是直接由潜意识引起的，通过找到白天某些遗留记忆片段表达潜意识愿望。因为潜意识和意识之间不能直接连接，所以潜意识通常通过寻找到某种伪装手段，来满足自己的愿望。弗洛伊德指出，人的梦境分为两种：ｊ显梦，指的是梦的表面现象，即一般所说的梦境，类似于假面具；ｋ隐梦，指的是梦的背后意念，即梦的真实层面，类似于假面具掩盖的真实愿望。弗洛伊德认为，梦的工作是把隐梦变成显梦的过程。因为潜意识试图通过伪装进入梦境这一任务，是由梦的工作来完成的。同时梦的工作有凝缩、移置、象征和润饰的功用。在弗洛伊德看来，释梦是精神分析学的重要内容，也是了解潜意识活动的一条重要路径。弗洛伊德在释梦的过程中，特别注意到了梦与文学创作之间的关联。弗洛伊德在《作家与白日梦》中指出，艺术家的整个创作过程实则是其"白日梦"的外在显现，换言之，文学家的创作，抑或说文学的本质实则是被压抑的欲望的满足，即无意识本能欲望的满足。而这种欲望不能在现实中出现，只能通过文学创作，以"白日梦"的幻化的方式呈现出来。当读者阅读到这样"白日梦"般的作品时，之所以会产生强烈的共鸣，是因为读者的本

[①] 车文博编《弗洛伊德文集》（第3卷），长春出版社，1998，第276页。

能欲望也同样被压抑,通过阅读作品可以实现短暂的情绪释放,使心中的本能冲动得到暂时的满足。

二 "俄狄浦斯情结"的提出

弗洛伊德根据对索福克勒斯的《俄狄浦斯王》、莎士比亚的《哈姆雷特》、陀思妥耶夫斯基的《卡拉马佐夫兄弟》等作品的解读,提出了"俄狄浦斯情结"(恋母情结)这一概念。《俄狄浦斯王》中的俄狄浦斯王曾被预言弑父娶母,他虽极力避免,但最终仍在不知情的情况下酿成了弑父娶母的悲剧结局。在以往西方文学史的讲述中,这部作品被认为是命运悲剧的典型范本。但弗洛伊德却认为,这种悲剧的酿成,并不是出于命运的安排,而是由于俄狄浦斯王爱母憎父本能愿望的驱使。于是,弗洛伊德就将这种内在的驱使力称为"俄狄浦斯情结"。在弗洛伊德看来,这种本能愿望是从原始人的心理中继承下来的,普遍存在于每个人的生命中,不可避免,无法抗拒。正如弗洛伊德所言:"诗人们选择或者创造出这么一个可怕的主题似乎叫人难以理解,而且其戏剧性处理的震撼人心的效果以及这种命运悲剧的一般形式也同样让人不可思议。但是,当人们意识到,有一个心理活动的普遍规律在其全部情绪意义上在这里被人们抓住了,那么所有这一切都豁然开朗了。"[①] 在这里,弗洛伊德明晰地表达了自身的文学观点,即性本能乃是人的"心理活动的普遍规律",捕捉到了这个规律就洞察到了艺术创作的核心主旨。

第二节 弗洛伊德主义对中国现代文学思潮的影响

20世纪20年代初,弗洛伊德主义经由学界对西欧和日本作品的

---

① 〔奥〕西格蒙德·弗洛伊德:《弗洛伊德自传》,张霁明、卓如飞译,辽宁人民出版社,1986,第88页。

译介传入中国。弗洛伊德主义传入中国后，受到鲁迅、郁达夫、施蛰存、张爱玲、朱光潜等进步知识分子的广泛认可与青睐。这些知识分子有的是海外归来的留学生，有的是反对封建传统文化和家族制度的叛逆者。[1] 他们将弗洛伊德主义的基本观点融入自身的文学创作中，将其作为反对传统文化理念的重要工具。

一 鲁迅对弗洛伊德主义的接受

鲁迅是最早从厨川白村的《苦闷的象征》中接触到弗洛伊德学说的作家之一。1924年鲁迅在《苦闷的象征》中译本"引言"中指出，厨川白村"据伯格森一流的哲学，以进行不息的生命力为人类生活的根本，又从弗罗特一流的科学，寻出生命的根柢来，即用以解释文艺——尤其是文学"。[2] 实际上，鲁迅不仅译介了弗洛伊德的相关理论，还受到了弗洛伊德精神分析学的重要影响，这在其《故事新编》《肥皂》的创作过程中得到鲜明的体现。

《故事新编》蕴含着诸多弗洛伊德主义的元素。例如《补天》中的那些被捏造出来的只知道"嘎嘎唧唧"的"小东西"、《理水》中的"下民代表"、《采薇》中的"民众"等，这些仅停留在生存层面、毫无思想意识和反抗意识的小人物形象，恰是弗洛伊德人格学说中的"本我"形象的生动演绎。另外，鲁迅还运用弗洛伊德的释梦原理来进行情节设定。比如《补天》中女娲从梦中惊醒"只觉得很懊恼，觉得有什么不足，又觉得有什么太多了"的情节设定就有清晰的弗洛伊德主义的影子。[3] 其中的"不足"和"太多了"隐喻的是性欲没有得到满足，而体内的力，即力比多又太多的问题。

---

[1] 姚康康：《从理性至上到欲望凸现——刍议弗洛伊德学说对后现代主义的影响兼及朦胧诗之式微》，《集宁师专学报》2011年第1期。
[2] 鲁迅：《苦闷的象征·引言》，《鲁迅全集》（第10卷），人民文学出版社，2005，第257页。
[3] 鲁迅：《补天》，《故事新编》，文化生活出版社，1936，第1页。

《肥皂》是鲁迅另一篇具有弗洛伊德主义特质的代表作品。作品通过表现主人公四铭潜意识中对女乞丐的性欲，揭露了其道学家外表下的丑陋灵魂。文中讲到两个小流氓的话直接触发了四铭内心潜隐的性欲望，"阿发，你不要看得这货色脏。你只要去买两块肥皂来，咯吱咯吱遍身洗一洗，好得很哩"。① 在两个小流氓的话语刺激下，四铭鬼使神差地到商店买了一块肥皂，通过这一行径，作者淋漓尽致地展现了压抑在四铭潜意识深处的性本能和性欲望。抑或说，鲁迅在弗洛伊德主义的影响下，塑造了四铭这一复杂的灵肉冲突的伪道学者形象，深刻地揭示了四铭心理活动的复杂性和虚伪性。诚如鲁迅所说："偏执的弗罗特先生宣传了'精神分析'之后，许多正人君子的外套都被撕破了。"②

二 郁达夫的"贯穿始终"

对于郁达夫来说，弗洛伊德主义的影响是贯穿其创作始终的。郁达夫主要是通过日本这一中介接触并接受弗洛伊德主义的，其直接来源是日本学者厨川白村的著作《近代文学十讲》与《苦闷的象征》。从郁达夫创作的作品来看，其中涉及的"本能""力比多""下意识"等精神分析学术语，有着明显的弗洛伊德主义的痕迹。在文本中具体表现在以下几方面。

第一，郁达夫特别注重变态性欲描写，擅长细致地刻画人物为满足变态性欲时所呈现的种种心理活动。如《茫茫夜》描写于质夫某晚性欲冲动，就跑到一家小店主妇处买了一枚她用过的针和一块用过的旧手帕。回到住处，他"把两件宝物掩在自家的口鼻上，深深地闻了一回香气"。③ 接着又对着镜子，用针向颊上刺去，渗出鲜红血珠。"对着镜子里的面上的血珠，看看手帕上的腥红的血迹，闻

---

① 鲁迅：《肥皂》，《彷徨》，中国青年出版社，2017，第46页。
② 鲁迅："碰壁"之余，《杂文全集·华盖集》，北京燕山出版社，2011，第245页。
③ 郁达夫：《茫茫夜》，《沉沦》，海南出版社，2017，第121页。

闻那些旧手帕和针子的香味，想想那手帕的主人态度，他觉得一种快感，把他的全身都浸遍了。"① 熄灯后，他还在黑暗里"贪尝那变态的快味"。旧针和旧手帕在这里实际上是人物性欲对象的代替物。他得到它们后对它们的欣喜和珍爱，从针刺中享受的快感，都是一种补偿机制，反映了主人公的恋物癖和受虐狂的变态性心理。

第二，郁达夫善于表现客观环境对性欲本能的压抑，展示灵与肉的冲突。郁达夫笔下的不少人物都有较强的本我冲动，但这些本我冲动又不断地遭到理智和道德的压抑，从而产生灵与肉的尖锐冲突。比如在《银灰色的死》中，主人公得知妻子的死讯后反反复复徘徊在图书馆与酒楼之间，一面哀号着"亡妻呀亡妻，你饶了我吧"，一面又出于本能的驱使，"决意想到他无钱的时候常去的那一家酒馆里去"；②《空虚》更是整篇描写了于质夫在一个狂风暴雨的午夜与一个陌生少女同眠共枕时备受情欲煎熬的心理过程；《沉沦》精妙地展现了主人公窥视邻女裸浴跑回房里自打嘴巴时的又羞又惧又喜的复杂心情。不难发现，这些描写皆彰显出精神分析学中的潜意识理论的影响。

三 施蛰存的"自觉尝试"

施蛰存曾表示："我的小说不过是应用了一些 Freudism 的心理小说而已。"③ 施蛰存善于挖掘人物内心由于具体的人或事引发的瞬间情绪和感受。作品中包含大量真实具体的内心独白，虽写感觉却真实，虽涉及心理却不虚幻。王富仁先生在谈及施蛰存的心理分析型历史小说时，曾指出它"是在弗洛伊德精神分析学说的影响下在中国产生的一种完全新型的历史小说"，并认为"中国最早运用弗洛伊德精神分析学说写成的历史小说是鲁迅的《补天》，真正的心理分析

---

① 郁达夫：《茫茫夜》，《沉沦》，海南出版社，2017，第121页。
② 郁达夫：《银灰色的死》，《沉沦》，海南出版社，2017，第45页。
③ 施蛰存：《雨的滋味》，江苏文艺出版社，2011，第155页。

型历史小说的开创者是施蛰存"。①

施蛰存在其《将军底头》《鸠摩罗什》《石秀》等心理分析小说中,大量表现了被压抑的力比多如何扭曲变态及其与社会现实道德约束之间的冲突。比如《将军底头》书写的是种族与爱的冲突。作品讲述唐朝的吐蕃族将军花惊定,奉命征讨吐蕃,但内心却时时想起父辈的教导,于是攻城时犹豫不决。而在攻下城池之后,他又爱上了被士兵凌辱的一位姑娘,在这种爱欲的迷幻下,他不小心被吐蕃士兵砍去了头颅。失去头颅的他也无法忘却心目中的姑娘,于是骑马奔回心爱的姑娘身边,然而吊诡的是,姑娘却露出了冰冷的笑。作品巧妙地展示了压抑在主人公无意识底层的爱欲与外在现实之间的矛盾与冲突。《鸠摩罗什》描写的是道德与爱之间的冲突。鸠摩罗什本来是一个得道高僧,却喜欢上了自己的表妹龟兹国王之女,因此,他的内心无比压抑。一方面,他要维护自己的尊严,表现出四大皆空无欲无求的姿态。另一方面,他又无法承受表妹的诱惑,最后他还是决定迎娶表妹,享受凡人的生活。在婚后,他在众人面前依旧高尚,受人崇拜,但是其内心深处却常常惶恐不安。后来,他的妻子在去往东土的途中去世,这在他看来是一种解脱,因为他终于可以破除魔障继续修行了。然而,到达东土之后他仍然不能忘记自己的妻子,甚至在讲经时眼前会突然幻化出妻子的影子。这说明他依然不能完全脱离尘世,没有真正做到禁欲。对鸠摩罗什的这种内心世界的痛苦与挣扎的描写,完全可以看到弗洛伊德精神分析学理论的影响痕迹,即存在于人的潜意识中的"本我"与"超我"的冲突造成了作品主人公的内心痛苦。《石秀》表现了对人的性心理的透视。从石秀夜宿、巧云调情、密恋巧云到淫虐意识的唤醒,最后谋弑巧云,这一过程中,石秀内心的躁动、压抑、扭曲和爆发,既涵纳着"本我"的觉醒与萌发,又蕴含着"自我"与"超我"对

---

① 王富仁、柳凤九:《中国现代历史小说论》,《鲁迅研究月刊》1988年第6期。

"本我"的束缚和抑制。在石秀心中，一方面是潘巧云美色的诱惑力，一方面是传统道德的约束力，两种背驰的力相互冲突，导致其精神意绪异常纷乱。最终"正常的性满足受到挫折亦可导致神经症"的患者石秀以淫虐的方式，从潘巧云那"淌满了鲜红的血"的"桃红色的肢体上"得到了替代性满足。此时的石秀也从"英雄豪杰"最终变成了弗洛伊德学说下的"心理症患者"。[1]

可以说，施蛰存基于其对弗洛伊德主义的理解，从不同于传统的审美取向出发，运用精神分析的表现手法，为中国现代心理分析小说的创作提供了范例，为中国现代小说的创新提供了更多可能。

四 张爱玲的"不谋而合"

张爱玲独特的人生体验和文学自觉，使其文学创作倾向与弗洛伊德主义"不谋而合"，抑或说，在张爱玲的小说创作中有着弗洛伊德主义的深深印痕。张爱玲作品中呈现出来的女性形象的疯狂，男主人公的卑劣，无不充斥着弗洛伊德主义中的情欲和性本能的气息。在《对照记》中，张爱玲有过这样的感慨："其实是个弗洛伊德式的错误。'心理分析宗师弗氏认为世上没有失误或偶尔说错的一个字的事，都是本来心里就是这样想，无意中透露的。'"[2] 这里揭示的恰恰是弗洛伊德主义的潜意识学说，而潜意识学说是精神分析学说的核心部分，张爱玲受其影响，其创作呈现出浓郁的精神分析学的色调。比如在《金锁记》中，主人公曹七巧嫁到姜家，但其丈夫却是一个残疾人。无性无爱的婚姻，令七巧感到非常痛苦。最后，她在姜家苦熬了三十年，但内心世界也变得异常扭曲。因其自身没有得到幸福，她也不想让儿女得到幸福。这种畸形变态的心理描写，以及对人的潜在欲望的揭示，有着鲜明的弗洛伊德精神分析学的色彩。

---

[1] 〔奥〕弗洛伊德：《精神分析引论》，彭舜译，陕西人民出版社，2001，第316页。
[2] 张爱玲：《对照记》，《张爱玲典藏全集》（第5卷），哈尔滨出版社，2003，第97页。

在《倾城之恋》中，红花的艳丽醒目的"红"与形状独特的"花"二者完美的结合，就像是一根无形的线在暗中牵动着人的情欲。张爱玲用这一意象来暗示恋人之间的情欲涌动。文中写道："黑夜里，流白苏看不出那红色，然而她的直觉告诉它是红得不能再红了。"[①] 这里用红得过分、红得怕人的花儿，彰显了主人公无法阻挡的高涨的情欲状态。作者将这种真实的内心情欲状态通过外在的物象表达得真真切切、淋漓尽致，让人感觉到一股源自本能欲望的激情。

在《半生缘》中，顾曼璐的求生本能促使她不择手段地牺牲妹妹，千方百计地破坏曼桢的美好爱情，她甚至让自己的丈夫强暴曼桢。为了自己的利益，顾曼璐丧失了良知，牺牲了亲情，而结果非但没有改变自己的命运，反倒让自己一步步走向了绝境，最终两手空空。这种叙事理念和弗洛伊德主义的"生的本能"和"死的本能"的观念一脉相通。

另外，《沉香屑第二炉香》中性欲压抑者在走投无路时自杀，《茉莉香片》中男主人公聂传庆因得不到父母温爱而变态地对女同学言丹朱嫉恨与报复等，都体现出欲望压抑造成的人性扭曲，以及给人带来的精神痛苦，而这正是弗洛伊德主义理论的题中应有之义。

综上，张爱玲受到弗洛伊德的深刻影响是显而易见的。张爱玲在借鉴弗洛伊德相关理论的基础上，一方面用文学创作的方式来弥补心理的创伤，另一方面以其独特的视角和精神分析的方式，剖析特定社会历史情形下普遍的变态的心理与畸形的人伦关系，进而探索人性的本质。从而开创了一种具有"苍凉"意味的文学创作范式。

五 朱光潜的"全面研究"

美学家朱光潜对弗洛伊德主义进行了详细介绍和系统研究，著有论文《福鲁德的隐意识说与心理分析》和专著《悲剧心理学》

[①] 张爱玲：《倾城之恋》，《张爱玲典藏全集》（第7卷），哈尔滨出版社，2003，第46页。

《文艺心理学》《变态心理学派别》《变态心理学》等。朱光潜在1921年发表了《福鲁德的隐意识说与心理分析》一文，文章从"隐意识与梦的心理""隐意识与神话""隐意识与神经病""隐意识与文艺和宗教""隐意识与教育""心理分析和神经病治疗学"等几个方面介绍了弗洛伊德的隐意识理论，涉及弗洛伊德的隐意识理论的宗教观、神话观、艺术观、梦的理论和自由联想法等诸多内容。[①] 另外，在《悲剧心理学》《文艺心理学》等著作中，朱光潜也多次涉及弗洛伊德的相关理论。朱光潜在其著作中表示，他认可弗洛伊德主义中的"压抑"和"移植"这两个概念，认为文艺创作是无意识欲望升华的观点是对西方唯美主义的反叛，并指出弗洛伊德提出的无意识和梦的理论具有合理性。但需强调的是，尽管朱光潜对弗洛伊德理论认同之处颇多，但还是对弗洛伊德文艺理论的偏颇之处进行了一些批评。在提出自己的美感经验理论时，朱光潜对弗洛伊德的文学是欲望的满足的观点进行了批评；在提出自己的天才观时，朱光潜对弗洛伊德的文学与精神病同源的观点进行了批评。朱光潜批评弗洛伊德的文艺理论，原因在于二人建立自身文艺理论的方法和出发点不同。朱光潜早期的文艺心理学理论是文学、哲学和心理学三者的融合，他的出发点是文艺心理现象的特殊性，而不是普遍性。弗洛伊德建立自己文艺理论的方法是把自己的心理学理论直接应用到文艺研究中，通过其心理学理论的强大阐释力，来证明其心理学理论同时也可以是一种文艺理论。换言之，弗洛伊德文艺理论的出发点不是文艺心理现象的特殊性，而是文艺心理现象与其他心理现象的共性。

朱光潜对弗洛伊德理论研究的贡献主要体现在对弗洛伊德理论的介绍上。他一方面肯定了弗洛伊德的本能、潜意识等理论存在的合理性，另一方面又不赞同弗洛伊德把自己的理论扩大化、绝对化

[①] 周建永：《朱光潜文艺心理学研究中对弗洛伊德理论的批评与借鉴》，《唐山学院学报》2020年第5期。

的做法。同时，朱光潜也认识到了弗洛伊德理论的文艺心理学价值，在其文艺心理学研究中借鉴了弗洛伊德理论，对文艺心理学中的一些问题给予了现代心理学的阐释。

综上，弗洛伊德主义对中国现代文学最大的意义在于它为作家们描绘人物的潜意识和无意识心理提供了理论依据，为作家描绘内心的情绪和感受提供了科学的方法，从而把心理分析类文学提升到一个新的高度。但是，弗洛伊德主义仅对作品进行心理分析，而不进行审美分析，也具有一定的片面性。另外，弗洛伊德主义作为一种方法，能够为解读艺术家创作意图，洞悉作品的深层内涵提供方便，但弗洛伊德主义把文学产生的社会环境及文化传统割裂开来，剥离了人与人之间的社会关系，把一切都归结为性欲的原始本能，有很多牵强附会之处。

第十三章　西方意识流小说与中国现代文学思潮（1917~1949）

19世纪末到20世纪初，西方资本主义社会各种矛盾的不断激化，政治、经济、思想和道德等领域的危机逐渐加深，导致人们的传统价值观念不断被瓦解。在这样的社会转型时期，作家们将创作目光从外部世界转移到人的内心世界，力图找到一种恰当真实描绘现代人的精神世界的文学形式，经过一系列的探索与实验之后终于创造出了意识流小说。意识流小说在世界文坛上产生了深远影响，其输入中国后，极大地丰富了中国现代文学的创作手法，加快了中国文学与世界文学的接轨。

第一节　西方意识流小说概述

意识流小说作为描述人物心理和思维过程的文学形式，极其强调对人类的"自我"书写和叙事模式上的抽象性。这两方面的侧重既表现出作家对于个体迷茫的内心世界的关注，也表明了现代社会的复杂性给现代人精神上带来的混乱和危机。

一　意识流小说的产生

意识流小说流行于20世纪20~40年代的欧美文坛。英国的弗吉尼亚·伍尔夫（1882~1941）、爱尔兰的詹姆斯·乔伊斯（1882~1941）、法国的马赛尔·普鲁斯特（1871~1922）和美国的威廉·福克纳（1897~1962）是举世公认的意识流小说大师。

意识流小说与传统文学创作模式不同，它淡化社会背景和戏剧性情节，以揭示人物的精神世界和内心意识面貌为宗旨，将人物内心飘忽不定、恍惚朦胧的意识活动作为主要描写内容。在意识流小说中，没有所谓的说话对象，没有指引者，也没有明确的对现世的剖析，有的只是意识的流动，只是作者的喃喃自语。

意识流小说实质上是西方作家在面对传统与现代分裂的两难处境时做出的一种自我调解。在19世纪末的西方，现代科技文明的进步在给人们的物质生活带来极大便利的同时，也导致了精神信仰的危机。一战的爆发更加速了西方人价值观念体系的崩溃。在尼采宣布"上帝死亡"以及目睹与体验了战争的残酷无情之后，西方人真切地感受到失去信仰后生命的脆弱，以及一切都成为虚无的无助感。敏感的西方作家们意识到，世界已非从前那个能够用理性加以分析和解决的旧世界了，传统的写作方式再也不能表达现代人内心深处的真实情感。现代社会时间观念的大变革，以及变革后的时空交错造成的气闷氛围，迫使作家寻求能够真正表达现代人情感内涵的新的叙述方法。意识流小说的出现，弥补了传统小说关注外部世界而忽略人物内心图景的不足，让文学作品能够真实反映现代人的情感世界，它代表了人们对意识活动的重新理解，契合了现代社会中人的封闭性的内心感受。意识流小说作家在非理性的交错感中捕捉具有封闭感的语言形式，使读者在他们精心设计出的封闭性意象中思索问题并反观自身。可以说，意识流小说蕴含了西方现代独特的文化历史背景与价值观念，它的问世是历史的必然。

二 意识流小说的基本特征与表现技巧

意识流小说追求真实地反映人物的精神世界和主观感受，令读者通过人物的意识去透视人物瞬间的神智活动。意识流小说的基本特征与表现技巧可以归纳如下。

第一，意识流小说创作者主张文学应表现人物的意识流动，尤其是潜意识活动，这是在心理学中潜意识理论的基础上形成的。美国心理学家、哲学家威廉·詹姆斯指出："意识在它自己看来并非是许多截成一段一段的碎片。看起来，似乎可以用'链条'或'系列'之类字眼来描述它，其实，这是不恰当的。意识并不是一节一节地拼起来的。用'河'或者'流'这样的比喻来描述它才说得上是恰如其分。此后再谈到它的时候，我们就称它为思维流、意识流或主观生活之流吧。"① 詹姆斯强调的是意识的流动性和非理性。弗洛伊德大大拓展了詹姆斯对于非理性意识的理论。他将人的整个精神领域分为三层：主宰行为的意识层、时隐时现的前意识层以及隐藏于意识深处不自觉的不受控制的潜意识层。其分别对应人格结构的三个层次，即本我、自我、超我。弗洛伊德的理论使人们认识到意识的复杂性和层次性。

第二，意识流小说只记录人物的意识活动，描写人物的内心世界，将人的生活看作脱离社会的孤立活动，不注重人物与环境的关系。"意识"是作品中真正的独白者，人物脱离作家来解释他们自己，以独白、旁白的手法来展示自己的意识或无意识。伍尔夫《墙上的斑点》开篇就是主人公的一段"内心独白"，从"墙上的斑点"引发意识不停地流动，这种意识流动既包括对周围世界的反映，又包括意识层面推理活动，还包括幻觉及关于幻觉的回忆。意识流小说围绕人物的潜意识，运用意识独白的方法，使人物的意识多层次化。

第三，意识流小说创作者认同"作家退出小说"的主张，② 认

---

① 柳鸣九主编《意识流——西方文艺思潮论丛》，中国社会科学出版社，1989，第346页。
② "作家退出小说"是西方后现代主义小说家珂兰·罗伯·格里耶、娜塔丽·萨洛特等人提出的创作主张，其意是作家不应该在自己的作品中"露面"，要让小说完全达到所谓"极端的客观性"。

为作品应尽量展示中立性而非作家的主观倾向,故而淡化故事情节,以小说人物的内心表述和自由联想内容来结构文章。人物通常经由内心的一个观念或视觉里的一个形象,流泻出大量表面上有联系但实际上毫不相干的想法。这些想法围绕一个联想中心贯穿成为一组情节。这些情节经由跳跃、穿插、重叠、反复等途径,取得了自由的空间,呈现出错综复杂的图景。同时,创作者运用象征手法,赋予作品中细节、人物、事物、事件一定的寓意,甚至主题或整部小说的结构都是具有象征性意味的。这种做法能够表达出难以捉摸的意识流状态,并表明文本背后的深意。

第四,意识流小说的表现手法具有跳跃性。意识流小说打破了传统小说中情节结构的完整性和发展的顺序性,着重描写意识的自由流动,采用自由联想、时序倒错等表现手法,使情节结构具有急剧的跳跃性。在福克纳的《喧哗与骚动》中,各章节以时间为标题,第一章是"1928年4月7日",第二章是"1910年6月2日",第三章是"1928年4月6日",第四章是"1928年4月8日"。显然,这四个部分并没有遵循惯常的自然时序,而是采用了"CABD"这种时序倒错的方法,因此各种事件能够跨越时间界限更迭交替。不同时期的事件最终融为一体,构成了情节结构上的跳跃性。

三 代表作家作品

西方意识流小说代表作家作品包括法国普鲁斯特的《追忆似水年华》,爱尔兰乔伊斯的《尤利西斯》《都柏林人》《青年艺术家的肖像》,英国伍尔夫的《墙上的斑点》《到灯塔去》,美国福克纳的《喧哗与骚动》,等等。

《追忆似水年华》是法国20世纪最杰出的小说家普鲁斯特的长篇巨作。小说使用第一人称"我"进行回忆叙述,表达世事无常和时间飞快之感。小说中的叙述者"我"是一个家境富裕而又体弱多病的青年,从小对书画有特殊的爱好,曾经尝试过文学创作，没有成功。主人公经常出入巴黎上层社会的社交场合，钟情于犹太富商的女儿吉尔伯特，但不久便失恋了。他到过家乡贡柏莱小住，到过海滨胜地巴培克疗养。他结识了少女阿尔伯蒂，后得知阿尔伯蒂骑马摔死，他在悲痛中认识到自己的禀赋是写作，认为自己所经历的悲欢苦乐正是文学创作的材料。在小说中，叙述者"我"的生活经历并不占据大量篇幅，回忆则构成了作品的主要内容，其核心要义是展示人的内心世界和精神生活。作品采用"自由联想"的方式，一物诱发一物，一环引出一环，形成了自由流畅的叙述态势。

英国作家乔伊斯在创作中非常注重人物内心世界的描写，代表作为《尤利西斯》。该作品描写了三位都柏林人在十八个小时内的活动，借助对布卢姆、斯蒂芬和莫莉三个反英雄人物的内心思绪的刻画，书写了人物绵延几十年的意识流，淋漓尽致地展现出人们在现代社会中荒诞的思想和行为。乔伊斯在创作中有意识地将《奥德赛》作为小说的神话原型，二者形成情节结构的对等互文，意在以古代英雄的英勇和机智反讽现代人的精神荒芜，揭示现代世界给现代人造成的扭曲异化，折射出西方现代社会严重的精神危机。

美国作家福克纳的作品《喧嚣与骚动》是20世纪意识流小说的杰出代表，作品讲述了南方没落地主康普生的家族悲剧。老康普生游手好闲、嗜酒贪杯，其妻自私冷酷、怨天尤人。长子昆丁绝望地抱住南方所谓的旧传统不放，因妹妹凯蒂风流成性，有辱南方淑女身份而爱恨交加，竟至溺水自杀。次子杰生冷酷贪婪。三子班吉则是个白痴。这些悲剧情节全部通过这三个儿子的内心独白讲述，最后由黑人女佣迪尔西对前述的"有限视角"做补充。在小说中，福克纳创造性地将结构顺序打乱，如班吉的意识反复从"当前"到"改名那天"流动，中间不断插入其他时间和空间的"场景转移"，这样的叙述方式极其符合班吉作为一名白痴的生理及心理特点——

他没有理性，只有感觉；他不能像常人那样进行逻辑思维的活动，只能下意识和无意识地随着眼前浮现的一幕幕场景、一件件事物产生互不相关的联想和回忆。在作品中，"过去"和"将来"皆存在于人的意识的"现在"时刻，于是出现在人的意识中的"过去"和"将来"的场景、人物和事件等便构成了一幅幅杂乱无章的、不由大脑主观控制的意识流。福克纳突破了小说创作的传统布局和模式，创立了一种崭新的格式和结构，在意识流小说的结构尝试上做出了不可磨灭的功绩。

英国作家伍尔夫在她最为有名的意识流小说《到灯塔去》中，通过诗化的词语建构起了内在时间叙事模式，以此表达个体的精神世界。小说以到灯塔去为贯穿全书的线索，主人公拉姆齐一家人和几位客人想去灯塔，却因种种原因未能实现，一家人历经沧桑之后，拉姆齐先生仍选择乘船出海，最终完成了到达灯塔的愿望。作品从人物的主观视角展开，最大限度地表现人物主体性格特点，同时围绕叙事线索整合不同人物的意识流，使得人物之间的关系越发密切。通过自由间接话语实现对主体的叙述，叙述风格流畅、自然。

这些反传统文学的意识流作家不约而同地将创作视角由客观世界转向人的主观内心世界，运用新的艺术表现形式展现通常被忽视的精神领域。意识流文学的出现，对世界文学尤其是中国现代文学的发展产生了深远的影响。

第二节 意识流小说对中国现代文学思潮的影响

中国现代文学作为世界文学的一部分，不可避免地受到外来文学创作思潮的影响。20世纪初，西方哲学观点、文学思潮及艺术创作手法等涌入中国，如詹姆斯的意识流理论、弗洛伊德的精神分析学说等，一时之间中国文坛掀起了借鉴西方文学理论的热潮。

一　鲁迅与西方意识流小说

在五四时期，国内学者较为系统、全面地介绍了意识流小说的哲学和心理学理论基础。在此影响下，作家们尝试着用精神分析学说进行文学创作和文学批评，鲁迅就是其中的一位。鲁迅曾将厨川白村的论文《苦闷的象征》译成中文，文章中厨川白村对弗洛伊德将被压抑的潜意识归结为"性"的观点进行了修正，还介绍了意识流的其他理论基础（如柏格森的学说）、基本概念和主要表现特征等。鲁迅对《苦闷的象征》的译介表现出他对弗洛伊德精神分析学的高度关注，以及对意识流小说创作理论的强烈兴趣。

在译介理论的同时，鲁迅在文学创作中也自觉运用了内心独白、自由联想等意识流手法。其代表作《狂人日记》塑造了一个被封建制度和封建礼教迫害致狂的"狂人"形象，意在表现社会对人的异化主题。《狂人日记》中没有传统小说的故事情节，完全依靠"狂人"的自由联想来结构全篇。作品全篇可以看作"狂人"的内心独白，它记录的是一个"狂人"真实的心理状态和意识流动，在意识流动过程中时间的逻辑顺序被打乱了，于是作品中过去、现在和未来互相交错、互相渗透。"《狂人日记》可以说是典型的意识流小说，节与节、段与段，甚至句与句之间没有明显的承接关系和内在的逻辑联系，没有鲜明的情节发展线索。"[1] "狂人"所联想到的内容互相纠缠，却又毫无边际，这些自由联想就像放射出去的一条条射线，这是意识流小说中常见的结构方法。

在鲁迅创作的散文诗集《野草》中，多数篇章都表现出意识流小说的特征，如重视梦的作用，大量运用象征、内心独白手法来展示内心的矛盾冲突等。《死后》描写的就是意识和知觉的流动过程，重在描述人"死后"的感受和体验，意在表明人在环境压

---

[1] 李春林：《东方意识流文学》，辽宁大学出版社，1987，第47页。

第十三章　西方意识流小说与中国现代文学思潮（1917~1949）｜357

迫下仍应始终保持清醒的理念。在《肥皂》里，鲁迅没有正面描写主人公四铭的心理，而是运用意识流表现手法，以四铭的言行揭示意识的流动过程，异常生动、真实而深刻地剖析了四铭的伪君子面目。

综上，鲁迅在吸收外国文学营养的基础上，结合深厚的创作功底，创作了一系列具有意识流小说特质的作品。这些作品丰富了文学的表现内容，加强了文学反映生活的深度和广度，为中国现代文学的多元化、多样化发展做出了重要贡献。

二　创造社作家的意识流小说创作

创造社领袖郭沫若于1922年发表的小说《残春》，是一部具有鲜明意识流小说特色的作品。小说讲述一位名叫爱牟的医科学生去医院看望他的朋友贺君，在医院见到了照顾贺君的护士S姑娘，于是心中产生了爱慕之情。当天晚上，爱牟住在医院中梦见与S姑娘一同上山，在山上，S姑娘怀疑自己得了肺病并请爱牟帮她诊断，爱牟推脱说自己只是一名医科学生尚未有能力为病人诊断，可是S姑娘却已经解开上衣让其为自己诊断。正在这时，白羊（即去叫爱牟前来探望贺君的友人，同时他也早已暗恋上S姑娘）匆匆跑来告诉爱牟的妻子杀死两个孩子，让他赶快回家。爱牟急忙回家，却见家门外到处都是两个孩子的鲜血，其妻已经发疯，并将他也砍倒在地。被惊出一身冷汗的爱牟于噩梦中醒来之后惊恐不已，立刻告别贺君及S姑娘匆匆回家，并斩断自己对S姑娘的胡思乱想。小说表现出主人公在无意识层面因欲望受压抑而产生的灵肉冲突，对人物内心思想的描绘相较于传统小说更为深入。正如郭沫若在《批评与梦》一文中所说："我那篇《残春》的着力点并不是注意在事实的进行，我是注意在心理的描写。我描写的心理是潜在意识的一种流动。这是我做那篇小说的奢望。若拿描写事实的尺度去测量它，那的确是全无高潮的，若是对于精神分析学或梦的心理稍有研究的人看来，他必定可以看出一种作意，可以说出另一番意见。"①

郁达夫在小说《青烟》中运用了大量意识流表现手法。主人公是一个"神游病者"，在虚幻缭绕的青烟中幻化出另一个"我"，"我"的故乡之行实际上是主人公的一次"神游"。主人公的"自由联想"和梦境式的情景叙述，真实地传达出人物的复杂、微妙的心理状态。郁达夫的《空虚》也是一篇典型的意识流作品。《空虚》描写了"神游病者"质夫在梦中用刀砍掉一个邂逅的少女的手臂，原因是质夫爱慕少女但在其表哥面前自惭形秽，因而将内心潜伏着的一腔嫉妒与恼恨借由梦境发泄出来。在作品中，"做梦"的过程实则就是主人公一次完整的意识流动过程。

创造社作家在描写内容和形式技巧上自觉地运用了意识流的表现手法，注重对人物心理，尤其是病态心理的刻画，且特别善于运用自由联想和内心独白的叙述方式展开故事的叙述。这体现出西方意识流小说对于创造社作家的重要影响。

三　京派作家的意识流小说创作

众所周知，虽然京派作家的作品具有浓重的传统文学韵味，但不应忽视京派文人在汲取传统文学资源的同时，还体现出对意识流表现技巧的取法和尝试。比如林徽因受到伍尔夫意识流影响后创作的短篇《九十九度中》，被李健吾称为"最富有现代性"的小说。②作者选取北京夏季炎热的一天，以挑夫流动的脚步，将社会各阶层的生活场景连缀在一起。小说截取生活中有代表性的片段，赋予这些片段以生活本身的空间广延性与时间连续性，展示了20世纪30年代中国都市生活的样态，体现出作者悲悯的情感和对底层的人道主义关怀。若仔细考察《九十九度中》与伍尔夫的小说《达罗卫夫

---

① 郭沫若：《文艺论著》，《郭沫若全集（文学编）》（第15卷），人民文学出版社，1990，第231页。
② 李健吾：《文学创作评论集》，人民文学出版社，1984，第453页。

人》，可以发现二者在情节、结构、技巧等方面有诸多相似之处，更确切地说，前者表现出对后者的有意模仿。伍尔夫在《达罗卫夫人》中对人物的自由联想不做任何解释或说明，而是让各种念头、想法随意结合，自由闪现于人物头脑中，让支离破碎的外在客观事物重新在意识流动中组合。林徽因的自由联想因篇幅的限制尚未达到伍尔夫那般的随意延展，但明显具有与其相似的技巧特征。

李健吾的长篇小说《心病》同样"是受了伍尔夫等人的影响"。[①] 小说主要写一对青年人的爱情悲剧。主人公陈蔚成和秦绣云两人都有心病，突出地表现在各自的性压抑上，秦绣云的性苦闷、性躁动更甚。小说中大量篇幅是陈蔚成的自由联想和内心独白，通过描写人物意识活动，表现出混乱社会及不合理的婚姻对人性心理造成的压抑与扭曲。西方意识流小说对人物心理意识的描写手法，在一定程度上启发了李健吾，使其尽量在现实主义叙述中加入心理成分，深化了其描绘"真实"的意图。

汪曾祺的作品如《复仇》《小学校的钟声》《邂逅》《囚犯》《绿猫》等，在表现手法上有意识地借鉴了意识流小说的创作方法。《复仇》讲述了一个手臂上刻着杀父仇人名字的旅人，自少年时代起欲为父报仇的故事。然而当他在一座庙中寻找到仇人时，发现仇人也和他一样，将他父亲的名字刻在手臂上，不断地用一副錾子开凿一座大山度日。旅人看到这一情景后转而"放下屠刀，立地成佛"，与仇人共同开凿大山。看到这一幕，庙里的老和尚流下两行清泪，他仿佛已经看到在不久后的一天，会有一线从山的另一面射进来的阳光。整篇小说到处流动着自由的思绪，如开端处住在庙里的旅人由桌上的半罐野蜂蜜联想到老和尚，并由此联想到秋天的到来。随后交代旅人为何且如何来到这座寺庙，之后叙述又返回到旅人住在庙里的最后一个夜晚，叙写旅人进入似睡非睡的无意识状态中。这

---

① 朱乔森：《朱自清全集》（第 1 卷），江苏教育出版社，1988，第 279 页。

种以似睡非睡的无意识状态描写时间流逝的手法，让人很容易联想到伍尔夫的《到灯塔去》，由此可见汪曾祺对西方意识流手法的学习与吸纳。另外，在汪曾祺的小说《绿猫》中也可以明显看出意识流小说影响的痕迹。在整部小说中，"人物的意识流动是真正飘忽不定的、奇诡多变的"。[①] 小说描写的是"我"回忆在一个黄梅天去看望一个名字叫"柏"的朋友的经过，表现的是"我"从当日凌晨到黎明这段时间里的内心活动、感受和沉思的过程。小说试图探讨的是朋友压抑的隐秘的心理活动，并且企图捕捉飘忽不定的心理活动或意识的流向，所以在描写中运用了很多闪念、自由联想等意识流小说中常用的手法，整部小说呈现出一种杂乱无章又扑朔迷离的意识流动状态。

此外，沈从文在20世纪40年代的文学创作中也有对西方意识流小说的借鉴，整个20世纪40年代，沈从文对个人和时代之间的密切而紧张的关系的体验比以往任何时候都更深切，也更加深刻地体会到精神上的困惑和苦恼。这一时期的沈从文转向内省的经验审视，创作由此进入"抽象的抒情"时期。为了缓解和表现抽象的精神困扰，以及其芜杂繁复的印象、感受、情绪和思想，沈从文写下了《烛虚》《潜渊》《长庚》《生命》《绿魇》《白魇》《黑魇》等一批奇异精妙的散文作品。《绿魇》由"绿""黑""灰"三个片段组成，"绿"写主人公在绿色的包围中所产生的困惑，"黑"则是描写被绿色困惑住的"我"试图从黑处去搜寻五年前的往事，"灰"则将思绪从五年前拉回到现在，回到现实之中的"我"发现自己进行的只是思索。作品借鉴意识流手法，展露个体潜藏的无意识，旨在表现对生命和人生意义的抽象思索。

四 新感觉派的意识流小说创作

20世纪30年代，中国文坛出现了一批用意识流手法进行创作的

[①] 唐正序、陈厚诚主编《20世纪中国文学与西方现代主义思潮》，四川人民出版社，1992，第464页。

作家,以刘呐鸥、施蛰存、穆时英为代表的新感觉派作家进行了一次意识流小说创作的集体尝试,形成了中国现代意识流小说创作的第一次高潮,推动了意识流小说在中国的发展。中国新感觉派作家深受日本新感觉派和西方现代派影响,在抨击社会现实的同时,将人们的忧郁、虚无、孤独寂寞、病态心理和刹那间的感觉等作为表现对象,将创作笔触延伸到人物精神和深层意识之中,生动地描绘出了都市人的"心理荒原"图谱。

作为与意识流小说关系密切的中国现代作家,施蛰存对意识流的借鉴体现在其1932年之后出版的《将军底头》《梅雨之夕》《善女人品行》等几部小说集里。1930年起,施蛰存开始创作以上海为背景的都市故事,着力刻画都市男女的心理,而且,故事"里头讲的不是一般的心理,是一个人心理的复杂性,它有上意识、下意识,有潜意识"。[①] 对多层次意识交替的复杂性的描绘,无疑是施蛰存对意识流小说深入取法的结果。其小说《梅雨之夕》描写了一次带有梦幻色彩的雨中邂逅经历,营造出一种淡淡的抒情诗的整体氛围。男主人公在大雨滂沱的上海街头遇见了一位在街角避雨的年轻女子,对其产生了恋慕之情。主人公在是否与年轻女子共撑一把伞回家的问题上内心挣扎不已,思绪万千。在女子接受提议后,主人公又被潜在的性意识催发而浮想联翩,同时受文明驯化的超我又时刻借由外界事物介入(如借由道旁女子忧郁的眼神试图对本我进行压制),于是主人公的思绪经历起承转合,最终形成一条平滑流动的意识之河。这些"思想的独白"将主人公的内心意识不加干预地展现在读者面前,[②] 带领读者进入主人公的精神世界,窥探其神秘而复杂的内心领域。

意识流小说对刘呐鸥的影响表现在文本创作的形式和技巧方面。其作品《游戏》描绘了夜总会的场景,将在七彩灯流动的旋转照射

[①] 施蛰存:《沙上的脚迹》,山东教育出版社,1995,第177页。
[②] 施蛰存:《梅雨之夕》,人民文学出版社,1985,第25页。

下的男女的肢体、五彩的灯光、光亮的酒杯和红绿的液体等内容联结起来，绘制出一幅印象主义的图画。在《两个时间的不感症者》中则运用电影蒙太奇的方式，对赛马场的景观做了全方位、多角度的描写，使读者的感官得到极大满足。

穆时英也在多篇小说中运用了意识流的手法，如《上海的狐步舞》《PIERROT》《白金的女体塑像》《街景》等。在《夜总会里的五个人》中，作者写道："红的街，绿的街，蓝的街，紫的街……强烈的色调化装着都市啊！霓虹灯跳跃着——五色的光潮，变化着的光潮，没有色的光潮——泛滥着光潮的天空，天空中有了酒，有了灯，有了高跟儿鞋，也有了钟……"① 在这里，作者运用蒙太奇手法不断切换小说场景，采用内心独白、自由联想等方式将思想与情绪、回忆与印象、想象与幻觉、梦境与现实等融合在一起。在《上海的狐步舞》里，穆时英广泛运用了时空交错、内心独白、自由联想、印象叠加和空间蒙太奇等意识流手法。作品中没有故事，也没有主人公，所写的是上海的一个夜晚发生的形形色色的事件：凶杀、通奸、卖淫、狂舞、聚赌、工人的惨死和文人的痴恋等。穆时英以空间蒙太奇的手法展现了各个人物的内心活动，作品中有的地方不加标点，意在表示人物意识流动的连绵。

新感觉派作家在借鉴西方意识流小说基础上创作的文学作品，给中国文坛带来了极大的震动和冲击，他们的创作极大地拓宽了现代文学的表现手法，为现代小说创作打开了新的审美空间。新感觉派小说内聚焦的审美视角，引发了中国现代小说向内转的发展趋向。可以说，新感觉派作家的创作推动中国意识流小说创作走向了第一个高潮，并为中国现代文学的发展积累了丰富的经验。

从20世纪上半期中国对西方意识流小说的介绍和借鉴的过程中，我们不难发现，西方现代文学中这一极具特征性的意识流小说，

---

① 穆时英：《夜总会里的五个人》，严家炎、李今编《穆时英全集》（第1卷），北京十月文艺出版社，2008，第272页。

的确通过中西方两种异质文化的交流与碰撞，对中国现代小说产生了深远的影响。西方意识流小说在被中国现代作家、学者接受和阐释及改造后，创造性地转化为一种新的独特的文学现象，从而丰富了中国现代小说创作，造就了一批经久不衰的文学经典，一定程度上促进了中国现代文学的丰富与繁荣。

主要参考文献目录

相关文集、资料

陈独秀：《陈独秀文集》（共 4 卷），人民出版社，2013。
鲁迅：《鲁迅全集》（共 18 卷），人民文学出版社，2005。
蒋光慈：《蒋光慈全集》（共 6 卷），合肥工业大学出版社，2017。
冯雪峰：《冯雪峰论文集》（共 3 卷），人民文学出版社，1981。
曹禺：《曹禺选集》，人民文学出版社，2004。
周扬：《周扬文集》（共 4 卷），人民文学出版社，1984。
胡风：《胡风全集》（共 10 卷），湖北人民出版社，1999。
毛泽东：《毛泽东选集》（共 4 卷），人民出版社，1991。
邵荃麟：《邵荃麟评论选集》（上、下），人民文学出版社，1981。
茅盾：《茅盾全集》（共 42 卷），黄山书社，2014。
钟叔河编《周作人散文全集》（共 14 卷），广西师范大学出版社，2009。
郭沫若：《郭沫若全集》（共 38 卷），人民文学出版社，1982。
张天翼：《张天翼文集》（共 10 卷），上海文艺出版社，1985。
胡适：《胡适全集》（共 44 卷），安徽教育出版社，2003。
苏曼殊：《苏曼殊文集》（共 6 卷），花城出版社，1991。
郁达夫：《郁达夫全集》（共 12 卷），浙江大学出版社，2007。
郁达夫：《郁达夫诗词全编》，浙江文艺出版社，1989。

巴金：《巴金全集》（共 26 卷），人民文学出版社，1987。
丁玲：《丁玲全集》（共 12 卷），河北人民出版社，2001。
李健吾：《李健吾批评文集》，珠海出版社，1998。
梁实秋：《梁实秋自选集》，台湾黎明文化公司，1975。
朱光潜：《朱光潜全集》（共 30 卷），安徽教育出版社，1987。
徐志摩：《徐志摩全集》（共 10 卷），商务印书馆，2019。
徐静波编《梁实秋批评文集》，珠海出版社，1998。
沈永宝主编《林语堂批评文集》，珠海出版社，1998。
郜元宝、李书编《李长之批评文集》，珠海出版社，1998。
沈从文：《沈从文文集》（共 12 卷），花城出版社，1984。
梁实秋：《梁实秋散文集》，中国社会出版社，2004。
卞之琳：《卞之琳文集》（共 3 卷），安徽教育出版社，2002。
冯至：《冯至选集》，四川文艺出版社，1985。
穆旦：《穆旦诗集》，人民文学出版社，2019。
汪曾祺：《汪曾祺全集》（共 12 卷），北京师范大学出版社，1998。
张爱玲：《张爱玲典藏全集》（共 14 卷），哈尔滨出版社，2003。
白嗣宏：《无产阶级文化派资料选编》，中国社会科学出版社，1983。
孙中田、查国华编《茅盾研究资料》，知识产权出版社，2021。
郭沫若：《郁达夫研究资料》，北京知识产权出版社，2010。
王自立、陈子善编《郁达夫研究资料》，天津人民出版社，1982。
张若英编《中国新文学运动史资料》，光明书局，1934。
方铭编《蒋光慈研究资料》，宁夏人民出版社，1983。
陈振国编《冯文炳研究资料》，知识产权出版社，2010。

专著类

马良春、张大明主编《中国现代文学思潮史》（上、下），北京十月文艺出版社，1995。
刘中树、许祖华主编《中国现代文学思潮史》，华中师范大学出版社，2009。

杨春时主编《中国现代文学思潮史》（上、下），南京大学出版社，2011。

刘增杰、关爱和主编《中国近现代文学思潮史》（上、下），上海文艺出版社，2008。

钱理群、温儒敏、吴福辉：《中国现代文学三十年》（修订本），北京大学出版社，1998。

〔德〕施勒格尔：《浪漫派风格：施勒格尔批评文集》，李伯杰译，华夏出版社，2005。

张大明：《西方文学思潮在现代中国的传播史》，四川教育出版社，2001。

温儒敏：《中国现代文学批评史》，北京大学出版社，1993。

温儒敏：《新文学现实主义的流变》，北京大学出版社，2007。

许道明：《中国现代文学批评史新编》，复旦大学出版社，2002。

徐行言、程金城：《表现主义与20世纪中国文学》，安徽教育出版社，2000。

吴晓东：《象征主义与中国现代文学》，安徽教育出版社，2000。

肖同庆：《世纪末思潮与中国现代文学》，安徽教育出版社，2000。

解志熙：《生的执着：存在主义与中国现代文学》，人民文学出版社，1999。

杨义：《中国现代小说史》（共3卷），人民出版社，1998。

叶渭渠、唐月梅：《日本现代文学思潮史》，中国华侨出公司，1991。

艾晓明：《中国左翼文学思潮探源》，北京大学出版社，2007。

倪蕊琴主编《论中苏文学发展进程》，华东师范大学出版社，1991。

汪介之：《伏尔加河的呻吟——高尔基的最后二十年》，译林出版社，2012。

李岫编《茅盾研究在国外》，湖南人民出版社，1984。

柳鸣九主编《二十世纪现实主义》，中国社会科学出版社，1992。

王国维：《人间词话》，江苏文艺出版社，2007。

（唐）司空图：《二十四诗品》，浙江古籍出版社，2013。

许道明：《中国现代文学批评史新编》，复旦大学出版社，2002。

蓝海：《中国抗战文艺史》，民国现代出版社，1947。

艾克恩：《延安文艺运动纪盛》，文化艺术出版社，1987。

李济琛、陈志英：《谁主沉浮：旧中国五十年政治风云》，改革出版社，1997。

郭沫若：《郭沫若论创作》，上海文艺出版社，1983。

陈白尘、董健主编《中国现代戏剧史稿》，中国戏剧出版社，2008。

〔德〕海涅：《论浪漫派》，张玉书译，人民文学出版社，1979。

〔德〕海涅：《海涅文集（批评卷）》，张玉书选编，人民文学出版社，2002。

〔丹麦〕勃兰兑斯：《十九世纪文学主流》（共6卷），人民文学出版社，2009。

〔德〕康德：《判断力批判》，邓晓芒译，人民出版社，2002。

〔美〕梯利：《西方哲学史》，葛力译，商务印书馆，1979。

〔美〕约翰·卡洛尔：《西方文化的衰落》，叶安宁译，新星出版社，2007。

〔法〕雨果：《雨果论文学》，柳鸣九译，上海译文出版社，1980。

〔法〕阿黛儿·富歇：《雨果夫人回忆录》，鲍文蔚译，上海译文出版社，1985。

刘若端编《十九世纪英国诗人论诗》，人民文学出版社，1984。

徐葆耕：《西方文学：心灵的历史》，清华大学出版社，1990。

吴岳添：《法国文学流派的变迁》，北京大学出版社，1995。

李泽厚：《美的历程》，天津社会科学院出版社，2004。

陈平原：《晚明与晚清：历史传承与文化创新》，湖北教育出版社，2002。

郑克鲁、蒋承勇主编《外国文学史》，高等教育出版社，2015。

寇鹏程：《古典、浪漫与现代》，三联书店，2005。

程曾厚：《程曾厚讲雨果》，北京大学出版社，2008。

李思孝：《简明西方文论史》，北京大学出版社，2003。

郁达夫：《艺文私见》，湖南文艺出版社，1996。

梁启超：《变法通议》，何光宇评注，华夏出版社，2002。

施蛰存：《中国近代文学大系·翻译文学集》，上海书店，1933。

赵瑞蕻：《鲁迅摩罗诗力说注释》，天津人民出版社，1982。

李欧梵：《现代性的追求》，北京三联书店，2000。

李欧梵：《中国现代作家的浪漫一代》，新星出版社，2005。

鲁迅：《中国新文学大系·小说二集·序》，人民文学出版社，2005。

李泽厚：《中国现代思想史论》，天津社会科学院出版社，2003。

陈国恩：《浪漫主义与20世纪中国文学》，安徽教育出版社，2000。

宋庆宝：《拜伦在中国——从清末民初到五四》，中国政法大学出版社，2012。

李欧梵：《中国现代作家的浪漫一代》，王宏志等译，新星出版社，2005。

夏志清：《中国现代小说史》，浙江人民出版社，2015。

朱栋霖等编《中国现代文学史 1917—2021》，北京大学出版社，2014。

杨联芬：《中国现代小说导论》，北京师范大学出版社，2010。

王富仁：《蝉声与牛声》，四川人民出版社，1997。

许子东：《郁达夫新论》，浙江文艺出版社，1984。

茅盾：《我走过的道路》，人民文学出版社，1997。

李欧梵：《现代性的追求》，人民文学出版社，2010。

艾晓明：《中国左翼文学思潮探源》，湖南文艺出版社，1991。

旷新年：《1928：革命文学》，山东教育出版社，2006。

王增如编《丁玲文萃》，文化艺术出版社，2002。

向青：《三十年代中国》，北京大学出版社，1996。

陈国恩：《20世纪中国文学与中外文化》，长江文艺出版社，2004。
汪曾祺：《小说文体研究》，中国社会科学出版社，1998。
梁实秋：《梁实秋论文学》，时报文化出版公司，1981。
周作人：《欧洲文学史》，岳麓书社，1989。
徐静波：《梁实秋——传统的复归》，复旦大学出版社，1992。
吴学昭整理《吴宓自编年谱：1894-1925》，生活·读书·新知三联书店，1995。
许道明：《中国现代文学批评史新编》，复旦大学出版社，2002。
李尚信主编《欧美文学史》，吉林大学出版社，2002。
胡经之主编《西方文艺理论名著教程》，北京大学出版社，2003。
王珞主编《沈从文评说八十年》，中国华侨出版社，2004。
温儒敏主编《中国现当代文学学科概要》，北京大学出版社，2005。
陈子善编《雅舍谈书》，山东画报出版社，2006。
钱中文：《现实主义和现代主义》，《中国文学研究年鉴》，中国文联出版社，1988。
〔美〕R.韦勒克著，刘象愚选编《文学思潮和文学运动的概念》，刘象愚选编，中国社会科学出版社，1989。
〔美〕查尔斯·查德维克：《象征主义》，肖聿译，北岳文艺出版社，1989。
〔英〕戴维·洛奇编《二十世纪文学评论》，魏育青译，上海译文出版社，1987。
黄晋凯、张秉真、杨恒达主编《象征主义·意象派》，中国人民大学出版社，1989。
孟庆枢主编《西方文论选》，高等教育出版社，2002。
伍蠡甫主编《西方文论选》，上海译文出版社，1979。
吴晓东：《象征主义与中国现代文学》，安徽教育出版社，2000。
萧乾：《文学回忆录》，北方文艺出版社，2014。
刘匡汉、刘福春编《中国现代诗论·上编》，花城出版社，1985。

刘燕：《艾略特》，四川人民出版社，2001。

吴晓东主编《中国新诗总论 1938-1949》，宁夏人民教育出版社，2019。

〔英〕R·S·弗内斯：《表现主义》，艾晓明译，昆仑出版社，1989。

〔美〕罗伯特·亨利：《艺术精神》，张婷译，南京大学出版社，2012。

〔日〕厨川白村：《苦闷的象征》，鲁迅译，人民文学出版社，1988。

〔日〕片山孤村：《表现主义》，鲁迅译，人民文学出版社，1958。

〔德〕埃德施米特：《创作中的表现主义》，袁志英译，上海译文出版社，1983。

黄才郎主编《西洋美术辞典》，外文出版社，2002。

郭沫若：《印象与表现》，《时事新报副刊（艺术）》，1923。

唐正序、陈厚诚：《20世纪中国文学与西方现代主义思潮》，四川人民出版社，1992。

解志熙：《生的执着：存在主义与中国现代文学》，人民文学出版社，1999。

朱德发等：《20世纪中国文学理性精神》，上海人民出版社，2003。

肖同庆：《世纪末思潮与中国现代文学》，安徽教育出版社，2000。

郭长保：《从文人意识到平民意识》，中央编译出版社，2020。

〔法〕萨特：《存在与虚无》，陈宣良译，生活·读书·新知三联书店，1987。

〔奥〕弗洛伊德：《精神分析引论》，彭舜译，陕西人民出版社，2001。

〔奥〕弗洛伊德：《自我与本我》，上海译文出版社，2011。

郁达夫：《沉沦》，海南出版社，2017。

蓝棣之：《现代文学经典症候式分析》，清华大学出版社，1998。

施蛰存：《我的创作之历程》，华东师范大学出版社，2012。

肖同庆：《世纪末思潮与中国现代文学》，安徽教育出版社，2000。

张大明：《西方文学思潮在现代中国的传播史》，四川教育出版社，1999。

柳鸣九主编《意识流》，中国社会科学出版社，1989。

李春林：《东方意识流文学》，辽宁大学出版社，1987。

陈厚诚、王宁：《西方当代文学批评在中国》，百花文艺出版社，2000。

李春林：《东方意识流文学》，辽宁大学出版社，1987。

吴中杰、吴立昌：《1900—1949：中国现代主义寻踪》，学林出版社，1995。

施蛰存：《沙上的脚迹》，山东教育出版社，1995。

唐正序、陈厚诚主编《20世纪中国文学与西方现代主义思潮》，四川人民出版社，1992。

论文类

梁启超：《论小说与群治之关系》，《新小说》第1号，1902年。

胡适：《文学改良刍议》，《新青年》第2卷第5号，1917年。

周作人：《人的文学》，《新青年》第5卷第6号，1918年。

周作人：《平民文学》，《每周评论》第5期，1919年。

〔苏〕瓦·普列特尼奥夫：《在思想战线上》，《真理报》9月27日，1922年。

〔俄〕罗多夫：《当前时刻与无产阶级文学的任务》，《在岗位上》第1期，1923年。

〔俄〕瓦尔金：《政治常识与文学任务》，《在岗位上》第1号，1923年6月。

幼雄：《新俄国的宣传绘画》，《东方杂志》第3期，1921年。

化鲁（胡愈之）：《劳动文化》，《东方杂志》第9期，1921年。

沈泽民：《新俄艺术的趋势》，《小说月报》第8期，1922年。

李初梨：《怎样地建设革命文学》，《创造月刊》第2号，1928年。

成仿吾：《从文学革命到革命文学》，《创造月刊》第9期，1928年。

彭康：《革命文艺与大众文艺》，《创造月刊》第4期，1928年。

钱杏邨：《死去了的阿Q时代》，《太阳月刊》3月号，1928年。

冯乃超：《艺术与社会生活》，《文化批判》创刊号，1928年。

冰禅：《革命文学问题——对于革命文学的一点商榷》，《北新》第12期，1928年。

吴元迈：《"拉普"文艺思潮简论》，《文学评论》1983年第1期。

歌特：《文艺战线上的关门主义》，《斗争》第13期，1932年11月3日。

蒋南翔：《告全国民众书》，《怒吼吧》第1期，1935年。

茅盾：《都市文学》，《申报月刊》第2卷第5期，1933年。

冯雪峰、瞿秋白：《中国无产阶级革命文学的新任务》，《文学导报》第1卷第8期，1931年。

茅盾：《站上各自的岗位》，《呐喊》创刊号，1937年。

茅盾：《论加强批评工作》，《抗战文艺》第2卷第1期，1938年。

茅盾：《八月的感想》，《文艺阵地》第1卷第9期，1938年。

茅盾：《暴露与讽刺》，《文艺阵地》第1卷第12期，1938年。

林林：《谈〈华威先生〉到日本》，《救亡日报》1939年2月22日。

冷枫：《枪毙了的华威先生》，《救亡日报》1939年2月26日。

张天翼：《关于〈华威先生〉赴日——作者的意见》，《救亡日报》1939年3月15日。

何容：《关于暴露黑暗》，《文艺月刊·战时特刊》第3卷第7期，1939年。

沙介宁：《论文艺上的消毒与肃奸工作》，《救亡日报》1939年8月12日。

周行：《关于〈华威先生〉出国及创作方向问题》，《七月》第4卷第4期，1939年。

吴组缃：《一味颂扬是不够的》，《新蜀报》1940年1月22日。

沙汀：《关于〈淘金记〉的通信》，《文坛》第5期，1942年。

周扬：《关于"社会主义的现实主义和革命的浪漫主义"——"唯物辩证法的创作方法"之否定》，《现代》第4卷第1期，1933年。

丁玲：《我们需要杂文》，《解放日报》1941年10月23日。

丁玲：《三八节有感》，《解放日报》1942年3月9日。

艾青：《了解作家，尊重作家》，《解放日报》1942年3月11日。

罗烽：《还是杂文的时代》，《解放日报》1942年3月12日。

萧军：《论同志之"爱"与"耐"》，《解放日报》1942年4月8日。

王实味：《政治家·艺术家》，《谷雨》第1卷第4期，1942年。

王实味：《野百合花》，《解放日报》1942年3月13日与3月23日。

丁玲：《关于立场问题我见》，《谷雨》第1卷第5期，1942年。

邵荃麟：《对于当前文艺运动的意见》，《大众文艺丛刊》第1辑，1948年。

乔木：《文艺创作与主观》，《大众文艺丛刊》第2辑，1948年。

胡绳：《评路翎的短篇小说》，《大众文艺丛刊》第1辑，1948年。

茅盾：《八月的感想——抗战文艺一年的回顾》，《文艺阵地》第1卷第9期，1938年。

田进：《抗战八年来的戏剧创作》，《新华日报》1946年1月16日。

周作人：《英国诗人勃来克的思想》，《少年中国》第1卷8期，1920年。

梁启超：《新中国未来记·第四回末总批》，《新小说》第3号，1930年1月。

郁达夫：《杂评苏曼殊》，《洪水》第3卷第31期，1927年。

郑伯奇：《〈灰寒集〉批评》，《洪水》第3卷第33期，1927年。

郭沫若：《编辑余谈》，《创造》季刊第1卷第2期，1923年8月25日。

胡山源：《弥洒MUSAI宣言——弥洒MUSAI临凡曲》，《弥洒》月刊第1期，1923年。

罗成琰：《西方浪漫主义文学思潮与中国现代文学》，《外国文学评论》第3期，1994年。

郭沫若：《革命与文学》，《创造》月刊第1卷第3期，1926年5月16日。

茅盾：《关于创作》，《北斗》创刊号，1931年9月20日。

成仿吾：《完成我们的文学革命》，《洪水》第 3 卷第 25 期，1927 年。

冯雪峰：《中国无产阶级革命文学的新任务——1931 年 11 月中国左翼作家联盟执行委员会的决议》，《文学导报》第 1 卷第 8 期，1931 年。

〔日〕藏原惟人：《再论新写实主义》，之本译，《拓荒者》第 1 期，1930 年。

郁达夫：《〈鸭绿江上〉读后感》，《洪水》第 3 卷第 4 期，1926 年。

华汉（阳翰笙）：《趸船上的一夜》，《创造月刊》第 2 卷第 4 期，1928 年。

余冠英：《桥》，《新月》第 4 卷第 5 期，1932 年。

沈从文：《〈从文小说习作选〉代序》，《国闻周报》第 13 卷第 1 期，1936 年。

罗成琰：《论五四新文学浪漫主义的兴衰》，《中国现代文学研究丛刊》1985 年第 2 期。

《学衡》杂志社：《学衡杂志简章》，《学衡》第 1 期，1922 年。

梅光迪：《评提倡新文化者》，《学衡》第 1 期，1922 年。

梅光迪：《评今人提倡学术之方法》，《学衡》第 2 期，1922 年。

胡先骕：《说今日教育之危机》，《学衡》第 4 期，1922 年。

吴宓：《论新文化运动》，《学衡》第 4 期，1922 年。

梁实秋：《现代中国文学之浪漫的趋势》，《晨报副刊》1926 年 2 月 15 日。

徐志摩：《诗刊导言》，《晨报副刊·诗镌》1926 年 4 月 1 日。

饶孟侃：《新诗的音节》，《晨报副刊·诗镌》1926 年 4 月 22 日。

闻一多：《诗的格律》，《晨报副刊·诗镌》1926 年 5 月 13 日。

鲁迅：《卢梭与胃口》，《语丝》第 4 期，1928 年。

沈从文：《文学者的态度》，《大公报》1933 年 10 月 18 日。

鲁迅：《"京派"与"海派"》，《申报·自由谈》1934 年 2 月 4 日。

苏汶：《文人在上海》，《现代》第 4 卷第 2 期，1933 年。

王达敏、胡焕龙：《中国现代文学浪漫主义传统的形成与发展》，《中国现代文学论丛》2013 年第 2 期。

侯敏：《论艾芜与高尔基流浪汉小说中的人道主义》，《中国现代文学研究丛刊》2014 年第 9 期。

侯敏：《艾芜与高尔基流浪汉小说比较论》，《中国文学研究》2014 年第 9 期。

逄增玉：《试论中国现代"流浪汉"小说及其形象》，《中国现代文学研究丛刊》1989 年第 4 期。

吴福辉、王晓明：《关于艾芜〈山峡中〉的通信》，《中国现代文学研究丛刊》1993 年第 10 期。

侯敏：《不断论争中的〈子夜〉——兼及经典意义之再思考》，《郭沫若学刊》2021 年第 1 期。

王毅：《"山峡"内外：一个左翼作家的行走、书写和笔名》，《中国现代文学研究丛刊》2008 年第 5 期。

桂诗新：《中国革命文学的拓荒者——蒋光慈在大革命时期》，《新文化史料》1992 年第 2 期。

祝远德：《权威话语与中国的浪漫主义思潮》，《求索》2004 年第 7 期。

尹慧珉：《普实克和他对我国现代文学的论述》，《文学评论》1983 年第 3 期。

刘奎：《情感教育剧〈屈原〉的形式与政治文学评论》，《文学评论》2017 年第 2 期。

张欣：《论郭沫若与郭启宏历史剧的异同》，《郭沫若学刊》2013 年第 5 期。

沈庆利：《现代视界与传统魅惑——重读郭沫若历史剧〈屈原〉》，《中国现代文学研究丛刊》2009 年第 4 期。

刘奎：《浪漫如何介入历史抗战初期郭沫若的抒情诗学与情感政治》，《中国现代文学研究丛刊》2019 年第 6 期。

后 记

本书是我开设的硕士研究生课程"中国现代文学思想史论"和博士研究生课程"历史转型与中国现当代文学思想研究"的一个"结晶"。两门课程本身注重思想史的讲授,但在授课过程中深感研究生对中国现代文学思潮史整体脉络与谱系的考察与论辩不足。基于此,我在授课过程中常常将中国现代文学思想史的讲授范畴扩大,旁涉中西方文学思潮史的内容。经过多年的教学实践,积累了较为丰富的中西方文学思潮史的史料,也基本上摸清了西方文学思潮与中国现代文学思潮之间的驳杂关系,并引发了自身对中西方文学思潮相关问题的一些思考。因此,本书既具有"史"的脉络梳理,同时也具有"论"的问题辨析。同时基于课堂教学与科学研究的两重用意,本书具有教材与专著的双重性质。

本书能够顺利出版,首先要感谢社会科学文献出版社给予这次出版的机会。似乎于冥冥之中与社会科学文献出版社结下了不解之缘,从云南大学杨绍军老师为我推荐蔡莎莎老师,到刘巍老师为我推荐高雁老师,到依托社会科学文献出版社顺利获批国家社科基金后期资助项目,一路走来,如果没有社会科学文献出版社,我想我的学术旅程一定会减色许多。尤其要感谢的是高雁老师,从国家社科基金后期资助项目的申报,到本书出版过程中逐字逐句的审核与修改,认真与负责的精神值得我深深地敬佩。其次要感谢文学院领导、同事，以及我的家人给予我的大力支持，没有他们的宽容与理解，我难以有充裕的时间从事书稿的写作。再次要感谢我的学生王潇、于家铭、汪佳琦、陈浩然、朱瑞莹、郑亚鑫、张文苑、赵耀、苏慧苗、蔡慧迪、林相龙在书稿完成过程中付出的大量辛劳与汗水。最后要感谢的是我自己，在写作本书的过程中，因涉及史料的时间跨度较长，且内容较为繁杂，加之写作时恰逢疫情，又要兼顾行政和教学工作，尤其是住校值守期间，面临资料查找困难的"难题"，但终究克服了种种困难，如期完成了书稿的写作。

如今书稿即将付梓，内心非常欣喜，因为在我的内心深处，这并不仅仅是完成了一部书稿而已，最为深刻的意义是它见证了我的一段努力与拼搏的难忘岁月！

侯　敏
2023 年 3 月

图书在版编目(CIP)数据

中国现代文学思潮史论：1917-1949 / 侯敏著. --北京：社会科学文献出版社，2023.6
ISBN 978-7-5228-1734-7

Ⅰ.①中… Ⅱ.①侯… Ⅲ.①文艺思潮-研究-中国-1917-1949 Ⅳ.①I209.6

中国国家版本馆CIP数据核字（2023）第071608号

中国现代文学思潮史论（1917~1949）

著　　者 / 侯　敏

出 版 人 / 王利民
责任编辑 / 高　雁
文稿编辑 / 田正帅
责任印制 / 王京美

出　　版 / 社会科学文献出版社（010）59367226
　　　　　 地址：北京市北三环中路甲29号院华龙大厦　邮编：100029
　　　　　 网址：www.ssap.com.cn
发　　行 / 社会科学文献出版社（010）59367028
印　　装 / 三河市尚艺印装有限公司

规　　格 / 开　本：787mm×1092mm　1/16
　　　　　 印　张：24.5　字　数：323千字
版　　次 / 2023年6月第1版　2023年6月第1次印刷
书　　号 / ISBN 978-7-5228-1734-7
定　　价 / 98.00元

读者服务电话：4008918866

▲ 版权所有 翻印必究